Os bons suicidas

TONI HILL

Os bons suicidas

tradução de
Fátima Couto

TORDSILHAS

Publicado originalmente sob o título *Los buenos suicidas*.

O texto deste livro foi fixado conforme o acordo ortográfico vigente no Brasil desde 1º de janeiro de 2009.

EDIÇÃO UTILIZADA PARA ESTA TRADUÇÃO Toni Hill, *Los buenos suicidas,* Barcelona, Debolsillo, 2012.

PREPARAÇÃO Fátima Couto

REVISÃO Meg Presser e Milena Obrigon

CAPA Andrea Vilela de Almeida

IMAGEM DE CAPA BriArt / Istockphoto.com

1ª edição, 2014

CIP-BRASIL. CATALOGAÇÃO NA PUBLICAÇÃO
SINDICATO NACIONAL DOS EDITORES DE LIVROS, RJ

H545b

Hill, Toni
Os bons suicidas / Toni Hill; tradução Fátima Couto. – 1. ed. – São Paulo: Tordesilhas, 2014.
il.

Tradução de: Los buenos suicidas
ISBN 978-85-64406-94-0

1. Ficção espanhola. I. Couto, Fátima. II. Título.

14-10109 CDD: 863
CDU: 821.134.2-3

2014
Tordesilhas é um selo da Alaúde Editorial Ltda.
Rua Hildebrando Thomaz de Carvalho, 60
04012-120 – São Paulo – SP
www.tordesilhaslivros.com.br

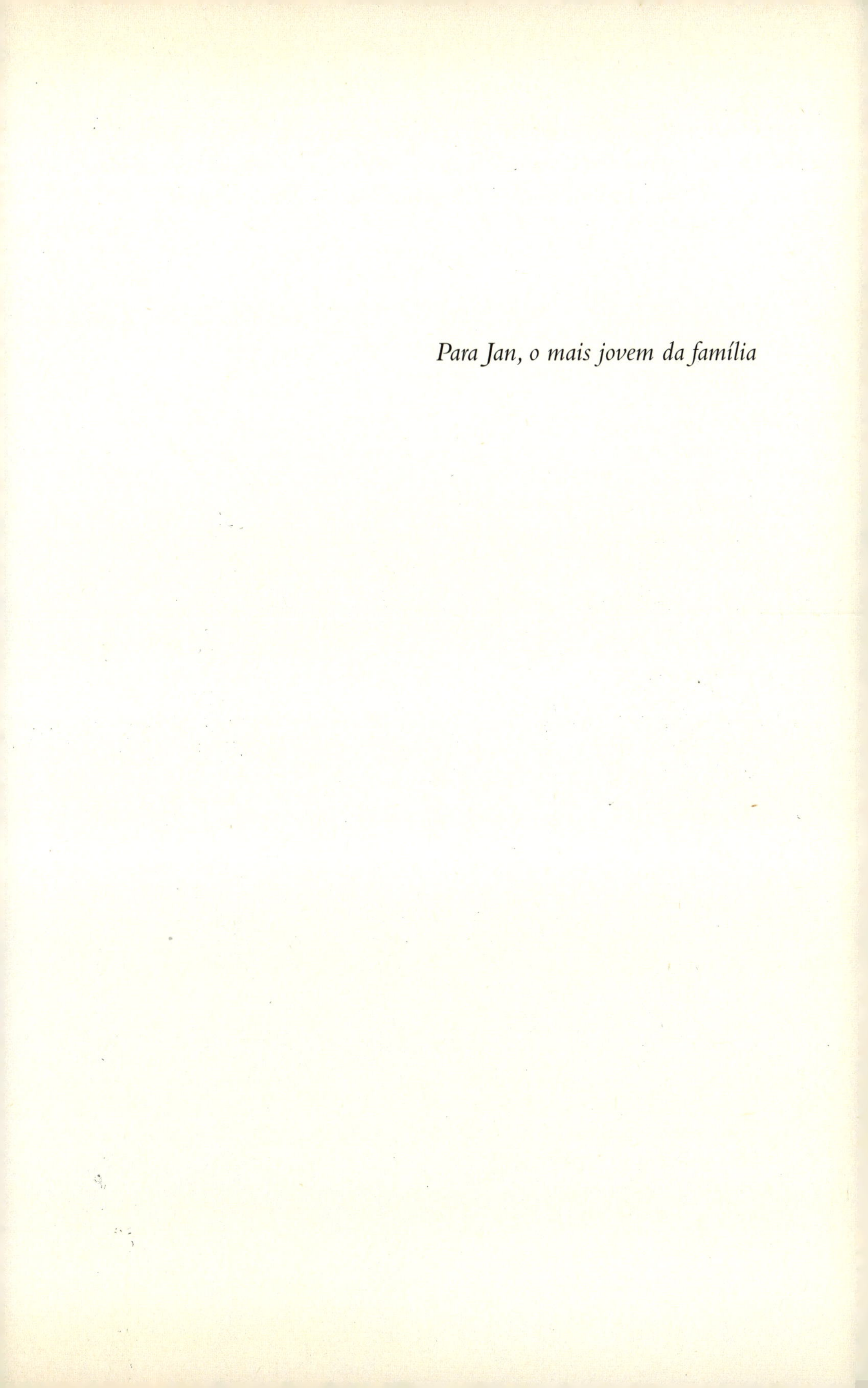

Para Jan, o mais jovem da família

Os bons suicidas

Prólogo

Uma família normal

Lola Martínez Rueda / "La voz de los otros"
Quinta-feira, 9 de setembro de 2010

"Formavam um casal muito bonito", dizem os vizinhos. "Eu não o via muito, mas ele sempre se mostrava muito educado e cumprimentava com amabilidade. Ela talvez fosse um pouco mais reservada... Mas era muito dedicada à filha, isso é verdade." "Tinham uma filha linda", comenta comigo a dona de uma cafeteria próxima à casa deles, situada no bairro do Clot, em Barcelona, onde poucos dias antes, às dez horas, Gaspar Ródenas, sua esposa Susana e a filha de ambos, Alba, de catorze meses, tomaram café da manhã. "Eles vinham muito aqui nos fins de semana", acrescenta. E, sem que eu lhe pergunte, me conta o que costumavam pedir: ele, café puro, e ela, café com leite, e comenta como a menina era engraçadinha. Detalhes, sim, é claro. Detalhes insignificantes e comentários banais que agora, em vista dos fatos, nos perturbam.

Porque na madrugada do dia 5 de setembro, enquanto sua mulher dormia, esse pai "tímido mas amável" se levantou do leito conjugal, entrou no quarto da única filha, pôs um travesseiro sobre o rosto dela e o apertou com toda a força. Não podemos saber se a mãe acordou, talvez levada por esse sexto sentido que afeta o sono materno desde que o mundo é mundo. De qualquer modo, Gaspar Ródenas, um marido "tão educado", segundo os vizinhos e colegas, também não planejava deixá-la viva. Susana morreu pouco depois, de um único disparo no coração. Depois, como rezam os cânones do assassino machista, Gaspar deu em si mesmo o tiro de misericórdia.

Os nomes de Susana e de sua filha foram engrossar a lista de mulheres que caem vítimas daqueles que em teoria deveriam amá-las, respeitá-las e inclusive, se pensarmos na menina, protegê-las. Quarenta e quatro mulheres morreram ao longo deste ano nas mãos de seus companheiros. Agora já são quarenta e cinco, com o macabro acréscimo de uma filha. Talvez esse caso não se encaixe na fórmula que aprendemos a reconhecer: uma separação em curso, denúncias por maus-tratos. Gaspar Ródenas não era, ironia da vida, um homem violento.

O poder público pode, por sua vez, desafiar as opiniões e dizer que nada parecia indicar que Susana e Alba corressem perigo. E têm razão... Mas isso só faz com que a morte delas seja, se isso é possível, ainda mais terrível. Porque muitas mulheres já estão informadas de que existem mecanismos – por mais escassos e insuficientes que sejam – para se defender desses machos violentos que se acham no direito de controlar a sua vida e a sua morte. Desses indivíduos que gritam com elas, as depreciam e as espancam. O que as mulheres não sabem é como se proteger desse rancor que se acumula em silêncio, desse ódio mudo que explode de repente uma noite e arrasa com tudo.

Há uma foto dos três, tirada poucas semanas antes, em uma praia de Menorca. Nela se vê Alba sentada à beira da praia com uma pazinha vermelha na mão. Usa um chapeuzinho branco que a protege do sol de agosto. Atrás, de joelhos, está Susana. Ela sorri para a câmera, feliz. A seu lado, o marido a enlaça com o braço. Vendo-o ali naquela atitude relaxada, com os olhos semicerrados por causa do sol, ninguém poderia imaginar que apenas um mês depois esse homem utilizaria as mesmas mãos que acariciam Susana para matar as duas.

Por que esse homem de trinta e seis anos, com um trabalho fixo e bem-remunerado em uma conhecida empresa do setor de cosméticos, sem maiores problemas financeiros que os habituais e sem antecedentes de nenhum tipo, cometeu esses assassinatos que repugnam a qualquer consciência? Quando lhe terá ocorrido acabar com a vida da esposa e da filha? Em que momento a loucura se apoderou dele e deformou a realidade cotidiana até convencê-lo de que a morte era a única saída possível?

A resposta de seus familiares, amigos e colegas de trabalho continua sendo a mesma, apesar de nenhum deles poder continuar acreditando no que teimam em repetir: Gaspar, Susana e Alba eram uma família normal.

Héctor

1

Pela segunda vez em um curto período de tempo, o inspetor Héctor Salgado volta a cabeça de repente, convencido de que alguém o observa, mas só vê caras anônimas e indiferentes, pessoas que andam como ele por uma Gran Vía apinhada e que param de vez em quando diante de alguma das barracas de brinquedos e presentes que ocupam a calçada. É véspera do Dia de Reis, apesar de não parecer, por causa da agradável temperatura, ignorada por alguns transeuntes convenientemente vestidos com roupas quentes, alguns inclusive de luvas e cachecol, como manda a estação, contentes por participar de um simulacro de inverno ao qual falta o ingrediente principal: o frio.

A Cavalgada dos Reis Magos já terminou há algum tempo, e o tráfego enche a calçada de luzes brilhantes sob as guirlandas. Gente, carros, cheiro de churros e de azeite quente, tudo acompanhado de canções de Natal supostamente alegres, cujas letras beiram o surrealismo, que os alto-falantes lançam contra os transeuntes sem o menor pudor. Segundo parece, ninguém se incomodou em compor canções novas, portanto continuamos tendo mais da mesma porcaria. Deve ser isso o que estraga tudo no Natal, pensa Héctor: o fato de, em linhas gerais, ser sempre igual, enquanto nós mudamos e envelhecemos. Parece-lhe uma falta de consideração que beira a crueldade que esse ambiente natalino seja a única coisa que se repete, ano após ano, sem exceção, e torne nossa decadência mais evidente.

E pela enésima vez nos últimos quinze dias desejou ter fugido de toda essa baderna para algum país budista ou radicalmente ateu. Ano que vem, repete em seguida como se fosse um mantra. E à merda com o que seu filho disser.

Está tão absorto em seus pensamentos que não percebe que a fila de transeuntes, que avança quase com a mesma lentidão dos carros, se deteve. Héctor está parado diante de uma barraca que vende brinquedinhos de plástico em sacolas: índios e caubóis, soldados de uniforme de camuflagem prontos para disparar de uma trincheira. Fazia anos que não os via, e se lembra de tê-los comprado para Guillermo quando era pequeno. De qualquer modo, o vendedor, um velho de mãos artríticas, conseguiu recriar minuciosamente uma incrível cena de guerra, digna de um filme dos anos 1950. Ele não vende só isso; a um lado desfilam outros soldados, os clássicos de chumbo, maiores e de brilhantes uniformes vermelhos, e do outro uma esquadra de gladiadores romanos historicamente deslocada.

O velho lhe faz um sinal, animando-o a tocar o artigo, e Héctor obedece, mais por educação que por verdadeiro interesse. O soldado é mais mole do que ele imaginava, e a sensação quase de carne humana lhe repugna. De repente ele percebe que a música deixou de tocar. Os pedestres pararam. Os carros apagaram os faróis, e as luzes de Natal, que piscavam quase sem força, constituem a única iluminação da rua. Héctor fecha os olhos e os abre de novo. Ao seu redor a multidão começa a se esfumar, os corpos se desvanecem de repente, desaparecendo sem deixar rastro. Só o vendedor continua em seu posto. Enrugado e sorridente, ele tira de baixo do tabuleiro uma dessas bolas com neve dentro.

"Para sua mulher", diz ele. E Héctor está a ponto de responder que não, que Ruth detesta essas bolas de cristal, que elas a deixam nervosa desde criança, assim como os palhaços. Então os flocos que turvam o interior caem no fundo, e ele vê a si mesmo, de pé diante de uma barraca de soldadinhos de plástico, preso entre as paredes de vidro.

* * *

– Papai, papai...

Merda.

A tela do televisor coberta de uma neblina cinza. A voz do seu filho. A dor no pescoço por ter caído no sono na pior posição possível. O sonho havia sido real demais na noite de Reis.

– Você estava gritando.

Merda. Quando seu próprio filho o acorda de um pesadelo, é que já chegou a hora de se demitir como pai, pensou Héctor enquanto se sentava no sofá, dolorido e de mau humor.

– Caí no sono aqui. E o que você está fazendo acordado a esta hora? – contra-atacou absurdamente, tentando recuperar a dignidade paterna, ao mesmo tempo que massageava o lado esquerdo do pescoço.

Guillermo encolheu os ombros sem dizer nada. Como Ruth teria feito. Como Ruth havia feito tantas vezes. Em um gesto automático, Héctor pegou um cigarro e o acendeu. As cinzas transbordavam do cinzeiro.

– Não se preocupe, não vou dormir aqui de novo. Vai pra cama. E lembra que temos de sair amanhã cedo.

O filho assentiu. Enquanto o via caminhar descalço para o quarto, pensou em como era difícil ser pai sem Ruth. Guillermo ainda não tinha quinze anos, mas às vezes, olhando para seu rosto, parecia que ele era mais velho. Havia em seus traços uma seriedade prematura que o angustiava mais do que gostaria de admitir. Deu uma profunda tragada no cigarro e, sem saber por quê, apertou o botão do controle remoto. Nem sequer se lembrava do que tinha escolhido essa noite. Logo à primeira imagem, aquela foto fixa em preto e branco de Jean-Paul Belmondo e Jean Seberg, reconheceu o filme e se lembrou. *Acossado*. O filme favorito de Ruth. Não sentiu vontade de vê-lo de novo.

* * *

Cerca de dez horas antes, Héctor contemplava as paredes brancas do consultório do psicólogo, um espaço que conhecia bem, com um certo desconforto. Como de costume, o rapaz levava algum tempo para começar a sessão, e Héctor ainda não conseguira determinar se esses minutos de silêncio serviam para que o outro calibrasse seu estado de espírito ou se ele simplesmente era do tipo que demora para dar a partida. De qualquer modo, essa manhã, seis meses depois de sua primeira consulta, o inspetor Salgado não estava disposto a esperar. Pigarreou, cruzou e descruzou as pernas, até que afinal inclinou o corpo para a frente e disse:

– Se importa se começarmos já?

– Não, é claro. – Ele levantou a vista de suas anotações, mas não acrescentou mais nada.

Permaneceu em silêncio, interrogando o inspetor com o olhar. Tinha um ar distraído que, combinado com seus traços juvenis, fazia pensar em um menino prodígio, desses que resolvem equações complexas aos seis anos mas que ao mesmo tempo são incapazes de dar um chute numa bola de futebol sem cair. Uma impressão falsa, Héctor sabia. O rapaz chutava pouco, é verdade; no entanto, quando o fazia, a pontaria era certeira. De fato, a terapia, que havia começado como uma imposição do trabalho, tinha se transformado em uma rotina, primeiro semanal e depois quinzenal, que Héctor continuou por vontade própria. De modo que, nessa manhã, respirou fundo, como havia aprendido, antes de responder:

– Desculpe. O dia não começou muito bem. – Jogou-se para trás e cravou os olhos em um canto do consultório. – E não acredito que acabe melhor.

– Problemas em casa?

– O senhor não tem filhos adolescentes, não é? – Era uma pergunta absurda, já que seu interlocutor precisaria ter sido pai com quinze anos para ter um rebento da idade de Guillermo. Calou-se um instante para pensar e, em tom fatigado, prosseguiu: – Mas a questão não é essa. Guillermo é um bom rapaz. Acho que o problema é que ele nunca me deu problema.

Era verdade. E apesar de que muitos pais ficariam satisfeitos com essa aparente obediência, Héctor se preocupava com o que não sabia: o que seu filho tinha na cabeça era um mistério. Ele nunca se queixava, suas notas eram regulares, nunca excelentes, mas tampouco baixas, e sua seriedade poderia servir de exemplo para rapazes mais loucos, mais irresponsáveis. Entretanto, Héctor notava – ou melhor, intuía – que havia algo triste por trás dessa absoluta normalidade. Guillermo sempre fora um menino tranquilo, e agora, em plena adolescência, transformara-se num rapaz introvertido, cuja vida, quando não estava no colégio, transcorria basicamente entre as quatro paredes do seu quarto. Falava pouco. Não tinha muitos amigos. Definitivamente, pensou Héctor, ele não é muito diferente de mim.

– E o senhor, inspetor, como está? Continua sem dormir?

Héctor hesitou antes de admitir. Era um assunto a respeito do qual não concordavam. Depois de vários meses de insônia, o psicólogo lhe recomendara uns soníferos leves, que ele se negava a tomar. Em parte porque não queria que isso virasse um hábito; em parte porque era de madrugada que sua mente funcionava plenamente, e ele não queria prescindir de suas horas mais produtivas; em parte porque dormir o fazia mergulhar em terrenos incertos e nem sempre agradáveis.

O rapaz deduziu o significado do seu silêncio.

– O senhor está se esgotando inutilmente, inspetor. E sem querer está esgotando as pessoas que o rodeiam.

Héctor levantou a cabeça. Poucas vezes o psicólogo se dirigia a ele de forma tão direta. O rapaz sustentou o olhar sem se alterar.

– O senhor sabe que tenho razão. Quando começou a vir ao consultório, estávamos tratando de uma questão bem diferente. Uma questão que foi relegada depois do que aconteceu à sua ex-mulher. – Falava num tom firme, sem hesitação. – Compreendo que a situação é difícil, mas ficar obcecado não vai levá-lo a parte alguma.

– Acha que estou obcecado?

– Não está?

Héctor esboçou um sorriso amargo.

– E o que o senhor sugere? Que eu me esqueça de Ruth? Que aceite que nunca descobriremos a verdade?

– O senhor não precisa aceitar. Só conviver com isso sem se revoltar contra o mundo todos os dias. Escute, e agora pergunto isto ao policial: quantos casos ficam sem resolver por algum tempo? Quantos casos se esclarecem anos depois?

– O senhor não entende – retrucou Héctor, e levou alguns segundos para continuar falando. – Às vezes... às vezes consigo me esquecer de tudo por algumas horas, enquanto estou trabalhando ou quando saio pra correr, mas logo volta. De repente. Como um fantasma. À espreita. Não é uma sensação desagradável; não acusa nem pergunta, mas está ali. E não desaparece facilmente.

– O que é que está ali?

A pergunta havia sido formulada no mesmo tom neutro que marcava todas as intervenções do jovem terapeuta, mas Héctor notou, ou talvez tenha pensado notar, um matiz especial.

– Calma. – Ele sorriu. – Não é que às vezes eu veja mortos. É apenas a sensação de... – Fez uma pausa para procurar as palavras. – Quando a gente vive muito tempo com alguém, tem vezes que a gente simplesmente sabe que a pessoa está em casa. A gente acorda de uma soneca e sabe que a outra pessoa está ali, sem precisar vê-la. Entende? Isso já não acontecia mais comigo. Quero dizer, nunca aconteceu durante o tempo em que estive separado de Ruth. Só depois que ela... desapareceu.

Houve uma pausa. Nenhum dos dois disse nada por um longo tempo. O psicólogo rabiscou alguma coisa naquele bloco de anotações ao qual Héctor não tinha acesso visual. Às vezes ele achava que aquelas anotações faziam parte do ritual teatral de uma consulta: símbolos que serviam apenas para que o interlocutor, quer dizer, ele, sentisse que era ouvido. Ia expor sua teoria em voz alta quando o outro tomou a palavra; falou devagar, com amabilidade, quase com cuidado:

– O senhor se dá conta de uma coisa, inspetor? – perguntou ele. – É a primeira vez que admite, mesmo que indiretamente, que Ruth pode estar morta.

– Nós, argentinos, sabemos muito bem o que significa "desaparecido" – respondeu Héctor. – Não se esqueça disso. – Pigarreou. – Mesmo assim, não temos nenhuma prova objetiva de que Ruth tenha morrido. Mas...

– Mas o senhor acha que foi isso o que aconteceu, não é?

Héctor deu uma olhada por cima do ombro, como se receasse que alguém pudesse ouvi-lo. Depois respondeu:

– A verdade é que não temos nem ideia do que aconteceu com Ruth. Isso é o que mais me emputece. – Tinha baixado a voz, falava mais para si mesmo. – Você nem sequer pode chorar por ela, porque se sente como um traidor filho da puta que jogou a toalha antes da hora. – Suspirou. – Desculpe, as festas de Natal não me caíram bem. Achei que teria tempo pra avançar com isso, mas... Tive que me conformar. Não há nada. Não encontrei nada. Inferno! É como se alguém a tivesse apagado de um desenho sem deixar rastro.

– Eu achava que o caso já não estivesse nas suas mãos.

Héctor sorriu.

– Está na minha cabeça.

– Faça-me um favor. – Esse era sempre o prelúdio do fim da consulta. – Daqui até a próxima sessão, tente se concentrar, ao menos durante um instante por dia, no que tem. Bom ou ruim, mas naquilo que compõe a sua vida, não no que lhe falta.

Eram quase duas da madrugada, e Héctor sabia que não voltaria a dormir. Pegou o maço de cigarros e o celular e saiu de casa para subir até a laje. Pelo menos ali não acordaria Guillermo. O terapeuta tinha razão em três coisas. Primeira: precisava começar a tomar os malditos soníferos, mesmo que odiasse. Segunda: o caso já não estava em suas mãos. E terceira: sim, no fundo ele estava convencido de que Ruth tinha morrido. Por sua culpa.

A noite estava bonita. Uma dessas noites que podiam nos reconciliar com o mundo, se permitíssemos. O litoral da cidade se estendia diante de seus olhos, e havia algo nos lampejos luminosos dos edifícios, naquele mar escuro mas tranquilo, que conseguia afugentar os demônios que Héctor tinha dentro de si. De pé, rodeado de jardineiras com plantas secas, o inspetor Salgado se perguntou com toda a sinceridade o que tinha.

Guillermo. Seu trabalho como inspetor nos Mossos d'Esquadra, intenso e frustrante ao mesmo tempo. Um cérebro que parecia funcionar corretamente e uns pulmões que já deviam estar meio pretos. Carmen, sua vizinha, a dona do seu apartamento – sua mãe de Barcelona, como ela dizia. Aquela laje de onde se via o mar. Um terapeuta chato que o fazia ter pensamentos idiotas às duas da manhã. Poucos mas bons amigos. Uma enorme coleção de filmes. Um corpo capaz de correr seis quilômetros três vezes por semana (apesar dos pulmões estragados pelo maldito cigarro). O que mais tinha? Pesadelos. A lembrança de Ruth. As lembranças com Ruth. O vazio sem Ruth. Não saber o que lhe havia acontecido era uma traição a tudo o que para ele era importante: a suas promessas de outro tempo, a seu filho, até mesmo a seu trabalho. Àquele apartamento alugado onde ambos tinham vivido, tinham se amado e tinham brigado; o apartamento do qual ela havia saído para começar uma nova vida na qual ele era apenas um ator secundário. Mesmo assim, ele a amava. Tinham continuado a se amar, mas de outra forma. O vínculo entre ambos era forte demais para se romper definitivamente. Ele estava aprendendo a viver com tudo isso quando Ruth desaparecera, se desvanecera, deixando-o sozinho com aquela sensação de culpa contra a qual ele se rebelava a todo instante.

Basta, disse para si mesmo. Isto não me serve. Pareço o protagonista de um filme francês: quarentão, com pena de si mesmo. Medíocre. Daqueles que passam dez minutos do filme num rochedo olhando o mar, preocupado com questões existenciais, para depois se apaixonar como um idiota pelos tornozelos de uma adolescente. E esse pensamento lhe fez recordar a última conversa – ou talvez fosse melhor dizer a última briga – com sua colega, a subinspetora Martina Andreu, exatamente antes do Natal. O motivo da discussão era o de menos, mas nenhum dos dois parecia ser capaz de parar. Até que ela o havia fitado com aquela franqueza insultante e, sem pensar duas vezes, lhe perguntara à queima-roupa: "Héctor, fala sério, quanto tempo faz que você não transa?"

Antes que sua patética resposta se repetisse em sua cabeça, o celular tocou.

2

As luzes azuis das radiopatrulhas iluminaram a Plaza Urquinaona, para surpresa dos quatro mendigos encharcados de álcool que costumavam usar os bancos de madeira como colchão e que naquela noite não conseguiam dormir.

Héctor se identificou e desceu a escada do metrô sem conseguir evitar uma sensação de mal-estar. Os suicidas que escolhiam esse meio para realizar o salto para a morte eram muito mais numerosos do que o que se publicava na mídia, mais do que se contabilizava nas estatísticas, mas não tantos como afirmavam as lendas urbanas. Algumas citavam inclusive a existência de "estações negras", nas quais o número de pessoas que decidia acabar com a vida era desproporcionalmente mais alto que o habitual. De qualquer modo, e para evitar o que se conhecia como "efeito contágio", essas mortes não chegavam ao conhecimento do público. Héctor sempre havia acreditado, sem nenhuma prova além da intuição, que esses suicídios eram mais fruto de um momento de desespero que de um plano traçado de antemão. À beira dos trilhos, a possibilidade de acabar com os problemas dando apenas um passo – em um instante terrível do qual não havia como voltar atrás – se impunha ao medo natural de uma morte dolorosa, à visão do próprio corpo estraçalhado.

De todo modo, o procedimento policial se caracterizava pela rapidez de atuação: retirar o cadáver o mais rápido possível e restabelecer o serviço, apesar de que nesse caso, dada a hora, dispunham de um tempo extra para ocultar o fato com a desculpa de uma ocorrência ou uma avaria durante o intervalo em que, obrigatoriamente, a circulação ficasse suspensa. Por isso estranhou que o agente Roger Fort, que estava de plantão essa noite, tivesse se incomodado em chamá-lo de madrugada para lhe informar o sucedido.

Esse mesmo Roger Fort que naquele momento o olhava com uma expressão hesitante enquanto o inspetor Salgado descia o segundo lance de escada que conduzia à plataforma.

– Inspetor, fico contente que o senhor tenha vindo. Espero não tê-lo acordado.

Havia algo nesse rapaz, uma formalidade respeitosa, que Héctor apreciava e da qual suspeitava ao mesmo tempo. De qualquer modo, Fort era o substituto mais provável da jovem, resoluta e atrevida Leire Castro. Héctor estava convencido de que a última coisa que a agente Castro teria pensado em fazer nessa mesma situação seria apelar para instâncias superiores; ela sem dúvida se sentiria capacitada para resolver aquilo sozinha. Essa era a única objeção que Héctor podia ter a seu trabalho: Leire era incapaz de esperar que os outros chegassem a suas conclusões; ela se antecipava e decidia as coisas por sua conta, sem passar a bola para ninguém. E essa era uma característica que nem sempre era bem vista em um trabalho no qual a ordem e a disciplina continuavam sendo consideradas sinônimo de eficiência.

Mas, muito a seu pesar, Castro estava de licença-maternidade, e o delegado Savall havia colocado em sua equipe esse agente recém-chegado de Lleida. Moreno, com uma eterna sombra de barba que teimava em aparecer assim que ele se barbeava, de estatura média e compleição de jogador de rúgbi, o sobrenome lhe caía perfeitamente. Como Leire, ainda não havia chegado aos trinta. Ambos pertenciam à nova fornada de agentes de investigação que estava enchendo a corporação dos Mossos d'Esquadra de rapazes que Héctor considerava jovens demais. Talvez porque, com seus quarenta e três anos, às vezes ele se sentia como um velho de setenta.

– Você não me acordou. Mas não sei se estou feliz por você ter me chamado.

Fort, um pouco desconcertado com a resposta, se ruborizou.

– O cadáver já está coberto, e os procedimentos para retirá-lo foram feitos, como manda...

– Espera. – Salgado odiava a terminologia oficial, que costumava ser o refúgio dos incompetentes quando não sabiam o que dizer. E repetiu então algo que haviam lhe dito quando ele começara, uma dessas frases que naquela época lhe parecera ridícula, mas que agora, anos depois, adquiria sentido. – Isto não é um seriado de tevê. O "cadáver" é uma pessoa.

Fort assentiu, e o rubor do seu rosto se acentuou.

– Desculpe. Sim, é uma mulher. De trinta a quarenta anos de idade. Estão procurando a bolsa.

– Ela pulou nos trilhos com a bolsa?

O agente não respondeu à pergunta e se ateve ao manual.

– Quero que o senhor veja as imagens. As câmeras do metrô gravaram parte do ocorrido.

O ruído de vozes procedente da plataforma deixou claro que algo estava acontecendo.

– Quem mais está lá embaixo?

– Dois rapazes. Os guardas estão com eles.

– Rapazes? – Salgado se armou de paciência, mas o tom evidenciava seu descontentamento. – Você não me disse no telefone que o suicídio foi antes das duas? Me parece que vocês tiveram tempo de sobra pra tomar as declarações deles e mandá-los pra casa.

– Isso foi feito. Mas os rapazes voltaram.

Antes que Roger Fort tivesse oportunidade de dar mais explicações, o vigia da segurança se aproximou deles. Era um homem de meia-idade, com semblante fatigado e olheiras profundas.

– Agente, vão ver a fita agora ou preferem levar?

Héctor pensou, traduzindo para uma linguagem sem rodeios: "Que inferno, vão me deixar terminar o meu turno de uma vez por todas ou não?" O agente Fort abriu a boca para dizer alguma coisa, mas o inspetor se adiantou:

– Agora – decidiu ele sem olhar para seu subordinado. – Depois você me explica essa história dos rapazes, Fort.

A cabine onde eram registradas as imagens do que acontecia nas plataformas era pequena e cheirava a uma mescla de suor e ambiente fechado.

– Aqui está – limitou-se a dizer o vigia. – Mas não esperem encontrar muita coisa.

Héctor o observou de novo. Ou bem havia gente que nascia para desempenhar um trabalho determinado, ou bem o emprego ia moldando aqueles que o realizavam até operar uma simbiose entre a pessoa e a tarefa. Aquele indivíduo de tez macilenta e hálito azedo, de movimentos lentos e voz sem nenhuma inflexão, parecia o candidato perfeito para ficar ali sentado durante oito horas ou mais, observando aquele pedaço de vida subterrânea através de uma tela de baixa resolução.

A câmera focalizava a plataforma desde a extremidade por onde o trem entrava, e Héctor, Fort e o vigia contemplaram em silêncio a chegada do metrô, exatamente à uma hora e quarenta e nove minutos. Héctor se lembrou imediatamente de seu sonho: talvez por causa da tonalidade difusa e acinzentada da tela, os indivíduos que esperavam na plataforma pareciam corpos de rosto apagado e movimentos sincopados, como zumbis urbanos. Justo quando o apito anunciava a saída, um grupo de rapazes vestidos com *jeans* largos, moletons e gorros entrou correndo na plataforma; furiosos ao ver que tinham perdido o trem, começaram a golpear as portas já fechadas, numa reação tão absurda quanto inútil. Um deles fez um gesto com o dedo diante da câmera quando o metrô partiu, deixando-os na plataforma.

– Eles tiveram que esperar seis minutos porque... – disse o vigia em um tom que expressava afinal algo parecido com satisfação.

– Aí está, inspetor – interrompeu o agente Fort.

Uma mulher entrava pela extremidade oposta. Não havia meio de saber se era alta ou baixa. Morena, com um casaco preto e alguma coisa na mão. Estava tão afastada da câmera que mal se via seu rosto. Pela distância e porque voltava repetidamente a cabeça para o lugar por onde havia entrado na plataforma.

– Está vendo, inspetor? Ela não para de olhar pra trás. Como se estivesse sendo seguida.

Héctor não respondeu. Tinha os olhos fixos na tela. Naquela mulher para quem, de acordo com o relógio que anunciava o metrô seguinte, restavam pouco mais de três minutos de vida.

Ela se mantinha afastada dos trilhos, de perfil para a câmera. Em primeiro plano, dois dos quatro rapazes tinham sentado, ou melhor, tinham se jogado nos bancos. Héctor distinguiu então uma garota entre eles. Antes não a tinha visto. *Shorts* pretos muito curtos, saltos altíssimos e um anoraque branco. Ao seu lado, um dos rapazes tentou agarrá-la pela cintura, e ela, mal-humorada, se desvencilhou e lhe disse algo que fez os outros dois caírem na gargalhada. O rapaz se voltou para eles, ameaçador, mas ambos continuaram a caçoar dele.

Héctor não perdia a mulher de vista. Ela estava pouco à vontade, isso era óbvio. A princípio tinha começado a caminhar em direção a eles; no entanto, ao ouvir as risadas, parou e apertou a bolsa com força. Ninguém mais havia descido para a plataforma, mas ela continuava olhando obstinadamente para trás. Talvez em um esforço para ignorar os adolescentes, claramente de origem latino-americana. Afinal dirigiu o olhar para o objeto que tinha na mão, e, pensativa, deu alguns passos até se colocar na linha amarela que delimitava a zona de segurança, como se quisesse ganhar alguns segundos colocando-se na beirada da plataforma.

– Ela estava olhando o celular – apontou Fort.

E então tudo pareceu acontecer de uma vez. Os rapazes se levantaram de um salto, ocupando toda a imagem na hora em que o trem entrava na estação.

– Ela deve ter pulado justo nesse momento – disse o vigia, enquanto na tela o trem parava, as portas se abriam e a plataforma se enchia de curiosos. – Mas não se vê por culpa desses sul-americanos. Na verdade, foi o condutor do trem que deu o alarme. Pobre sujeito.

É curioso, pensou Héctor, a figura do condutor inspira mais pena que a da suicida. Como se seu último ato tivesse sido desrespeitoso.

– E não há câmeras que captem a imagem de outro ângulo? – perguntou Salgado.

O vigia negou com a cabeça e acrescentou:

– Tem as câmeras que controlam as catracas, pra que as pessoas não entrem sem pagar, mas nesse momento ninguém entrou por ali.

– Muito bem. Terminamos – sentenciou Salgado. Se Fort o conhecesse melhor, saberia que aquele tom seco pressagiava tempestade. – Vamos levar a fita, e assim este senhor pode encerrar o turno e ir para casa.

O vigia não se opôs.

– Pelo amor de Deus, Fort, diga que não me fez vir aqui a esta hora só pra me mostrar uma gravação em que não se distingue nada. – Fazia apenas duas semanas que ele estava sob as suas ordens, de modo que o inspetor expressou seu aborrecimento da maneira mais educada possível no curto trajeto que os separava da plataforma, mas mesmo falando em voz baixa ele não conseguia disfarçar o mau humor. Tomou fôlego; não queria parecer muito duro, e a essa hora da madrugada era fácil perder o controle. Para piorar, o agente estava com uma expressão tão arrependida que Héctor ficou com pena dele. – Deixa pra lá, depois conversamos sobre isso com calma. Agora já estou aqui, então vamos resolver o assunto com esses rapazes.

E apressou o passo escadas abaixo, cortando a conversa.

Os rapazes, apenas dois deles, estavam sentados em um dos bancos, o mesmo que haviam ocupado antes. Já não riam, pensou Héctor ao vê-los completamente rígidos. A farra havia acabado de repente. Enquanto se dirigia para eles, tentou não ver os sacos de plástico preto espalhados pelos trilhos. Voltou-se para o agente.

– Veja se terminaram e retire o corpo imediatamente.

A luz mortiça da plataforma dava aos rapazes um aspecto sujo. Dois policiais uniformizados estavam em pé diante deles. Conversavam, aparentemente alheios aos rapazes, mas sem deixar de vigiá-los. Quando Héctor se aproximou, ambos o cumprimentaram e deram um passo para trás. O inspetor parou e cravou os olhos nos adolescentes. Dominicanos, quase sem dúvida. Um deles beirava os dezoito ou dezenove anos; o outro, que a julgar pela aparência devia ser seu irmão mais novo, era mais jovem que Guillermo. Treze, no máximo catorze anos, concluiu Héctor.

– Bom, rapazes, é muito tarde, e todos queremos terminar o quanto antes. Sou o inspetor Salgado. Digam o seu nome, contem o que viram e me expliquem por que voltaram – acrescentou ao se lembrar do que Fort havia comentado. – Depois vamos todos dormir, está bem?

– Nós não vimos nada – adiantou-se o mais jovem, olhando o irmão com certa raiva. – Ficamos curtindo por aí e estávamos voltando do Port Olimpic pra casa. Fizemos a baldeação da linha amarela pra vermelha, mas perdemos o trem. Por pouco.

– Nome? – repetiu o inspetor.

– Jorge Ribera. E ele é o meu irmão Nelson.

– Nelson, você também não prestou atenção na mulher?

O rapaz mais velho tinha uns olhos muito negros, e seu rosto refletia uma expressão dura, desconfiada. Imperturbável.

– Não, senhor. – Olhava para a frente sem fixar a vista em ninguém. O tom de sua resposta era marcial.

– Mas vocês a viram?

O pequeno sorriu.

– Nelson só tem olhos pra garota dele. Mas ela é brava...

Héctor identificou então aquele que estava perturbando a garota de anoraque branco. Nelson fulminou o irmão com os olhos. No entanto, Jorge devia estar acostumado, porque não chegou a se alterar.

– Muito bem. Havia mais alguém na plataforma? – Héctor sabia que não, mas sempre existia a possibilidade de que alguém tivesse entrado no último momento. Apesar disso, os dois rapazes encolheram os ombros. Estava claro que tinham ficado entretidos com a discussão entre Nelson e a garota. – Está bem. O que vocês fizeram depois?

– Tiraram a gente do metrô, então saímos correndo pra pegar o ônibus noturno. Mas quando já estávamos no ponto Nelson me fez voltar.

O irmão lhe deu uma cotovelada, e Jorge baixou a cabeça. Parecia ter perdido a desenvoltura de repente.

– Conta – ordenou Nelson, mas Jorge se limitou a olhar para o outro lado. – Ou você prefere que eu mesmo conte?

O irmão mais novo bufou.

– Merda, encontrei na plataforma. Antes de as portas abrirem. O metrô freou de repente, sem chegar a entrar completamente na estação, e então eu percebi que tinha alguma coisa no chão. Eu peguei sem que ninguém visse.

– O que era?

– Era um telefone celular, inspetor – respondeu Roger Fort, que tinha se aproximado deles depois de cumprir as ordens. – Um iPhone novinho. Este.

Jorge olhou a sacola que Fort segurava com uma mescla de frustração e desejo.

– Você obrigou seu irmão a vir aqui pra devolver? – Era óbvio que tinha sido assim, mas Héctor perguntou sem pensar.

– Os Ribera não roubam – respondeu Nelson, muito sério. – Além do mais, tem coisas que é melhor não ver.

O pequeno revirou os olhos como quem está cansado de ouvir bobagens. Héctor notou e, depois de piscar um olho para o irmão mais velho, dirigiu-se a Jorge em tom severo:

– Muito bem, rapaz. Eu e você vamos pra delegacia. Agente Fort, leve ele daqui.

– Ei, eu não fiz nada! Não podem...

– Furto, alteração da cena de uma investigação, desacato à autoridade, que vou acrescentar por minha conta porque tenho certeza de que você vai dar uma de esperto. E... quantos anos você tem? Treze? Tenho certeza de que o Juizado de Menores não vai gostar nada de saber que um moleque dessa idade anda por aí "curtindo", como você diz, às tantas da madrugada.

O garoto estava tão assustado que Héctor se conteve.

– A não ser... A não ser que teu irmão, que parece um sujeito sensato, me garanta que vai cuidar de você. E que você me prometa que vai obedecer.

Jorge concordou com a cabeça com o fervor de um pastorzinho a quem a Virgem tivesse aparecido. Nelson passou o braço pelos ombros do irmão e, sem que ele visse, piscou de volta para o inspetor.

– Eu cuido dele, senhor.

A estação estava quase deserta; só restavam ali Héctor, Fort e duas empregadas do serviço de limpeza que, depois de se benzerem, começaram a trabalhar e esqueceram rapidamente que aquela plataforma havia sido cenário de uma morte violenta. O mundo continua girando, pensou Héctor, caindo sem querer no lugar-comum. No entanto, dava arrepios pensar que tudo continuava de forma tão normal. Em algumas horas a linha voltaria a abrir para o tráfego, e a plataforma se encheria de gente. E daquela mulher só restariam pedaços dispersos, guardados em sacos de plástico preto.

– Encontramos a bolsa, inspetor – disse Fort. – A mulher se chamava Sara Mahler.

– Era estrangeira?

– Nascida na Áustria, de acordo com o passaporte. Mas vivia aqui, não era turista. Na sua carteira também havia um crachá. Ela trabalhava em um laboratório. "Laboratórios Alemany" – leu ele.

– Você vai ter que entrar em contato com a família, mas isso pode esperar até amanhã. Volte pra delegacia, preencha o relatório e comece a localizar os familiares. E não ligue pra eles antes que amanheça. Vamos deixar que tenham mais uma noite de sono.

Héctor estava esgotado. Tinha as pálpebras pesadas de cansaço, e não tinha ânimo nem para dar a bronca em Fort por tê-lo feito ir até lá. Queria ir para casa, deitar e dormir sem pesadelos. Tentaria tomar os benditos soníferos, apesar de a palavra, mesclada com o que acabava de ver, lhe fazer pensar em uma morte indolor, mas ainda assim morte.

– Tem mais uma coisa que eu queria mostrar, inspetor.

– Mostre. Tem cinco minutos. – Lembrou-se então de que em apenas algumas horas ia viajar com o filho, e pensou que os soníferos ficariam para outra ocasião. – Nem um minuto a mais.

Héctor se deixou cair no banco e pegou um cigarro.

– Não diga a ninguém que fumei aqui, ou eu te processo.

O agente não se deu ao trabalho de responder. Estendeu o celular para o superior, dizendo:

– Esta foi a única mensagem que encontrei. É estranho, a agenda está vazia, e não consta nenhuma chamada. Portanto, era isto que ela estava lendo na plataforma antes de...

– Ah.

Héctor olhou a tela. Era uma mensagem de apenas duas palavras, escritas em maiúsculas, com uma foto anexada:

NÃO ESQUEÇA.

Quando baixou a foto, Héctor compreendeu por que Fort o havia chamado e por que o garoto dominicano tinha arrastado o irmão pela orelha para que devolvesse o bendito celular.

Primeiro achou que eram umas pipas presas em uma árvore. Mas depois de ampliar a foto e examinar bem os detalhes, percebeu que não. Havia uma árvore, sim, de galhos grossos e sólidos. Mas o que estava pendurado ali, os três vultos suspensos por cordas, eram animais. Os corpos rígidos de três cães enforcados.

Leire

3

Ano novo, vida nova... Apesar de no momento estar bem parecida com a anterior, disse Leire a si mesma enquanto se olhava de perfil no espelho, que era outro dos componentes enganosamente inéditos de sua atual existência. Nem bem o trouxeram da loja, ela resolvera que ele ia decorar o *hall* do apartamento para o qual acabava de se mudar e que ainda não podia chamar de lar. Nele, entretanto, continuava se vendo como uma bola.

Mas ela tivera muita sorte. Todo mundo dizia isso, de modo que ela acabara por ficar quieta e concordar. Aquele apartamento de teto alto, quase sem corredor, com dois quartos amplos e sol pela manhã, era sem dúvida o melhor dos que tinha visitado, e o preço, que em teoria tinha baixado muito nos últimos tempos, era de fato o máximo que seu salário permitia. "Vista para a Catedral da Sagrada Família", dizia o anúncio, e não se podia dizer que fosse mentira. Ver, via-se, da porta-janela que dava para um terraço diminuto. No entanto, ela não podia passar o dia olhando para aquelas agulhas que surgiam entre os edifícios, por mais lindas que fossem. O que o anúncio não dizia – nem a corretora da imobiliária que lhe mostrara o apartamento – era que o encanamento tinha cem anos e costumava entupir; que os azulejos do banheiro, de um espalhafatoso tom laranja que a mulher definiu como "dos alegres anos 1970", estavam para estourar por causa da umidade;

e que os radiadores da calefação não passavam de um adorno futurista que proporcionavam o mesmo calor que um vaso chinês. Ao que parecia, ela tinha que se conformar com a umidade, com o frio e com a poça do lavabo, que de vez em quando borbulhava como se fosse um alienígena saindo do ralo para admirar a Sagrada Família da sacada. Tudo um luxo, se você fosse japonesa.

De qualquer modo, o que a fazia sentir-se estranha nesse apartamento não eram os seus defeitos nem, é claro, a vista, mas o fato de que, pela primeira vez em anos, não parecia ser completamente seu. Um dos dois quartos tinha um berço, um armário de faia e uma faixa de azulejos decorados que percorria as quatro paredes, dividindo os dois tons de verde que sua amiga María elegera como a cor ideal para o quarto do bebê. E não era só isso: uma parte do seu armário, que sempre fora unicamente seu, fora invadida quase sem aviso por algumas peças de roupa masculinas.

Constrangida, Leire Castro foi até a sacada, contente por poder andar pelo apartamento sem encontrar caixas pelo meio. Isso sim é que era uma mudança. "A primeira das que virão, não é?", disse ela dirigindo-se ao menino que nesse momento se alimentava dela. Às vezes ele lhe respondia com movimentos bruscos. Outras vezes parecia nem tomar conhecimento. Tentou imaginar os traços daquele bebê, Abel, que flutuava dentro dela, mas só conseguiu pensar em uma carinha enrugada como a de um gnomo adormecido. Ele seria parecido com ela ou com Tomás? Bom, se fosse com ele não seria nada mau, pensou com um sorriso. "Mas é melhor que as semelhanças se limitem ao físico, hein, garoto? Do contrário eu e você vamos ter problemas..."

Tomás tinha sido uma transa de uma noite, que logo aumentara para três e, mais tarde, para alguns fins de semana esporádicos. Sexo sem compromisso. Sexo sem tabus. E uma vez, uma única vez, apesar de ninguém acreditar nisso, sexo sem camisinha. Mas com pontaria. A reação de Tomás, depois de um prato de croquetes requentados que tinha se tornado mítico para ambos, foi aquele "preciso de um tempo para me acostumar com a ideia", que, na opinião de Leire, costumava ser o prelúdio de "isso não vai dar certo". No entanto, Tomás a surpreendeu voltando apenas dois dias depois para conversar "a sério".

E eles tinham conversado longamente, pesando os prós e os contras como se tudo aquilo fosse uma questão racional, e ao mesmo tempo sabendo que não era. Apesar disso, acabaram concordando em uma série de questões. Um: não estavam apaixonados, pelo menos não da maneira idílica que não permite que um imagine a vida sem o outro. Dois: viviam em cidades diferentes, mesmo que separadas por apenas três horas de trem-bala. Três: o menino era dos dois. De modo que a conclusão, mais bonita no título do que nas letrinhas miúdas do contrato, havia sido: não, não seriam um casal – pelo menos por enquanto –, mas seriam pais. "Pais ficantes", como dissera María.

A resolução os satisfez, e, de fato, estavam fazendo tudo o que podiam para levá-la adiante. Tomás ia passar alguns fins de semana na casa de Leire e tinha se encarregado da mudança e de tarefas como colocar as tomadas; falava de Abel com certo entusiasmo e ameaçava torná-lo sócio do Real Madrid. Não haviam tocado na questão do dinheiro; María lhes dera de presente as quatro coisas do quarto do bebê, e, no que se referia ao apartamento, Leire não queria aceitar nem um tostão dele. Até o nascimento do menino também não era possível pedir mais nada, pensava ela. Mas no fundo gostava de ter alguém a seu lado nas aulas de preparação para o parto, nas ultrassonografias, quando a visão na tela do que tinha dentro de si lhe provocava lágrimas que ela não conseguia entender, ou, sem ir mais longe, nas sextas-feiras à noite, quando estava cansada demais para sair mas não queria ficar sozinha. Ou também durante aquele interminável feriado prolongado de Reis, pensou enquanto contemplava a Sagrada Família, essa testemunha inacabada do seu tédio, que ela estava começando a odiar em alguns momentos. Entretanto, Tomás estava em La Sierra – um lugar cujo nome fazia

Leire pensar em mata fechada ou em bandidos –, esquiando com uns amigos. O fato de ela não ter nada para fazer e de sua melhor amiga, María, ter ido passar o fim de semana fora não era culpa de Tomás, mas também não a fazia pensar nele com carinho. A mãe de Leire, uma asturiana sem papas na língua, resumira tudo aquilo em algumas frases que estavam se tornando proféticas: "Sozinha. Quando o menino nascer, você vai estar sozinha. Quando ele chorar à noite, você vai estar sozinha. No dia em que ele aprender a dizer 'papai', você vai mostrar uma foto. Se é que você tem alguma", vaticinara, antes de começar a cortar um frango com uma fúria inusitada. E ela, apesar de não se atrever a dizê-lo em voz alta, havia murmurado para seus botões algo muito parecido com: "Vou me preocupar com isso quando chegar a hora".

Apesar disso, a verdade era que em alguns momentos se sentia só, e a licença antecipada por causa de umas contrações rebeldes e precipitadas que tivera em meados de dezembro tinha contribuído bastante para isso. Já estava havia dois meses condenada ao trabalho interno, mas pelo menos estava na delegacia, podia participar dos casos, tinha gente em volta de si. Faltava um mês e meio para o nascimento de Abel. Seis semanas nas quais – já estava vendo – não faria outra coisa além de engordar, visitar o médico, ver outras grávidas e escolher roupa de bebê. Tinha decorado todos os artigos das revistas sobre a melhor maneira de dar banho, trocar e estimular um recém-nascido – uma distração que já dava para formar uma pilha de sábios conselhos que chegava até a metade da altura do sofá.

Foi ao anoitecer do dia seguinte que, deitada no sofá enquanto assistia a um capítulo de uma série policial que já tinha passado pelo menos duas vezes, a sensação de abandono se tornou tão intensa que lhe tirou até a vontade de chorar. O apartamento desconhecido, a falta de obrigações e a ausência de contato com outras pessoas, aumentada por tantos feriados, acabaram por mergulhá-la pouco a pouco num estado melancólico no qual também tinham um papel importante a preguiça e o tédio. "Abel, tua mamãe está ficando muito boba", disse em voz alta, para ouvir algum som que não viesse da televisão. Teve vontade de gritar, de fazer o mundo saber que ela continuava ali. E sem querer, de maneira automática, pensou que se desaparecesse ninguém sentiria falta dela até segunda-feira. E isso com um pouco de sorte... Sua mãe lhe telefonava todos os dias, mas com certeza, conhecendo-a como a conhecia, ela não daria o alarme até que as inúmeras chamadas sem resposta a deixassem preocupada. Tomás lhe mandaria alguma mensagem durante o fim de semana. Ou não. E María, ela sim, poria a boca no mundo se não a localizasse segunda-feira, quando voltasse. Mas era sexta-feira. Como acontecera com Ruth, a ex-mulher de seu chefe, ninguém começaria a procurá-la até que talvez fosse tarde demais. Um vago temor que não era característico do seu temperamento se apoderou dela. Você tem que parar com isso, disse a si mesma, e fechou os olhos, tentando afastar as nuvens da cabeça geralmente tranquila.

E então, quando os abriu e viu que nada mudaria se ela não fizesse alguma coisa, soube com que ia ocupar o tempo nas seis semanas de gravidez que lhe restavam.

– Leire, você está de licença. – A subinspetora Martina Andreu pronunciou a frase separando as sílabas. – Você vai ter um bebê, e o médico mandou ficar de repouso. Sabe o que significa "repouso"? Eu explico: ausência de trabalho.

Leire mordeu o lábio inferior, maldizendo a si mesma por não ter previsto que a subinspetora, aquele modelo de sensatez, brecaria seu projeto sem pensar duas vezes. Passara o fim de semana dando tratos à bola para encontrar a melhor forma de expor a ideia, mas naquela segunda-feira de manhã seus argumentos tinham se chocado com a lógica esmagadora da subinspetora Andreu.

– Além do mais – prosseguiu a chefe –, o caso nem é nosso. O delegado Savall já passou para Bellver, como você sabe.

– Por isso mesmo. – Ela se esforçou para encontrar as palavras adequadas, o que, dada a opinião que tinha do inspetor Dídac Bellver, não era exatamente fácil. Tomou fôlego e soltou o ar. Afinal de contas, não tinha nada a perder. – Subinspetora, acho que daqui da delegacia não se pode fazer muita coisa pra resolver esse caso. A senhora sabe como é isso, as urgências vão se amontoando e são substituídas por outras. E, nos desaparecimentos, os garotos que fogem de casa e os adultos que vão embora sem avisar se misturam com casos de crime de verdade. A senhora tem tanta consciência quanto eu de que não damos conta deles. E o caso de Ruth Valldaura já é coisa do passado... Faz seis meses que ela desapareceu.

Isso – ambas sabiam – era o pior de tudo. Quando se tratava de desaparecimentos, as primeiras horas eram determinantes, e, no caso de que estavam falando, o alarme fora dado muito tarde. A ausência de pistas fazia pensar em um homicídio, mas Savall se escudara na inexistência de corpo de delito e nas circunstâncias especiais do caso para designá-lo a Bellver e sua equipe.

Leire teve a sensação de que suas palavras não tinham caído no vazio. A dureza do semblante de Martina Andreu se suavizou. Apenas um pouco, mas o suficiente para que ela, que a conhecia bem, ganhasse um novo ânimo.

– Por outro lado, não perdemos nada se eu dedicar parte do meu tempo ao caso. Não quero fazer isso sem o seu consentimento – mentiu ela com a desfaçatez de quem tinha convicção de estar certa.

A verdade é que precisava de informações, de dados concretos, de ver em que ponto se encontrava o relatório – se é que haviam descoberto alguma novidade depois que o caso fora oficialmente retirado das mãos de Héctor em uma tumultuada conversa com o delegado Savall, depois da qual todos haviam receado que o inspetor abandonasse a corporação.

– O inspetor Salgado fez o que pôde, mas não podemos nos enganar, o delegado tinha razão em uma coisa: Héctor estava, e ainda está, implicado demais no caso para ser objetivo. E Bellver...

– Não exagera – interrompeu Martina Andreu. – Como você mesma disse antes, Bellver e seu pessoal estão sobrecarregados de trabalho. Assim como todos nós.

– Por isso mesmo – insistiu Leire. Havia percebido uma mudança no tom de sua superior, e isso a fez mostrar-se mais cuidadosa, para não perder o que já havia conquistado. – Serão apenas seis semanas, talvez menos. Se o bebê chegar mais cedo, já era. Mas acho que posso trazer um olhar novo pra esse caso. Eu não conheci Ruth Valldaura. Enquanto investigávamos, sempre tive a impressão de que, por causa da identidade da vítima, todo mundo dava uma série de coisas como certas. E o inspetor Salgado também não podia ver isso, por mais que quisesse.

– Eu sei.

Leire sorriu. Pressentia que estava perto de ganhar a partida.

– Escuta – prosseguiu Martina. – Não sei muito bem a que vem isso, nem por que você está me metendo nessa confusão. Mas eu te conheço o suficiente pra saber que você vai fazer o que der na telha, com ou sem a minha aprovação. Não, Leire, não minta pra mim. Você veio me ver porque posso facilitar certas coisas, não porque você esteja pensando em respeitar a minha decisão caso eu te proíba de fazer isso. No fim das contas, você está de folga e pode usar esse tempo pra fazer o que quiser.

– Se a senhora me disser que não, eu abandono o caso. Não quero envolvê-la em nenhuma confusão, e prometo que, se descobrir alguma coisa, informarei a senhora imediatamente. E a senhora decidirá como proceder com Bellver a partir daí.

A agente Castro sabia que estava andando em terreno minado. A implicância da inspetora com Bellver era pública desde que ele lhe tomara, com méritos mais pessoais que profissionais, segundo alguns, o cargo de inspetor. Mas Leire também intuía que a mais insignificante alusão ao assunto faria Martina Andreu se fechar em copas.

– Está bem. Vem me pegar às sete, no fim do meu turno, e eu te dou uma cópia do relatório. Ah, e nem uma palavra a respeito disso com o inspetor Salgado, caso você cruze com ele.

Era improvável, e a subinspetora sabia disso: Savall o havia convocado à sua sala, com mais alguns, para tratar de uma questão com um inspetor da Polícia Nacional, um tal de Calderón. Como fazia apenas meia hora que a reunião havia começado, previa-se que a coisa fosse longe.

– Leire, já que você quer trabalhar durante a licença, as regras são as mesmas que se você estivesse de serviço; portanto, para o teu próprio bem, quero ser informada de tudo. Você vai me manter em dia a respeito de cada passo e de cada detalhe. Não faça nada por conta própria, ou garanto que quando você voltar a vida aqui não vai ser fácil. Está claro?

Por um momento, o olhar de agradecimento que Leire Castro lhe dirigiu convenceu a subinspetora de que não estava fazendo nada errado. Como a própria agente havia dito, não perdiam nada por tentar, e no fundo Martina tinha certeza de que o caso de Ruth Valldaura estava condenado a não se resolver nunca. Ao mesmo tempo, e não sem alguma inveja profissional, estava certa de que, se havia alguém na delegacia capaz de enfrentar um mistério aparentemente insolúvel, essa pessoa era a agente Castro.

4

Assim, nessa mesma noite, já com o relatório em mãos, Leire fez o que seu corpo e sua mente lhe pediam desesperadamente. Precisava de atividade, de se interessar por alguma coisa, e o relatório que tinha à sua frente, apesar de ela conhecer a maior parte do seu conteúdo, pressupunha um desafio que, entre outras coisas, a fazia sentir-se viva. E útil. Com uma disciplina que havia aprendido a valorizar, ela o leu devagar, como se estivesse fazendo isso pela primeira vez, convencida de que às vezes o detalhe mais insignificante acabava desembocando na solução.

Em seguida, depois de um momento de intensa concentração, fez algo que desde pequena lhe havia servido para interiorizar as coisas. Sentada à mesa da sala de jantar, fez um resumo do caso, reescrevendo os detalhes mais relevantes. Era uma tarefa enfadonha, agora que praticamente não se escrevia nada à mão, mas Leire tinha consciência de que isso a obrigava a pensar, a estimulava mais do que a simples leitura. Não seguia uma ordem precisa; deixava que sua mão fosse esboçando o que para ela era uma primeira aproximação dos fatos.

> Ruth Valldaura Martorell. Trinta e nove anos. *Designer* e ilustradora de grande êxito graças a uma linha de artigos para casa muito popular nos últimos tempos. Separada e com um filho, Guillermo, com quem vivia. Desaparecida de sua casa, um apartamento tipo *loft* que também usava como estúdio, situado na Calle Llull, dia 7 de julho de

2010, apesar de a denúncia só ter sido feita dois dias depois. Em sua casa não foram encontrados rastros de violência, e a porta também não havia sido forçada. Segundo sua companheira, Carolina Mestre, faltavam uma maleta pequena e quatro peças de roupa, o que estava de acordo com as últimas notícias que se tinha de Ruth, que havia manifestado a intenção de passar o fim de semana na casa que seus pais possuíam, e ainda possuem, na cidade costeira de Sitges. Seu carro foi encontrado estacionado perto de casa, o que leva a pensar que provavelmente sua proprietária não tenha chegado a usá-lo na manhã de sexta-feira, 7 de julho, quando avisou a seus pais, ao ex-marido e à nova companheira que não voltaria até domingo à noite. As mensagens que enviou eram sucintas. Ao que parece, Ruth queria ficar alguns dias sozinha perto da praia.

Domingo à noite seu filho Guillermo, que ela devia pegar na casa de um amigo com quem ele estava passando alguns dias de férias, ligou para seu pai, o inspetor Héctor Salgado, para perguntar por Ruth. Esse foi o alerta.

As primeiras investigações se centraram nas ameaças proferidas contra a família do inspetor Salgado por parte do doutor Omar, um curandeiro de origem africana vinculado a uma rede de tráfico de mulheres que havia sido desmantelada em meados do ano anterior. Os cafetões foram detidos, e, apesar de se suspeitar que Omar utilizava o vodu para aterrorizar as jovens prostitutas nigerianas, apenas uma se mostrou disposta a testemunhar contra ele. A morte violenta dessa garota levou o inspetor Salgado a ir ao consultório que Omar tinha em uma ruela perto dos Correios e a lhe dar uma surra que foi a origem das ameaças a Salgado e a seu círculo de relações. Mais tarde, o doutor foi assassinado por seus cúmplices.

No entanto, segundo confessou Damián Fernández, o advogado e assassino de Omar, este levou a cabo antes de morrer um rito de malefício contra a pessoa de Ruth Valldaura. O objetivo era, obviamente, vingar-se do inspetor Salgado. Essa testemunha afirmou que Omar tinha certeza de que Ruth desapareceria sem deixar o menor rastro. Como aconteceu afinal.

Leire fez uma pausa antes de continuar escrevendo. Os fatos objetivos eram bem simples. Tanto fazia que ela não acreditasse nas mentiras do curandeiro; a realidade, a assombrosa realidade, era que, por culpa ou não do malefício, o destino de Ruth havia sido o que o filho da puta do Omar profetizara. E apesar de durante algum tempo se pensar que o próprio doutor havia contratado alguém para concretizar sua ameaça, Leire nunca se convencera dessa hipótese. Se uma coisa ficava clara ao estudar um personagem tão obscuro como o curandeiro era a fé que ele tinha em seu próprio poder: apesar de todos acharem que aquilo não passava de conversa fiada, Omar tinha certeza de que o ritual funcionaria.

Pela primeira vez em meses, Leire sentiu falta do cigarro, mas conteve-se. Havia parado de fumar no fim do verão e não tinha a menor intenção de ter uma recaída. Para acalmar a ansiedade, foi até a cozinha, pegou duas bolachas, que o médico também havia proibido, e voltou para a mesa. Já era tarde, mas no dia seguinte ela podia dormir até a hora que quisesse. Pegou novamente a caneta esferográfica e voltou ao trabalho.

> Ruth Valldaura era uma pessoa reservada, sem muitos amigos nem inimigos conhecidos. A opinião geral era que se tratava de uma mulher equilibrada, atraente, amável e com uma pronunciada tendência à introspecção. Mantinha uma relação cordial com o ex-marido, e em sua história sentimental posterior, com Carol Mestre, não parecia ter problemas mais graves que as discussões habituais de qualquer casal. Ruth havia aceitado seu lesbianismo, ou sua bissexualidade, de forma aberta. Não tinha tentado ocultá-lo dos pais nem de seu filho. Seu trabalho, apesar de bem-remunerado, não fazia dela uma pessoa rica, nem conhecida além dos círculos do seu setor. Trabalhava sozinha, apesar de colaborar com sua companheira e sócia na comercialização de seus *designs*. Na verdade, foi no ambiente profissional que elas se apaixonaram.
>
> As investigações sobre o seu desaparecimento chegaram depois a um beco sem saída. A rua onde viviam, situada em na antiga

zona industrial de Poblenou, não muito longe de onde vive seu ex-marido, ficava bastante deserta durante os fins de semana de verão, e os poucos vizinhos que foram interrogados não forneceram nenhuma informação significativa.

Existem, *a priori*, duas alternativas que, apesar de serem meras suposições, devem ser levadas em conta:

1. o doutor Omar e seu círculo, com maldição incluída, seja lá o que isso queira dizer;

2. alguém próximo a Ruth, por improvável que pareça: seu ex-marido, sua namorada, algum amigo(a).

Leire suspirou. Algo na última frase a fez sentir-se uma traidora. Gostava muito de Héctor Salgado. Respeitava-o como chefe e apreciava-o como pessoa. Abel pareceu protestar dentro de sua barriga, ou talvez avisá-la de que já era tarde e ela devia se deitar de uma vez. "Já vou, rapaz. Mas fique sabendo que se ele não fosse meu chefe, se você não estivesse aí, se tudo tivesse acontecido de outro jeito, a mamãe teria quebrado o pau com esse argentino." O bebê deu outro chute, e Leire acariciou a barriga. Apesar de no começo achar estranho, agora ficava feliz quando ele se mexia. Era a prova de que estava vivo.

Rapidamente, escreveu mais um parágrafo.

Existe, como sempre, uma terceira opção. Uma pessoa de quem não temos notícia, alguém que tivesse algo contra Ruth Valldaura e que apareceu na casa dela aquela sexta-feira antes de ela sair. Alguém que Ruth conhecia e que ela deixou entrar em sua casa sem suspeitar de nada estranho.

Esse assassino ou sequestrador X teria se beneficiado pelo fato de as pistas apontarem para o doutor Omar, e teve tempo para esconder muito bem o seu rastro.

Tão bem, pensou Leire antes de se deitar, que seis meses depois ninguém tinha conseguido encontrá-la.

Sara

5

Sara Mahler. O nome voltou à mente de Héctor durante a interminável reunião em uma das salas da delegacia. Não o tempo todo, já que o encontro era denso e requeria concentração; em *flashes*, sem que ele pudesse evitar, seu pensamento se voltava para aquela mulher que quinta-feira de madrugada pulara nos trilhos do metrô. A foto do seu passaporte, que tinha visto novamente algumas horas antes. Sara Mahler não era bonita. Tinha a tez pálida, o nariz estreito e uns olhos azuis muito pequenos. Traços centro-europeus traídos por um cabelo cor de azeviche, obviamente tingido, que ressaltava ainda mais a brancura da pele.

Quando a reunião acabou, já eram quase sete da noite. O inspetor se dirigiu rapidamente à mesa de Fort, que não via desde o dia do acidente. O agente estava ali com Martina Andreu.

– Alguma novidade sobre Sara Mahler? Você localizou a família?

Fort quase bateu continência antes de responder.

– Sim, inspetor. Levei toda a sexta e parte do sábado pra encontrá-los, mas acabei conseguindo. O pai dela chegou esta manhã de Salzburgo. – Ele levou alguns segundos para acrescentar, em tom quase misterioso: – É um tipo estranho, pra falar a verdade. Não pude me comunicar muito com ele porque ele só fala alemão, mas é evidente que a notícia não o afetou muito. Pelo pouco que sei, fazia anos que eles não se viam. Sara chegou a Barcelona em 2004, e, pelo que entendi, só voltou ao seu país em uma ocasião, no ano seguinte. E seu pai nunca tinha pisado na Espanha, conforme ele mesmo disse.

O agente não contou o que a intérprete havia traduzido em seguida. Joseph Mahler, aproveitando a viagem, queria passar alguns dias em Mallorca, onde tinha amigos. O fato de alguém usar um acontecimento desses como desculpa para tirar férias deixara o pobre agente Fort estupefato. E triste.

– Muito bem – disse Héctor. – E de Sara? O que mais sabemos?

Fort consultou suas anotações, como se receasse esquecer alguma coisa.

– Sara Mahler, trinta e quatro anos. Como eu já disse, ela chegou a Barcelona há sete anos, em meados de 2004. Vivia no Pasaje de Xile, perto do Mercado de Collblanc, e dividia um apartamento com outra moça. Kristin não sei de quê... Não entendi o sobrenome. Ela também tinha viajado durante o feriado prolongado de Reis, por isso só hoje falei com ela.

Héctor assentiu, animando Fort a prosseguir.

– Segundo Kristin, Sara era secretária de diretoria nos Laboratórios Alemany, uma empresa dedicada à fabricação e comercialização de cosméticos.

– Ela deu algum motivo que explique o suicídio de Sara? Algum desgosto amoroso, problemas no trabalho?

Fort negou com a cabeça.

– Não, senhor, mas isso não significa que não haja. – Ao ver a cara de perplexidade do chefe, apressou-se em acrescentar: – Quer dizer, Kristin estava dividindo o apartamento com Sara há apenas dois meses. Não eram amigas nem nada do tipo. Eu perguntei se ela tinha encontrado algum bilhete no quarto de Sara. O senhor sabe...

– Entendo. E?

– Ela não queria ir olhar. Ao que parece, Sara não gostava que entrassem no seu quarto. Eu disse que agora ela não ia mais ficar sabendo, e então ela foi. Mas não encontrou nada. Nem bilhete nem nada parecido.

Pela primeira vez Martina Andreu, que estava escutando sem participar, voltou-se para Héctor.

– Fora essa mensagem macabra, existe alguma coisa que indique que não foi suicídio?

– Na verdade, não. O mais provável é que essa mulher, agoniada pelo motivo que fosse, tenha pulado nos trilhos do metrô por vontade própria. Apesar disso, não gosto nada da mensagem e da foto. Sabemos quem enviou isso, Fort?

– Vai ser difícil, inspetor. Foi enviada de uma rede de mensagens gratuitas. Estamos esperando o IP, mas isso não costuma esclarecer muita coisa.

– Então trabalhe com coisas mais palpáveis – recomendou Héctor. – Andreu, já sei que tudo isso provavelmente não vai dar em nada, mas é melhor que Fort vá falar com essa tal Kristin não sei de quê. E que vá ao trabalho de Sara... Você também ligou pra eles, não é? É estranho que ninguém tenha aparecido. Nenhum amigo, namorado... – E acrescentou, com seu típico meio sorriso: – Ou amiga, ou namorada.

– Talvez seja por isso que ela pulou nos trilhos – disse a subinspetora. – Porque sabia que ninguém ia sentir muito a sua falta.

– O pai é que não ia mesmo – interrompeu Fort. A impassibilidade daquele indivíduo havia mexido com ele.

Nesse momento o telefone da mesa tocou, e o agente atendeu. Foi uma conversa curta.

– Vejam só, foi só falar nele que ele apareceu.

– O namorado?

– Não, inspetor. O chefe. O chefe de Sara, quero dizer.

– Já tinha entendido.

– Ele está na porta e quer ser recebido pelo inspetor encarregado do caso.

Héctor deu uma olhada no relógio. Estava desesperado de vontade de sair para fumar um cigarro, mas não conteve a curiosidade.

– Manda entrar. Como você disse que ele se chama?

– Desculpe, eu não disse. – Fort parecia imune à aflição que de vez em quando tomava conta do rosto de seu chefe. – Ele se chama Víctor Alemany, diretor-geral dos Laboratórios Alemany.

Antes que Fort chegasse à conclusão de que, dada a coincidência de sobrenomes, se tratava de um negócio de família e, o que era pior, que o dissesse em voz alta, Héctor deu meia-volta e foi para sua sala. Na porta, entretanto, voltou-se para acrescentar:

– Martina, amanhã precisamos conversar. A respeito da reunião com Savall. Bem cedo, está bem? É importante. Fort, você vai sozinho falar com a companheira de apartamento de Sara. Dá uma boa olhada no quarto daquela pobre moça.

Víctor Alemany, esse sim, estava sensibilizado, disse Héctor para si mesmo. Ou pelo menos pouco à vontade. Ele se sentara diante de sua mesa poucos minutos antes, e seu rosto refletia algo que só podia ser definido como uma grande perplexidade.

– Inspetor Salazar...

– Salgado.

– Sim, desculpe. Tudo isso é tão terrível... – Dava a impressão de estar procurando outro adjetivo, mas logo desistiu e repetiu: – Terrível.

Héctor o observou. Em seu trabalho, costumava avaliar as pessoas rapidamente, e depois de alguns minutos podia dizer que Víctor Alemany parecia ser um sujeito decente. Quarentão, não muito mais velho que Héctor, Alemany tinha um ar quase nórdico. Era loiro, ligeiramente grisalho; usava um bom terno e óculos que deviam ser caros, atrás dos quais se escondiam olhos azul-celestes. Apesar da roupa, ele não parecia ser um executivo agressivo. Na verdade, desde que ele tinha cruzado a porta, Héctor o achara parecido com Michael York, o estudante protagonista do filme *Cabaret*. Evidentemente, com alguns anos a mais.

– Quando aconteceu isso? Não ficamos sabendo de nada até esta manhã, ao perceber que Sara não tinha ido trabalhar...

– Isso não costumava acontecer? Quero dizer, que ela não fosse trabalhar...

– Acho que isso nunca aconteceu. Não, tenho certeza. Sara não faltava nunca. Nem chegava atrasada. Ao contrário, costumava ser uma das primeiras a chegar.

– Sua empresa lida com...

– Somos um laboratório de cosméticos. – Víctor Alemany sorriu. – Cremes faciais e corporais de todo tipo, maquiagem... Meu avô fundou a companhia nos anos 1940, e ainda estamos aqui.

– Tempos difíceis?

Alemany se limitou a encolher os ombros.

– Não podemos nos queixar. Mas receio que o pior ainda esteja por vir.

– O que Sara fazia, exatamente? – perguntou Héctor para voltar ao assunto.

– Era minha secretária há cinco anos.

– E o senhor estava satisfeito com ela?

– É claro – respondeu o outro com o que parecia ser uma total franqueza. – Eu não tinha queixa alguma do seu trabalho. Ela não cometia erros.

Não chegava tarde, não se enganava, não faltava... Héctor pensou que Sara Mahler fazia tudo com perfeição. Até suicidar-se.

– O senhor a conhecia bem?

– Eu já disse. Ela era minha secretária. Se o senhor quer saber se eu sei alguma coisa da sua vida particular, posso dizer que não, até porque ela não falava de si. Limitava-se a cumprir suas tarefas de modo exemplar, mas não me falava muito de si mesma.

– E com o resto do pessoal? – perguntou Héctor. Avançava um pouco às cegas, já que não conhecia o tamanho da empresa da qual estavam falando e achou preferível não perguntar. Logo perceberia se isso seria necessário.

– Sara era uma mulher reservada. Não tenho certeza se ela tinha amigos no trabalho.

E parecia que também não tinha fora, disse Héctor a si mesmo. Mas Víctor Alemany continuou:

– Acho que era uma questão de mentalidade, sabe? Sara era austríaca, tinha uma formação muito rígida. Continua havendo muitas diferenças culturais.

– Sei.

Houve alguns instantes de silêncio, e enquanto durou a pausa Héctor começou a firmar o perfil de Sara Mahler: organizada, pontual, pouco sociável, exigente consigo mesma e com os outros; sem laços familiares importantes. Víctor Alemany não interrompeu esse momento de reflexão. Na verdade, também estava absorto em seus próprios pensamentos.

– O senhor sabe se ela tinha namorado? – perguntou afinal o inspetor.

Alemany pareceu voltar a si.

– Não sei, mas, sinceramente, não acredito. Imagino que em algum momento ela teria feito um comentário a respeito disso.

Héctor concordou.

– Escute, inspetor Salgado, se pudermos ajudar em qualquer coisa... Qualquer coisa. Sei que ela tinha família, então, se houver necessidade de dinheiro para repatriar os restos... – A palavra "restos" de repente lhe pareceu pouco adequada, dadas as circunstâncias da morte. – O senhor me entende. Ainda não consigo acreditar que... Pode ter sido um acidente, não? Talvez ela tenha ficado tonta e tenha caído...

– Isso é sempre difícil de aceitar. Mas o senhor tem razão: existe a possibilidade de uma queda acidental. – Fez uma pausa e soltou: – Ou de alguém a ter empurrado de propósito.

– Quem faria uma coisa assim?

Essa era a grande pergunta, pensou Héctor. Pelo pouco que sabia de Sara Mahler, ela parecia ser uma mulher capaz de despertar antipatia, mas não ódio.

– Bem, se precisar de mais alguma coisa, já sabe onde nos encontrar. Na verdade, devo sair de viagem amanhã, e só voltarei sexta-feira. Para qualquer coisa, entre em contato com a empresa. –Víctor Alemany tirou um cartão de visita e rabiscou um número de telefone. – É o número direto de minha irmã Sílvia. Trabalhamos juntos.

Mandam juntos, corrigiu mentalmente Héctor. Esse tipo de negócio sempre o havia fascinado: a complexidade das relações familiares ainda mais complicada por assuntos empresariais.

Víctor Alemany fez menção de se levantar, quando Héctor o deteve com um gesto discreto.

– Um momento. Esta fotografia lhe diz alguma coisa?

A imagem dos cães enforcados fez Víctor empalidecer. Era um tipo sensível, não havia dúvida.

– O que é isso?

– Alguém mandou para o celular de Sara com uma mensagem que dizia: "Não esqueça".

Víctor ficou desconcertado, mas preferiu não acrescentar mais nada.

– Tem certeza de não ter visto essa foto antes?

– Tenho – mentiu ele.

Era óbvio que Víctor Alemany não ia lhe contar mais nada. Héctor sabia quando as pessoas se fechavam em copas, e também quando era o momento de insistir.

6

Enquanto o táxi que ele tinha tomado ao sair da delegacia avançava o que permitiam os semáforos da Avenida Paral-lel – projetados para desafogar o tráfego, que já não fluía muito bem àquela hora da tarde –, Víctor Alemany resistiu às tentativas de conversa do motorista, um homem bem mais velho, que estava louco para falar da crise e do "bando de ladrões" que ocupava o governo. Víctor, que se considerava mais um progressista e que, evidentemente, não tinha a menor intenção de discutir política com um taxista da velha escola, limitou-se a dar algumas respostas monossilábicas e a consultar mensagens inexistentes no celular. O motorista percebeu a indireta e se vingou conectando-se a seus companheiros pelo rádio de serviço, com o que o veículo se encheu de vozes entrecortadas, roucas e um tanto sinistras, que se comunicavam em um código que, aos ouvidos do passageiro, parecia o que um bando de assaltantes de banco usaria em um filme.

Sentiu a vibração do celular e olhou a tela, apesar de não ter muitas dúvidas a respeito de quem era. Sílvia. Impaciente como sempre, incapaz de esperar que ele ligasse. Não bastava ter insistido para que ele fosse à delegacia... Por um instante, teve vontade de ignorar a irmã, mas o costume, instalado nele desde a mais tenra infância, o obrigou a responder. "Alô. Escuta, estou num táxi. Te ligo quando chegar em casa. Sim, sim, foi tudo bem. Não, não falaram nada a respeito disso. Não se preocupe."

Suas próprias palavras lhe provocaram uma sensação de remorso. "Tudo bem." Tudo bem para ele, claro. Tudo bem para eles. E sobretudo, tratando-se de Sílvia, tudo bem para a empresa. Quase riu em voz alta ao pensar em como a irmã havia mudado; quando eram adolescentes, ninguém teria adivinhado que a rebelde Sílvia – a mesma que havia raspado metade da cabeça e decorado seu quarto com desenhos e símbolos anarquistas, a mesma que fugira de casa com dezoito anos para se unir a um grupo de *okupas* que vociferava opiniões extraídas de panfletos radicais – trocaria os moletons esburacados por *tailleurs* e terninhos, os grafites por quadros assinados e as palavras de ordem esquerdistas por outras que, sendo benevolente, só podiam ser qualificadas como práticas, e, sendo realista, como neoliberais.

Executiva competente, mãe rigorosa de uma adolescente e de um garoto de onze anos, Sílvia era a antítese do que havia sido. Víctor se lembrou do pai; raposa velha, ele devia ter sido o único que intuíra que isso aconteceria, pois nunca levara os desafios da filha muito a sério. "Vamos lhe dar corda suficiente para que ela corra", dissera ele na segunda vez em que Sílvia fugira de casa. "Quando ela se cansar, é só puxar com força." E puxara mesmo: anos depois, quando a filha pródiga batera na sua porta com duas crianças nas costas e sem ninguém ao lado, o velho impusera suas condições com um simples: "Ou você obedece ou vai embora". O surpreendente é que Sílvia não apenas aceitara essa autoridade como, provavelmente farta de suas andanças, dera uma guinada de cento e oitenta graus em seu estilo de vida. Ou talvez, suspeitava Víctor, para sua irmã fosse mais fácil se convencer de que o velho tinha razão do que admitir que havia sido obrigada a ceder. Agora, com quarenta e cinco anos e depois de muitos de castidade voluntária, tinha começado uma relação com um funcionário da empresa. É claro, como na nova Sílvia não havia lugar para a frivolidade, o casamento estava marcado para a primavera daquele ano. Tempo que devia ser suficiente para que Víctor se acostumasse com a ideia de que César Calvo, além de responsável pela logística e pela armazenagem dos Laboratórios Alemany, ia se converter em mais um membro da família. Um membro com voz, mesmo que não muito alta, cujo voto seria apenas consultivo, pensou Víctor. Esperava que César tivesse consciência disso...

De qualquer forma, a frieza que a irmã demonstrava não deixava de assombrá-lo: o fato de Sara ter decidido dar fim à própria vida de uma forma tão violenta passara de tragédia a inconveniente em questão de minutos. A cara de Sílvia, que ele conhecia como se fosse a sua, refletira essa mudança de sentimento. Quem não a conhecesse tão bem, entretanto, teria jurado que o semblante sério de sua irmã gêmea expressava pesar pela morte de uma pessoa que se situava nesse terreno impreciso que engloba as relações de empresa: não querida como uma amiga, é claro, mas mais que uma simples conhecida. Em palavras da própria Sílvia, que, como responsável pelos recursos humanos, tinha enviado um comunicado a toda a empresa, Sara Mahler tinha sido "uma estimada colega de trabalho, de quem todos sentiremos falta". Obviamente, a circular não mencionava a causa da morte, apesar de os comentários – Víctor tinha certeza disso – já terem começado a circular no meio da manhã. E, a essa hora da noite de segunda-feira, oito e meia passada, todo mundo nos Laboratórios Alemany devia saber que Sara Mahler, a secretária do diretor, se suicidara. E que seu corpo estava numa sala de autópsia, retalhado.

A ideia lhe deu calafrios, lhe revolveu o estômago. Estava louco para chegar em casa, para abraçar Paula. O trajeto não acabava nunca; percebeu que estavam há alguns minutos parados. Uma dúzia de carros adiante, o sinal vermelho mudou para verde sem que nenhum veículo se movesse; depois zombou deles com o amarelo, e quando afinal um carro conseguiu atravessar voltou ao vermelho original sem o menor resquício de piedade. O taxista soltou uma porção de palavrões que Víctor decidiu ignorar; preferia ignorar os problemas alheios. E então, ao fazer essa reflexão, veio-lhe à cabeça o semblante preocupado de Sara Mahler numa das últimas vezes que falara com ela. Tinha sido pouco depois do jantar de Natal da empresa.

Já é tarde. Anoitece tão rápido que ele tem a impressão de que são apenas seis horas, mas a verdade é que o relógio de mesa marca oito e quarenta. Quando levanta a cabeça dos relatórios dos representantes regionais que está examinando, uma tarefa que deseja terminar antes de ir embora, percebe que Sara entrou na sala. Com certeza bateu na porta e ele não ouviu. Sorri para ela, cansado.

– Você ainda está aqui? – Sabe que a secretária costuma permanecer no escritório até que ele vá embora. Nunca lhe pediu para ficar; Sara parece ter assumido isso como uma obrigação inerente à sua função.

– Sim... – Sara hesita, o que é novidade. Afinal se decide, mas não totalmente: – Queria falar com você, mas já é muito tarde. Melhor deixar para amanhã.

Sim, pensa Víctor. Amanhã. A conversa vai atrasá-lo, e ele quer encerrar o dia de trabalho e ir para casa. O que diz, no entanto, é muito diferente:

– Tudo bem. Pode entrar e sentar. – Mostra a papelada e sorri novamente, sem muita vontade. – Isto pode esperar.

Vê-la sentada do outro lado da mesa é raro, porque Sara costuma ficar de pé. A solenidade dos gestos de sua secretária o inquieta um pouco, e por um momento ele é assaltado por um vago receio de que, a essa hora, ela comece a lhe expor um problema grave. Ela está pouco à vontade, isso é óbvio: rígida, sentada na beirada da cadeira. Ele troca de óculos e então, quando afinal a vê com clareza, nota que seus olhos estão um pouco avermelhados.

– Aconteceu alguma coisa? Você está com algum problema?

Sara o fita como se fosse lhe contar alguma coisa de importância vital. Permanece em silêncio, consternada, até que por fim toma a palavra.

– É sobre Gaspar – diz ela rapidamente, mas sem força.

Uma careta de desgosto se desenha no rosto de Víctor. Ele não quer falar de Gaspar Ródenas. Na verdade, gostaria de nunca ter ouvido aquele nome. Muda de tom e acrescenta uma nota de dureza à voz:

– Sara, o que aconteceu com Ródenas – sente-se incapaz de pronunciar seu nome – foi uma tragédia. Nunca vamos entender. É algo que escapa à compreensão humana. O melhor que podemos fazer é esquecê-lo.

Apesar de ela concordar com a cabeça, como se estivesse de acordo, Víctor se arrepende de ter começado aquela conversa. Desvia os olhos para a rua: adoraria desfrutar uma vista mais elegante, como a da Avenida Diagonal; nos primeiros momentos de êxito, quando o creme anticelulite, a estrela de sua gama de produtos, batia recordes de vendas, chegara a pensar em mudar os laboratórios para uma zona mais elegante. De qualquer modo, e apesar de sua janela dar para as inóspitas ruas vazias da Zona Franca, ele continua com vontade de sair do escritório, e não de revolver um assunto que lhe parece sombrio e mórbido.

– Eu sei – diz Sara. – E eu tentei. Todos nós tentamos... Apesar disso...

Ela se interrompe, talvez porque ele continue com o olhar perdido, subitamente ausente. Ela percebe, é claro, e abaixa a cabeça.

– Você não quer falar disso, não é? – pergunta Sara. Em sua voz vibra uma nota de decepção.

– Agora não, Sara. – Víctor se volta para ela. – Compreendo que foi um golpe para todos. Para mim também. Eu confiava nele. Eu o promovi.

Seu tom esconde que isso não é verdade; ele havia dado seu voto para outro candidato. Sílvia e Octavi Pujades, o chefe direto de Gaspar, tinham votado nele. E algo no rosto de Sara lhe indica que ela sabe disso; um brilho em seus olhos revela que ela não acredita no que ele está dizendo. Mas Víctor ignora essa impressão e continua falando, com vontade de encerrar o assunto.

– É impossível saber o que se passa na cabeça das pessoas. Nem o que acontece dentro da casa delas. Ródenas apenas trabalhava aqui. O que ele fez, por horrível que pareça, não tem nada a ver conosco. E precisamos esquecer isso, pelo bem da empresa. Então, respondendo à sua pergunta, não, não quero falar disso.

Nos últimos minutos Sara começara a recobrar sua compostura habitual. Ela se ofendeu, pensa Víctor. Apesar disso, já é tarde para voltar atrás, para lhe perguntar o que ela queria lhe dizer. De qualquer modo, ela não lhe dá opção. Murmura uma desculpa, levanta-se e dirige-se para a porta. Ela para um momento antes de sair. Por um instante, Sara parece decidida a dar meia-volta, interrompê-lo de novo e lhe jogar na cara o que tinha em mente quando entrara na sala. Mas ela não faz isso. Víctor não a olha diretamente para não lhe dar a oportunidade de se abrir, mas apesar disso percebe que o que o rosto de Sara expressa não é desilusão nem orgulho ferido, mas tristeza.

O táxi freou bruscamente na Calle Nou de la Rambla, exatamente no endereço que ele tinha indicado ao entrar no carro. Víctor pagou e desceu com um cumprimento seco e, apesar de estar louco para ver Paula, parou diante do portão antigo, com soleira, como dizia ela, pegou o celular e ligou para Sílvia. Havia certos assuntos dos quais não queria falar em casa, e outros sobre os quais não queria falar com a irmã; então, para não se estender, limitou-se a lhe fazer um resumo de sua conversa com o inspetor.

7

Kristin Herschdorfer adorava Barcelona. Ela repetiu isso várias vezes, como se a boa opinião que tinha da cidade pudesse fazê-la conquistar a boa vontade do agente que tinha ido vê-la para lhe falar da companheira de apartamento, quando na realidade quem não estava muito à vontade na Ciudad Condal era o próprio Roger Fort. Achava a cidade grande, cheia de gente a toda hora e não particularmente hospitaleira. Esta manhã, por exemplo, tinha dado muitas voltas para estacionar o carro perto do Mercado de Collblanc, e depois levara algum tempo para encontrar o Pasaje de Xile, a rua onde Sara Mahler havia morado. No entanto, compreendia que, para aquela moça de vinte e quatro anos nascida em Amsterdã, o fato de o sol brilhar no mês de janeiro era um grande ponto a favor de Barcelona. Kristin fazia um curso de espanhol na universidade, não muito longe de sua casa, com a intenção de começar em setembro um mestrado em energias renováveis. Como acontecia com a maioria dos estrangeiros, para a holandesa o bilinguismo que imperava na cidade era desconcertante.

– Mas agora tenho um amigo catalão – comentou ela com um sorriso, e Fort não saberia dizer se esse fato obedecia a razões sentimentais ou à necessidade de aprender a língua sem pagar um curso extra. De qualquer modo, tinha certeza de que não lhe faltariam candidatos se o eleito não fosse um bom professor.

– Me fale de Sara. Já sei que fazia pouco tempo que se conheciam...

– Desde outubro. Primeiro morei com outras garotas no centro, mas uma era louca. Completametne louca. E lá era muito barulhento. De noite eu não conseguia dormir. Por isso procurei outro apartamento. Olhei vários, e afinal me mudei pra cá porque fica mais perto da universidade.

– Aqui é mais calmo que no centro, com certeza. E como era viver com Sara? – insistiu ele.

Kristin encolheu os ombros.

– Bom... – Ela pegou uma mecha do longo cabelo loiro e começou a retorcê-la, desviando os olhos. – O apartamento é bom. Pra dizer a verdade, acho que não vou conseguir pagar o aluguel. Quero dizer, sozinha.

– Eu estava perguntando a respeito de Sara – disse o agente com suavidade.

Kristin parecia não querer falar da companheira de apartamento.

– Ah... – Ela sorriu, como se fosse dizer algo que não devia. – Bom... Não fica bem criticar os que já se foram. Mas... Sara era um pouco diferente. Como posso explicar?

Era evidente que ela não encontrava uma forma de fazê-lo, portanto Fort decidiu intervir.

– Ela já tinha dividido o apartamento antes? – Ele não estava muito a par dos salários de uma secretária executiva, mas o aluguel daquele apartamento não parecia ser muito caro. E, de qualquer modo, era estranho que uma pessoa solitária, ou pelo menos sem muitos amigos, como Sara Mahler, tivesse posto uma desconhecida dentro de casa.

– Não. Bom, talvez há muito tempo. Quando ela chegou a Barcelona. – Kristin continuou brincando com a mecha loira até que percebeu o que estava fazendo e a soltou. – Acho que esse era o problema. Eu pagava o que ela havia pedido, mas ela se comportava como se fosse a dona, e eu, uma convidada. Não sei se o senhor entende.

Roger Fort tinha compartilhado um apartamento enquanto estudava na academia, e tinha noção de que o inquilino mais antigo desfrutava direitos adquiridos aos quais não renunciava facilmente. Concordou, portanto, e Kristin sorriu, aliviada.

– E sabe por que ela alugava um dos quartos?

– Ela não me disse. Comentou algo a respeito de ter medo de dormir sozinha no apartamento... – Baixou um pouco a voz antes de continuar falando. – Mas depois parecia que a incomodava ter alguém aqui. Acho que ela estava acostumada a viver sozinha.

– Sei. A convivência não é fácil.

Kristin concordou com a cabeça, soltando um suspiro.

– Eu estou cansada. Vou procurar um estúdio ou algo parecido, mesmo que seja pequeno.

– Sara tinha... muitas manias?

– Como?

Fort tentou explicar:

– Era exigente...? Não sei, com a limpeza da casa ou com o barulho.

– Ah, claro! Parecia uma mãe enjoada. Não, não enjoada...

– Chata? – sugeriu ele.

– Isso! Se eu deixava pratos sujos na cozinha à noite, ela me escrevia um bilhete de manhã: "Você precisa lavar os pratos". Se eu esquecia uma malha na cadeira, ela dobrava e deixava no meu quarto. Com outro bilhete. – Kristin ficou vermelha. – Eu não sou desorganizada. Verdade. No apartamento de antes, a única que limpava era eu. Mas Sara era... excessiva?

– Exagerada, imagino – disse Fort.

Kristin concordou, e começou a criticar Sara Mahler sem a cautela que havia demonstrado a princípio.

– Olhe, está vendo este vaso? O da mesa. Bom, ele quebrou. Eu quebrei... sem querer, claro, enquanto tirava o pó.

Ela continou falando, como se a história do vaso quebrado concentrasse toda a essência do seu relacionamento com Sara Mahler.

– Não é muito bonito, não é mesmo? Quer dizer, é barato. Feio. Não dá pra chorar por causa dele.

– Sara chorou por causa do vaso quebrado?

– Quase... Ela me olhou como se eu tivesse atropelado a mãe dela. Eu disse que ia comprar outro. Mais bonito. E ela me respondeu que eu não entendia. Que não era pelo dinheiro, mas pelo carinho que a gente tem pelas coisas. Depois passou a tarde colando os pedaços. Está vendo? Dá pra perceber quando a gente chega perto.

– Ela ficava brava com frequência?

– Não. Ela não ficava brava. Fazia cara feia. E ficava sempre em casa – acrescentou, já sem disfarçar. – Ela não saía quase nunca. Além de ir trabalhar, claro. Ficava o dia inteiro em casa, no quarto, na frente do computador. Acho que era viciada no Facebook. Meu amigo diz que ela procurava... já sabe, sexo, mas eu não acredito. Acho que ela não gostava de sexo.

Diante da cara de estranheza do agente Fort, ela se explicou:

– Ela me disse. Não assim com essas palavras, mas disse. Albert, o meu amigo, fica pra dormir aqui às vezes. E um dia de manhã, quando ele foi embora, Sara me disse que tinha escutado a gente. O senhor entende... – Kristin se ruborizou um pouco. – Ela também me pediu que, por favor, tentasse não fazer barulho. Mas ela estava com uma cara de nojo. Sério! – insistiu ela, como se aquilo lhe parecesse inconcebível.

– Ela não tinha amigos? Ou amigas?

Kristin negou com a cabeça.

– Não que eu saiba. Mas eu também não ficava sabendo de nada. Entre uma coisa e outra, sobra muito pouco tempo livre...

– E você não estranhou quando ela não voltou na quarta-feira à noite? Se saía pouco...

– Oh, eu teria estranhado muito. Realmente, teria estranhado muito. Mas eu não estava em Barcelona. Albert e eu fomos para uma casa que os pais dele têm na montanha, e só voltamos domingo. E então ouvi a mensagem da polícia e liguei.

Roger Fort pigarreou.

– Fui eu que atendi. – Fez uma pausa curta. – Não quero ser desagradável, mas você acredita que Sara fosse capaz de se suicidar? Viu-a alguma vez triste, triste de verdade? Deprimida?

Kristin pensou na resposta e demorou para responder.

– Bom... – disse afinal – ... eu pensaria em suicídio se fosse ela. Mas claro, então já não seria ela exatamente. – Ao ver a cara de perplexidade do agente, Kristin se explicou: – Quero dizer que Sara estava bem. Não parecia contente, mas também não estava triste. Era como se estivesse sempre preocupada, isso sim. Às vezes por bobagens como a do vaso ou porque o elevador não funcionava bem. Mas não a imagino pulando...

E pela primeira vez em toda a conversa a jovem pareceu tomar consciência de que sua companheira de apartamento, aquela mulher que havia acabado de descrever como cheia de manias, exagerada, solitária e frígida, se jogara nos trilhos do metrô. Kristin ficou vermelha, e seus olhos se encheram de lágrimas que ela não fez a menor tentativa de reprimir.

– Sinto muito – murmurou. – É que é estranho estar aqui falando de Sara enquanto ela está... Desculpe.

Kristin se levantou e saiu correndo para o banheiro. Do outro lado da porta, o agente Fort a ouviu chorar desconsoladamente, como uma menina. Esperou com paciência que ela saísse, mas, ao ver que demorava, levantou-se da cadeira e deu uma volta pelo apartamento.

Era um lugar impessoal, concluiu. Móveis neutros. Um quadro que devia estar ali havia anos. O sofá, talvez a peça mais nova, estava coberto com uma capa de um tom marrom desbotado, certamente a mesma que devia cobrir o sofá anterior. Era evidente que Sara não se preocupava muito com a decoração. Fort foi até a mesa onde estava o vaso: as emendas eram bem visíveis. Kristin tinha razão, não parecia caro. Era um vaso quadrado, de cerâmica branca, sem graça, desses que se enviam com um buquê de flores. Já ia se afastar quando uma coisa lhe chamou a atenção. Dentro dele havia alguma coisa. Pegou-o e viu que era um cartão de visita com o timbre dos Laboratórios Alemany. "Obrigado por tudo", dizia. Estava assinado, e Fort demorou um pouco para decifrar os nomes.

Sílvia e... outro que começava por C. César. Isso. Sílvia e César. Então o vaso, sem dúvida com um buquê de flores dentro, tinha sido um presente da empresa, pensou Fort enquanto perambulava pelo apartamento em direção ao quarto de Sara. Quando estava perto, ouviu a porta do banheiro se abrir.

– Eu ia dar uma olhada no quarto de Sara – disse ele sem voltar a cabeça.

Kristin foi até ele, mas hesitou antes de cruzar a soleira.

– É a segunda vez que entro aqui sem que ela esteja – disse ela à guisa de desculpa. – Sara não teria gostado.

Roger assentiu. Sara devia ser uma mulher que impunha respeito para que suas proibições continuassem valendo mesmo depois de morta. Só a vira na fotografia do passaporte, por isso foi examinar as que estavam fixadas em um mural de cortiça na parede, ao lado da tela do computador, pensando que sua irmã tivera um idêntico quando era adolescente. Ele nunca entendera que valor podiam ter uma passagem de trem, a entrada de uma sessão de cinema ou qualquer dos pequenos objetos que sua irmã conservava naquela espécie de altar juvenil. Ao que parece, devia se tratar de um costume feminino, porque Sara Mahler fazia a mesma coisa aos trinta e quatro anos.

Surpreendeu-se ao ver uma Sara sorridente e de modo algum sozinha. Ao contrário, as fotos mostravam uma moça um pouco gorda, radiante, de cabelo muito negro; ao seu lado, em diversas imagens, desfilava quase todo o time titular do Barça, incluindo o treinador.

– Ah, sim – disse Kristin. – Ela adorava futebol. Acho que foi por isso que alugou este apartamento, porque fica bem perto do Camp Nou. Ela era uma autêntica fã dele – comentou, indicando a foto em que Sara aparecia com Pep Guardiola.

– Ela ia ao estádio com frequência?

– Não. A algumas partidas, mas não muitas.

Ele observou com atenção o rosto de Sara. Naquele momento estava claro que o suicídio não estava em seus planos, nem sequer como um pensamento remoto. Seus olhos brilhavam, e o sorriso lhe iluminava o rosto.

– É, estou vendo. Vou levar esta foto, está bem?

Kristin encolheu os ombros, hesitante.

Outra fotografia chamou a atenção do agente, em primeiro lugar porque ela não estava acompanhada de jogadores de futebol. Um grupo de homens e mulheres vestidos com trajes informais. Posavam diante de uma *minivan*. Ele a despregou e a mostrou a Kristin.

– Não tenho ideia – disse ela. – Colegas de trabalho, imagino.

– Sara não fazia parte de algum grupo de caminhada ou algo parecido?

Ela riu, como se a simples ideia fosse absurda. Ele tornou a olhar a foto e prestou atenção em Sara; nessa ela também sorria com entusiasmo, e aquele jeito alegre lhe conferia um ar quase infantil; estava vestida com uma bermuda que não a favorecia de modo algum. Tirou a foto do mural, já sem pedir permissão.

Roger olhou ao seu redor. Não havia muito mais o que ver no quarto. Abriu o armário, já com poucas esperanças, e não encontrou nem mais nem menos do que seria de esperar: roupa cuidadosamente dobrada ou pendurada. Sim, sem dúvida Sara era uma mulher mais do que organizada: as roupas estavam dispostas por cores, e o conjunto era de uma precisão milimétrica. Perto do computador havia estantes com livros de bolso, a maior parte em alemão ou inglês. Na mesinha de cabeceira viu um romance de uma autora chamada Melody Thomas, que Sara devia ter lido até a metade, a julgar pela aparência do livro. Nunca saberia o final, pensou Fort. Saiu do quarto com certo pesar e com as fotos de Sara na mão.

– E o que eu faço com as coisas dela? – perguntou Kristin, como se a questão acabasse de lhe ocorrer naquele instante. – Devo guardá-las em caixas?

O rosto da jovem demonstrava apreensão, e não pela primeira vez desde a quinta-feira à noite o agente Fort, que procedia de uma família numerosa e relativamente unida, sentiu que uma tristeza dolorosa o invadia ao pensar que Sara Mahler não tinha ninguém para recolher os seus pertences além dessa companheira de apartamento que a conhecia havia pouco mais de dois meses e que, de qualquer modo, o faria por mera obrigação. Também tinha certeza de que o senhor Joseph Mahler não teria muito interesse pelas coisas da filha.

Kristin esperava uma reposta, de modo que Fort optou por concordar.

– Acho que seria melhor, se não se importa. Quanto tiver feito isso, ligue pra mim e eu virei buscar as caixas de sua companheira.

– Está bem.

– Mais uma coisa. – Não queria mostrar a foto dos cachorros para a moça; ela já estava bem alterada. No entanto, precisava perguntar. – Sara alguma vez falou de cachorros? Se tinha medo deles, ou algo parecido?

Ela o fitou como se ele tivesse ficado louco.

– Cachorros? – Negou com a cabeça. – Não. De jeito nenhum. Não sei se ela gostava de cachorros ou não, mas o que isso tem a ver com o suicídio?

Era a primeira vez que ela pronunciava a palavra. Era estranho, refletiu Fort, como dizer certas coisas podia ser difícil. As pessoas falavam com total liberdade de sexo, por exemplo, e no entanto a questão da morte, principalmente quando era autoimposta, continuava sendo um tabu difícil de superar.

– Não sei. Provavelmente nada – respondeu ele sem lhe dar mais nenhuma informação.

Logo depois o agente Roger Fort se dirigiu para a porta, sem saber muito bem se tinha tirado alguma conclusão daquela conversa, fora as duas fotografias e uma sensação de melancolia que parecia lhe oprimir o peito.

– Sinto muito – disse Kristin quando o agente já estava no corredor. – Antes eu disse coisas desagradáveis de Sara. Eu não estava mentindo. Mas depois me lembrei de que quando fiquei doente ela chamou o médico e cuidou de mim. Preparava sopa e me levava na cama. – Ela baixou a cabeça, envergonhada. – Sei que é uma bobagem. Mas só queria que soubesse. Sara era estranha, mas não era má pessoa.

Roger Fort concordou e sorriu para ela. A porta do elevador se abriu, e dele saiu um indivíduo que – deduziu o agente – devia ser o amigo catalão de Kristin. Jovem como ela, mas muito menos loiro. Enquanto descia, o agente Fort observou as fotos. E pensou que a última frase da holandesa era um epitáfio apropriado, mas podia servir para uma grande parte da população do mundo. Guardou as fotos antes de sair. O sorriso de Sara Mahler, aquela expressão de menina em um corpo de mulher, tinha ficado alojada em algum canto da sua memória, junto com uma sensação de desânimo que, de repente, fez com que as ruas de Barcelona, transbordantes de veículos e de transeuntes, lhe parecessem um espaço desconhecido e hostil.

8

Há notícias boas que a gente se alegra em dar porque sabe que vão ser bem recebidas; outras absolutamente nefastas que a gente se vê obrigado a transmitir com uma cara condizente com as circunstâncias, esperando que o mau momento passe o mais rápido possível. E existe ainda um terceiro tipo, mais ambíguo, que gera uma sensação intermediária entre a satisfação e a nostalgia; pelo menos para mim, pensou Héctor quando se dispunha a explicar à subinspetora Andreu a "oportunidade" que lhe surgia.

Martina estava intrigada, sem dúvida. Desde a tarde anterior, a frase de Héctor lhe rondava a cabeça como um daqueles espinhos incômodos, mas tão pequenos que não se consegue extrair. Para piorar, ele tinha passado a manhã toda de novo com Savall, e só ficara livre depois do almoço.

– Diz logo de uma vez, Héctor – disparou ela quando se sentou diante dele. – Você está me deixando aflita, e eu detesto isso. Você sabe que as surpresas me deixam nervosa.

Ele sabia. Às vezes Héctor se solidarizava com o marido da subinspetora, que ele mal conhecia. Viver ao lado de alguém que é a voz da razão às vezes pode ser chato.

Héctor tomou fôlego.

– Você viu que ontem tivemos uma reunião com Savall?

– Claro que vi. Para de enrolar – advertiu ela com um sorriso.

– Espera. Não seja impaciente. – Tinha pensado nas palavras mais adequadas, mas nesse instante, com ela ali diante de si, olhando-o com sua franqueza habitual, mandou-as para o inferno. – Bom, Calderón também estava. Você conhece, da unidade do crime organizado da Polícia Nacional.

Martina o conhecia de vista. Tinham cooperado no caso do tráfico de mulheres nigerianas, um ano antes, apesar de ter sido Héctor quem havia trabalhado mais diretamente com ele.

– Vou resumir em poucas palavras. Agora ele está metido em várias questões, mas especialmente em uma. As máfias do Leste da Europa. Ucranianos, georgianos, romenos... e russos. – A ênfase na última palavra era evidente. – Até agora, os russos utilizaram a Espanha como lugar de investimento de dinheiro, mas não de delinquência.

Martina concordou. As notícias sobre os supostos *vory v zakonie*, ou "ladrões de lei", rondavam os jornais e os relatórios oficiais há bastante tempo. Eram o equivalente aos chefões da máfia italiana, que viviam cômoda e luxuosamente em diferentes lugares da Espanha, principalmente no sul, e lavavam dinheiro graças ao grande poço sem fundo que haviam sido as aplicações imobiliárias, particularmente em urbanizações costeiras.

– Bem – prosseguiu Héctor. – Como você também sabe, a questão imobiliária já não é o que era, e, segundo Calderón, alguns daqueles que até agora se limitavam apenas a fazer aplicações aqui estão mudando de estratégia. Estão mandando o dinheiro pra outros lugares mais rentáveis e começando a pensar na Espanha como um lugar de negócios. Você sabe, drogas, garotas, tudo...

"Parece que estão se dispersando. Antes viviam todos juntos, em geral no litoral, com a intenção de passar despercebidos e ser tomados por residentes estrangeiros que procuram um clima mais ameno que o deles. Há alguns meses, de acordo com Calderón, começaram as mudanças. O chefe permaneceu no seu lugar, mas seus colaboradores se distribuíram por diversos pontos da península; Valência, Madri, a Galiza, Tarragona...

– Acham que eles estão montando uma espécie de rede organizada?

– Exatamente. A situação está difícil, Martina, todos nós sabemos. E em um momento como este o dinheiro é bem recebido em toda parte sem que ninguém faça muitas perguntas.

– Você está falando de corrupção?

– Corrupção, necessidade... Pobreza, no fim das contas. O melhor incentivo para o crime. A pobreza dos novos-ricos, principalmente os que não querem mais voltar a ser pobres. – Héctor encolheu os ombros. – Não conheço os detalhes. Pelo visto a coisa ainda está começando, e pela primeira vez talvez estejamos à frente deles. Pelo menos estamos a par dos seus movimentos, o que já é alguma coisa. E o Ministério do Interior manifestou firme propósito de não deixar que os negócios deles prosperem. Doa a quem doer.

Martina Andreu não disse nada, mas pelo seu jeito se via claramente que não entendia o que ela tinha a ver com tudo isso.

– Bom. Esse firme propósito se traduz em fundos pra uma unidade especial dirigida por Calderón. E com colaboradores dos diversos corpos autônomos. Acho que Savall a chamou de "unidade integrada". – Ele sorriu.

– E? – Martina não se atreveu a formular a pergunta.

– E querem que você entre nela. Bom, na verdade eles querem que você coordene a parte que nos corresponde. Você vai ter um grupo reduzido de agentes a seu serviço e vai se reportar diretamente a Calderón.

Martina Andreu apoiou as costas na cadeira, como se alguém tivesse acabado de empurrá-la.

– Mas... – Ela não era diplomática, nunca havia sido, e formulou a pergunta na lata: – Não seria mais lógico que você se encarregasse disso? Ou algum outro inspetor?

Héctor levantou as sobrancelhas e sorriu.

– Bom... Martina, não vamos nos enganar, você sabe que agora estou mais ou menos no banco de reserva. – Calou com um movimento de cabeça o iminente protesto da subinspetora. – É isso mesmo. Tudo bem. Em parte eu causei isso. – Deu um leve golpe no peito. – *Mea culpa*. Não se preocupe.

– Claro que me preocupo. Não é justo, e...

– Martina, não! Como dizem os tangos, a vida não é justa. Se alguém acha que é, lamento. Eu quebrei a cara do Omar, é fato, e, num relatório, isso se traduz como propensão à violência, sem lugar pra mais explicações. E depois – sua voz ficou mais séria –, tem a questão da Ruth.

Martina desviou os olhos. Começara a sentir antipatia por esse nome e por tudo o que ele implicava, mas jamais diria isso ao chefe. Gostava tanto de Héctor, tinha-o visto tão obcecado em descobrir o que acontecera, que, quando Savall se impusera e o afastara do caso, quase se sentira aliviada. Não era justo, mas, como ele acabava de dizer, por acaso a vida era justa?

– Quer dizer que agora você só tem que pensar se te interessa ou não. – Ambos sabiam que isso era uma estupidez. Se o delegado havia proposto o nome dela, não havia muito o que pensar. – Martina, é uma boa oportunidade. Você sabe disso.

Héctor sabia – ou de alguma forma intuía – que não era só isso. Savall queria resgatar Martina Andreu, uma mulher que ele apreciava pessoal e profissionalmente, do bando dos proscritos. Para o bem, e principalmente para o mal, o nome de Andreu estava associado ao de Héctor, e o melhor para a carreira da subinspetora era que esse vínculo se rompesse o quanto antes. Héctor não lhe diria isso, é claro. Martina era tão leal que não hesitaria em armar um escândalo se suspeitasse de alguma coisa nesse sentido.

– Minha situação é complicada – ponderou ela. – Você sabe que o Rafa continua desempregado, não é?

Ele assentiu. O marido da subinspetora era arquiteto técnico, e fora um dos primeiros a sofrer as consequências da bolha imobiliária. Primeiro passara meses sem receber, e afinal, em setembro do ano anterior, acabara ficando sem trabalho e com poucas perspectivas de encontrar outro.

– Não sei se é o melhor momento pra que eu...

Héctor a compreendia, mas sua obrigação era contradizê-la.

– Martina, não piore as coisas. Não sacrifique uma boa oportunidade por uma lealdade mal-compreendida. Isso não fará nenhum bem a nenhum dos dois, nem a ele nem a você.

– Você não imagina o que é vê-lo em casa. – Ela não costumava tratar de assuntos pessoais, mesmo com ele. – Está irritado, se zanga com as crianças por qualquer bobagem. Tem horas que acho que não vou aguentar mais. Fico arrasada de vê-lo deprimido, e ao mesmo tempo me dá uma certa raiva, como se em parte fosse culpa dele. Como se fosse melhor ele aceitar qualquer coisa. E então odeio a mim mesma... É uma merda.

– Não é culpa sua, e você sabe. Mas, se deixar passar essa oportunidade, aí sim você vai ter realmente um peso nas costas.

Ela se esforçou por sorrir.

– Então está mesmo querendo se livrar de mim, inspetor Salgado.

– É claro! – admitiu ele com fingida solenidade. Olhou para o teto, como se desse graças a um ser supremo. – Tudo isso é uma conspiração bolada por mim pra me livrar das tuas broncas.

Fitaram-se com mais carinho do que costumavam demonstrar. Nenhum dos dois era muito efusivo para demonstrar afeto, e talvez por isso se entendessem sempre tão bem.

– E se eu aceitar, quando isso tudo vai começar?

– Savall está esperando na sala dele... agora mesmo. Depois de amanhã vai haver uma reunião em Madri.

– Porra! Tem alguém na minha casa arrumando a minha mala sem que eu saiba?

– Pensei em mandar Fort, pra ver se ele faz alguma coisa útil...

A brincadeira de Héctor ficou no ar como uma flecha sem rumo quando a porta se abriu e o sujeito em questão apareceu na soleira.

– Desculpem – disse Roger.

Héctor quase ficou vermelho, e Martina Andreu aproveitou o momento para se levantar.

– Deixo o chefe todo pra você. Depois nos falamos – acrescentou, dirigindo-se a Salgado. Piscou-lhe um olho antes de sair e murmurou: – Você continua fazendo amigos.

Héctor passou os primeiros minutos tentando descobrir se Fort tinha ouvido seu infeliz comentário; maldizia-se por tê-lo feito, e ao mesmo tempo não conseguia evitar pensar que aquele moço tinha o dom da falta de oportunidade. Então, quando de repente viu pela sua cara que ele tinha acabado de lhe fazer uma pergunta e estava à espera, não soube o que responder e observou com atenção desmesurada a foto que o agente havia colocado em sua mesa.

– Vamos ver, Fort – disse por fim, tentando recapitular –, você encontrou esta foto no apartamento de Sara Mahler, e conversou com a companheira dela. Não precisa correr, conta a entrevista com calma.

O subordinado o fitou, ruborizado, e assentiu.

– Sinto muito – disse, e Héctor se sentiu ainda pior que antes. – Achei que o senhor tinha pressa de terminar.

Em seguida, Roger Fort obedientemente lhe contou suas impressões a respeito do breve encontro com Kristin Herschdorfer. Explicou que, apesar de não serem definitivas, indicavam que Sara Mahler não era uma pessoa de convivência fácil, levava uma vida solitária e, em linhas gerais, não parecia feliz. Tudo pronto para que o alegre Natal lhe desse a estocada final, pensou Héctor. Sua companheira de apartamento estava fora; a casa, vazia. Se nesses últimos dias Sara se sentira deprimida, talvez tivesse optado por acabar com tudo para sempre. De repente lhe ocorreu uma pergunta que pelo visto ninguém havia formulado até então.

– E por que ela estava na estação de metrô naquela hora? Alguma ideia?

O agente Fort ficou desconcertado. Héctor continuou:

– Segundo essa tal Kristin, Sara saía pouco... E se ela tivesse o hábito de passar a noite fora, a moça teria contado. Mas na madrugada da quinta-feira Sara estava no metrô. Devia estar indo ou vindo de algum lugar, não é? – Héctor respondeu para si mesmo: – E mesmo que ela tivesse decidido se jogar nos trilhos, não tinha por que ir a uma estação tão afastada. E duvido que tenha saído de casa com essa ideia.

A dúvida era mais do que razoável. Apesar de a estatística ser uma ciência inexata, poucas mulheres escolhiam esse método para acabar com a própria vida. Héctor continuava pensando que as que o faziam sucumbiam a uma tentação momentânea, àquele momento de desespero em que o salto mortal lhes parecia a única opção.

Roger negou com a cabeça, entristecido.

– Não sei, senhor. Sinto muito, não tinha pensado nisso até agora.

– Bem, não se preocupe. O que mais você queria me dizer?

Fort continuou seu relato devagar: a descrição do apartamento, do quarto; as fotos dos jogadores de futebol no mural... e por fim chegou à fotografia que o inspetor Salgado tinha diante de si.

Ela mostrava Sara e mais sete pessoas: duas mulheres e cinco homens de idades diversas, entre os trinta e os cinquenta e tantos anos. Sara estava em um extremo da imagem, e, apesar de estar sorrindo, havia uma distância quase imperceptível, mas real, entre ela e o resto do grupo.

– Todos são colegas de trabalho?

– Sim, senhor. Quando a vi, tive a impressão de que um desses rostos me era familiar. O do rapaz que está no lado oposto da foto. O que está de óculos.

– E?

– Se não estou enganado, e acho que não estou, trata-se de Gaspar Ródenas.

Héctor franziu ligeiramente o cenho. Roger Fort, emocionado, repetiu afinal a frase que havia dito no começo da conversa e que o inspetor não tinha ouvido.

– No ano passado, em setembro, Gaspar Ródenas matou a mulher e a filha de catorze meses. Depois se suicidou.

Héctor observou a foto. Ele não trabalhava em casos de violência doméstica, mas a idade da menina tinha ficado gravada em sua mente.

–Você quer dizer que Sara e Gaspar Ródenas trabalhavam na mesma empresa? E que ambos se suicidaram?

– Sim, senhor. É um pouco estranho, não é?

Sim, pensou Héctor. Muito estranho. Tornou a olhar a foto: daquelas oito pessoas, todas relativamente jovens, duas tinham morrido de maneira violenta. Em um caso, o suicida tinha levado consigo a família; no outro, apenas a si mesmo. Apesar de que tudo aquilo podia ter outra explicação, se ouvissem os peritos.

–Você se lembra do "efeito contágio"? – perguntou a Fort. – Se você me perguntar, vou dizer que não acredito nessas coisas, mas tem coisa aí. Se Sara estava deprimida, a ação de seu colega pode ter lhe dado a ideia.

Disse isso sem estar muito convencido. Os atos de um parricida dificilmente poderiam ser tomados como exemplo por qualquer pessoa que estivesse em seu juízo perfeito. E até o momento, de acordo com o quadro que esboçara da situação, Sara Mahler não era nenhuma louca.

Héctor consultou o relógio antes de continuar falando. Nesse dia queria sair logo da delegacia.

– Fort, faz uma cópia da foto antes de ir embora. Amanhã tenta averiguar o que Sara estava fazendo naquela estação. E pede informações ao pessoal de violência doméstica pra ver o que eles dizem. – Procurou com os olhos o cartão de visita que Víctor Alemany lhe havia dado, até encontrá-lo. – Enquanto esperamos por mais algumas informações, vamos fazer uma visita de cortesia aos Laboratórios Alemany.

Roger Fort assentiu, apesar de Héctor não ter muita certeza de que ele tivesse captado a ironia.

– Ah, e bom trabalho, Fort. Continua assim.

Você disse isso no estilo de Savall, censurou-se Héctor. No último minuto e sem olhar o outro nos olhos.

9

Apesar de já fazer meses que tinha as chaves do apartamento de Sílvia – desde antes do verão, quando haviam anunciado o noivado –, cada vez que César as usava sem que ela estivesse tinha a sensação de ser um intruso. Abriu a porta devagar e levou alguns segundos para entrar, como quem receia o ataque de um cão inexistente. Dentro de pouco tempo a casa também seria sua, pensou, mas não conseguia se livrar completamente da atitude de um convidado. Tinha consciência disso, o que na verdade o incomodava bastante. Gostaria de se comportar com a mesma despreocupação que em seu apartamento; jogar o casaco de qualquer jeito sobre uma cadeira, tirar os sapatos e trocar de roupa. Em vez disso, pendurou o casaco no cabide do *hall* e afrouxou um pouco o nó da gravata. Nada mais.

Não se ouvia nenhum ruído, e César foi até a cozinha pegar uma cerveja. Sabia que Sílvia as comprava para ele. Abriu a garrafa e atirou a tampinha em um dos três cestos de lixo pequenos, não sem antes comprovar que a estava atirando no recipiente correto. Maldita reciclagem. Em seu apartamento tinha um único saco de lixo, como sempre, mas Sílvia se ligava nesses detalhes. E seus filhos também. Porra! Algumas vezes tinha se sentido como um destruidor do meio ambiente só por atirar a caixinha de leite onde não devia. O relógio marcava oito e quarenta, o que significava que Sílvia ainda ia demorar mais de uma hora para chegar.

Pol tinha treino de futebol de salão, e Emma, a mais velha, devia estar na casa de alguma amiga. Melhor, ele se sentia mais à vontade sem eles por ali.

Terça-feira era o único dia em que Sílvia saía do trabalho um pouco antes das seis para assistir à sua aula de ioga semanal. Só um furacão devastador teria podido alterar essa rotina, que prosseguia depois em casa com um jantar leve, um pouco de tevê no sofá e uma transa rápida no quarto. Por isso César estava ali, mas nessa terça tinha chegado mais cedo que o habitual. Havia saído logo do trabalho, não porque tivesse algo especial para fazer, mas porque no meio da tarde se cansara do ambiente carregado de conjecturas que se respirava na empresa.

Desde o dia anterior, a notícia da morte de Sara estivera na boca de todos: comentários em voz baixa meio maldosos, que apontavam o suicídio da secretária do diretor-geral como única explicação. "Ninguém cai nos trilhos do metrô por acidente" tinha sido, com ligeiras variações, a frase do dia. A partir dali, as elucubrações disparavam em diversas direções, sem mais fundamento que quatro tópicos de psicologia barata: a tristeza do Natal, a solidão das mulheres, o desapego, a falta de sexo. Bobagens, no fundo, porque muito poucos conheciam bem Sara Mahler; se tivessem realizado um concurso de popularidade na empresa, ela teria ficado em uma das últimas posições, não tanto porque as pessoas a considerassem antipática, mas porque sequer se lembrariam de citá-la. Sara passava despercebida; preferia o *e-mail* à comunicação pessoal, mal saía de sua mesa, comparecia aos jantares da empresa e se mostrava educada, mas sem confraternizar muito. Ainda por cima, em algum momento tinha corrido o boato de que ela não era de confiança; próxima demais de Víctor Alemany, reservada demais para que alguém a incluísse nas fofocas gerais e estrangeira demais para entender que as pessoas saíssem para fumar no horário de trabalho ou que passassem mais de cinco minutos ao lado da máquina de café. E, entretanto, César sabia que eles estavam errados: Sara tinha sido perfeitamente capaz de guardar um segredo... Pelo menos era o que ele esperava.

Chega, disse ele a si mesmo. Tinha saído do trabalho para não falar de Sara, e agora não conseguia tirá-la da cabeça. E, com toda a segurança, quando Sílvia chegasse o tema viria à tona novamente. Já chega, repetiu para si mesmo. Acabou de beber a cerveja e depositou a garrafa no cesto para vidros. Depois foi para a sala, sentou-se com cuidado em um sofá que, milagrosamente, continuava tão branco quanto no primeiro dia, e ligou a televisão. Na tela apareceu um desses programas de tarde, apresentado por um indivíduo que tentava insuflar entusiasmo na plateia. Um dos candidatos era um garoto negro que participava de um duelo de palavras com uma mulher de meia-idade que ele sem dúvida superava em conhecimento. Com uma leve expressão involuntária de desgosto, César mudou de canal e deparou com um documentário sobre peixes. Esse é melhor, pensou, deixando-se embalar por uma voz em *off* monocórdia e serena. Talvez por causa da cerveja, talvez porque passara a noite anterior em claro ou porque no fundo os peixes não lhe interessavam em absoluto, o certo é que o sono o atacou traiçoeiramente. Disse a si mesmo que era só um pouquinho, que fechar os olhos o ajudaria a relaxar, e alguns minutos depois estava adormecido, com a cabeça inclinada e o controle da tevê na virilha.

Acordou de repente, sobressaltado, ao sentir que algo lhe roçava a braguilha. O sono havia sido tão profundo que nesse instante não sabia muito bem onde estava, nem se era dia ou noite. Levou alguns segundos para voltar de todo ao mundo consciente, àquele sofá branco, à tevê ligada. E a Emma, de roupão de banho, que lhe sorria com o controle da tevê na mão.

– Bom dia – disse ela, irônica. – Você estava roncando como um porco. Pobre mamãe, você vai ter que comprar tampões para os ouvidos dela.

Ele bocejou, sem conseguir evitar. Tinha um ar desconcertado que parecia diverti-la. César então percebeu que alguém, Emma, acabava de desligar a televisão.

– Acho que você não estava vendo – afirmou ela.

Seu cabelo estava molhado, e quando ela deixou o controle sobre a mesinha, César percebeu que a filha de Sílvia não tinha nada debaixo do roupão. Encolhida em um canto do sofá, parecia um gatinho angorá branco, dócil apenas na aparência.

– Que horas são? – perguntou César. – Você estava aqui quando eu cheguei?

– No chuveiro, acho. – Ela olhou o relógio digital que havia junto da tevê. – E é cedo. Mamãe ainda vai demorar.

O tom de Emma acabou de despertá-lo. Ele a examinou pelo canto do olho. Dezesseis anos. "Como dezesseis sóis", teria dito sua mãe. César apoiou as mãos nos joelhos e fez um gesto de se levantar, mas ela estendeu as pernas nuas e pousou os pés na mesinha de centro, formando uma barreira ridícula, facilmente transponível.

– Emma... Me deixa passar. Vou ao banheiro.

Ela riu.

– Fugir é coisa de covarde. – Baixou os olhos. – E você devia tirar esses sapatos. São bregas. Tenho certeza de que mamãe não gosta deles. Nem eu.

César demorou alguns segundos para reagir. O descaramento daquela criança o deixava sem palavras.

– Emma, porra, chega! – O tom de nojo soou exagerado, falso. Ela abaixou as pernas, obediente. Mas ele não se mexeu. – Escuta, já deu. Eu já disse com todas as letras faz tempo: isso não tem nenhuma graça.

Era verdade. Ele tinha dito. Tinha repetido a mesma coisa várias vezes, principalmente no verão anterior, durante as três semanas que haviam passado juntos em um chalé alugado na Costa Brava. A princípio não haviam sido nada além de contatos casuais, sempre quando estavam sozinhos, sem Sílvia nem Pol. No carro, a caminho do supermercado; na praia, enquanto os outros dois tomavam banho... Ou, com total descaramento, uma tarde em que haviam ficado juntos na piscina porque Sílvia tinha ido ao cabeleireiro do povoado e Pol tinha saído de bicicleta com seus amigos. Na época ele quis encerrar o assunto pela primeira vez. Um "não" firme, como o que se diria a um cachorrinho que tenta comer o fio do abajur. Ela se limitara a sorrir, como uma Gioconda perversa, e a lhe sussurrar, quase no ouvido: "E o que você vai fazer se eu continuar? Vai contar pra mamãe?"

Era o que devia ter feito, e ele sabia. Simplesmente não se atrevera. Emma era a filha perfeita: menções honrosas, educada, responsável, pontual. Sílvia tinha tanto orgulho dela que não teria acreditado nele. Por outro lado, o que ele podia dizer? Que sua filha adolescente o assediava? A simples ideia de dizer aquilo em voz alta parecia ridícula. No entanto, o fato de Emma o achar atraente o enchia de um orgulho idiota que às vezes o fazia se masturbar de quarta a sábado.

– Vamos, já conversamos sobre isso antes. Vai procurar um namoradinho da tua idade. – Tentou fazer pouco-caso, não levar a sério, mas o resultado foi que Emma torceu a cara, contrariada como uma criancinha.

– Não me diga o que eu devo fazer. Você não é meu pai.

– É claro que não – replicou ele. – Faz o que te der na telha, mas me deixa em paz, está bem?

Ela tornou a rir. Vê-lo irritado a excitava.

– Só se você me der um beijo – desafiou. – Só um...

– Não diz besteira.

– Vai... No rosto. Um beijo do papaizinho.

Ela estava ao seu lado, mais perto. O roupão tinha afrouxado um pouco, o bastante para insinuar os seios jovens. Emma pegou a mão dele e tentou guiá-la para sua pele. Suave, branca, com perfume de sabonete. César fechou o punho para resistir e a agarrou com força. Eles se olharam, desafiadores. Os lábios dela entreabertos, inocentemente ávidos. Alguns segundos se passaram, mas nesse enfrentamento ambos se compreenderam. Intuíram que algum dia aconteceria o inevitável.

Mas não nesse dia: ele conseguiu se desvencilhar, e ela soltou um gemido de dor.

–Você me torceu o pulso, seu bruto.

–Vou embora. Diz pra tua mãe que eu tive de sair. E, já que você é tão corajosa, explica pra ela por quê. – César falara sem pensar. Dessa vez as palavras deram resultado.

– Não! César, não vai embora...

Ele caminhou rapidamente até o *hall* e vestiu o casaco. Emma gritou da sala:

– César, volta! Por favor... Não quero que você vá embora.

César viu a si mesmo como se se observasse de longe, e não gostou muito do que viu. Ele, que crescera frequentando prostíbulos e clubes noturnos, bancava agora o ofendido, representando o papel do homem digno e inflexível, quando na verdade não passava de um sujeito patético, incapaz de lidar com uma garotinha. "Fugir é coisa de covarde", repetiu para si mesmo. Ainda assim, a irritação se impôs, e ele já estava com a mão na maçaneta quando Emma correu até o *hall* e disparou em voz rouca:

– Se você sair, vou fazer a mesma coisa que aquela tal Sara da empresa. Vou me matar. Com água sanitária. E antes vou deixar um bilhete explicando que foi por tua culpa.

César não sabia se ela estava falando sério. Resolveu reconsiderar.

– Emma...

Um erro. Devia ter ido embora. Sabia disso, apesar de não ser capaz de tomar a decisão. Os olhos dela brilhavam. Talvez fossem lágrimas de raiva ou de frustração, mas não chegaram a cair. Permaneceram naquele olhar nublado, contidas, ameaçadoras.

– Por tua culpa e por culpa da mamãe. Dos dois. Vou deixar um bilhete que vai afundar os dois para sempre na tristeza. – Ela tomou coragem ao ver a cara dele, cada vez mais pálida. – E vocês também vão ter que explicar essa história da Sara. Por que ela se matou, se é que ela se matou.

– O que você está dizendo? – A voz dele não era mais que um sussurro.

– Eu sei de tudo, César. Mamãe fala com você por telefone achando que eu não estou ouvindo. – Ela riu, uma gargalhada ácida, doentia, imprópria da sua idade. E repetiu: – Eu sempre sei de tudo. Não esqueça. – Fez uma pausa, deu um passo à frente e baixou um pouco a cabeça. As possíveis lágrimas haviam desaparecido, engolidas pela sensação de vitória. – E agora, você me dá aquele beijo? Só um... Um beijo do papaizinho.

Por um momento ele ficou sem saber se a beijava ou lhe dava uma bofetada. E ali em pé, imóvel e suado, compreendeu com medo que também não sabia qual das duas opções o excitava mais.

10

Fazia uma noite incomum para o mês de janeiro. Sossegada, tranquila. Enganosamente cálida. Até mesmo, com muita boa vontade, podia-se apreciar alguma estrela que ousava deixar-se ver através daquele grande véu que cobria a cidade e que já se havia transformado no seu único céu. Se continuarmos contaminando a cidade, pensou Héctor, os cristãos terão que procurar outro sinônimo para o paraíso, alguma ilha remota ou algo parecido, porque para este céu ninguém terá vontade de ir. Talvez o façam de purgatório, um lugar que ele sempre havia imaginado de um tom ocre-sujo, para alojar os pecadores de pouca importância. Os autênticos continuariam sendo condenados ao inferno. Como os suicidas.

Sempre lhe parecera estranho que a Igreja condenasse a estes de forma irreversível. Não havia justificativa que redimisse os que tiravam a própria vida. Não havia suicidas bons e maus. O mesmo castigo era infligido a todos eles, sem exceções e sem levar em conta seu comportamento anterior. Dispor da própria vida era o pecado máximo. Mas então, se não temos nem isso, o que nos resta?, perguntou Héctor para si mesmo enquanto acendia o quarto cigarro desde que havia subido à laje. Fumar e matar-se aos poucos, pensou sorrindo. Aproximou-se da balaustrada e lançou uma baforada de fumaça para poluir ainda mais o céu noturno: o sono não chegaria por meios naturais, não havia a menor dúvida.

E isso porque a noite já havia começado mal. No Natal, à guisa de indireta nada sutil, ele tinha comprado para Guillermo uns tênis de corrida, presente que o filho contemplou com o mesmo interesse com que olharia para uma máquina de tricô. No entanto, na véspera, na hora do café da manhã, em uma mudança que devia ser o traço que distingue a adolescência, o rapaz lhe havia perguntado quando ia sair para correr, e Héctor se apressara a fechar o acordo, antes que o filho voltasse atrás. Terça-feira à noite, às oito.

Assim fora. Um Guillermo reticente o esperava em casa, já vestido e pronto para sair quando ele chegou, já depois das oito e meia. Sem fazer muito caso da reclamação por causa do atraso, Héctor vestiu uma bermuda e calçou os tênis, receando de antemão que a ideia de "fazer coisas juntos" não fosse tão boa como lhe havia parecido quando comprara o presente. Maldita pedagogia moderna, que nos deixa todos meio idiotas, pensou na hora de sair. A cara de mau humor de Guillermo não prenunciava nada de bom.

E os presságios se cumpriram. Em parte por culpa do garoto, em parte por causa de Héctor. Como sempre. Ele não estava acostumado a ter companhia enquanto corria, e ver-se obrigado a esperar alguém constantemente o deixava nervoso. Por outro lado, Guillermo parecia ter vergonha de praticar esporte com o pai, que, além de tudo, estava em melhor forma que ele. É verdade que ninguém fala muito enquanto corre, mas entre eles se instaurou um silêncio tenso. Héctor tinha escolhido um percurso curto, em linha reta, paralelo ao mar. No entanto, seu ritmo era mais rápido, e, mesmo segurando o passo, a cada poucos metros deixava o filho para trás. Por fim, quando ele resolveu lhe dizer, em voz alta e com um leve tom de bronca: "Guille, filho, acelera um pouco", o rapaz o olhou como se ele tivesse acabado de submetê-lo à maior humilhação, e, com a cara fechada, deu meia-volta e se afastou correndo na direção contrária, mas dessa vez de verdade. Héctor hesitou entre segui-lo ou continuar o percurso.

Afinal, sabendo que era melhor deixar passar algum tempo até os ânimos se acalmarem, optou pela segunda possibilidade.

Quando chegou em casa, seu filho já tinha tomado banho e estava fechado no quarto. Héctor deduziu que ele também tinha jantado, pois encontrou pratos sujos na pia. Achou que seria um exagero dar outra bronca e fingiu não notar. Mas quando viu os tênis na caixa, em cima da mesa, em um gesto de claro desafio, bateu na porta do quarto do filho. Não obteve resposta. Abriu sem que Guillermo demonstrasse ter ouvido: estava com o computador ligado, é claro, e com os fones de ouvido. O terapeuta de Héctor teria elogiado o esforço que ele precisou fazer para não desligar tudo e fazer o filho prestar um mínimo de atenção.

Em seguida tiveram uma conversa que, pensando bem, teria sido melhor evitar. O conteúdo e a forma acabaram não fazendo diferença; o resultado foi que Guillermo o convidou a sair do seu quarto: "Você quer me deixar em paz?", e ele respondeu com uma frase típica de pai das cavernas – com o sotaque argentino que agora só aparecia quando ele ficava furioso – que jamais imaginara que seria capaz de dizer. Para piorar, quando estavam em plena troca de frases feitas, cada um em seu papel, Carmen chegou.

A senhoria pareceu não perceber que estava interrompendo uma discussão entre pai e filho. Parecia emocionada, até nervosa. Um estado que, Héctor sabia, só podia ser devido a uma coisa: na verdade, o filho de Carmen, Carlos, Charly para todo mundo, tinha ligado para ela depois de anos sem dar sinal de vida. Todas as balas perdidas encontram um buraco onde se alojar, pensou Héctor. E Charly era uma bala de longo alcance, que sempre acabava provocando estragos. Mas mãe é mãe, e Carmen, apesar de não ser boba e saber muito bem o apito que o filho tocava, estava contente, e Héctor ficou algum tempo conversando com ela. Charly chegaria na sexta-feira para ficar uns dias com a mãe. Obviamente, não tinha trabalho, nem muito dinheiro, nem plano algum. A crise sem dúvida acabaria favorecendo a volta dos filhos pródigos que já rondavam os trinta.

Depois que Carmen saiu, retomar a discussão com Guillermo lhe pareceu absurdo, então comeu alguma coisa, viu um pouco de televisão e finalmente, com o celular na mão, subiu para a laje. Nada era como devia ser, disse a si mesmo: nem os filhos, nem os pais, nem aquela noite de inverno.

Convencido de que não conseguiria dormir, ligou o computador e começou a pesquisar, em busca de informações. Era meio ridículo, já que Roger Fort podia lhe fornecer aquilo no dia seguinte, mas queria fazer alguma coisa, e o nome dos Laboratórios Alemany continuava ecoando em sua mente. Não tinha vontade de ler a história da empresa naquele momento, então assistiu a um vídeo corporativo, realizado com bastante precisão, sobre os critérios que definiam a companhia: juventude, liberdade e beleza integral... um adjetivo, este último, que parecia estar no auge.

O vídeo compilava entrevistas curtas com membros da empresa, entre os quais reconheceu alguns que estavam naquela fotografia de grupo. Nem Sara nem o outro suicida, Gaspar Ródenas, apareciam nele. Víctor Alemany estava, é claro, e sua irmã Sílvia, uma das mulheres da foto. Com a cópia do instantâneo na mão, assistiu novamente ao vídeo e identificou também Brais Arjona, gerente de marca da linha Young, e Amanda Bonet, uma linda jovem que, de acordo com a legenda, era a responsável pelo *design* e pelas embalagens da mesma linha. Ficou sem o nome de três pessoas: três homens que apareciam na foto mas não no vídeo, e que deviam pertencer a departamentos técnicos. Não, um deles estava: Manel Caballero, adjunto do diretor técnico. Estava quase irreconhecível, mas era ele: o mesmo rapaz de cabelo meio comprido que no vídeo falava de "inovação e desenvolvimento" sem muita desenvoltura. Com certeza muito menos que o tal Brais Arjona, um indivíduo que demonstrava uma postura invejável. Em jargão cinematográfico, a câmera o amava, mas não tanto como a Amanda Bonet. Sem dúvida, Amanda era uma das mulheres mais belas que Héctor já vira, e falava devagar, com clareza e sem afetação.

Depois ele fez outra pesquisa. "Gaspar Ródenas." Não apareciam muitos *links*, já que a imprensa costumava ser cuidadosa na hora de citar os sobrenomes. Não se importou: no dia seguinte teria em mãos o relatório oficial. Já ia desligar – também não era hora de ler relatos de pais que matam filhas de apenas um ano – quando um artigo lhe chamou a atenção. O título, "Uma família normal", demonstrava uma nota irônica que lhe agradou, mas o que o surpreendeu foi o nome da jornalista que o assinava: Lola Martínez Rueda. Porra, Lola... Depois de tanto tempo...

Sorriu ao recordá-la. Seu ar descontraído, seu riso contagioso, aquelas mãos que não paravam quietas. Lola... Fazia anos que não pensava nela. Tinha aprendido a relegá-la a um diminuto espaço de seu cérebro, a sepultá-la sob o peso da decisão tomada. No entanto, nesse momento, nessa madrugada falsamente cálida, viu o seu rosto como se ela estivesse diante de si, e essa lembrança dissipou o seu mau humor.

11

As cidades, como os cães, não dormem completamente. Quando muito adormecem, descansam, recuperam forças para suportar o tráfego de carros e de pedestres que as espera na manhã seguinte. Suas ruas respiram com um pouco mais de liberdade, ocupadas apenas com o reduzido número de pessoas que se vê de madrugada. Animais noturnos de diferentes raças que perambulam pelas calçadas ou pelas ruas quase vazias, cada vez mais frias, mais silenciosas. Mais lentas. São horas nas quais qualquer ruído, por mínimo que seja, se transforma em um estrondo. A porta de um carro ao fechar-se bruscamente soa como um estampido, os passos firmes provocam ecos, as vozes parecem gritos.

Brais Arjona havia pertencido durante anos a esse mundo de sombras. Costumava sair sozinho e voltava sozinho, mas não se importava com isso. O que procurava, o que precisava, era encher essas horas com rostos anônimos e corpos desconhecidos. Por desgraça, mesmo em uma cidade como Barcelona, as feras noturnas tendiam a ser sempre as mesmas, e às vezes, ao descobrir entre a fauna tipos que conhecia de vista, ele se sentia incomodado, enojado desse ambiente de cantos escuros e indivíduos solitários. Cruzava com outros mais velhos e afastava os olhos, não para ignorá-los, mas para não ver a si mesmo quando já não fosse tão jovem, tão atraente. Tão desejável. Ainda assim, invariavelmente, apesar de em muitas madrugadas ter o firme propósito de diminuir essas escapadas, de sair só com seus amigos, de ficar em casa vendo um filme, o cheiro da noite despertava nele um instinto quase irreprimível. E depois da meia-noite, quando a maioria dos trabalhadores responsáveis se enfiava na cama, ele ia para a rua. Como um lobo. Em busca de uma presa. Em busca de algo que apaziguasse sua fome.

Da mesma forma que lhe havia sucedido em Madri, durante seu primeiro ano em Barcelona houve noites memoráveis e outras para esquecer. Mas mesmo as piores tinham algo estimulante. Isso fazia parte do jogo, e ele sabia. No entanto, pouco a pouco, todas começaram a se parecer cada vez mais: as boas e as más iam se fundindo em uma só categoria, medíocre e cinzenta. Os mesmos homens, os mesmos quartos escuros, os mesmos balcões de bar. Os mesmo olhares que, sem necessidade de palavras, punham em marcha o complexo – e às vezes simples – mecanismo do sexo. E então, quando o tédio ameaçava devorá-lo, talvez exatamente por isso, apareceu David.

David, seu marido, que nesse momento dormia abraçado ao travesseiro como se fosse um salva-vidas. David, que se deitava à meia-noite como se fosse muito tarde e acordava às sete, transbordante de energia. David, que tinha caçado o lobo e o transformara em um afável animalzinho de estimação. Brais nunca tivera problemas em aceitar sua homossexualidade, nem mesmo vinte anos antes, em sua Galiza natal, naquelas terras chuvosas que na época odiava e das quais, de um tempo para cá, sentia saudades. Era provável que a falta de uma família lhe tivesse aplainado o caminho: não tinha ninguém para quem contar, ou pelo menos ninguém que importasse de verdade. Mas, embora tenha tido alguns problemas, tenha sido um daqueles indivíduos que escondem seus verdadeiros desejos, a presença de David havia dissipado o menor resquício de temor ou de vergonha. Porque amar alguém com aquela força não podia ser ruim. Por isso tinham se casado, em um gesto simbólico: para proclamar ao mundo que estavam juntos, que iam ficar juntos e que, com um pouco de sorte, envelheceriam juntos. Uma velhice que ainda parecia longínqua. Brais tinha trinta e sete anos; seu marido acabava de fazer trinta e um. A vida se estendia diante deles como um longo caminho feliz. Apesar disso, essa noite o caminho parecia estar truncado, parecia desembocar em um precipício abrupto e perigoso. Ao menos para ele.

É uma noite de minutos eternos, um amanhecer que demora a chegar. São quase três da manhã quando Brais se levanta da cama farto de pensar e se dirige descalço para o *notebook* que tinha deixado na mesa da sala de jantar. Sabe que não deve olhar para ela, mas há algo maléfico nessa imagem que acaba sendo viciante.

A foto chegara anexa a um *e-mail* de apenas duas palavras: "Não esqueça". Como se alguém pudesse se esquecer daquilo. Brais fecha os olhos por alguns segundos, o tempo que a foto demora para abrir. Apesar de já saber o que contém, todo o seu corpo fica tenso. Levemente inclinado, com as duas mãos apoiadas na mesa, contempla a tela e sente vontade de destruí-la com um soco. Poderia fazê-lo, mas não serviria para nada. Os três cães enforcados continuariam na sua cabeça: a goela escancarada, o pescoço distendido, as patas rígidas. Como réus executados sem piedade.

Permanece alguns minutos imóvel, tenso. Seu corpo lhe pede para agir, para reagir de algum modo físico a esse estímulo fixo e imperturbável. Por isso, ainda de pé, fecha a janela da imagem e volta para a caixa de mensagens. Redige um *e-mail* rápido e o dirige à conta pessoal das cinco pessoas interessadas: Sílvia Alemany, César Calvo, Amanda Bonet, Manel Caballero e o mais velho de todos, Octavi Pujades. Os que ainda continuam vivos, pensa com frieza. Os que ainda podem se salvar.

Depois volta para a cama e abraça seu marido com a vaga intenção de se contagiar com essa tranquilidade de espírito que proporciona a David um sono profundo, reparador, o sono dos inocentes. É a única coisa que importa, pensa Brais, poder dormir com David ao seu lado durante o que lhe resta de vida.

Já faz meses que para Octavi Pujades o dia e a noite se transformaram em uma espécie de dormitar contínuo. Tinha lido em algum lugar que isso era usado como meio de coação para os prisioneiros de guerra: quando as coordenadas do tempo desapareciam, a mente se confundia e se precipitava até a incoerência. Deseja acreditar que não é o seu caso, que seu cérebro continua funcionando com a mesma precisão, que analisa e decide usando a mais pura lógica. Para Octavi, diretor financeiro dos Laboratórios Alemany há mais de vinte anos, dois mais dois sempre haviam sido quatro, tanto nos balanços como na vida. Por isso o incomoda que em outras profissões, em outros âmbitos, as pessoas sejam tão inexatas, tão matematicamente incorretas.

Quando diagnosticaram o câncer que mantém sua esposa prostrada na cama, o médico havia afirmado que, por desgraça, Eugènia não chegaria ao amanhecer do ano-novo. Em suas próprias palavras, se ela conseguisse sobreviver ao Natal já seria uma vitória. E Octavi Pujades agiu de acordo com essa previsão. Falou com Sílvia e com Víctor, designou um substituto para suas funções – não o que teria escolhido, mas o único possível, dadas as circunstâncias – e tirou uns meses de licença para cuidar da mulher. Eugènia só lhe havia pedido uma coisa: morrer em casa. No mesmo espaço onde viviam havia dezoito anos, desde que tinham trocado o apartamento da cidade por aquela casa situada em Torrelles de Llobregat, em um condomínio onde ainda havia passarinhos. Ele prometera, e assumira a tarefa com a mesma disciplina que aplicava ao ambiente de trabalho. Seriam cinco meses no máximo, de agosto até o fim do ano, um tempo suficiente, mas não excessivo. Estava relativamente seguro de que Gaspar Ródenas, o substituto escolhido, desempenharia sua função e ao mesmo tempo o manteria informado. Nunca, nem nos piores momentos de dúvida, lhe ocorreu que Gaspar morreria antes de Eugènia, e que afinal ele teria de recorrer àquele que deveria ter sido o primeiro candidato. A vida tem uma estranha forma de fazer justiça, pensou. Antes dizia a si mesmo que os caminhos do Senhor eram inescrutáveis, o que vinha a ser mais ou menos a mesma coisa.

Nessa madrugada, Octavi entra no que tinha sido o seu quarto e agora é uma câmara mortuária com um cadáver que resiste a morrer. A força com que Eugènia se aferra a este mundo, a essas escassas horas de consciência sem dor em que consiste sua vida, lhe parece admirável e ao mesmo tempo surpreendente. Nunca teria acreditado que aquele corpo pequeno e magro contivesse tanta capacidade de resistência, tanta vontade de enfrentar essa morte que deve estar escondida em algum canto desse quarto qual ave carniceira pronta para cravar as garras em sua presa.

Eugènia dorme. A medicação a mantém sedada durante grande parte do dia e da noite; ele se senta na beira da cama. Sabe que está fazendo todo o possível. No entanto, por mais que tenha tentado se obrigar, não conseguiu compartilhar esse leito com ela, e isso lhe dói. Desde o princípio, transferiu-se para o quarto do filho mais velho, vazio desde que ele se casou. É absurdo manter uma casa tão grande, pensada para uma família de no mínimo cinco membros. Ele diz isso à sua mulher, apesar de ela não poder ouvi-lo. Faz o que não fez em anos de casamento: explicar-lhe seus planos, levar em consideração a opinião que ela expressaria se pudesse. O bom de estar casado há tanto tempo com a mesma pessoa é que em oitenta por cento dos casos a gente sabe o que ela vai dizer. Ou o que diria se estivesse no controle de todas as suas faculdades.

Ele lhe fala então de seu filho, que foi vê-la essa tarde enquanto ela cochilava; de sua filha, que resiste a visitá-los porque cada vez que o faz desata a chorar, e dessa outra filha, a mais nova, a mais agitada, que aparece sem avisar e vai embora sem se despedir. Octavi continua confiando na opinião de sua mulher sobre esta última. Calma, dizia ela sempre, há pessoas que encontram o seu caminho de forma natural, e outras que precisam dar voltas e mais voltas, andar para trás para depois avançar de repente. E quando chegar o momento, Mireia vai dar um salto que deixará todos nós para trás.

Depois que o assunto dos filhos se esgota, Octavi continua falando. Em seguida, passados alguns instantes, passeia os olhos pelo teto, como se receasse que, ao ouvir sua confissão, essa ave de rapina mudasse de vítima e o levasse em seu lugar. Como levou Gaspar e Sara, deixando como único obituário aquela fotografia asquerosa. E recorda sem querer as palavras de Gaspar quando este fora vê-lo, aquela frase que ficou gravada a fogo em sua mente: "Nós não merecemos outra coisa. Vamos acabar todos assim, Octavi. Mortos como cães".

O despertador, posto para quinze para as seis, anuncia o princípio do dia para Manel Caballero. Levantar-se sempre foi difícil para ele; já de menino teria dado qualquer coisa para retardar o momento de voltar para o mundo real. Odiava as aulas com a mesma intensidade com que agora detesta os laboratórios onde trabalha, não pelo posto em si, mas porque o obriga a se relacionar com as pessoas. Se pudesse escolher, realizaria suas tarefas em casa ou, quando muito, rodeado de algumas pessoas específicas. Inteligentes, limpas, quietas. Daquelas que não se metem na vida alheia. Quer dizer, praticamente ninguém.

Como todos os dias, pega uma toalha limpa para se secar e depois a deposita diretamente no cesto de roupa para lavar. Começa a se vestir com as roupas que deixou preparadas na noite anterior, e quando termina dirige-se à cozinha para fazer o café da manhã. Café apenas – a essa hora seu estômago não admite nada sólido. Antes de sair da cozinha, lava a xícara e a colherinha, seca-as com cuidado e as guarda no lugar. Volta ao banheiro e escova os dentes durante três minutos exatos. Dá uma olhada e, apesar de não haver caído uma única gota de água no chão enquanto tomava banho, limpa-o meticulosamente. Gosta de sair sabendo que deixou o chão imaculado, a cama feita, a cozinha arrumada. Isso lhe dá forças para superar a pior parte do dia: o trajeto de ônibus até os Laboratórios Alemany. Gente barulhenta com quem deve compartilhar o espaço durante quase quarenta minutos. Só por isso teria mudado de emprego; tinha pensado nisso seriamente, mas a situação não estava para brincadeira. Além disso, suas perspectivas de trabalho melhoraram muito desde o verão, e faz meses que ele decidiu que vale a pena aguentar inconvenientes menores como esse. Assim, todos os dias suporta a viagem como quem se submete a uma via-crúcis. Isolado de todos graças aos fones de ouvido ou a um livro. De pé, porque os assentos de plástico lhe dão nojo e porque assim pode se afastar se alguém se instala perto demais dele. Sai de casa antes por causa disso, porque já comprovou que o ônibus seguinte fica muito mais cheio. Nas poucas vezes que teve de tomá-lo, ficou sem ar.

Nesse dia, por alguma razão inexplicável, o ônibus está meio vazio, de modo que não precisa fingir que está lendo. Se alguém o observasse, jamais teria adivinhado que aquele rapaz limpo e bem-penteado, vestido sem estilo mas com a roupa incrivelmente bem-passada, está pensando em dois colegas seus que morreram em questão de meses. Seu rosto não deixa transparecer pena nem surpresa. Em vez disso, indica uma intensa concentração, como se ele estivesse tentando resolver mentalmente uma equação complexa demais para sua capacidade.

Manel Caballero não vê o *e-mail* com a foto anexa e o outro que Brais mandou de madrugada até que liga o computador em sua mesa. Seu costume de ser o primeiro a chegar lhe dá alguns minutos para avaliar a situação e ponderar as opções. Demora pouco tempo para se decidir: com um clique rápido, elimina as duas mensagens e depois as faz desaparecer da lixeira. Sua caixa de correio está de novo limpa como seu chão. Livre do menor resquício de sujeira.

Amanda Bonet, por sua vez, examina a caixa de correio em casa, tanto as mensagens pessoais como as do trabalho. De fato, é a primeira coisa que ela faz todas as manhãs, e é sua última atividade antes de se deitar. Sempre com a esperança de receber uma mensagem especial, uma dessas que a enchem de excitação e lhe alegram a noite ou o despertar. Há meses está assim, tomada de uma emoção contida, presa a essas mensagens e a esses apaixonados encontros semanais. Mais feliz do que nunca, apesar de talvez "felicidade" ser um termo simples demais para descrever seus sentimentos.

Assim, nessa quarta-feira, Amanda segue sua rotina habitual, e seus olhos adquirem um brilho especial ao ver que em seu *e-mail* pessoal há quatro mensagens novas. Não pela quantidade, mas por uma em particular. Olha os remetentes das outras três: uma é de uma amiga e a outra de Brais Arjona, e ela diz a si mesma que responderá a essas depois; a terceira é de alguém desconhecido, sem assunto. Apaga-a sem abri-la, por medo de algum vírus, e concentra-se na única que lhe interessa. Depois da noite que passou, carregada de pesadelos atrozes que não consegue recordar completamente, tem necessidade de se comunicar com ele, e só pode fazer isso através de um *e-mail*. Um jeito frio, talvez, mas de qualquer modo melhor que nada. Abre a mensagem e sorri diante da primeira linha, um cumprimento carinhoso, envolvente, protetor. Imagina-o escrevendo de madrugada, na cama, pensando nela e compondo esse texto enquanto a evoca na memória.

Continua lendo, e, como sempre, vai se rendendo ao efeito que essas frases provocam nela. Ainda se espanta com o fato de ele conseguir essa resposta de seu corpo só com palavras. Algumas poucas vezes, pensa que esses instantes a satisfazem quase tanto como os encontros dos domingos à tarde. De qualquer modo, sabe que a realidade não teria sentido sem essa parte do jogo, da mesma forma que os *e-mails* ou as mensagens no celular careceriam de emoção se não existissem os momentos reais de pele, de toque, de recompensa ou de castigo.

Lê a mensagem até o fim, saboreando cada termo, cada elogio, cada censura e, principalmente, cada ordem. Ele lhe dá indicações precisas sobre como deve se vestir, se pentear, se perfumar. Sobre a roupa de baixo que ela deve usar. Às vezes ela desobedece – é uma regra não escrita –, mas nunca em alguma coisa demasiada óbvia. Aparentemente, segue suas ordens ao pé da letra, e se excita ao vestir a saia que ele escolheu para esse dia, ao borrifar as gotas da colônia que ele deseja cheirar ou ao ter consciência de que sua *lingerie*, que ele dificilmente verá no trabalho, não é da cor requerida. O fato de trabalharem na mesma empresa acrescenta à situação o estímulo da dissimulação, o risco do romance ilícito que ele acentua em algumas ocasiões com um atrevimento controlado. Além do mais, ninguém tem noção do seu jogo... Ninguém sabe nada sobre eles, especialmente agora que Sara está morta.

Não, ela não quer pensar em Sara. De repente se lembra do pesadelo que a aterrorizou de noite. A imagem de Sara correndo pelo longo túnel do metrô, perseguida por uma matilha de cães. E ela, Amanda, contemplando a cena como quem vê um filme de terror, sofrendo por Sara, tentando avisá-la de que o pior não estava atrás dela, mas no fim daquele maldito túnel. Mas era inútil: a mulher que fugia sem olhar para trás não a ouvia, por mais que ela gritasse: "Para, Sara! Ninguém vai te fazer mal. Não são cães, somos nós". Então tinha visto a si mesma correndo em vão junto com os outros pelo mesmo túnel para alcançar Sara. Não tinha certeza se a perseguiam para salvá-la do seu terrível destino ou para vê-la morrer atropelada por um trem.

Leire

12

Fazia quinze minutos que ela estava esperando, e já começava a se impacientar, não porque tivesse muitas coisas para fazer, mas porque no fundo receava que Carolina Mestre não viesse. Olhou o celular para ver se havia alguma mensagem avisando do atraso. Nada. Contemplou com desânimo o chá que tinha diante de si e, apenas para fazer alguma coisa, deu um pequeno gole, fazendo uma careta de desgosto. Uma beberagem das mais insossas, bem de acordo com o local.

Deu uma olhada ao redor, cada vez mais convencida de que Carol não viria. Tinha telefonado para ela na manhã de terça-feira e, depois de ouvir uma espécie de monólogo que Leire ensaiara para dar a impressão correta, sua interlocutora havia desligado o telefone com um lacônico: "Não tenho nada para lhe dizer". Armando-se de paciência, Leire insistira algum tempo depois. Dessa vez ninguém respondera ao telefone, e ela deixara uma longa mensagem na secretária eletrônica. Depois de quase um dia inteiro sem uma resposta de Carol, quando já perdia as esperanças, chegara uma mensagem de texto, seca e pouco amistosa, marcando um encontro quarta-feira às seis da tarde naquela cafeteria no centro. E ali estava ela, naquele local de paredes brancas e quadros-negros que anunciavam coisas como *brunch* e *blackberry muffin*, apenas na companhia de uma garçonete de cabelo loiro escorrido, que parecia encarar o emprego como um passo necessário antes de alcançar a fama, e de outro cliente, um jovem turista que, pelo preço de um café, usava descaradamente a conexão Wi-Fi do local.

Leire folheou uma dessas revistas gratuitas, cheias de fotos e de entrevistas com cantores que ela não conhecia e que, salvo raras exceções, tinham cara de quem passara fome durante uma boa temporada. O chá estava esfriando, mas ela não conseguia bebê-lo. A partir do terceiro mês de gravidez, os enjoos tinham dado lugar a umas manias bobas e repentinas de alimentos de natureza diversa. Nesse momento, aquele chá de frutas vermelhas lhe dava um nojo indescritível. Disse a si mesma que quando chegasse à última página da revista se levantaria e iria embora, e assim teria sido se não tivesse recebido uma mensagem pelo celular, não de quem esperava, mas de Tomás. Safado, pensou ela quando viu o seu nome na tela. Ele não havia dado sinal de vida desde o *réveillon*, ou seja, doze dias antes.

Como você está? Vou te ver no fim de semana. T.

Irritada consigo mesma porque no fundo queria vê-lo, ia responder quando ouviu um pigarro próximo. Levantou os olhos e tentou trocar a cara de raiva por um sorriso. Apesar de ter chegado quase vinte e cinco minutos atrasada, Carol não a deixara plantada.

Leire a tinha visto uma única vez, na delegacia, logo depois do desaparecimento de Ruth, e já naquela época se espantara com a sua beleza. Muito morena, mesmo no inverno, todo o seu corpo proclamava em silêncio uma excelente forma física. De rosto anguloso e cabelo muito curto, mas cortado com estilo, ela não conseguia evitar que sua expressão e seus gestos tivessem um ar brusco, quase agressivo, como se vivesse em um estado de alerta permanente. Os olhos escuros e os longos cílios mostravam cautela, e seu tom de voz pareceu menos firme que ao telefone quando, depois de pedir uma Coca-Cola Zero à apática garçonete, disse:

– Bom, fala.

Não era um começo muito promissor, e Leire ia lhe empurrar de novo o discurso que já tinha mandado duas vezes por telefone quando de repente perdeu a paciência. O chá que não conseguia beber, a garçonete magricela, a mensagem de Tomás e a pose indolente da recém-chegada formaram uma espécie de estímulo em seu interior que a fez saltar.

– Olha, você não tem por que falar comigo se não quiser. Mesmo. Isto não é um interrogatório, nem estou aqui oficialmente, portanto não existe a menor obrigação da sua parte.

Carol levantou uma sobrancelha sem dizer nada e a olhou fixamente. Então encolheu os ombros e quase sorriu.

– Calma. Não se altere, isso não deve ser bom para...

– Não estou alterada – mentiu Leire. – Pelo menos não mais do que estaria alguém que fica meia hora esperando uma pessoa que, para piorar, quando chega nem sequer tem a decência de se desculpar.

Carol soltou um suspiro e desviou os olhos. O outro cliente da cafeteria as observava, mesmo que apenas com o canto do olho. Leire pegou a bolsa e fez menção de se levantar.

– Não. Não vá embora. E desculpe o atraso. – Carol falava em voz baixa. – Na verdade, cheguei aqui antes e vi você entrar. Fui dar uma volta pra pensar um pouco... E por isso acabei me atrasando.

Assim é melhor, pensou Leire. Resolveu então suavizar também o tom de voz em sua intervenção seguinte.

– O que você acha de começarmos de novo?

– Bom, fala – repetiu Carol, mas dessa vez acompanhou a frase com um meio sorriso. E acrescentou em seguida: –Você me disse por telefone que queria falar de Ruth.

– Isso. Sei que parece estranho. Nem eu mesma tenho certeza se entendo, mas... Tenho a sensação de que este caso não foi abordado da melhor maneira. – Antes que sua ouvinte tirasse conclusões indevidas, ela se corrigiu: – Todos nós estávamos muito envolvidos, principalmente o inspetor Salgado. E estavam acontecendo muitas coisas ao mesmo tempo.

Ela se deteve por alguns segundos antes de terminar sua argumentação:

– Eu gostaria de retomar o caso de uma perspectiva mais fria. E para isso preciso saber como ela era, o que fazia... O que a preocupava.

Carol concordou devagar. Apesar de um certo desconcerto que ainda turvava o seu olhar, ela parecia decidida a lhe conceder ao menos um mínimo voto de confiança.

– Gostaria de poder dizer como ela era... como ela é. Não quero falar dela no passado, e também não sou muito objetiva a respeito desse assunto.

– Tanto faz, seja tão subjetiva quanto quiser. – Compreendeu que Carol não era propensa a confidências, de maneira que decidiu ajudá-la. – Quanto tempo vocês ficaram juntas?

– Não sei se deveria contar isso exatamente a você... – Não a olhava, tinha a vista cravada na capa da revista.

– Isto é entre mim e você. Eu já disse, o inspetor Salgado não está a par do que estou fazendo. E quero que continue assim – frisou ela.

Carol suspirou.

– Héctor... Santo Deus, como eu cheguei a odiar esse nome! Esse cara tem uma coisa especial, não? Existem homens assim, que conseguem que o mundo gire sempre ao seu redor. Não, já sei, eles não pedem nada nunca. Agem como se fossem autossuficientes, mas ao mesmo tempo imploram por ajuda aos gritos. Ou essa é a impressão que ele dá a vocês...

Leire deixou passar a indireta e aproveitou essa via para encarar a questão que lhe interessava.

– Era isso que Ruth achava?

– Ruth passou toda a vida compreendendo Héctor. Não que ela se comportasse como uma mãe, mas em algumas reações ela parecia sua... Não sei como dizer. Sua irmã mais velha. Ela estava se desapegando desse papel pouco a pouco, apesar de isso custar um grande esforço.

– Quando começou o seu relacionamento com ela?

– Oficialmente, seis meses antes de ela romper com o marido. Na verdade, a atração mútua surgiu quando nós nos conhecemos. Pelo menos da minha parte, e, levando em conta o modo como as coisas aconteceram, eu diria que da parte dela também.

– Vocês trabalhavam juntas, não é?

– Sim. Bom, não exatamente. Ruth se dedicava há anos à ilustração. Caso você não saiba, isso é muito mal pago. Ela também tinha feito algumas exposições, mas sem muito êxito. Porém eu vi parte da sua obra e propus utilizar alguns dos seus desenhos no ramo da decoração. A princípio achei que ela ficaria ofendida. Alguns artistas tremem diante da palavra "comercializar". – Ela sorriu. – Apesar de tudo, ela se lançou nisso com entusiasmo, como se fosse uma aventura, algo em que ela não havia pensado. E com resultados incríveis.

Leire sabia disso. Nos últimos dias, entre outras coisas, tinha examinado os *designs* de Ruth Valldaura. Ela havia começado com uma linha têxtil para o lar, mas em dois anos tinha ampliado a coleção para uma grande variedade de objetos que revelavam uma enorme criatividade. Se se procurasse o nome de Ruth Valldaura no Google, aparecia imediatamente um bom número de lojas, principalmente da Espanha, da França e da Itália, onde seus produtos eram vendidos com exclusividade. Lojas não excessivamente caras, mas originais, muito bem selecionadas pela mulher que Leire tinha diante de si neste momento.

Enquanto conversavam, o jovem cliente decidira abandonar o mundo virtual e voltar à sua ocupação real, a de turista, e a garçonete continuava imóvel atrás do balcão, menos bonita do que ela própria parecia acreditar. Leire estava com sede, mas quase receava perturbar a quietude daquela esfinge recordando-lhe que ela estava ali para fazer algo útil, em vez de meditar. Por sorte, Carol decidiu que precisava beber alguma coisa mais forte que aquela Coca-Cola sem açúcar, e Leire aproveitou para pedir uma garrafa de água. Carol foi até o balcão e voltou cinco minutos depois com a água, uma taça de vinho tinto e uma divertida cara de desespero.

– Deus do céu, achei que ela ia desmoronar só de tirar a rolha da garrafa – disse.

Leire riu e bebeu meia garrafinha de um gole só. Começava a simpatizar com Carol.

– Agora não sei muito bem o que fazer – disse ela pensativa, depois de beber um pequeno gole de vinho. – Me refiro ao apartamento e ao dinheiro que continua chegando. Acho que deveria falar com Héctor...

– Ele não é má pessoa – comentou Leire. – Mesmo.

– Ruth dizia isso. Quando eu ficava puta da vida, com o perdão da palavra, ela sempre o defendia. É muito difícil não ter ciúme de alguém que ficou com a tua companheira tanto tempo... – Ela prosseguiu antes que Leire tivesse tempo de intervir, com os olhos fixos no conteúdo da taça: – Não, não era isso. Era ela. Sabe de uma coisa? Em alguns momentos, Ruth fazia você se sentir o centro do mundo. Quando você tinha algum problema, quando conversava com ela de madrugada, fazendo amor... Mas às vezes sua mente estava muito longe, e então você se dava conta de que jamais seria o centro da vida dela. Ruth era muito mais livre do que ela mesma acreditava. E quem estivesse ao seu lado tinha que aceitar esse lugar sem desejar mais do que isso. É claro que agora é que eu estou vendo isso com clareza; naquela época isso me exasperava. Eu vivia sempre com medo de perdê-la, e me esforçava para segurá-la. – Ela bebeu outro gole de vinho. – Acho que ela acabaria me abandonando. Nunca imaginei que a perderia assim.

Carol hesitou diante da última frase. Ela não parecia ser dessas pessoas que choram em público, mas a dor estava impressa em cada um de seus gestos.

– O que você acha que aconteceu?

– Não sei. Uma coisa é evidente: ela nunca teria partido assim de repente. Era séria demais, responsável demais. E, além disso, tem o Guillermo. No começo achei que tinha sido coisa do ex. Já sei, já sei, ele é um bom sujeito. – Ela suspirou. – Não estou dizendo que ele fosse lhe fazer mal, porém admito que cheguei a suspeitar dele. Mas quando o vi percebi que não, que, por mais que eu o odiasse, aquele homem não teria sido capaz de fazer algo assim. Quando alguma coisa te dói, você fica mais receptiva à dor dos outros.

Ela bebeu o último gole de vinho. Na taça agora só restava uma sombra grená, como um rastro de sangue.

– De qualquer modo, deve ser alguma coisa relacionada com ele. Com o trabalho dele, com aquele homem que ele espancou... – Ela olhou Leire nos olhos, com uma expressão de absoluto desconcerto. – Não me ocorre nenhuma outra coisa. Quem senão ele iria fazer mal a Ruth?

– Desculpe a pergunta, mas você tem certeza de que não havia mais ninguém?

– Como se pode ter certeza disso? – Ambas sorriram. – Da minha parte não, isso eu posso jurar. Nem mesmo agora, seis meses depois. Ninguém pode se comparar com Ruth. Nem de longe.

Carol mergulhou em suas lembranças durantes alguns instantes, e Leire quase pôde sentir como a saudade se apoderava daquele local, de suas lousas e de suas mesas vazias, até da garçonete, que, tranformada de novo em estátua de sal, parecia evocar também um amor perdido.

– Eu seria capaz de jurar que Ruth era fiel a mim. Acho que ela teria me contado a verdade. Os meses em que ela enganou o marido foram uma tortura pra ela. Sei que parece um lugar-comum, mas é verdade.

– Nunca houve uma mulher antes de você? Desculpe a intromissão. É que me parece estranho que alguém descubra aos trinta e oito anos que se sente atraída por pessoas do mesmo sexo.

Carol encolheu os ombros.

– Tenho certeza de que fui a primeira, se é que isso tem algum mérito.

– Você nunca perguntou?

– Dá pra ver que você não conhecia Ruth! Ela contava o que queria. E era capaz de te deixar sem palavras só com um olhar. Às vezes eu ria dela, dizendo que ela parecia ter saído de uma série inglesa. Sabe, dessas com cavalheiros e damas por cima e criados por baixo.

Leire assentiu. Também notara aquele ar aristocrático nas fotos de Ruth. Mesmo de *jeans* e camiseta, ela era elegante. Tinha um estilo todo seu. No local ouvia-se uma música tranquila, uma espécie de bossa nova com ritmo de *jazz* que encheu o ambiente de uma melodia branda, sussurrante.

– Não sei em que mais posso ajudar. E também não sei se quero continuar falando disso – admitiu Carol com franqueza.

– Compreendo. Só mais uma coisa: Ruth estava trabalhando em algo novo?

– Ela sempre tinha algo em mente. Há várias pastas com esboços e desenhos soltos. Continuam na casa dela, claro.

– Você se importaria se eu desse uma olhada?

Não alimentava grandes esperanças; na verdade, o que queria era ver a casa, o lugar onde se havia perdido o rastro.

– Tenho as chaves. Acho que não tem importância que você veja, mas não sei se vão servir de alguma coisa. – Suspirou. – Definitivamente, tenho que falar com Héctor sobre tudo isso. Não, não de você – esclareceu. – Estou falando do que fazer com o aluguel, com as coisas de Ruth, com o dinheiro...

O dinheiro. Era a segunda vez que Carol mencionava esse assunto, e a policial desconfiada que Leire tinha dentro de si não conseguiu deixar de perceber isso. Se ela tinha aprendido alguma coisa em seus anos de experiência, era que a cobiça era uma das emoções mais antigas do mundo. E uma das mais letais... Nesse caso, no entanto, e deixando de lado as impressões pessoais – não conseguia imaginar aquela mulher com quem compartilhava a mesa matando por dinheiro –, um fato era óbvio: Ruth valia muito mais viva do que morta. Era jovem, restavam-lhe muitos anos de carreira profissional, de gerar benefícios que Carol compartilharia. Sem o cérebro criativo, a parte comercial dessa sociedade não teria nada mais para vender. Apesar disso, anotou mentalmente que precisava averiguar o estado financeiro da sociedade que ambas compartilhavam. Sabia que o perigo de qualquer investigação era deixar fios soltos baseando-se em impressões pessoais ou em ideias preconcebidas. De todo modo, no momento decidiu se concentrar na possibilidade de ver o espaço onde Ruth tinha vivido e trabalhado. Não tinha muita certeza de que Carol não se arrependeria do oferecimento se não resolvesse o assunto logo, então arriscou-se a perguntar:

– Está com muita pressa? Acho que não é muito tarde, e se pra você não for inconveniente, poderíamos ir agora à casa de Ruth.

– Agora? – perguntou Carol, hesitante.

– Pra mim seria bom. – Não queria insistir muito, apenas o suficiente. Intuía que nessa tarde tinha conseguido construir um clima de confiança, de cooperação, que poderia esfriar quando ambas se separassem.

Não estava errada. Carol pensou durante alguns segundos e depois concordou.

– Tudo bem. Meu carro está no estacionamento, e eu estou com as chaves. Na verdade, ainda não consegui deixá-las em casa.

Leire não disse mais nada. Pagou a conta sem atender aos protestos de Carol e se dirigiu à porta. Quanto antes saíssem dali, menores seriam as possibilidades de sua acompanhante mudar de opinião. Já na porta, enquanto abotoava o casaco, uma espécie de capa que, segundo sua amiga María, a fazia parecer pobre como uma compositora russa, olhou para a garçonete através da parede de vidro. Naquele local tão grande e vazio, ela parecia uma figura insignificante. Continuava sentada atrás do balcão, e às suas costas se elevava uma parede de garrafas. Um fundo verde e escorregadio para aquela criatura muito pálida, de lábios muito vermelhos e sobrancelhas finas, com os cotovelos apoiados no mármore branco.

13

Os apartamentos vazios são como atrizes decadentes, pensou Leire. Bem-arrumados, sempre à espera da chegada de uma pessoa que lhes desse sentido, que voltasse a transformá-los em espaços acolhedores e vivos, não conseguiam se livrar de um ar rançoso, empoeirado, esse toque de abandono assumido que, em vez de atrair, repelia. O de Ruth, de grandes dimensões e pé-direito altíssimo, parecia ainda mais vazio, mais abandonado. Mais melancólico.

Não era exatamente um *loft*; mais parecia uma mescla de estúdio e apartamento convencional. Em um dos lados ficava a sala e um balcão que a separava da cozinha; uma divisória pré-fabricada separava o que havia sido o quarto de Guillermo; no outro extremo, no fim de um corredor comprido e um pouco lúgubre, abria-se outro espaço quadrado, equipado para servir de estúdio e também com paredes de gesso, que delimitavam o quarto de Ruth. Na verdade, pareciam dois apartamentos simétricos, unidos por esse corredor.

Como se intuísse a triste impressão que o apartamento provocava, Carol acendeu todas as luzes e, de alguma forma, tentou reanimar aquele espaço frio. De pé no meio da sala, Leire era perfeitamente capaz de imaginar Ruth e o filho sentados no sofá de couro marrom encostado em uma parede de ladrilhos. As outras paredes eram brancas. Ela examinou a amplidão do espaço, as vigas escuras que sulcavam o teto. Dois quadros grandes, abstratos, contrastavam com a sobriedade do sofá, e um tapete enorme – um dos *designs* de Ruth – animava um chão de madeira que pedia um pouco de brilho. Havia livros empilhados nos cantos, mas o conjunto não dava a sensação de bagunça, e sim dessa desordem acolhedora que emana dos lugares onde as pessoas vivem tranquilas, relaxadas, descuidadamente felizes.

– O estúdio fica no fim do corredor. Se você não se importar, prefiro esperar aqui.

Leire compreendia. Tinha certeza de que Ruth e Carol tinham compartilhado mais momentos nessa zona de trabalho com quarto e banheiro do que na sala. Pelo pouco que sabia dela, intuía que Ruth dava valor à sua intimidade; não a imaginava namorando sua amante junto ao quarto do filho, mesmo que não estivesse transando no sofá da sala.

O estúdio era o que se poderia esperar de uma ilustradora. Duas mesas, uma com um computador e outra maior, parecida com a que Leire havia usado nas aulas de desenho no colégio; apoiadas nesta havia uma enorme quantidade de pastas, todas etiquetadas. Ruth Valldaura era uma pessoa organizada, mas sem exageros. Sensata, pensou Leire, que não suportava nem o caos nem o excesso de esmero. Deu uma olhada nos trabalhos que jaziam na mesa, cuja maior parte eram ilustrações para um livro de haicais.

A mesma elegância que se desprendia das poucas fotos que tinha visto dela se revelava também naqueles desenhos de traço simples mas expressivo. Ruth falava através de seus desenhos: cada um dos que Leire tinha diante de si contava um breve história.

– Desculpe – a voz de Carol lhe chegou do outro lado –, você vai demorar muito?

A pergunta era a tradução educada de "Por favor, vamos embora imediatamente", e Leire decidiu fingir que não a ouvira durante alguns minutos. Em seguida compreendeu que, se quisesse observar tudo aquilo a fundo, precisaria de mais tempo do que dispunha naquele momento. Esse é o mal de investigar por sua conta, disse a si mesma. Dirigiu-se às pastas grandes do chão, sem saber muito bem o que procurava nem o que podiam lhe trazer. Nada, provavelmente... E, no entanto, parte da natureza de Ruth tinha que estar refletida em seu trabalho, disso não havia dúvida. Foi virando as pastas e olhando as etiquetas. Sua obra mais comercial não lhe interessava muito; confiava que encontraria outra coisa, um compartimento mais pessoal, mais íntimo... Os desenhos que uma artista faria para si mesma, não por encomenda.

Carol insistiu, e dessa vez Leire lhe respondeu com um vago: "Um minuto, já estou acabando". Estava começando a ficar nervosa e a considerar a hipótese de lhe pedir as chaves para voltar outro dia quando uma pasta pequena, dessas que se costuma usar para guardar recibos, apareceu dentro de outra muito maior. Não tinha etiqueta alguma, então ela a abriu e lhe deu uma olhada rápida. Leire nunca tivera muitos escrúpulos: comprovou que cabia na sua enorme bolsa, guardou-a e foi ao encontro de Carol. Ela estava com tanta vontade de ir embora que nem sequer lhe prestou atenção.

Apagaram as luzes e saíram para o corredor. A porta se fechou com um gemido resignado, com a tristeza assumida de quem sabia que seu melhor momento tinha ficado para trás.

Carol se empenhou em acompanhá-la à sua casa, e Leire mal protestou, apesar de que o que levava na bolsa a fazia sentir-se como uma ladra ingrata. Falaram pouco durante o trajeto, não havia muito mais o que dizer, e quando chegaram ficou óbvio que a motorista queria ir embora o quanto antes.

– Realmente – disse Carol um momento antes de se despedir –, não sei qual era o problema que você estava resolvendo no telefone quando eu cheguei, mas as ânsias assassinas não vão fazer você se sentir melhor.

Desconcertada, Leire levou alguns segundos para reagir. Tinha esquecido completamente a mensagem de Tomás.

– Bom – disse ela olhando a barriga –, não seria bom deixar este menino sem pai tão depressa.

Carol sorriu e não disse mais nada. Da calçada, Leire a viu sair, e depois dirigiu-se ao edifício onde morava. Tomou o elevador sozinha, pensando que, uma vez que fosse, seria agradável ter alguém esperando por ela em casa. Talvez essa ideia lhe tivesse vindo da conversa com Carol: o amor alheio sempre suscita inveja.

E não tinha dúvida alguma de que essa mulher tinha vivido uma verdadeira história de amor com Ruth. Correspondido ou não, isso era o de menos. Carol havia amado Ruth, e Héctor também. Para ser sincera, não tinha certeza se alguém a havia amado daquele modo, e foi invadida por uma enorme vontade de conhecer o objeto daquelas paixões: de lhe perguntar qual era o seu segredo, sua poção, o sortilégio por meio do qual conseguia enfeitiçar homens e mulheres. E então teve a firme convicção, ainda sem prova nenhuma que a sustentasse, de que as pessoas que possuem esse encanto vivem em perigo sem o saber, porque sempre há alguém que as ama à distância, ou as ama demais. Ou que simplesmente não suporta amá-las desse modo.

Sentada no sofá de casa, Leire abriu a pasta com a sensação íntima de estar cometendo um ato reprovável do qual, ademais, certamente não obteria nada útil além de saciar aquela curiosidade cada vez mais forte sobre Ruth. Apesar de que talvez todas as pessoas seriam igualmente interessantes se sua vida fosse examinada sob a lente de um microscópio: os detalhes enriquecem até as existências mais banais.

Dentro da pasta, amontoados sem ordem, surgiram desenhos, recibos, catálogos de exposições, artigos recortados de revistas sobre diversos temas e algumas fotos antigas. Leire foi examinando tudo com a paciência de um colecionador. Apesar de aqueles que a conheciam afirmarem que ela era uma mulher de ação, se havia uma coisa que caracterizava o trabalho da agente Castro era a obsessão de não deixar uma só informação, um fio que fosse sem examinar detalhadamente. Por isso, como estava sem sono, apesar de cansada – no fim do dia tinha os pés tão inchados que não os reconhecia –, foi separando devagar as fotos dos desenhos, os recibos dos pedaços de papel que tivessem anotado um número de telefone ou um endereço. Um momento depois tinha várias pilhas diferentes, e, para se livrar daquilo, começou a examinar a de recibos e catálogos, que, como era de esperar, não traziam muitas informações. Que Ruth gostava de arte e de exposições de desenho e de fotografia era algo que ela já sabia. Passou para as fotos, porque não eram muitas. Os computadores substituíram os álbuns de fotografias, disse a si mesma, lembrando-se dos que sua mãe tinha em casa. Imediatamente pensou que a mãe com certeza devia ter lhe ligado naquela tarde, e decidiu telefonar para ela no dia seguinte bem cedo. Se não o fizesse, a bronca seria épica.

Algumas eram fotos estranhas, provavelmente tiradas pela própria Ruth. Uma sombra no solo, um bueiro, um céu carregado de nuvens. É claro que havia algumas dela com Carol, muito poucas, e algumas mais antigas, de Ruth com Guillermo e de Ruth com Héctor. Leire se deteve um momento para observar seu chefe, mais jovem, mas com o mesmo olhar de cachorro triste. Até quando sorria. A seu lado, particularmente naquela foto, Ruth estava esplêndida; ele a olhava pelo canto do olho, como se não acreditasse que aquela mulher estivesse a seu lado senão por puro acaso. Ela, em troca, olhava a câmera com a intensidade das pessoas felizes. Havia mais algumas fotos desse mesmo dia, que deviam ter sido tiradas uns cinco anos antes, porque Guillermo não parecia ter mais que oito ou nove. Um garoto sério, parecido com o pai na expressão e com a mãe nos traços.

Leire foi passando as fotos familiares e se deu conta de que, deixando estas de lado, só restava uma, muito mais antiga. Duas meninas vestidas com *collants* de ginástica; o traje e o penteado as faziam parecer quase idênticas; no entanto, ao olhá-las de perto, Leire reconheceu em uma delas Ruth, e a seu lado uma amiga ou colega de classe. Por sorte, a data estava escrita à mão atrás: "Barcelona, 1984". Ruth tinha então treze anos.

A pilha seguinte era a dos desenhos, alguns simples esboços e outros mais elaborados. Um deles lhe chamou a atenção porque a garota que aparecia nele era exatamente a menina que acompanhava Ruth na foto. Leire admirou novamente o talento de Ruth Valldaura: alguma linhas simples compunham um rosto sério, totalmente reconhecível. No desenho, a menina já era um pouco mais velha, e estava vestida com uma espécie de capa. Estava de pé, perto de uma escarpa, olhando ao fundo. Ruth a tinha desenhado como se a tivesse diante de si, como se ela própria estivesse suspensa no ar ou no fundo do precipício, observando-a de baixo. Algo naquele desenho era inquietante, a aura trágica que envolvia a figura. Abaixo havia algo escrito, sem dúvida na caligrafia de Ruth, mas Leire por um bom tempo não conseguiu entender o que dizia:

O AMOR PROVOCA DÍVIDAS ETERNAS.

A frase lhe ficou na cabeça enquanto ela atacava a última pilha de papéis: endereços e números de telefone, recortes de jornal e coisas do tipo. Não tinha nenhuma esperança de encontrar nada, e por isso, quando viu o nome da rua escrito em um pedaço de papel, não prestou muita atenção nele. Alguns segundos depois, no entanto, seu coração se acelerou ao reconhecer, em um daqueles papéis, o endereço e o número de telefone do consultório do doutor Omar.

14

Na manhã seguinte, depois de um café da manhã saudável e equilibrado, totalmente diferente do *donut* que costumava comer alguns meses antes, Leire saiu para a rua. O tempo estava mais frio, conforme tinham avisado os meteorologistas, que, em tom apocalíptico, prognosticavam havia alguns dias a chegada de um autêntico inverno. Apesar de ter saído com tempo suficiente, uma vez na calçada ela decidiu se presentear com uma corrida de táxi até o seu destino. Não tinha a menor vontade de fazer aquela visita, mas achava que era necessária, e, ao contrário do que havia esperado, ninguém opusera nenhuma objeção a isso. Ao meio-dia, Montserrat Martorell, a mãe de Ruth, esperava por ela. Só havia pedido, em um tom que tinha pouco de súplica e muito de advertência, que fosse pontual; seu marido costumava sair todos os dias ao redor dessa hora, e parece que "era melhor que ele não estivesse presente, porque se alterava demais". Não era de estranhar.

O taxista a deixou na Plaza de Sarrià, bem perto do calçadão onde Ruth Valldaura havia crescido, num bairro que não podia ser mais diferente do lugar onde vivera nos últimos tempos. Apesar de a praça em si lhe parecer bem feia, a região era sem dúvida agradável, especialmente essa rua, que conservava um certo ar de povoado, como se fosse a via principal de outra cidade, menor, mais seleta, que tinha pouco a ver com o resto de Barcelona.

Montserrat Martorell, a sra. Valldaura, era tão imponente quanto seu nome sugeria, pensou Leire quando a senhora em questão a recebeu na salinha, que era do tamanho do seu apartamento inteiro.

– Faz frio para ficar no pátio – disse ela a Leire como se fosse uma verdade incontestável.

Nada velha apesar da idade, a mulher que tinha diante de si a percorreu de alto a baixo com os olhos. Em dez segundos – Leire tinha certeza –, aquela senhora havia resolvido de que forma se conduziria naquela situação. Seus olhos só haviam deixado transparecer uma leve desaprovação ao pousar em sua volumosa barriga, como se considerasse impróprio que uma mulher em seu estado andasse por casas alheias. No entanto, o gesto durou apenas um instante; ela logo sorriu e adotou o papel de anfitriã perfeita. Ofereceu-lhe café, chá ou um refresco, que Leire recusou com extraordinária amabilidade.

– Bem, então a senhora diga...

A frase havia sido mais ou menos idêntica à que havia iniciado a conversa com Carol, mas nessa ocasião Leire respondeu com uma elaborada explicação, a mesma que teria dado à diretora do colégio onde havia estudado se tivesse que justificar que não tinha feito os deveres. A senhora Martorell a ouviu com atenção, sem interrompê-la nem tampouco lhe facilitar a tarefa. Era impossível saber o que se passava detrás daqueles olhos cinzentos, perscrutadores, frios demais para serem bonitos. Leire terminou seu discurso e esperou o veredicto, mas em seu lugar recebeu uma pergunta:

– E meu genro não sabe nada disso?

O fato de que ela ainda se referisse ao inspetor Salgado como seu "genro", mesmo que sem excessivo carinho, não lhe passou despercebido.

– Talvez pareça estranho, mas não, ele não sabe de nada. Achamos que era melhor assim. – Utilizou aquele plural que sempre disfarça as decisões controvertidas.

– Me desculpe – disse a senhora Martorell depois de um silêncio que denunciava suas dúvidas –, devo reconhecer que a forma como se fazem as coisas atualmente me desconcerta. O marido de minha filha é policial, e no entanto é a senhora quem se ocupa de investigar o desaparecimento dela.

Leire tinha certeza de que havia outras coisas deste mundo que a desconcertavam mais, mas limitou-se a assinalar:

– Seu ex-marido.

Estava claro que pouca gente corrigia a senhora Martorell.

– Tecnicamente eles não haviam chegado a tramitar o divórcio. Não sabia disso?

– Não.

– Pois é.

– A senhora sabia que sua filha estava mantendo uma relação com...

– É claro – replicou ela sem deixar que Leire terminasse a frase. – Ruth me informou a respeito disso.

– A senhora achou ruim?

Não tinha pensado em ser tão direta, mas havia algo naquela mulher que tornava os rodeios impossíveis. Apesar de Montserrat Martorell ser uma senhora de outra geração, Leire intuiu que ela preferia a franqueza aos panos quentes.

– Que diferença faria o que eu achasse? Escute, a senhora ainda não sabe: chega um momento em que os filhos tratam da própria vida. Melhor ou pior, mas é o que eles fazem. E o seu papel, como o meu, será ficar quieta e aceitar. Às vezes custa, e precisamos morder a língua em mais de uma ocasião. Como sempre, acabamos aprendendo. – Ela se deteve um instante para tomar fôlego. – De qualquer modo, e respondendo à sua pergunta, posso dizer que não, não achei ruim. Está surpresa?

A cara de Leire deve ter refletido algo parecido com perplexidade, porque a senhora Martorell sorriu.

– Vocês, jovens, acham que inventaram tudo. Sempre houve mulheres e homens que amam pessoas do mesmo sexo. Não é uma novidade deste século, acredite. O que é novo é que o façam abertamente; no entanto, o fato é o mesmo, não?

– Sim. Mas deve tê-los surpreendido. Assim, de repente... Minha mãe ficaria supreendida, por exemplo – admitiu Leire com sinceridade. – Não quero dizer que desaprovaria, mas sem dúvida estranharia.

– Quando seu filho nascer, vai ver que poucas coisas que ele fizer a surpreenderão. – Seu tom era tão autossuficiente que Leire se irritou sem querer. – De qualquer modo, a senhora não veio aqui para saber o que eu achava de minha filha se deitar com outra mulher, não é?

Leire enrubesceu, e odiou a si mesma por não conseguir evitá-lo.

– Não. Vim aqui porque tenho a sensação de que preciso conhecer Ruth melhor para averiguar o que aconteceu. E a relação com a família costuma revelar muito sobre as pessoas.

– Imagino que isso seja verdade – admitiu Montserrat Martorell. – Devo dizer que a relação com minha filha era boa. Ela não dependia de nós, porque eu a eduquei para isso: para que fosse independente, para que triunfasse, para que escolhesse seu caminho. E fiz isso muito bem.

– E seu marido?

A mulher fez um gesto vago com a mão, como se isso fosse um detalhe sem importância.

– Os maridos não ajudavam muito na hora de criar as filhas. Pelo menos antigamente. Só sabiam mimá-las.

Leire observou a mulher que tinha diante de si. Sua aparente impassibilidade a assombrava, e tinha a impressão de que por trás dela podia se ocultar um gênio terrível.

– O que a senhora acha que aconteceu com ela?

– Acho que o que aconteceu com ela foi que os senhores não fizeram bem o seu trabalho. Porque se tivessem investigado a fundo, agora não estaríamos falando disso. Acho que meu genro, ou ex-genro, se preferir, foi tão incapaz na hora de segurar a mulher quanto na hora de investigar o desaparecimento dela. E acho que a senhora deveria ter vergonha de se apresentar na minha casa, meio ano depois, para fazer uma porção de perguntas das quais só se pode deduzir que vocês não têm a menor ideia do que aconteceu com Ruth. Quer que lhe diga o que mais eu acho? Acho que minha filha jamais devia viver sozinha naquele bairro, acho que esta cidade está cheia de delinquentes que fazem o que lhes dá na telha. Não, eu não me importava que Ruth dormisse com outra mulher. Nem que abandonasse o marido, que bem merecia isso. O que me importa, o que me tira do sério, é que... É que hoje não sei se minha filha está morta ou não. Não sei se devo chorar ou conservar alguma esperança. Não sei se... – Ela se interrompeu, alterada, e deu a impressão de fazer um grande esforço para se acalmar. – Se não tem nada para acrescentar, peço que se retire. Meu marido deve estar para chegar.

A resposta tinha sido tão taxativa que, mesmo estando sentada, Leire caiu para trás.

Ela se levantou tão depressa quanto lhe permitiu o volumoso ventre. A repreensão da senhora Martorell era de longe a pior que ela havia levado em anos. Talvez em razão do ressentimento provocado pelo orgulho ferido, ou talvez ela estivesse simplesmente tentando achar uma saída digna para aquela visita, mas quando já estava de pé Leire perguntou:

– A senhora disse antes que nenhuma mãe pode chegar a se surpreender muito com o que os filhos fazem, e deduzo que com isso a senhora queria dizer que conhecia Ruth bem. Houve alguma outra moça na vida dela? Falo de muito tempo antes, de quando Ruth era muito jovem e ainda morava aqui. – Ela fez essa pergunta pensando na garota da foto, na figura da escarpa, apesar de não ter muita esperança de obter uma resposta.

A senhora Martorell a olhou fixamente, como se de repente aquela jovem grávida afinal tivesse dito alguma coisa sensata.

– É claro que houve. Ela se chamava Patricia, Patricia Alzina. Era colega de Ruth nas aulas de ginástica rítmica. E sua melhor amiga.

– E o que aconteceu?

Montserrat Martorell desviou a vista, semicerrou os olhos e respondeu em voz neutra, menos indiferente do que gostaria de parecer:

– Patricia morreu com dezoito anos, em um acidente de carro. Estava voltando de Sitges, depois de passar alguns dias em casa. Era uma motorista inexperiente e perdeu o controle do carro. Despencou da estrada do maciço de Garraf.

Gaspar

15

Com um golpe brusco, César desligou o rádio do carro. Naquela parte da estrada, repleta de curvas, as interferências eram constantes, e as frases pela metade o deixavam nervoso. Além do mais, ele também não estava interessado numa mesa-redonda esportiva em que os comentaristas anunciavam as escalações e analisavam as jogadas com o mesmo tom mordaz usado pelos participantes de um programa de fofocas.

Precisava de silêncio. Um silêncio absoluto que lhe permitisse pensar em tudo o que estava acontecendo. Em Sara, em Gaspar, nos cães enforcados e, de outro lado, em Emma e no risco que aquela menina mimada constituía para sua relação com Sílvia. Problemas demais, disse a si mesmo, enquanto reduzia a marcha para encarar a curva seguinte da estrada regional que conduzia ao pequeno município de Torrelles de Llobregat, onde vivia Octavi Pujades. Tudo para ele, pensou César. Nunca havia compreendido as pessoas que complicavam a vida indo viver longe da cidade só para ter uma casa sem vizinhos, para desfrutar essa absurda paz que, afinal, acabava por lhes destruir os nervos. Ele ainda nem tinha chegado e já sentia preguiça só de imaginar o trajeto de volta por aquela estrada que cruzava o bosque. Um bosque que a essa hora estava oculto pela escuridão, mas que intuía denso, ameaçador.

Os faróis de um veículo que circulava em direção contrária o advertiram, com algumas piscadelas rápidas, que ele estava com os faróis altos ligados. Ele não tinha percebido, e os baixou imediatamente. A partir desse momento avançou mais devagar; só conseguia ver uns poucos metros adiante, e isso o inquietava. Era um homem cuidadoso, cauteloso, e havia aprendido que o melhor para andar pela vida sem surpresas desagradáveis era fazer as coisas com calma e prevenir os problemas. Vê-los chegar de longe. Por isso ia falar com Octavi escondido de Sílvia. Havia poucas pessoas em quem César confiava, mas o diretor financeiro era uma delas. Pela idade, pelo conhecimento, até pela simples experiência de vida, achava que sua opinião merecia ser levada em conta. Confiava muito mais nele que no metido do Arjona, por exemplo, entre outras coisas porque, no fundo, nunca esperara nada daqueles que se desviavam da norma, e ainda por cima faziam alarde disso. Não que ele considerasse isso errado – cada um que resolvesse seus problemas de cama –, entretanto esse fato traçava uma linha invisível que, somada à arrogante autossuficiência de Brais Arjona, lhe provocava insegurança. Como se ele fosse um indivíduo vulgar, um quarentão medíocre e limitado. E dos outros era melhor nem falar: Amanda era uma criança, e o sujeito do laboratório não podia ser mais estranho. Havia Sílvia, é claro, e com ela César tinha falado de tudo detalhadamente, até se esgotar, mas tinha a impressão de que para esclarecer as ideias precisava ter uma conversa com um homem mais velho e responsável. Sólido.

Um animalzinho cruzou a estrada de repente, e César se desviou dele por puro instinto. Maldito bosque, pensou. Malditas sombras. Malditos cães mortos.

Ele está cansado demais por causa da estrada. Acabou o trecho mais escarpado do caminho e, justo nesse momento, o céu escurece de repente. É uma nuvem tão súbita, tão espessa, que o dia se apaga diante de seus olhos, como se ele presenciasse um eclipse ou os efeitos de uma maldição bíblica. Depois, pouco a pouco, o sol vai recobrando força até se impor naquela luta e mostrar novamente seu poder. É então que, na metade daquele campo que se estende até onde a vista alcança, ele se dá conta de que o alpendre de madeira, o mesmo que aparece desenhado no estúpido mapa que lhe deram na casa antes de sair, está a uns quinhentos metros de distância. Ao lado de uma árvore solitária, de tronco e galhos fortes. César suspira, cansado, e nota que a boca se enche de uma saliva amarga, mais própria de um domingo de ressaca que de uma manhã de sábado no campo. Merda de campo, resmunga quase em voz alta. Merda de treinamento em equipe. *Team building*. Como se não tivesse passado anos organizando as equipes do depósito. Como se aqueles instrutores fossem lhe ensinar alguma coisa que ainda não soubesse.

Ele olha para trás; seus companheiros levarão pelo menos dez minutos para chegar, portanto ele pode esperar ali, como prova de respeito pelo grupo, e ao mesmo tempo descansar um pouco. Corri muito, pensa enquanto espera, satisfeito por ter sido o primeiro a chegar. Pelo menos uma vez nesse fim de semana terá vencido Brais Arjona. Ao que parece, a competitividade é um dos poucos atributos que não perdem força a partir dos quarenta.

Quatro e quatro, essa foi a indicação que o instrutor lhes deu pela manhã. Um sorteio rápido. Oito papeizinhos numerados introduzidos em uma sacola: ele, Gaspar, Manel e Sara tiraram números pares; Brais, Amanda, Sílvia e Octavi, ímpares. Vários envelopes com pistas que marcam dois trajetos diferentes com o mesmo objetivo final. Todo um prodígio de imaginação por parte dos organizadores do treinamento, uma empresa de seleção e formação de pessoal que cobra cada um desses envelopes como se eles ocultassem a fórmula secreta da Coca-Cola. Pois ali está: diante de seus olhos se estende uma planície, e ao fundo, recortada contra as montanhas terrosas e secas, ergue-se a maldita cabana. Ou o telheiro, ou que diabo sejam esses quatro troncos mal-ajustados onde, segundo a pista número sete que Sara leu em voz alta, se encontra o "butim".

Um butim que seu grupo vai alcançar, se nada der errado, antes do de Brais. Não consegue entender por que o enfurece o fato de o gerente de produto se destacar nesse treinamento, que, na verdade, não tem importância alguma. Mas ele fica emputecido, sim, e muito, porque no dia anterior Brais Arjona se revelou o mais rápido, o mais ágil mentalmente... Em resumo, o mais preparado. Superando inclusive Octavi e Sílvia na resolução de problemas de lógica, uma espécie de entretenimento diabólico idealizado por aqueles instrutores odiosos. Mais tarde, o que devia ter sido um passeio de canoa, uma atividade puramente lúdica e tranquila, se transformou em uma corrida quando Brais, que remava com Amanda, havia se empenhado em desafiar a ele e a Sílvia. Ela aceitou sem fazer caso dele, e, como era de esperar, perderam sem a menor dignidade. Na verdade, a meio caminho sua canoa começou a desenhar círculos em vez de uma traçar uma linha reta, e quando afinal a endireitaram e chegaram à margem contrária, tiveram de suportar o sorriso malicioso de Arjona e o comentário da própria Sílvia: "Na próxima vez já sei com quem devo ir". Pois bem, o acaso decidiu que ela fizesse parte do grupo de Brais, e no entanto isso não será sinônimo de vitória.

Ouve passos e se volta no alto do caminho. É Gaspar, o empregado do departamento financeiro, que, como ele antes, sobe trabalhosamente pela encosta. César não o conhece muito bem – esse é outro dos critérios que às vezes a empresa leva em conta na hora de selecionar as pessoas para esses treinamentos –, mas no dia e meio que passaram juntos ele o achou simpático. O pior que se pode dizer é que ele é um pouco sem graça. Frouxo. Estende a mão para ajudá-lo a percorrer a parte final do caminho.

– Subidinha dura, hein? – diz-lhe sorrindo. – Espero que logo nos deem uma boa refeição.

Gaspar concorda, sem fôlego, e revira os olhos, ofuscado pela luz do sol. A nuvem se deslocou e se encontra agora sobre o telheiro, tingindo o fundo da paisagem de um azul acinzentado e pesado. É uma visão bonita: um céu enfurecido a ponto de soltar a raiva contida sobre uma simples cabana, aparentemente frágil demais para suportá-la. À direita, delimitando aquela espécie de estampa campestre, está a árvore. Imensa, imperturbável. À prova de tempestades. Gaspar Ródenas, que leva pendurado um binóculo que trouxe de casa, o aproxima dos olhos para desfrutar a imagem.

– Tremenda nuvem! Você viu? Porra, num instante escureceu. Agora parece que está se afastando. Acho que deveríamos ir até a cabana e ver o que há antes que...

César se cala ao perceber que Gaspar não só não o escuta, como solta uma espécie de exclamação de surpresa, ao mesmo tempo que afasta o binóculo. Depois, sem dizer nada, volta a colocá-los diante dos olhos e ajusta a imagem, como se estivesse vendo algo espantoso.

E então, antes de lhe perguntar a que se deve aquele súbito interesse, César ouve vozes à sua esquerda e, desolado, comprova que Arjona e seu grupo, eles sim, os quatro juntos, avançam em diagonal para a cabana. Sílvia se volta para ele e o cumprimenta, e César, sem saber muito bem por quê, sentindo-se como um menino de colégio, sai correndo na mesma direção. De sua parte, ao vê-lo pelo canto do olho, Brais também empreende a corrida, seguido de perto por Amanda.

César quer parar. Sabe que vai perder – eles estão mais perto e são mais rápidos – e que sua humilhação será ainda maior por tentar quando não há possibilidade de conseguir, mas não consegue evitar. A única coisa que poderia torná-lo ainda mais ridículo seria tropeçar e cair de bruços. E de repente ele nota que seu pé direito se enrosca em algo que sobressai do terreno, uma raiz traiçoeira que está ali só para destruí-lo, e todo o seu corpo se projeta para diante. O fato de tê-lo previsto, no entanto, o ajuda a amortecer a queda com as duas mãos, o que nesse instante supõe um leve consolo para seu ego, mais maltratado que seus pobres joelhos.

Permanece alguns momentos estendido no chão, imóvel, e ouve a voz de Gaspar, mais alterado que o normal, que lhe diz:

– César... César, você está bem?

Demora um pouco para responder. Tem vergonha de levantar a cabeça do chão e enfrentar o olhar risonho – ou, pior ainda, compassivo – de Sílvia, mas quando o faz não vê nenhum dos dois. Na verdade, ninguém olha para ele. Os outros quatro, e também Gaspar, parecem hipnotizados por algo que há na árvore. Quando ele dirige a vista para ela, compreende por quê.

De seus galhos pendem vários cães. Três, até onde a vista alcança. Puseram cordas ao redor do pescoço deles, e eles se movem, suspensos como enfeites de um pinheiro profano.

– Demorou para encontrar a casa? De noite às vezes fica difícil orientar-se por esses condomínios quando a gente não conhece bem.

Octavi Pujades o recebeu vestido com um conjunto de moletom azul que ele usava com a mesma desenvoltura que o terno do escritório.

– Bom, só um pouco – respondeu César, que tinha passado vinte longos minutos dando voltas por um caminho com casas isoladas, todas parecidas, até dar com a que procurava. Sentiu-se na obrigação de acrescentar: – Octavi, desculpa aparecer assim...

– Não diga bobagens. Você não veio sem avisar, e, além disso, estou contente que esteja aqui. Nestes dias tenho me sentido muito desligado de tudo.

César concordou.

– Como vai? – perguntou ele, ainda de pé no *hall*.

Octavi Pujades encolheu os ombros.

– Não sei o que dizer. Em junho o médico não lhe dava mais de seis meses de vida, e aqui estamos, quase no meio de janeiro, e tudo continua na mesma. Acho que pode acontecer a qualquer momento... Mas entra, senta.

A sala era um espaço amplo e confortável, sem luxo aparente, mas bem mobiliada com peças de estilo colonial. A lareira estava acesa, o que César agradeceu, já que a temperatura havia começado a baixar. E ali, apesar de estarem a poucos quilômetros de Barcelona, o frio era maior.

– Você quer beber alguma coisa? Eu poderia oferecer um uísque, mas depois você vai ter que dirigir...

César pensou nas curvas da estrada e recusou com a cabeça.

– Tenho cerveja sem álcool, para as visitas – ofereceu Octavi, sorridente. – Senta enquanto vou buscar.

César o viu dirigir-se à cozinha e pensou que seria melhor que a morte levasse a mulher antes que Octavi se consumisse cuidando dela. Ele estava com olheiras, com uma aparência envelhecida. Octavi Pujades ainda não fizera sessenta anos, mas o último ano valia por dez, disse César a si mesmo. Comparando-o mentalmente com o homem que havia participado do bendito fim de semana de *team building* que acontecera em março do ano anterior, todo ele parecia ter encolhido. Emagrecera, e notava-se a perda de peso principalmente no rosto: nas maçãs afiladas como arestas e nos olhos fundos, negros como guimbas apagadas.

– Toma, você quer um copo?

– Não precisa. Obrigado.

– Saúde.

Ficaram bebendo e contemplando o fogo durante alguns segundos. Octavi apoiou a cerveja em uma mesinha de madeira e pegou um cigarro.

– Você parou de fumar, não é?

César ia negar com a cabeça, mas pensou melhor. Tinha deixado de fumar quando começara a sair a sério com Sílvia, que detestava profundamente o cheiro de cigarro. Naquele momento achara que, independentemente do que acontecesse com sua relação, abandonar o hábito não lhe faria nenhum mal; no entanto, em algumas ocasiões sentia falta dele.

– Fumo só de vez em quando – disse ele, pegando também um cigarro.

– Essa história de saúde e cigarros é tudo besteira – afirmou Octavi. – Eugènia nunca experimentou um cigarro na vida. Além do mais, a gente tem que morrer de alguma coisa.

A última frase não era particularmente tranquilizadora, e César, que acabava de dar a primeira tragada em quase onze meses, teve um súbito ataque de náusea. Como podia gostar de uma coisa que tinha um gosto tão ruim?, perguntou a si mesmo. Ao mesmo tempo, aquele sabor era como o de reencontrar um velho amigo a quem a gente conhece há tanto tempo que já lhe perdoa tudo. A segunda tragada foi melhor. Deu outro gole de cerveja antes de se decidir a falar.

– Você já sabe por que eu vim. Sílvia está muito nervosa. Bom, imagino que todos estamos... – Sentiu-se estranho com o cigarro na mão e pousou-o no cinzeiro. Uma fina coluna de fumaça se ergueu entre ambos.

– Não é pra menos. O que aconteceu com Sara foi um golpe terrível. Suicidar-se daquela maneira tão... sangrenta... – Octavi balançou a cabeça como se não pudesse acreditar naquilo.

– Sim, mas não é só isso. – César procurou as palavras com cuidado. Também não queria ser alarmista. – Quando aconteceu aquilo com Gaspar... Bom, pensei que tudo acabaria ali. Mas agora já são dois: dois mortos em pouco mais de quatro meses, duas pessoas que estavam ali naquele fim de semana. Dois de nós. E depois tem essa história das fotos.

Octavi continuou fumando devagar. O resplendor do fogo se refletia em seu semblante fatigado quando ele falou:

– Você realmente achou que Gaspar seria o último?

César tomou fôlego e desviou a vista.

– Ele veio me ver, você sabia? – comentou Octavi. – No fim de agosto, quando suas férias estavam quase acabando.

– E o que ele queria?

– Achei que ele queria falar de trabalho, é claro. Ele ia me substituir oficialmente até que... até que tudo isto de Eugènia terminasse. E todos sabemos que falta pouco pra eu me aposentar, de forma que em dois anos Gaspar teria sido o diretor financeiro dos Laboratórios Alemany. Isso o atemorizava um pouco...

– Sei. E imagino também que ele devia ter medo de enfrentar Martí Clavé – comentou César.

Seu interlocutor encolheu os ombros.

– É evidente que Martí esperava ser eleito. É mais velho, está há mais tempo na empresa... Era o meu substituto natural.

Nenhum dos dois comentou mais nada. Não era necessário. Octavi se inclinou para apagar o cigarro no cinzeiro, e César notou que seu pulso tremia um pouco.

– Mas não era só isso... Ele não veio aqui somente pra falar de trabalho. Ele estava... Como posso dizer? Alterado.

– E arrependido também, não?

Octavi suspirou devagar, como se ainda tivesse fumaça na boca.

– Sim, eu o tranquilizei como pude. Também assegurei que ele estava preparado para o posto. Que ele o merecia... Não sei se convenci, mas ele me deu a impressão de ter saído daqui um pouco mais tranquilo. Depois, apenas uma semana depois, fiquei sabendo o que ele tinha feito. Acho que ele era mais fraco do que imaginávamos. – Fez uma pausa e perguntou de novo: – Você realmente acreditou que a tragédia de Gaspar seria o ponto final?

– Talvez eu tenha me enganado. – César meneou a cabeça lentamente. – O que eu não acreditei em momento algum foi que isso afetaria os outros dessa maneira. Sara, por exemplo.

– Nisso estamos de acordo. E talvez... veja que estou dizendo "talvez"... a coisa acabe aqui. – Octavi Pujades se inclinou para a frente e baixou a voz. – César, o pior que nós podemos fazer é perder a calma. Até agora aconteceram dois suicídios, sim. Um jovem que perdeu a cabeça e acabou com a família, e uma secretária solteirona e triste que cansou da solidão. Isso é o que eu acho, o que todo mundo vai achar. O fato de ambos trabalharem na mesma empresa é uma simples casualidade. Pelo menos nenhum dos dois revelou o que aconteceu.

– Isso é o que Sílvia diz. Mas e a história da foto?

– Isso é outra coisa. Só um de nós pode ter tirado aquela fotografia. Quer dizer, você, Sílvia, Amanda, Brais, Manel ou eu, é claro. Você lembra quem estava com uma câmera naquele dia?

– Eu não. Sílvia tinha uma, acho. E Sara também. Acho que quase todos. Além disso, fotos como aquela podem ser tiradas com um celular.

Octavi concordou.

– Claro. Eu não tinha pensado nisso. Nessas coisas eu sinto a idade... A foto. E a frase: "Não esqueça".

– Você já esqueceu? – perguntou César. – Porque eu não. Durante alguns meses, sim. Não que eu tenha esquecido, é claro, mas... foi se apagando. Como essas confissões que a gente solta durante uma bebedeira ou um ataque de fúria e que no dia seguinte fazem a gente se sentir péssimo. Depois, com o tempo, perdem a importância, e afinal, se não tiverem consequências, se perdem na memória.

Octavi sorriu e pegou outro cigarro.

– Não acho que isso seja um bom exemplo, César.

– Acho que não... Mas tanto faz. Não foi disso que eu vim falar com você. Temos que traçar um plano juntos.

– Sílvia disse por telefone que vocês marcaram pra amanhã, conforme Arjona propôs no *e-mail*. Acho que não vou poder ir, mas concordo com o que a maioria decidir.

– Foi por isso que eu vim te ver. Sílvia é partidária de deixar as coisas do mesmo jeito, e a verdade é que a opinião do resto não me importa. Inclusive a de Arjona, não porque ele não tenha cabeça, mas porque não confio nele. Quero saber a tua opinião. Ela é muito valiosa pra mim. – Ele disse isso com sinceridade, quase suplicando.

Octavi Pujades soltou a fumaça lentamente. César teve a impressão de ter ouvido um queixume vindo do fundo da casa.

– São oito e meia. Daqui a pouco tenho que aplicar nela a morfina. É a única coisa que posso fazer: evitar que ela sofra. – Mudou de tom e olhou César nos olhos. – Não sei se tenho uma opinião muito definida sobre o que deve ser feito. Isso precisa ficar muito claro. E, César... Se eu fosse você, não confiaria em ninguém. Em ninguém – repetiu.

16

“Fala com a mãe dele”, tinha lhe dito Carmen, a dona do apartamento, naquela mesma manhã, enquanto tomavam café juntos. E Héctor Salgado confiava mais no instinto daquela mulher do que em todos os relatórios policiais redigidos por especialistas meticulosos. “Pense que ela era mãe dele, mas também era avó. Ela devia saber se o filho era capaz de fazer algo tão terrível.”

Héctor discordava. Ao que ele soubesse, o carinho materno podia provocar uma espécie de cegueira permanente diante dos defeitos dos filhos. O fato de Carmen reconhecer que o filho Carlos era um vagabundo que não se metia em confusões mais sérias por pura preguiça não podia ser generalizado. Ainda assim, sua argumentação tinha algum fundamento: a mãe de Gaspar Ródenas era a avó de Alba, que ele oficialmente tinha asfixiado com um travesseiro enquanto ela dormia, na mesma noite em que matara sua mulher com um disparo. Tudo isso antes de dar um tiro em si mesmo.

Os relatórios oficiais deixavam poucas dúvidas sobre o modo como os fatos se haviam desenrolado, mas mostravam poucas certezas sobre o porquê. Se é que tal fato podia ser explicado de maneira racional, coisa em que o inspetor Salgado se inclinava a não acreditar. O modo e a sequência de fatos que desembocara na matança familiar pareciam claros. Em meados do mês de julho,

Gaspar Ródenas comprara um revólver. Seus colegas da divisão de violência doméstica tinham seguido esse rastro com relativa facilidade, até dar com o vendedor, um ladrão barato que de vez em quando se dedicava ao tráfico de armas de fogo. Não se sabia se Gaspar havia ou não informado a mulher sobre isso. Toda a família de Susana Cuevas residia em Valência, e, apesar de terem passado juntos alguns dias de férias, a filha vinda de Barcelona não mencionara nada a esse respeito. E aqui não é os Estados Unidos, pensou Héctor. As pessoas não costumam ter revólveres em casa para se proteger de nada, muito menos um casal jovem com uma filhinha, que viviam em um apartamento do Clot, onde as possibilidades de que essa arma lhes fosse útil eram nulas.

Portanto, era mais lógico supor que Gaspar ocultara da mulher a compra da pistola. A família dela havia trazido muito pouca luz ao caso, de acordo com o relatório. Estavam tão arrasados com a tragédia que mal podiam falar. Limitaram-se a dizer que Susana estava muito feliz com a filha, que Gaspar tinha sido promovido havia pouco e que, ao menos na aparência, eles se davam bem. Estava claro que a atenção da família havia se centrado na menina, que viam pouco. "Ele deve ter enlouquecido", havia dito o irmão mais velho de Susana, que estivera com eles em Valência. "Su me disse que ele estava um pouco estressado com o novo cargo. Mas foi um simples comentário, e ela mesma acrescentou que 'era uma questão de tempo', que ele logo se acostumaria."

Uma pessoa não assassina sua família por um simples problema de estresse no trabalho, disse Héctor a si mesmo. Disso ele tinha certeza. De qualquer modo, e de acordo com o relatório dos fatos, na tarde de 4 de setembro Gaspar Ródenas chegou em casa às dezenove e quarenta e cinco. Um vizinho cruzara com ele na escada, e, como de hábito, tinham se cumprimentado. O edifício onde Gaspar e sua família moravam tinha apenas seis vizinhos – dois apartamentos por andar e três andares; os Ródenas viviam no térreo. No mesmo andar morava uma senhora octogenária, bastante surda, e o último andar, até então ocupado por uma família de "moreninhos", segundo a mesma vizinha, tinha ficado vazio depois de eles terem voltado ao seu país. Os outros vizinhos estavam de férias. O homem que havia cruzado com ele à noite, vizinho do segundo apartamento do primeiro andar, acreditava ter ouvido ruídos de madrugada, mas em nenhum momento suspeitara de disparos.

Quem os encontrara, quem havia deparado com aquela cena horrível fora precisamente a irmã de Gaspar, María del Mar Ródenas, que tinha ido sábado ao meio-dia ver a sobrinha, como haviam combinado. "Gaspar não respondia ao celular, mas como eu tinha dado certeza, fui de qualquer modo. Achei que deviam estar ocupados com a menina... E, bom, a verdade é que Susana nunca atendia quando ligávamos. Mas quando cheguei e ninguém respondeu à campainha, nem ao celular, achei muito estranho. Para ser sincera, fiquei um pouco irritada. Trabalho quase todos os sábados no Hipercor de Cornellà, e Gaspar sabia que eu esperava almoçar com a menina no único sábado livre do mês." María del Mar voltara para casa, é claro que bastante chateada, já que desde L'Hospitalet, onde ainda morava com seus pais, até o bairro do Clot eram pelo menos quarenta e cinco minutos de metrô. Ela continuara ligando a tarde toda, e finalmente, ao ver que o irmão continuava sem responder a suas mensagens, tinha pegado o molho de chaves que Gaspar deixara em sua casa e voltara ao apartamento. "Eu nunca tinha feito isso, entrar sem que eles estivessem lá. E tinha certeza de que Susana não ia gostar, mas pra mim dava na mesma. Aquilo não era normal... Eu só queria ter certeza de que não estava acontecendo nada."

Aquela pobre moça ia demorar a esquecer o que viu, pensou Héctor. Doía-lhe ter que lhe recordar isso, mas não tinha outro remédio. Se quisesse conhecer Gaspar Ródenas, saber como ele era, verificar o que o havia levado a cometer um ato tão terrível, precisava falar com sua família. Pensara em fazer isso no dia anterior, mas Savall tinha voltado a marcar uma reunião com Andreu e Calderón a tarde toda. Então, finalmente, marcou um encontro com María del Mar, às cinco em ponto, em uma cafeteria próxima à subprefeitura do bairro onde ela morava. Não era a mãe de Gaspar, mas no momento teria que se conformar com ela.

Era um lugar grande e barulhento, e a clientela, formada na maior parte por comerciantes da região, se concentrava a essa hora no balcão. Ou, com a recente entrada em vigor da lei antifumo, na rua, fumando enquanto ainda mantinham o sabor do café na boca.

Héctor tinha ido sozinho, deixando duas tarefas para Fort: averiguar o que Sara Mahler fazia àquela hora no metrô de Urquinaona e, de passagem, obter informações sobre os Laboratórios Alemany. Tinha previsto ir à empresa no dia seguinte, sexta-feira, para ver Sílvia Alemany e, se fosse possível, os outros colegas que apareciam na foto. De algum modo, aquela imagem de oito pessoas vestidas para uma excursão combinava com aquela outra, tão desagradável, que Sara Mahler havia recebido em seu celular. Duas peças que podiam fazer parte do mesmo quebra-cabeça ou não, pensou Héctor. E a comparação o fez pensar no delegado Savall, grande fã deles, com quem mais cedo ou mais tarde teria que falar do caso. Amanhã, pensou. Antes ou depois de ir aos laboratórios.

María del Mar o esperava na porta. Os dois entraram no local e procuraram uma mesa vazia no fundo. Por sorte, havia mais de uma, e escolheram a do canto, que lhes assegurava pelo menos certa privacidade.

Héctor esperou que a garçonete lhes servisse as bebidas e dedicou alguns minutos a romper o gelo com a moça. María del Mar, “me chame de Mar, por favor”, tinha cursado magistério, e durante alguns meses tinha sido caixa em uma das grandes lojas da região. Desde novembro estava desempregada. A mesma coisa acontecia com seu namorado, segundo ela lhe contou. Iván, como se chamava ele, tinha trabalhado na construção civil até o ano anterior, e a única coisa que pudera encontrar desde então fora "alguns bicos aqui e ali com seu primo". Trabalhos menores, salários que com sorte chegavam aos mil euros... Com vinte e sete anos, ambos continuavam vivendo na casa dos respectivos pais, já que, justo quando se dispunham a alugar um apartamento, Iván tinha sido mandado embora.

– Não sei se poderemos nos casar algum dia – comentou Mar com tristeza. – Mas o senhor não veio aqui para eu contar meus problemas, inspetor. Existe algo de novo no caso do meu irmão? – perguntou ela com receio, como se alimentasse a suspeita de que Gaspar Ródenas ainda ocultava pecados que não haviam sido revelados.

Héctor decidiu ser sincero até onde fosse possível; a última coisa que queria era dar esperanças a respeito de um caso oficialmente arquivado.

– Na verdade, não. – Optou por não mencionar a morte de Sara. – Só estou tentando saber mais coisas sobre seu irmão. Encerrar o caso com uma explicação melhor do que "ataque de loucura passageiro", se for possível...

Tratava-se de uma explicação bastante inverossímil, mas Mar, que parecia confiante por natureza, não disse nada e aguardou que o inspetor continuasse falando.

– Gaspar e você tinham quantos anos de diferença?

– Dez.

– Imagino que não conhecesse os amigos dele...

– Bom, conhecia os do bairro, mas Gaspar os deixou de lado quando começou a sair com Susana. – Ela esboçou um meio sorriso. – Ela não gostava muito de nós.

Héctor intuíra algo assim ao ler a declaração de Mar, e pensara que um bom modo de penetrar na personalidade de Gaspar por meio de sua irmã seria abordando essas diferenças e a relação entre o casal.

– Quando tempo eles ficaram juntos?

– Não sei... cinco ou seis anos. Espere. – Fez uma conta mental. – Sim, cinco anos. Eles casaram no ano em que terminei o curso de magistério; estavam saindo fazia apenas alguns meses. – Sorriu. – Eles se decidiram rapidamente.

– E eles se davam bem?

– Sim. Bom, ela organizava as coisas e ele concordava. É uma maneira de se dar bem, acho.

– Susana era uma mulher... mandona?

– Mais do que mandona, era dessas que fechavam a cara quando as coisas não saíam do jeito dela. Então Gaspar tentava não contrariá-la. No fim das contas, ele tinha se convencido de que o único jeito certo de fazer tudo era exatamente como Susana dizia.

– Você não gostava dela?

Ela olhou ao seu redor. Foi um gesto fugaz, quase invisível, mas ela o fez.

– É horrível falar mal dos mortos. E mais ainda neste caso... A verdade é que não: eu não gostava de Susana. Não me importava com o fato de ela manipular meu irmão, isso era coisa deles, mas me dava muita raiva a forma como ela tratava meus pais. Principalmente depois do nascimento de Alba – acrescentou ela.

– Você via a menina com frequência?

– Com frequência? – Mar sacudiu a cabeça. – Minha mãe quase tinha que pedir audiência pra ver a neta. Nunca era o momento adequado. Me sinto horrível dizendo isso...

Héctor sabia. Era uma reação habitual; no entanto, em uma investigação não havia lugar para a consideração com os que já não estavam. Ao contrário, era preciso lançar luz sobre os seus segredos, desentranhar os seus defeitos, dar a conhecer os seus erros. As vítimas tinham perdido a vida, e com ela o direito à intimidade.

– O que você acha que aconteceu? – perguntou Héctor.

– Não sei... Quando entrei... – Ela estremeceu e baixou a vista, como se estivesse outra vez diante daquela cena. – Quando entrei, pensei que tinha sido obra de um ladrão. Sabe, um desses bandos de romenos que atacam os apartamentos.

Ela estava quase chorando, e Héctor lhe perguntou se queria parar um instante. Ela negou com a cabeça. Tinha o cabelo escuro, bonito, e o semblante tenso, mas era exatamente essa expressão o que proporcionava uma certa atração aos traços neutros, corretos demais para serem belos. Mar Ródenas, como seu irmão, pertencia a esse enorme grupo de gente que não era nem bonita nem feia. Faltava-lhes intensidade, dizia sempre Ruth desse tipo de pessoa. No entanto, em circunstâncias como aquela, a emoção reprimida lhes proporcionava força e algo parecido com beleza.

– Eu sabia que o senhor ia falar sobre isso – acrescentou ela, olhando para o inspetor Salgado. – Sabe de uma coisa? Minha casa parece um cemitério, e meus pais, dois mortos-vivos. Meus pais... Deus do céu, há uma semana picharam a porta da oficina do meu pai. "Assassino, filho da puta", escreveram. Como se o assassino fosse ele! Meu pai, pobre homem, que jamais levantou a voz pra nós...

O olhar de Héctor se entristeceu. Sim, era mais uma das consequências nesses casos: a incompreensão, o insulto indiscriminado.

– Não percebem que nós perdemos um filho, um irmão? Uma neta?

Mar não aguentou mais e começou a chorar. Não era um choro reconfortante, mas amargo. Furioso.

Héctor se sentiu subitamente mal. Odiava essa parte do seu trabalho, a de torturar almas, mesmo que fosse sem querer.

– Não vamos mais falar disso – murmurou.

– Estou bem. Estou bem. – Mar pegou um guardanapo de papel e enxugou o rosto. – Onde estávamos? Ah, sim. O que eu vi. – Pigarreou antes de prosseguir. – Meu irmão estava na sala de jantar, com a cabeça sobre a mesa. O revólver estava no chão, ao seu lado. Achei que ele estivesse sozinho, porque não se ouvia a menina. É ridículo, mas foi isso que eu pensei. Fui correndo para o quarto de Alba, e ao passar diante do banheiro vi que a porta estava aberta; Susana estava caída no chão, com a boca pra cima e uma mancha de sangue na camisola. E então compreendi que Alba também devia estar em casa.

Falava como se estivesse em transe.

– Alba estava no berço, no quarto ao lado. Fazia pouco tempo que ela dormia sozinha. Em um primeiro momento, suspirei aliviada ao ver que não havia sangue. Está dormindo, pensei. Seja lá o que aconteceu, ela está dormindo, e não percebeu nada. Dei um passo em direção ao berço e tropecei em alguma coisa. Um travesseiro. E então percebi que ela não estava dormindo. Que naquele quarto não se ouvia nada. Que ela também...

Fechou os olhos e não foi capaz de prosseguir. Suas mãos tremiam. Héctor pensou que ela parecia ainda mais jovem do que era.

– Só mais uma coisa – disse ele em voz baixa. – Você conhece estas fotografias?

Tirou as fotos do bolso interior do casaco e deixou em cima da mesa a do grupo de trabalho na qual Gaspar aparecia. Mar a olhou. Seus traços se alteraram um pouco ao ver o irmão, mas ela negou com a cabeça.

– Tenho a impressão de que este veio ao velório – disse ela apontando o senhor mais velho, aquele que Héctor ainda não tinha identificado. – Era o chefe do meu irmão, mas não sei como se chama. Veio acompanhado de uma mulher, mas não me lembro muito bem dela.

Antes de lhe mostrar a foto dos cães, Héctor perguntou:

– Não encontraram nenhum bilhete na casa do seu irmão? Nem algo semelhante, por acaso?

– Não havia nada... A polícia já me perguntou isso. Levaram o computador e tudo... Depois devolveram. Meu pai jogou tudo fora. – Então ela olhou a foto e reprimiu uma expressão de nojo. – O que é isto? O que isso tem a ver com meu irmão? É horrível.

– Eu sei. Calma, certamente não deve ser nada. É... um fio solto que não consigo explicar – disse Héctor. Não queria dar mais informações, e sentia-se ainda pior do que ela, portanto encerrou a conversa.

Saíram para a rua, e Héctor respirou fundo, como se tivesse emergido de um poço no qual faltasse o ar. Ficou alguns minutos na porta, fumando, enquanto via Mar se afastar. Na esquina a esperava um rapaz que, sem dizer nada, lhe passou um braço ao redor dos ombros, como se quisesse consolá-la. Pelo menos ela não está completamente só, pensou Héctor antes de jogar o cigarro no chão, algo que detestava fazer, mas que parecia a única solução quando alguém se via obrigado a fumar na rua.

Se não tinha gravado mal o endereço, a oficina mecânica do pai de Gaspar Ródenas devia ficar em uma daquelas ruas do centro. Héctor a encontrou sem problemas e ficou alguns minutos de pé na porta, olhando para dentro. Não sabia se valia a pena entrar e falar com o dono, e estava quase indo embora quando um homem saiu da garagem e acendeu um cigarro. Era um indivíduo de quase sessenta anos, e, a julgar por seu semblante e pelas mãos, tinha trabalhado durante mais de quarenta. Sem saber muito bem por quê, Héctor se aproximou dele e pediu fogo. Fumar é uma forma louca de quebrar o gelo, disse a si mesmo ao pensar que acabava de apagar um cigarro havia menos de dez minutos.

– É o senhor Ródenas? – perguntou ele ao lhe devolver o isqueiro.

O homem apontou o nome da oficina, acompanhando o gesto com um olhar de desconfiança.

– Desculpe incomodá-lo – continuou Héctor. – Sou o inspetor Héctor Salgado, e...

– O que deseja? – O tom da pergunta beirava a hostilidade.

– Talvez não seja um bom momento, mas gostaria de falar com o senhor sobre o seu filho.

O senhor Ródenas continuou fumando em silêncio. Héctor ia acrescentar alguma coisa quando seu interlocutor lhe perguntou, sem olhar para ele:

– O senhor tem filhos, inspetor?

– Tenho um.

– Então vai me compreender. Eduquei os meus pra que soubessem diferenciar o bem do mal. Portanto, não consigo acreditar que Gaspar tenha feito isso. Não, nunca vou acreditar nisso. Não sei o que aconteceu, mas sei que não foi como estão dizendo.

Jogou a bituca na rua e deu meia-volta. Já dentro da oficina, baixou a porta sem dizer mais nada. No metal se podiam ver ainda rastros das pichações – uma sombra avermelhada, acusadora e injusta.

17

Sílvia Alemany se olhou no retrovisor de dentro do carro antes de dar a partida. Deus do céu, se o rosto é o espelho da alma, as duas estavam precisando de um maquiador profissional. No fundo, é a isso que se dedicam, pensou ela enquanto manobrava para sair do estacionamento da empresa. A falsificar almas. Podia fazer uma lista de seus produtos: cremes rejuvenescedores, nutritivos, antioxidantes... Dava na mesma: seu efeito sobre o rosto era no máximo circunstancial; o rosto interior, o que realmente importava, envelhecia sem remédio. Ficava enrugado, secava, e não havia bálsamo nem unguento que pudesse evitá-lo. Por isso as rugas voltavam a surgir, por isso negócios como o seu continuavam sendo necessários. No fundo eram como o retrato de Dorian Gray: relegavam a velhice, a maldade e a podridão àquele rosto íntimo e secreto, mantendo o visível mais ou menos puro, jovem e lindo. Mas o retrato estava ali, escondido no nosso interior, pronto para nos trair quando menos esperássemos.

Seu carro se misturou aos muitos veículos que entravam em Barcelona àquela hora da tarde. Um exército de seres obedientes e industriosos que se retirava durante algumas horas e que no dia seguinte realizaria o trajeto em sentido contrário. Tão cansados e entediados de manhã como de noite: os homens ípsilon de hoje, que tinham encontrado a felicidade nas compras a prazo. Sorriu com ironia ao pensar que ela ao menos tinha o prazer de ser por algumas horas algo parecido com uma mulher alfa. Uma espécie de rainha consorte, necessária e apreciada, apesar de, como todas, ligeiramente temida.

A fila de carros se deteve, e Sílvia se dispunha a pôr música quando o celular tocou.

– Sim?

O viva-voz a desorientava: sempre tinha a impressão de que o outro não a ouvia bem.

– Mamãe?

– Oi, querida. Estou no carro.

– Ah. Escuta uma coisa, você vem jantar?

– Não sei. Tem comida em casa, não?

– Sim, claro. Mas Pol disse que está morto de fome e que quer comer pizza. Se você não vier, podíamos pedir uma...

O carro de trás tocou a buzina, impaciente. Sílvia percebeu que a fila tinha avançado alguns metros.

– Já vou, já vou...

– O quê?

– Não estou falando com você, Emma. Estou num congestionamento.

– Ah. Bom, e aí?

Sílvia hesitou apenas um momento.

– Não.

– Mas, mamãe...

– Já disse que não. Emma, tem frango na geladeira. E salada de macarrão que fiz ontem. Se eu não chegar em uma hora, prepara o jantar pra você e pro teu irmão, meu bem.

Houve alguns instantes de silêncio. Depois se ouviu a voz de Emma, dócil e amável.

– Tá bom. Eu já tinha dito pra ele que você não ia deixar. Não se preocupe com a hora. Eu cuido disso.

– Obrigada, meu bem. Escuta, te vejo depois em casa, você já sabe que não gosto de ficar conversando enquanto dirijo. Tchau. Um beijo... E diz pro Pol não reclamar.

– Um beijo, mamãe. Até a noite.

Sílvia lançou um beijo imaginário para a filha. Quem dera todos fossem como Emma, pensou com orgulho, enquanto ligava o rádio do carro. Tinha certeza de que o jantar estaria pronto e a cozinha limpa quando chegasse. Ela a educara muito bem, o que não era fácil nos dias de hoje. Poucas meninas de dezesseis anos eram tão responsáveis, tão confiáveis. Se ela acabasse indo ao exterior para cursar o colegial, sentiria muitas saudades dela. Ainda não tinha decidido o que fazer, mas não podia demorar muito para resolver. E essa não era a única questão que ela tinha pendente. O casamento, para começar. Por mais simples que fosse a cerimônia, havia uma série de coisas para fazer... Suspirou. Nesse momento não estava com humor para pensar em festas. Já pensara até na possibilidade de adiá-la, mas não sabia como César reagiria. E, apesar de não o admitir com frequência, o certo era que ela queria se casar com ele. Ter alguém para preencher o lugar do copiloto, que estava vazio há anos. Ele não era o amor da sua vida. Graças a Deus, isso ela já havia superado, como se fosse um sarampo, e ela ficara imunizada para sempre. Em César, procurava outra coisa: respeito, companhia, agora que os meninos começavam a voar... Até onde sabia, ele era um bom homem, alguém em quem podia confiar e que pelo menos gostava dela tanto quanto ela dele.

Você se transformou em uma cínica, pensou. O cinismo talvez não fosse bom para a alma, mas era necessário para sobreviver. Sílvia tivera que engolir muitas coisas quando voltara e enfrentara o pai. Sim, o velho a tinha ajudado, ele a havia sustentado enquanto ela terminava os estudos, que tinha largado pelo meio quando fora embora. Tinha lhe dado um cargo na empresa, apesar de ter se assegurado de que seu irmão, o gêmeo bom, fosse o verdadeiro herdeiro. Velho hipócrita: muitas lições de moral para depois acabar morrendo de infarto na cama de uma puta cubana. Por sorte, Víctor era manipulável, e ela havia acumulado durante anos grandes reservas de cinismo para não proclamar aos quatro ventos que a mediocridade de seu irmão teria afundado a empresa se ela não estivesse ali, manobrando o leme à sombra, evitando gastos extravagantes e riscos desnecessários, principalmente nos momentos de prosperidade. Sorte que Víctor, completamente apaixonado por aquela imbecil da Paula, tinha parado de implicar com os assuntos da empresa, deixando-os cada vez mais nas suas mãos.

Isso lhe sai relativamente barato, disse Sílvia a si mesma, mas em troca ela tinha conseguido outra coisa que compensava mais que o dinheiro: o exercício do poder. Uma coisa viciante, à qual não pensava em renunciar.

Aquela tarde mesmo, por exemplo. Ela já ia sair quando Saúl, o segundo em comando, lhe dissera que Alfred Santos queria vê-la. O diretor técnico do laboratório era um indivíduo amável, de trato fácil, um desses homens que davam poucas dores de cabeça. Por isso ela o atendera imediatamente. Se havia alguém que merecia ser atendido, era Santos; com certeza não a incomodaria por besteiras.

E, efetivamente, não era nenhuma besteira. Um Santos indignado, mais irritado do que ela jamais vira, ficara uma boa meia hora expondo os defeitos, os conflitos e os problemas gerados por Manel Caballero no laboratório. Tantos, na opinião de Santos, tão graves, que ele decidira despedi-lo. Na verdade, ele poderia ter feito isso há algum tempo, e só não o fizera porque a atitude e as palavras do ajudante de laboratório deixavam entrever que, se fosse preciso, poderia recorrer a instâncias mais altas que seu chefe direto, deixando-o, portanto, em uma posição ridícula perante todo o departamento. Sílvia precisara fazer uso de toda a sua diplomacia para manter aquele imbecil do Caballero no cargo. E, depois de um bom tempo preenchido com desculpas e argumentos que pareciam tirados do manual do empresário covarde, Santos a olhara fixamente nos olhos e lançara: "Você não vai despedi-lo, não é? Ele tem razão: eu não apito nada". E pela primeira vez na vida Sílvia Alemany tinha ficado sem saber o que dizer. "Não sei o que está acontecendo aqui ultimamente, mas não estou gostando nada. Suicídios, babacas que pensam que têm o rei na barriga e diretores que parecem incapazes de agir com sensatez."

À merda, pensou ela enquanto acelerava para cruzar um sinal amarelo só para se ver obrigada a parar dez metros adiante. Tinha que falar com Manel Caballero, e faria isso nesse dia mesmo, quando terminasse a reunião na casa de César. Estariam todos ali: Amanda, Brais e o babaca, como o havia chamado Alfred Santos. Octavi não poderia ir, como ela imaginava, e isso a inquietava; o diretor financeiro tinha autoridade, e, em linhas gerais, estava do seu lado. E, é claro, faltariam Sara e Gaspar. Gaspar...

Nunca teria acreditado que exatamente Gaspar Ródenas acabaria tendo conflitos de consciência. Ela teria esperado isso de Amanda, por exemplo. Ela era tão jovem, tão inocente, e ao mesmo tempo pertencia àquela categoria de pessoas criativas que, em sua opinião, abordava de modo pouco prático os assuntos gerais da vida: a combinação perfeita para sofrer de remorsos ou para aplicar no dia a dia lemas desses que figuravam nos calendários, ao lado de fotos de alvoradas ou noites estreladas. Mas não; Amanda não manifestara o menor sinal de inquietação, talvez porque a única coisa que ela tinha de jovem e inocente fosse a aparência. Aquela beleza quase virginal, impoluta, luminosa... Como Dorian Gray, Amanda parecia imune às maldades do mundo.

Não, fora Gaspar quem havia se plantara no seu escritório depois das férias, agoniado por um sentimento de culpa do qual não conseguia se livrar. Gaspar, o contador pragmático, honesto e rigoroso, o pai de família que mais tinha a perder. Sílvia tinha recorrido ao seu poder de persuasão, a toda a sua capacidade de convencimento. Recorrera até mesmo a uma ameaça velada, em uma clara mostra daquele cinismo que já fazia parte da sua natureza, e depois, quase sem pestanejar, passara da repreensão ao elogio: "Você é muito importante, contamos com você, não nos falte, confio tanto em você..."

"Somos uma equipe, Gaspar. Eu te entendo, não duvide. Mas você nos deu a sua palavra, nós fizemos um pacto. Até onde eu sei, você é uma pessoa pra quem a palavra dada significa alguma coisa, não é verdade? Até agora todos a cumprimos como cavalheiros. E me custa muito, não, me dói pensar que alguém tão íntegro como você queira dar pra trás, retirar o que prometeu a seus colegas e, em consequência, perder tudo o que conseguiu em nome de... De que, Gaspar? Exatamente de quê? Você acha mesmo que vale a pena?"

Um discurso brilhante, retorcido e falso como uma guirlanda de Natal. Apelar para a solidariedade estando numa posição de comando, distorcer conceitos como honestidade ou responsabilidade e colocar o outro em uma posição na qual, livremente, por vontade própria, ele decidisse fazer o que lhe era pedido, não porque fosse obter algum benefício com isso, mas porque sentisse que assim é que devia ser. Na empresa como na vida, a amabilidade gerava dúvidas mais profundas do que a imposição. Sílvia sabia e se valia disso, principalmente com pessoas fracas e inseguras. Isso não podia ser aplicado a Brais Arjona, para não ir mais longe, mas também não era preciso. Brais entendia que havia subido no mesmo barco e que ou remava na mesma direção ou afundava com eles. Com Gaspar, ao que parece, não havia acenado com a cenoura adequada, e o resultado, aquela tragédia familiar, era algo em que ela preferia não pensar.

Viu uma vaga não muito grande onde estacionar o carro e, como mandavam as regras, sinalizou que ia parar e iniciou a manobra. Estava para sair do veículo quando o celular tornou a tocar. Número confidencial. Atendeu por inércia, apesar de ter certeza de que devia se tratar de uma daquelas ligações promocionais de alguma companhia telefônica.

18

Héctor tomou o metrô numa estação de L'Hospitalet para ir até a delegacia da Plaza Espanya, a mesma linha que Sara Mahler escolhera para acabar com a vida. De pé, enquanto o trem avançava pelo túnel, dedicou--se a observar os passageiros. Nesse horário, a maioria era de trabalhadores ou estudantes que voltavam para casa depois do trabalho. Mergulhados na leitura de jornais gratuitos ou concentrados no celular, no vagão se respirava cansaço, o desencanto da monotonia. Uma moça gritava ao celular: estava brigando com alguém sem o menor pudor, e ninguém parecia se importar com isso. Estamos em um mundo cada vez mais autista, pensou Héctor. A entrada no vagão de uma velha senhora com um carrinho de compras tão pesado que ela mal podia arrastar o tirou de suas reflexões. Não havia um único assento livre, e a senhora permaneceu durante alguns minutos apoiada no carrinho, cambaleante, até que um jovem sentado à sua direita a viu e lhe fez um sinal para que ocupasse o seu lugar. Os passageiros que estavam de frente para ela olharam ostensivamente para outro lado.

O jovem ficou de pé perto de Héctor e o cumprimentou timidamente. O inspetor se lembrou de repente: aquele rapaz era Nelson ou Jorge – não recordava qual era qual –, o irmão mais velho que havia voltado à plataforma para devolver o celular de Sara Mahler na noite de Reis. Héctor adorava essa faceta provinciana de Barcelona, uma cidade que não era tão grande como pretendia ser.

– Como você está? – perguntou Héctor.

O rapaz encolheu os ombros.

– A vida está dura – disse à guisa de resposta. Olhava para Héctor como se estranhasse vê-lo ali, em um vagão de metrô. – Descobriram mais alguma coisa sobre aquela mulher? A que pulou nos trilhos...

– Pouca coisa – respondeu Héctor.

– Bom, eu desço na próxima. E não se preocupe, meu irmão não vai mais se meter em confusão.

– Com certeza. – Héctor sorriu. – Mas, por via das dúvidas, não o perca de vista.

As portas se abriram, e Nelson, ou Jorge, assentiu com a cabeça e saiu para a plataforma.

Quando chegou à delegacia, Héctor percebeu que o agente Fort tinha novidades para ele. Esperava que o pôquer não fosse um dos passatempos de seu subalterno, porque ele jamais conseguirira esconder quando tivesse uma boa mão.

– Estive revisando a movimentação bancária de Sara Mahler – disse ele, fiel a seu costume de explicar todo o processo até a sua conclusão. – Em geral tudo bastante rotineiro, débitos automáticos e pouca coisa mais. Me chamou a atenção uma cota fixa da associação de mulheres Hera. Preciso investigar. Mas de outubro a dezembro Sara sacou algumas quantias de dinheiro importantes. Aqui está a lista detalhada.

Era verdade: duzentos euros em um dia, cem em outra ocasião, duzentos e cinquenta exatamente antes do Natal. Não é que aquilo fosse estranho, mas, a julgar pelos extratos bancários anteriores, Sara era das que preferiam não levar muito dinheiro consigo, e costumava sacar vinte ou trinta euros várias vezes por semana.

– Tem mais uma coisa; ela gastou quinhentos euros em uma joalheria no dia 22 de dezembro, e outros cem em um conjunto de *lingerie*.

À primeira vista, era evidente que nos últimos meses Sara havia gastado mais que o triplo do habitual. *Lingerie*, joias...

– O que você acha? – perguntou Héctor.

– Eu diria que deve ter um namorado ou amigo por aí... O que explicaria por que Sara estava na estação de Urquinaona àquela hora da noite. Talvez tivesse ficado com o...

E talvez ele tivesse lhe dado o cano, pensou Héctor.

– Alguma ideia de onde ela tinha ido naquela noite?

Fort meneou a cabeça, pesaroso.

– Não, e não sei mais de que forma poderíamos verificar isso, realmente. Perguntamos em todos os restaurantes e bares das redondezas, e ninguém se lembra de ter visto Sara. Também não a localizamos nas câmeras de segurança da região. A não ser que esse namorado se apresente e nos conte...

– É estranho que sua colega de apartamento não tivesse percebido nada.

Fort sorriu ao pensar em Kristin. Aquela moça estava ocupada demais para se interessar muito pela vida de Sara. Ia dizer isso quando o telefone da mesa tocou. Atendeu à ligação e depois olhou para o inspetor.

– Acho que o senhor mesmo pode perguntar a ela.

No corredor, acompanhada de um amável policial de uniforme que carregava uma caixa para ajudá-la, surgiu Kristin Herschdorfer, que trazia outra caixa de papelão, menor, mas que devia ser bem pesada.

– Oi – cumprimentou ela, um pouco nervosa por estar em uma delegacia. – Trouxe as coisas de Sara.

– Não precisava ter vindo, eu tinha me oferecido para buscá-las eu mesmo na sua casa – ele disse, enrubescendo.

Kristin ergueu uma sobrancelha, como se não fosse isso o que havia entendido.

– Bom, não tem importância. Meu amigo me trouxe de carro.

– Está tudo aqui? – perguntou Héctor.

Duas caixas dificilmente poderiam conter todos os pertences de Sara Mahler.

– Ah, não! Só o que havia no quarto dela. A roupa continua lá. Não sei o que fazer com aquilo. E alguns móveis deviam ser dela, claro. Acho que vão ter que falar com a dona do apartamento. Eu vou me mudar de lá no fim do mês.

Héctor assentiu.

– Desculpe, senhorita. Sara comentou algo a respeito de um amigo novo? Ela lhe disse se havia conhecido alguém especial ultimamente?

Kristin negou com a cabeça.

– Não. De jeito nenhum. – Seus olhos se iluminaram de genuína curiosidade. – Ela tinha namorado?

– Pode ser – limitou-se a dizer Héctor. Na verdade, não tinha muita certeza de nada.

– Pois se tinha, deve ter conhecido pela internet. E ele nunca veio em casa, pelo menos quando eu estava.

– A senhorita passava muito tempo em casa?

– Não – respondeu Kristin. – Meu amigo não gostava muito de Sara. Dizia que ela nos... espiava...

– Outra coisa, Sara alguma vez mencionou a associação Hera?

– O quê?

A cara de Kristin deixou claro que nunca tinha ouvido falar disso.

– Está bem – disse Héctor. – Muito obrigado, senhorita...

– Herschdorfer – disse ela, sorridente. – Eu sei que é difícil. Ah, mais uma coisa. Não acho que seja importante, mas outro dia, depois que o senhor foi embora, lembrei que uma vez Sara teve uma visita. Uma moça do trabalho.

– Do trabalho? – Héctor tirou do bolso a foto do grupo. – É alguma destas?

Kristin observou a foto durante um segundo.

– Sim, esta. Era muito bonita, realmente.

Amanda Bonet, disse Héctor a si mesmo.

– Se trabalhavam juntas, é normal que fossem amigas... – observou Fort.

Kristin fitou o agente e encolheu os ombros.

– Bom, na verdade só a vi uma vez. Logo depois que me mudei, por isso tinha esquecido. – Suspirou, como se quisesse apagar da mente Sara e tudo o que a rodeava. – Meu amigo está me esperando lá fora.

– Eu a acompanho – ofereceu-se Fort.

Ela o premiou com um sorriso radiante.

– Obrigada. O senhor é muito amável. Com certeza o senhor também sabe falar catalão?

Héctor não compreendeu por que a pergunta fez Roger Fort enrubescer até a raiz dos cabelos. Viu-o afastar-se pelo corredor e não pôde evitar um sorriso, que se congelou quando ele viu surgir Dídac Bellver, que cruzou com Fort e a moça holandesa e quase os atropelou. Avançava para ele com a decisão de uma locomotiva, e, a julgar por sua cara, de muito mau humor.

Dez minutos depois, trancados na sala de Héctor, ele continuava sem entender a irritação do colega.

– Você não tem o direito de se meter no meu trabalho – repetiu Bellver pela enésima vez, com o dedo erguido e alguns centímetros mais perto do colega que o necessário.

– Olha – respondeu Héctor, que, meio apoiado em sua mesa, começava a perder a paciência –, juro que não sei do que você está falando, então é melhor você me explicar.

– Você não sabe? Ah, Salgado, não me venha com essa. Esse ar de inocência pode funcionar com os outros, mas não comigo.

Héctor começou a contar até dez de trás para a frente, uma técnica básica para não perder a calma, mas quando chegou a cinco parou de contar.

– Nem ar de inocência nem merda nenhuma, Bellver. Faz o favor de me dizer do que se trata ou sai da minha sala. E não vou falar duas vezes.

– Quer dizer que você não sabe do que se trata, hein? A mim você não engana. – Tomou fôlego e soltou a bomba, quase cuspindo: – Por acaso não foi você que pediu pra subinspetora Andreu pegar o relatório da tua ex-mulher dos meus arquivos?

Héctor ficou tão desconcertado que pela primeira vez na vida ficou sem resposta.

–Você não vai querer que eu acredite que Andreu fez isso por conta própria. Vamos, Salgado, que eu não sou idiota.

– Juro que não sei nada a respeito disso – repetiu Héctor muito devagar.

Bellver fez uma careta irônica.

– Que merda você está procurando, Salgado? Se quer saber alguma coisa sobre esse caso, pergunta pra mim. Não manda teus asseclas fazerem o trabalho sujo.

– Eu não mandei ninguém. Bellver, estou cagando se você acredita ou não, mas estou dizendo pela terceira vez: não tenho nada a ver com isso.

– Pois você deveria se importar. – Bellver falava com a voz entrecortada. – Você deveria se importar, Salgado, porque você nem sempre vai ter a mesma sorte, sabe? Se fosse outro já teriam posto na rua, mas eles mantêm você aqui não sei muito bem por quê.

– Será porque eu resolvo casos?

O inspetor Bellver levou alguns instantes para reagir.

– O que você está insinuando?

Héctor sabia que o que ia falar lhe custaria mais do que um desafeto, mas, no fundo, fazia tempo que tinha vontade de dizer aquilo.

– Estou insinuando que se valorizassem as pessoas pelos resultados, a pontuação do teu departamento não seria tão alta. Estou insinuando, mesmo que você não goste, que não tenho a menor necessidade de pegar o relatório de Ruth pra ver os teus progressos, porque aposto o rabo que não progrediram nada. E também estou insinuando que é melhor que você não me encha o saco se não quiser que eu pare de insinuar e...

– E o quê? Que você me arrebente a cara como fez com o negro?

Estavam tão perto um do outro que o hálito de ambos se misturava. Héctor recomeçou a contar de trás para a frente, disposto a não perder completamente as estribeiras. Dídac Bellver deve ter tomado a mesma decisão, porque retrocedeu até a porta. Com a mão na maçaneta e sem deixar de olhar seu adversário, provocou:

– Isso não vai ficar assim, Salgado. Juro. Estou começando a pensar que talvez você tenha mais coisas a esconder nesse caso do que eu imaginava.

– Sai da minha sala, por favor.

Entretanto, Bellver não queria parar, ainda não.

– No começo achei que se tratava apenas do desaparecimento de uma mulher adulta, emocionalmente instável, que...

Héctor pulou como se a mesa o tivesse impelido para cima.

– Ruth não era emocionalmente instável. Não se atreva a dizer isso de novo.

Bellver riu. Filho da puta, pensou Héctor.

– Bom, pode chamar como quiser. Mas deve ter sido foda, não? Que ela tenha te deixado por outra.

Ele quase o socou. E não teria sido apenas uma vez, mas até apagar para sempre aquele maldito sorriso, se não fosse pelo fato de naquele exato momento Roger Fort abrir a porta e ficar olhando para eles, muito sério. A interrupção do agente, deliberada ou não, surtiu efeito. Foi como se com ele tivesse entrado uma rajada de ar frio capaz de apagar o fogo.

Bellver ruminou algo incompreensível, mas em tom mais calmo, e Héctor assentiu sem responder. O agente Fort se afastou um pouco para que o inspetor Dídac Bellver pudesse sair.

– Obrigado – disse Salgado a Fort. E dessa vez o olhou nos olhos.

19

— E agora, o que vamos fazer? – perguntou César. Durante toda a reunião ele havia intuído que Sílvia ansiava por ficar sozinha com ele, por lhe contar alguma coisa, mas em nenhum momento imaginou que o assunto seria tão grave.

Ela não respondeu, e nada o fazia imaginar que fosse fazê-lo. Parecia absorta na contemplação do tapete, uma peça barata da Ikea que tinha uma mancha de café em um canto.

– Sílvia – insistiu ele, dando um passo em direção àquela mulher que costumava ter resposta para tudo –, você está ouvindo? Não entendo por que você esperou que eles fossem embora pra me contar. Isso também afeta a eles. Afeta a todos nós.

Sílvia se voltou para ele com um gesto brusco, e por um segundo César ficou sem saber se a expressão de desdém desenhada na cara dela era provocada pelo tapete sujo, pelo apartamento em geral ou unicamente por ele. O que Sílvia disse a seguir, no entanto, o livrou da dúvida:

– Não diga bobagens. Você não percebe que um deles é o responsável por isso?

Eles, quer dizer, Brais, Amanda e Manel, tinham chegado duas horas e meia antes, como haviam combinado. Brais Arjona fora o primeiro a bater na porta, mas, para sorte de César, Amanda havia aparecido logo depois. Manel fora o penúltimo, e todos, mergulhados em um silêncio incômodo, ficaram esperando Sílvia durante quinze longos minutos, uma eternidade que César teria aliviado com um cigarro, se o tivesse. Até onde sabia, nenhum dos presentes fumava, e ele engoliu a vontade junto com uma cerveja. Pelo menos Brais o acompanhava nisso; Manel e Amanda tinham recusado o oferecimento com aquela amabilidade forçada das visitas, e ele não tinha outro tipo de bebida em uma geladeira que nunca ficava cheia. Quando Sílvia chegou, afinal, surpreendentemente tarde, César soltou um profundo suspiro, como se estivesse segurando a respiração durante todo o tempo, ou como se expelisse a fumaça de um cigarro imaginário.

– Desculpem – disse ela ao entrar, em um tom no qual César não acreditou muito –, este bairro é terrível. Eu não estava encontrando lugar para estacionar.

Os cinco estavam sentados ao redor de uma mesinha de centro: três no sofá, Brais no meio, Sílvia na poltrona ao lado e César em uma das cadeiras que ele fora buscar na sala de jantar. Ninguém dizia nada, por inércia ou por nervosismo; foi Brais quem abriu fogo com a mesma pergunta que, logo depois, já com a sala vazia, César repetiria.

– O que vamos fazer?

César procurou a cumplicidade de Sílvia com os olhos, mas, ao notar que ela não seguia seu jogo, decidiu tomar a palavra. A postura de ambos estava clara: tinham discutido aquele assunto até a exaustão nos últimos dias.

– Estamos aqui para decidir isso juntos, não é? – E depois de alguns segundos acrescentou: – Fui ver Octavi outro dia. Ele não pôde vir, mas vai acatar o que a maioria decidir.

– Como está a mulher dele? – perguntou Amanda.

A pergunta era absurda, já que todos sabiam como estava a esposa de Octavi Pujades. E eles não tinham se reunido ali para trocar comentários bem-educados.

César ia responder que tudo seguia seu curso inevitável quando Manel Caballero o interrompeu, dirigindo-se a Sílvia:

– Desculpe, a senhora está se sentindo bem? – Ele era o único que ainda a tratava por senhora a essa altura, talvez porque fosse bem mais jovem, ou talvez porque em seu trabalho cotidiano de laboratório mal se relacionava com ela.

Todos olharam para Sílvia Alemany, que realmente estava muito pálida, como se algo lhe tivesse caído mal.

– Estou bem, obrigada – disse ela, e ao falar seu rosto foi recobrando a cor. – E me sentiria bem melhor se não tivesse que te defender diante do teu chefe a todo momento. Não, não me olhe com essa cara, Manel, você sabe muito bem do que estou falando. Em uma situação tão delicada como esta, o que menos interessa é que alguém chame atenção, não acha?

César disfarçou um sorriso. Aquela era a Sílvia de sempre: a mulher que tomava a iniciativa, que não arredava pé. Que se expressava com firmeza e convicção.

– Brais fez uma pergunta, e quero responder com outra – continuou ela, já no comando da situação. – Que opções vocês acham que nós temos?

Aguardou alguns segundos para que todos processassem a questão e continuou falando:

– Naquela noite todos nós fizemos um acordo que, pelo menos por parte de alguns, entre os quais me incluo, foi cumprido à risca. Parece que preciso lembrar que até agora ninguém sabe de nada do que aconteceu naquele lugar. Sei que a polícia encerrou o caso de Gaspar, e tenho certeza de que vão fazer a mesma coisa com o de Sara, se nós não ficarmos nervosos.

– Mas... – interveio Amanda – o que aconteceu com eles? Por que eles morreram?

A simplicidade da pergunta deixou todos sem palavras. Amanda tinha falado em voz baixa, como era seu costume, mas era evidente que não se tratava de uma pergunta retórica, e César se sentiu obrigado a lhe dar uma resposta.

– Sei que Gaspar Ródenas estava muito abatido, e apesar disso fiquei muito surpreso como o fato de ele chegar a esse extremo. Quanto a Sara... Talvez tenha sido um acidente, ou talvez ela tenha sofrido um desmaio no pior momento.

– Por favor, César, não vamos ficar com tantos rodeios – interrompeu Brais. – Que eu saiba, você não colocou microfones nesta sala, não é? Então vamos falar claro. – Fez uma pausa antes de prosseguir: – Naquele dia nós fizemos um pacto, como bem disse Sílvia. E Gaspar Ródenas se arrependeu em seguida; todos nós vimos e tentamos convencê-lo a manter a palavra. Não foi isso?

– Foi – admitiu Sílvia.

– No que se refere a Sara, acho que o caso é diferente. Pelo menos eu não vi nela o menor sinal de depressão ou de remorsos, mas devo admitir que ela não era uma mulher fácil de interpretar.

– Garanto que não – disse Amanda quase sem pensar, e todos se voltaram para ela. – Quero dizer que ela era muito reservada, muito na dela... Era impossível saber o que se passava na sua cabeça.

Apesar de ser óbvio que o esclarecimento não revelava tudo o que Amanda tinha querido dizer, ela não acrescentou mais nada. Num gesto inconsciente, ela arregaçou as mangas do *blazer* preto e depois tornou a esticá-las.

Brais, que estava ao seu lado, decidiu que não era hora de insistir.

– Bom, isto posto, existe a possibilidade de que, como Gaspar, ela não tenha aguentado a pressão. Ou simplesmente que isso tenha sido a gota d'água. Ela nunca me pareceu uma mulher feliz.

César olhou para Sílvia: tinham planejado conduzir eles mesmos a discussão, mas Brais estava tomando a dianteira, e num sentido que, pelo menos até então, coincidia com seus interesses. Ela concordou com um gesto quase imperceptível.

– Não quero ser frio, mas o que me preocupa nestas circunstâncias, a razão pela qual propus que viéssemos aqui hoje, não foi Gaspar ou Sara, mas essas benditas fotos. Quem é o filho da puta que está enviando isso? E o que pretende? Porque, além do mais, tem que ser um de nós.

Brais lançou um olhar direto para Manel, talvez com alguma intenção, ou talvez porque ele estava sentado ao seu lado. De qualquer modo, o analista de laboratório reagiu, ofendido:

– Olha, se você está insinuando que sou eu que estou enviando essas coisas, você está enganado. – Tinha ficado vermelho, e sua voz havia saído um pouco mais aguda do que o normal. – Eu também recebi o *e-mail.* Acho que a única pessoa aqui que não sabia nada disso até eu ter comentado é Amanda.

– Eu apago sem abrir a metade das mensagens que recebo – respondeu ela, taxativa. – Mas pode ter certeza de que se eu estivesse fazendo isso teria me assegurado de enviar para mim mesma também. Não sou tão idiota.

– Ei, ei, não vamos ficar nervosos – interveio César. – Antes de começar a acusar uns aos outros, existe algo em que você não pensou, Brais. – Era evidente que ele tinha grande prazer em apontar algo que o outro pudesse ter deixado passar. – É claro que só um de nós pode ter tirado essa foto, sabe Deus com que intenção. Talvez a tenha mostrado a alguém ou a tenha enviado a algum amigo, conhecido, colega... Não seria muito estranho, vê-los ali foi um choque.

Todos negaram.

– Não me passou pela cabeça tirar fotos, e eu não contei a ninguém – esclareceu Amanda. – Talvez Sara tenha feito isso... Vocês viram como ela ficou abalada com essa história dos animais.

Brais abandonou suas reflexões, e afinal retomou a palavra com o tom categórico que o caracterizava.

– Seja como for, essas mensagens indicam que alguém quer nos lembrar do que aconteceu. E todos nós sabemos que os cães são apenas um símbolo. Minha pergunta é: para quê? Que diabo essa pessoa pretende com isso?

Ao menos aparentemente ninguém tinha a resposta, portanto Sílvia decidiu retomar as rédeas da conversa; entretanto, teve que esperar alguns instantes, porque o celular de Amanda tocou, e ela desligou sem responder.

– Vamos ser lógicos, Brais. Como não podemos descobrir quem foi, o mais prático será deixar de lado esse assunto e decidir o que vamos fazer. Olhem, tenho certeza de que a polícia não vai demorar a aparecer na empresa, nem que seja para uma visita de rotina. Afinal de contas, em cinco meses morreram duas pessoas vinculadas aos laboratórios. Não há por que suspeitarem de nada, mas eles virão nos ver por causa do que aconteceu com Sara. Eles fizeram a mesma coisa quando aconteceu aquilo com Gaspar...

– O que Sílvia quer dizer – interveio César – é que devemos agir normalmente. *A priori*, o suicídio de Sara não tem nada a ver conosco.

– E se perguntarem pelas fotos? – perguntou Manel. – Não sabemos se ela também recebeu uma. A minha chegou alguns dias depois da morte dela; talvez a pessoa que as envia tenha mandado uma para ela antes. E outra para Gaspar.

– Como uma espécie de sentença de morte? – César tentou ser irônico, sem muito êxito.

– É claro que eu não penso em pular pela janela nem dar um tiro em mim mesmo – afirmou Brais –, portanto, por mim, podem continuar enviando fotos até se cansarem.

– Se perguntarem pelas fotos, vamos falar a verdade – disse Sílvia. – Não temos nada a esconder. Encontramos esses pobres galgos, ou sabujos, ou lá o que fossem, pendurados em uma árvore, e fizemos por eles mais do que a maioria das pessoas faria. E se, como você diz, há um depravado que fotografou isso e agora resolveu tirar uma com a nossa cara, também não acho que tenha muita importância.

Do modo como disse isso, parecia pensado para que alguém vestisse a carapuça; no entanto, ninguém considera a si mesmo um depravado, pensou César.

– Não levamos Octavi em conta – recordou Amanda. – Talvez, com tudo o que sua esposa está passando...

– Octavi nunca nos trairia, Amanda! – cortou Sílvia. – Gostaria de ter tanta certeza a respeito de todos como tenho dele.

Amanda se ruborizou, um ato inconsciente que, no entanto, a deixou mais linda do que nunca. Até mesmo Brais, pouco sensível à beleza feminina, teve vontade de protegê-la.

– Você está me acusando de alguma coisa? – murmurou ela. – A mim?

– Só estou dizendo que se isso vier a público alguns de nós perderão mais do que outros. Mas quero lembrá-los de uma coisa: todos compartilhamos a responsabilidade, o pacto foi unânime.

A terminologia quase fez César rir. Pacto, responsabilidade, unânime.

– Não vamos nos afastar da questão – disse ele quando Sílvia lhe lançou um olhar fulminante. – Estamos de acordo quanto ao que vamos fazer?

Todos concordaram. Apesar de a expressão não agradar a César, o grupo renovou o "pacto". Algo com que já pareciam ter se acostumado.

"Não diga bobagens. Você não percebe que um deles é o responsável por isso?"

A pergunta de Sílvia ficou no ar, ferina como um insulto.

– Não tem necessariamente que ser assim – respondeu César, apesar de, obviamente, se tratar de uma possibilidade bastante razoável.

– Ah, não? Como alguém iria saber o que fizemos? – Não estava irritada com ele, mas precisava descarregar a tensão acumulada.

– Tem certeza de que era um homem?

– Não. A voz soava de um modo estranho, como se estivesse mastigando alguma coisa. Em que você está pensando?

– Manel chegou tarde, pouco antes de você.

Ela suspirou, entre vencida e furiosa.

– Tanto faz quem seja. Não vou ceder.

– Então essa pessoa irá à polícia. Disse a você que tem provas! Nos enviou a foto!

Sílvia levou algum tempo para responder.

– Não acredito que faça isso – disse afinal. – Pelo menos por enquanto. Ir à polícia acabaria com suas esperanças...

– E daí?

– Essa pessoa me disse que se não entregássemos o dinheiro alguém mais morreria de hoje até segunda-feira.

César olhou para ela como se não a conhecesse, como se aquela mulher que tinha diante de si não fosse a mesma com quem pensava em se casar em alguns meses.

– Isso muda tudo, Sílvia, você não percebe? Pelo amor de Deus, temos que ir à polícia e...

Ela agarrou o braço dele com força.

– Nem pense em fazer isso. – Falava muito devagar, e a cada sílaba a pressão de sua mão aumentava. – Não vamos fazer absolutamente nada. Entendeu? Nada.

20

O trem-bala das nove e dez da manhã saiu pontualmente da Estação de Atocha cheio de homens e mulheres de negócios que, de celular na mão, aproveitavam essas três horas para trabalhar, ou quando muito para olhar a tela com cara de intensa concentração. Encerrados em seus uniformes de combate, lançavam bombas em forma de *e-mails* incendiários ou estudavam o melhor plano de ataque. Ou pelo menos era assim que Víctor Alemany os via nessa manhã de sexta-feira em que se sentia particularmente de bom humor. Quase exuberante. Apesar de externamente sua aparência se distinguir pouco da desses outros soldados, por dentro sabia que sua guerra estava a ponto de terminar, encerrada com uma vitória tão rentável quanto gloriosa.

Havia sido uma semana intensa, a culminação de outras reuniões esporádicas que tinham começado meses atrás. Por mais que Octavi lhe aconselhasse prudência, toda a negociação se tornara tão longa, tão irritantemente eterna, que no semestre anterior ele estivera a ponto de encerrá-la, aceitando a oferta sem mais adiamentos. E o que Víctor queria acima de tudo era começar de novo, com Paula e sem empecilhos. Sem uma empresa familiar que levava presa a si, qual parasita, desde que se entendia por gente. Durante anos acreditara que esse devia ser o núcleo de sua existência: dirigir a empresa, cuidar dela, fazê-la crescer. Algo que, contra a opinião geral, tinha conseguido fazer. E para quê? Para que sua vida só mudasse por fora: um carro maior, roupas mais caras, uma viagem absurda para um destino aparentemente exótico. Aborrecida, sim, essa fora a sua realidade até que conhecera Paula. Sorriu ao pensar que justamente graças aos laboratórios e a suas novas campanhas tinha conhecido Paula de la Fe. Nem mesmo conhecia o seu rosto, já que pouco via tevê, e menos ainda as séries de produção nacional. Talvez por isso a tivesse tratado com mais naturalidade, talvez por isso ela tivesse prestado atenção nele. Ou talvez não. Tanto fazia, não valia a pena pensar nos porquês. O resultado era que ele e Paula estavam juntos, que o tédio parecia estar banido para um passado remoto, e que pouco a pouco ele havia começado a viver de verdade, em vez de respirar, comer, dormir e até transar pouco e de forma mecânica.

Aos quarenta e tantos anos, Víctor Alemany tinha se apaixonado como só o fazem os quarentões frustrados ou as adolescentes feias: desmesuradamente. Queria viajar com ela, passar o dia com ela; se tivesse sido um monarca da Idade Média, teria posto o reino a seus pés. Às vezes assaltava-o o receio de estar se excedendo, de estar a ponto de jogar fora tudo o que até então havia sido a sua vida, de que aquela euforia que o avassalava toda manhã até quase fazê-lo explodir fosse o prelúdio de um colapso. Nesses momentos pensava em seu pai, morto na cama de uma putinha jovem, não porque estivesse cometendo um excesso, como dissera Sílvia, mas porque seu corpo não estava acostumado a se divertir. O coração também se oxida, pensou Víctor, mas ele tinha reagido a tempo. E uma vez que esse órgão começava a funcionar, não havia fogo inimigo que pudesse pará-lo.

A decisão de vender os Laboratórios Alemany germinara depois de uma conversa com Paula, na qual pela primeira vez na vida confessara a alguém que estava profundamente entediado. E ela, mais jovem, lhe dera uma resposta que irradiava lucidez: "Ela é tua, Víctor. É a tua empresa. Você não é como os outros empregados, que são obrigados a trabalhar nela. Você pode escolher". "Escolher", um verbo pouco usado na casa dos Alemany, e sempre em sentido negativo. Sua irmã, por exemplo, havia "escolhido mal" anos antes, e sofrera as consequências. No entanto, ele, a quem seu pai repreendia com frequência por sua indecisão, tinha levado o prêmio.

Sem dúvida tinha chegado o momento de escolher, ou pelo menos de encarar a possibilidade de fazê-lo... Tinha pedido conselho a Octavi Pujades, é claro, e ele havia tentado reprimir esse desejo de mudança que ameaçava arrebatá-lo em uma época em que a situação econômica fazia desconfiar das boas ofertas e das decisões repentinas. Prudência, moderação, sensatez, argumentos plausíveis que perderam fundamento quando foi diagnosticado o câncer da pobre mulher de Octavi, que a condenava a uma morte antecipada. A partir daquele dia, Octavi Pujades não tivera outro remédio a não ser dar-lhe razão em seus argumentos básicos, mas continuara obrigando-o a manter a negociação no maior segredo e a ser cuidadoso nos acordos com aqueles investidores que pareciam ter caído do céu cheios de dinheiro vivo. Aproveitando a licença de Octavi, ambos tinham podido se reunir várias vezes com os futuros compradores às escondidas de todos, principalmente de Sílvia, não porque ela tivesse autoridade para impedir a venda, mas porque a pressão de sua irmã teria sido uma carga a mais em todo aquele assunto. Só a infeliz Sara poderia ter suspeitado de que seu chefe e o diretor financeiro estavam envolvidos em alguma coisa, mas Víctor tinha certeza de que sua secretária era leal.

Agora sim, pensou Víctor, não podia mais adiar a conversa com Sílvia. Quase chegara a se abrir com ela no Natal, e se não o fizera fora mais por preguiça do que por medo, porque o acordo estava quase fechado. Mas Octavi o aconselhara a esperar até janeiro, até esta última reunião que acabara de acontecer, e Víctor concluíra que não havia problema algum em fingir um pouco mais, apesar de no fundo isso o deixar muito constrangido. Como no jantar da empresa, seu último ato, aquela pantomima que tinha representado com a convicção de um ator consumado.

E foi ao pensar naquele evento que sua memória, faculdade caprichosa e traiçoeira, decidiu capturar o fio que andava perambulando por seu cérebro desde que o inspetor de sotaque argentino lhe havia mostrado aquela foto horrível e o unir a outra lembrança com a força de um murro.

– Toda mulher quer se sentir linda.

A voz de Víctor Alemany, diretor-geral dos laboratórios que levavam o seu nome, se impõe sem dificuldade na sala, apesar de, ao ouvido de alguns, a afirmação parecer pomposa, deslocada nos tempos que correm. Não obstante, os presentes se limitam a expressar sua desaprovação com caretas irônicas, que ocultam sob uma máscara de atenção educada: só se ouve algum pigarro isolado, o ruído de alguma colher roçando o prato de sobremesa. As quase cem pessoas que se acham em uma das salas dos laboratórios, eficientemente transformada em sala de jantar, se preparam para ouvir o discurso, ou pelo menos para fingir que o fazem. Faz parte da tradição; todo ano a empresa celebra um jantar na época do Natal, todo ano o diretor toma a palavra durante alguns minutos, todo ano se aplaude respeitosamente no fim. Depois a festa, se é que se pode chamá-la assim, continua sem mais interrupções. Portanto, pode-se dizer que a maior parte dos rostos que observam Víctor Alemany mostra um interesse circunstancial, o mesmo com que ouviriam o pai da noiva que se empenhasse em pedir um brinde pelo feliz casal. Ninguém espera que diga nada original nem interessante, mas deve-se sorrir e ouvir.

Essa noite, no entanto, depois das seis palavras iniciais, as luzes baixam pouco a pouco até que a sala fica às escuras e, na parede situada atrás do senhor Alemany, aparece projetada a reprodução de um quadro. Uma mulher de pele branca e cabelos loiros – tão longos que a dona cobre com eles parte de sua nudez – se mantém equilibrada sobre uma grande concha que flutua em um mar calmo. À sua esquerda, suspenso no ar, um casal abraçado de deuses alados – poderiam ser anjos, apesar de todo mundo saber que eles não têm sexo – agita com seu alento os loiros cabelos, e, do outro lado, uma dama vestida de branco segura um manto rosado, pronto para envolver a recém-chegada, como se sua beleza fosse demasiada para os pobres mortais. Todos conhecem essa imagem, apesar de alguns terem problemas para acertar o nome exato do quadro ou do autor. De qualquer modo, não se trata de um exame de história da arte, e logo outra imagem se sobrepõe à anterior. É um detalhe da mesma mulher, o rosto da mesma Vênus de cabelos dourados. Seus olhos cor de mel têm o olhar perdido; a tez, apesar de ligeiramente rosada nas maçãs, é de uma brancura sem mácula; a boca, de lábios levemente carnudos, permanece fechada, sem sorrir. A mulher se mostra alheia ao seu entorno. Jovem, pura, de uma beleza atemporal.

– O cânone da beleza foi mudando ao longo dos séculos.

Víctor Alemany pronuncia a segunda frase da noite, uma obviedade que pelo menos não é politicamente incorreta e que precede uma coleção de lindos rostos femininos que se sucedem na parede ao ritmo de uma canção. Não seguem uma ordem cronológica, de maneira que o busto sereno de Nefertiti se alterna com o rosto sensual e quase selvagem de uma Brigitte Bardot adolescente, e uma *madonna* renascentista de aspecto plácido dá lugar à face maquiavelicamente atraente da madrasta de Branca de Neve. Ninguém sabe quem fez a seleção, mas a primeira impressão é de que, quem quer que seja o responsável, tem uma predileção pelas mulheres loiras. Frias ou voluptuosas, tranquilas ou arrebatadoras, constituem mais da metade das imagens projetadas. É quase um alívio que de repente surja o rosto de ébano de Grace Jones, a quem a maioria dos presentes reconhece então como a voz grave da melodia de fundo, "I've Seen that Face Before", uma espécie de tango eletrônico ao ritmo de um *bandoneón*. São esses traços extremos e andróginos que dão lugar a uma rápida sucessão de fotografias de mulheres desconhecidas, de idades e tipos de beleza diversos.

Pouco depois a projeção termina, e por um instante os presentes ficam sem saber se devem ou não aplaudir. Alguém começa timidamente, e os outros o imitam. No entanto, a tentativa de aplauso é contida por Víctor Alemany, que, enquanto agradece com um gesto de cabeça, levanta a mão direita, como um líder político que sabe que o melhor ainda está por chegar.

– Durante anos nos dedicamos a oferecer às mulheres a possibilidade de se sentirem lindas, a ilusão de recuperar a juventude perdida. E o mais importante, a um custo dos mais razoáveis. Nossa marca tem sido sinônimo de qualidade e bom preço, e esses dois conceitos básicos nos trouxeram até o dia de hoje depois de mais de seis décadas.

Começa aí o discurso mais clássico, o que todos esperavam a princípio. O que remonta ao nascimento da empresa. Repassa o ano que termina: foi um período turbulento, de reestruturação, de mudanças. Apesar de no momento não poderem se queixar dos resultados, esperam-se tempos difíceis. Na mesa mais próxima a Víctor Alemany, duas pessoas se olham. Amanda Bonet e Brais Arjona estão conscientes de que fazem parte dessas mudanças: caras novas em uma empresa com mais de meio século de história.

O diretor-geral prossegue: tempos difíceis se aproximam, todos sabem disso, mas ele tem certeza de que estão preparados para os novos desafios. A empresa tomou decisões arriscadas, sim, mas com um objetivo, uma meta, um sonho. A nova linha de produtos já está no mercado. LA/Young. Um nome pretensioso, muito discutido a princípio e finalmente aprovado por decreto real. Um logotipo, Y, que agora surge na parede, anunciando o início de uma segunda projeção.

Os mais diretamente envolvidos em Y sabem o que vem a seguir. A reportagem publicitária foi filmada justamente antes do verão, por isso a pele dos participantes mostra um leve bronzeado. Alfred Santos é o primeiro a surgir na tela para apresentar a linha de produtos: cremes suaves para peles jovens, um segmento do mercado ao qual os Laboratórios Alemany não se haviam dirigido especificamente até então. Peles que não precisam de cremes firmadores, mas de outros que proporcionem luminosidade. Além disso, e Víctor Alemany sabe muito bem, seu público-alvo vai além, porque muitas mulheres de trinta a trinta e cinco anos se sentem igualmente jovens. Por isso é que Brais Arjona escolhera como modelo para as fotos Paula de la Fe, que havia alcançado certa notoriedade interpretando em uma série de tevê o papel de uma professora envolvida com um aluno. Paula tem vinte e nove anos – mas na série se pressupõe que ela acaba de terminar os estudos – e um aspecto juvenil. O que nem Brais nem ninguém da equipe poderia imaginar é que seu chefe e Paula começariam um relacionamento que traria à marca uma celebridade inesperada e um pouco frívola, na opinião de Sílvia. Víctor gostaria que Paula estivesse com ele naquela noite, mas a opinião de Sílvia se impusera: "Isto é um jantar da empresa", e ele decidira não discutir com a irmã. Não valia a pena.

A reportagem prossegue com Amanda, que bem poderia ter sido a modelo da campanha, falando do *design* das embalagens, diferente do pote clássico que evoca os cremes da mamãe. Depois dela, Brais Arjona, gerente de produto da linha Y, expõe com eloquência os conceitos de *marketing*: juventude, inovação, liberdade. Todos eles se misturam na campanha que apresenta Paula de la Fe recém-acordada, obrigada a ir para o trabalho depois de uma noite de balada cujos estragos são rapidamente corrigidos por uma ligeira camada do creme After Hours, o carro-chefe da linha. Enquanto aplica o produto, Paula, contente apesar das olheiras, cantarola o estribilho de uma canção; por fim, quando o espelho lhe devolve uma imagem perfeita, ouve-se a canção a todo o volume, e reconhecemos, se não o nome ou a banda – "Alright", do Supergrass –, o refrão – "*We are young, we run green*" –, o lema da campanha, pensado para os que conhecem a canção e, portanto, não são nem tão jovens nem tão inocentes como gostariam.

Ao fim da apresentação se ouve um aplauso amável e quase sincero. Víctor abandona o posto de orador e, antes de voltar à mesa, ao encontro da irmã e dos demais, decide passar pelo escritório um momento, para deixar seus papéis. Caminha depressa – falar em público sempre o deixa um pouco nervoso.

Antes de entrar na sua sala, vê luz na de Sílvia e se aproxima da porta, que está encostada. Víctor se sobressalta quando, ao abri-la, encontra Sara.

– Sara! O que você está fazendo aqui?

Sara Mahler, sempre tão eficiente, parece transtornada. E desajeitada, porque enquanto balbucia que de repente tinha lembrado que Sílvia lhe havia pedido uns papéis, a pasta que tinha nas mãos cai. Seu chefe, amável, se dispõe a ajudá-la, mas ela se agacha e se apressa a recolher todo o conteúdo. Mas algo chama a atenção de Víctor, apesar de nesse momento não lhe dar maior importância.

Uma foto campestre, uma paisagem de montanha. Víctor mal tem tempo de distinguir a imagem de uma árvore, vista de longe, e menos ainda de perceber que algo pende de seus galhos, antes que Sara, de novo eficiente, a guarde na pasta e saia do escritório com um simples:

– Vamos, Víctor. O anfitrião não deveria se ausentar da festa.

21

Em pouco mais de doze horas o boato da discussão entre Héctor e Bellver se havia espalhado por toda a delegacia, e em apenas uma hora mais chegaria, é claro, a instâncias mais altas. Héctor havia aparecido no trabalho às oito da manhã, e a caminho da sua sala já tinha percebido alguns olhares de soslaio, algumas conversas interrompidas. Tinha certeza de que teria de abordar o assunto com o delegado em um momento ou outro, mas também de que lhe restava pelo menos uma hora de tranquilidade até que essa conversa tivesse lugar. Tempo suficiente para examinar pela última vez os relatórios de Ródenas e Mahler antes de ir aos Laboratórios Alemany, apesar de ter poucas esperanças de que a visita desse algum resultado útil. A autópsia de Sara Mahler, rotineira, dadas as circunstâncias, não trouxera informação alguma que fizesse pensar que a vítima não tivesse pulado nos trilhos por vontade própria. A de Ródenas, que constava em seu relatório junto com as da esposa e da filha, era ainda mais concludente, se fosse possível. E no entanto o suicídio de duas pessoas da mesma empresa, duas pessoas que aparentemente levavam uma vida tão normal quanto a da maioria, continuava a alertar aquele instinto no qual Héctor havia aprendido a confiar ao longo dos anos.

Observou mais uma vez a foto do grupo, tentando ler aqueles rostos imutáveis, imortalizados para a posteridade em um retrato não muito favorecedor. Prestou especial atenção nos de Gaspar e Sara.

Ela sorria, obedecendo com toda a certeza às instruções de quem segurava a câmera. Gaspar não. Gaspar Ródenas olhava a objetiva com concentração, como se estivesse diante de um balancete que não batia: cenho franzido, corpo tenso. Uma expressão bem parecida com a da foto tirada na praia que acompanhava o artigo de Lola. Talvez fosse a cara que fazia nas fotos, disse Héctor a si mesmo, deixando ambas sobre a mesa. Confiava em seu instinto, sim, mas também sabia que às vezes era muito fácil se deixar levar por falsas impressões.

Se tivesse pensado dois minutos mais, não teria feito o que fez. Principalmente porque oito horas da manhã não era hora de ligar para ninguém. E menos ainda para alguém a quem não via há mais de sete anos. Na verdade, ligara em parte porque não acreditava que Lola conservasse o mesmo número, e em parte porque tivera vontade de fazê-lo desde a primeira vez em que vira seu nome assinando aquele artigo. Quando uma voz sonolenta, de quem acaba de acordar, lhe respondeu, percebeu que não sabia muito bem o que dizer.

– Alô?

– Lola?

– Depende de para quem...

– Lola, te acordei?

Houve uma pausa, um silêncio durante o qual Héctor a imaginou na cama, com o olhar nublado do sono interrompido.

– Héctor? – A voz já soava completamente desperta.

– Eu mesmo.

– Porra! Vou reclamar do horóscopo. A previsão era de uma semana tranquila e sem surpresas.

Ele sorriu.

– Bom, estamos na sexta-feira. Quase acertou. – Os silêncios por telefone eram tão constrangedores quando por rádio, pensou Héctor. Nervosismo estático. – Como vai?

A gargalhada de Lola denotava mais sarcasmo que bom humor.

– Não posso acreditar. – Ela riu de novo. – Tantos anos de silêncio e você me liga às oito e meia de uma sexta-feira de janeiro pra me perguntar como estou? Isso está parecendo um capítulo de *Sex and the city*, sem o sexo.

Ele ia dizer alguma coisa quando ela o cortou.

– Héctor, desculpa, mas acho que preciso de um banho e um café pra falar com você.

– E um cigarro?

– Parei de fumar.

– Claro. Escuta, toma teu café que eu ligo mais tarde. Estou com um caso sobre o qual você escreveu há alguns meses, e gostaria de conversar sobre isso. – Esperou que ela lhe perguntasse a que caso se referia. – Gaspar Ródenas. O sujeito que ma...

– Que matou a mulher e a filha e depois atirou em si mesmo. Não faz tanto tempo. Me lembro.

–Você pode dar uma olhada nas tuas anotações, por favor?

– Se você me pede assim, imagino que seja importante.

– Obrigado.Vou deixar você acordar com calma. Lola... – acrescentou antes de desligar –, foi bom falar com você.

Não ficou sabendo se ela ouvira ou não, porque a comunicação foi cortada imediatamente, mas no seu rosto devia ter ficado um sorriso bobo o tempo suficiente para que o delegado Savall, que o convocara à sua sala cinco minutos depois, o notasse.

– Parece que hoje você está de bom humor, Héctor... – disparou ele à guisa de cumprimento.

– Bom, delegado, dizem que as caveiras também sorriem. E não é que tenham muitos motivos para estar felizes.

Lluís Savall ficou olhando para ele sem compreender muito bem a resposta.

– Deixa de caveiras e senta, Héctor. E me conta que merda aconteceu ontem à tarde com Bellver. – Seu tom não anunciava nada de bom.

Havia alguma coisa naquela mulher que ele achava antipática, apesar de não ser capaz de determinar exatamente o quê. Até aquele momento, Sílvia Alemany se mostrara tão amável quanto eficiente, e respondera sem hesitar a todas as suas perguntas. E apesar disso Héctor Salgado não conseguia se livrar da irritante sensação de estar assistindo a uma representação forçada. Algo a que já havia se acostumado depois de tantos anos de serviço, já que em linhas gerais estava convencido de que todo mundo mentia, em maior ou menor grau. Enganar a si mesmo ou às pessoas próximas era tão natural como respirar; muito poucas pessoas suportariam um julgamento cru e sincero sobre si mesmas ou sobre seus entes queridos. Mas mesmo levando isso em consideração, a atuação de Sílvia Alemany denotava um tom acadêmico, entre empostado e condescendente, que estava começando a irritá-lo. E muito.

Fazia meia hora que ele estava nos Laboratórios Alemany. Tinha chegado acompanhado do agente Fort, a quem logo mandou dar uma volta pela empresa com instruções de uma ambiguidade calculada, mas com um objetivo definido: sondar o ambiente, investigar aquela organização dedicada aos produtos de beleza que, de acordo com o detalhado relatório do próprio agente, havia começado a funcionar nos anos 1940 e se mantivera sem grande destaque, mas ao mesmo tempo sem problemas sérios durante toda a sua história. Só na última década tinha conseguido se destacar da concorrência, devido à fabricação e à comercialização de LA/Slim, um creme que fizera furor entre as senhoras e os cavalheiros com alguns quilos a mais. A partir daí, os Laboratórios Alemany haviam ampliado suas ambições e sua oferta, deixando de ser uma marca de pouca expressão, vendida em supermercados, e escalando alguns postos no panteão da beleza artificial. No final do ano anterior haviam lançado uma linha dedicada às mulheres mais jovens, Young, da qual Héctor nunca tinha ouvido falar, mas que, a julgar pela campanha publicitária, era uma grande aposta dentro da empresa.

Sílvia Alemany não era nem adolescente nem bonita, e tinha uma constituição delgada por natureza, sem necessidade de ajudas extras. Era parecida com o irmão, pensou Héctor, apesar de lhe faltar encanto ou sobrar autossuficiência. Se antes havia comparado Víctor com Michael York, sua irmã lhe recordava vagamente Tilda Swinton, uma atriz que ele admirava, apesar de seus papéis geralmente o deixarem nervoso. Tinha consciência de que grande parte do seu mau humor procedia da conversa que mantivera com Savall alguns momentos antes, mas também de que uma porção significativa era provocada por aquela mulher educada e altamente racional sentada do outro lado da mesa.

O escritório não era nada luxuoso, o que o havia surpreendido. Decorado com poucos detalhes e uma austeridade que não tinha muito a ver com o que ele tinha imaginado ao pensar em uma empresa dedicada à estética, o espaço enganava: Sílvia Alemany não era de modo algum uma mulher simples.

– A verdade é que não sei em que podemos ajudá-lo, inspetor. Ainda estamos em choque com a morte de Sara; na verdade, sabemos muito pouco a respeito da vida particular de nossos empregados. Eu nunca teria suspeitado que Sara fosse tão... infeliz.

– Ela não era uma mulher de muitos amigos, não é?

Sílvia encolheu os ombros, como que dando a entender que isso não era assunto seu.

– Não faço a menor ideia se ela tinha amigos ou não fora daqui. Pessoalmente, acho que Sara não era das que fizessem amizade com os colegas de trabalho; no entanto, isso não significa que não tivesse amigos em outros ambientes.

Era óbvio. Ninguém podia lhe tirar a razão quanto a isso.

– E Gaspar Ródenas?

Sílvia tomou fôlego antes de responder.

– Inspetor Salgado, já falei com seus colegas sobre Gaspar – replicou com voz entre séria e cansada. – Não vejo o que isso tem a ver com a morte de Sara.

– Eu também ainda não sei muito bem – disse Héctor, enquanto tirava a foto do grupo da pasta. – Apesar disso, é no mínimo estranho que duas das pessoas que aparecem nesta imagem tenham morrido, não acha?

Ela nem sequer olhou a foto.

– Eu não diria que é estranho, inspetor. Talvez seja triste.

– Quando esta foto foi tirada?

– No ano passado, em março ou abril, não me lembro. E não sei o que...

Héctor a interrompeu de propósito.

– Foi um passeio da empresa?

– Foi um treinamento de *team building*. Não sei como traduzir isso... – O tom era mais uma vez condescendente.

– Sei o que é, obrigado. Vejo que a senhora também participou.

Ela sorriu.

– Ocupar um cargo de direção não significa estar fora da equipe, inspetor. Muito pelo contrário. Costumamos organizar vários treinamentos semelhantes ao longo do ano, com diferentes funcionários.

– Pode me dizer o nome dos outros?

Sílvia olhou a foto como se não lembrasse exatamente quem havia participado.

– O homem moreno de cabelo muito curto é Brais Arjona, gerente de produto da linha Young; a seu lado está Amanda Bonet, responsável pelo *design*...

– Da mesma linha?

– Sim, apesar de não exclusivamente. Não sei se sabe que os Laboratórios Alemany tiveram um grande crescimento nos últimos anos. Nossas embalagens tinham ficado antiquadas, e quando contratamos Brais Arjona ele insistiu na modernização do *packaging* do produto. Foi ele que trouxe Amanda. E, é claro, ela se tornou a responsável direta pelo *design* da nova linha.

– Compreendo. E os outros?

– Além de mim, César Calvo, responsável pelo depósito e pela distribuição. – Na foto, César a abraçava pelos ombros, o que a fez acrescentar em tom frio: – E meu noivo. Vamos nos casar dentro de alguns meses. – Sem dar tempo a outros comentários, continuou: – Manel Caballero, o mais jovem, faz parte do departamento de ID, Investigação e Desenvolvimento.

Héctor não compreendia se Sílvia Alemany lhe explicava conceitos óbvios por pura amabilidade ou com a intenção de irritá-lo. De qualquer modo, ela o estava irritando. E se notara o cenho franzido do inspetor, não lhe prestou a menor atenção.

– Octavi Pujades, o mais velho, é nosso diretor financeiro há muitos anos; já desempenhava essa função na última fase de meu pai. E os outros dois são, como o senhor já sabe, Gaspar Ródenas e Sara Mahler.

– Se bem me lembro, Gaspar pertencia ao mesmo departamento do senhor Pujades, não é? É comum que duas pessoas do mesmo departamento participem desses treinamentos?

Ela sorriu.

– Isso depende. Às vezes os eventos são organizados por departamento, para tornar o grupo mais coeso. Outras vezes, como essa, a intenção é aproximar pessoas de departamentos diferentes. Então a resposta é que não, nesse caso não é comum.

– Como são escolhidos os participantes?

– Bom – Sílvia mantinha aquele sorriso amável –, não se trata de um sorteio, para dizer a verdade; não dá certo misturar empresa e acaso. Brais e Amanda estavam há meses trabalhando em intensa colaboração, com os atritos que isso sempre comporta, e pensei que seria bom que eles colaborassem em um ambiente diferente. Ao mesmo tempo me pareceu conveniente que eles estabelecessem um contato mais pessoal com os responsáveis por outras áreas: César, Octavi e eu mesma. Às vezes, as pessoas de perfil criativo como o deles costumam esquecer que fazem parte de uma realidade mais ampla, que existem outros funcionários que se ocupam de assuntos mais prosaicos. O grupo se equilibra também por idade, por isso escolhemos Manel Caballero, de ID, e outra pessoa de vendas que afinal não pôde participar. Gaspar Ródenas pertencia à mesma categoria, por isso, apesar de ele também ser da área financeira, decidimos incluí-lo.

– E Sara Mahler?

– Bom, para ser sincera, às vezes receio que o pessoal administrativo se sinta um pouco excluído. Precisávamos de mais uma mulher para equilibrar, e Saúl e eu pensamos em Sara.

– Saúl...?

– Saúl Duque. Ele é o encarregado de organizar os detalhes dessas atividades. Meu braço direito. Odeio a palavra "assistente", tem algo de servil, não acha? O senhor o viu entrar, a mesa dele fica exatamente em frente à porta do meu escritório.

Sílvia Alemany tinha relaxado. Era óbvio que ela gostava de falar dos detalhes técnicos do funcionamento da empresa.

– E foi tudo bem? Estou me referindo a esses treinamentos.

– Nem bem nem mal. Aqui entre nós, inspetor, aos poucos estou chegando à conclusão de que esse tipo de evento tem um efeito mais motivador do que qualquer outra coisa. As pessoas se sentem valorizadas, o que por si só já é positivo.

Héctor concordou.

– Mas nesse caso o treinamento serviu para alguma coisa mais. Pelo menos para Gaspar Ródenas, não?

Sílvia tornou a se colocar em guarda.

– O senhor está dizendo isso porque depois ele foi designado para desempenhar as funções de Octavi durante sua licença? Bom, eu não diria que isso tenha acontecido por causa desse treinamento. Alguns nomes foram considerados, e o de Gaspar era um deles.

Ela estava mentindo. E quando mentia sua voz adquiria um tom ligeiramente desdenhoso.

– E por que a balança se inclinou a favor de Ródenas?

– Foi Octavi Pujades que o preferiu, e meu irmão e eu concordamos, é claro. Afinal de contas, não se tratava de uma promoção definitiva. Não era tão importante, inspetor. Só alguns meses de maior responsabilidade.

Héctor sorriu com seus botões; tinha certeza de que o outro nome que constava daquela lista reduzida não via a coisa exatamente da mesma forma. Apesar disso, decidiu passar para outro assunto.

– E foi por acaso durante esse treinamento que tiraram esta outra foto? – perguntou ele enquanto a pousava na mesa.

– Deixe-me ver... – Sílvia Alemany pegou a foto impressa e a observou sem muito interesse, mas com o semblante sério. – De onde tirou isto, inspetor?

Ele decidiu não mentir.

– Sara Mahler recebeu em uma mensagem de texto pouco antes de... se suicidar. – A pausa foi intencional, e sua interlocutora se deu conta disso. – A senhora já tinha visto?

– Não compreendo por que alguém enviaria uma coisa assim. Me parece de um tremendo mau gosto.

– Realmente não é uma imagem bonita – concordou Héctor. – Mas a senhora já tinha visto, não é?

– Inspetor, não sei exatamente o que o senhor está insinuando, mas posso assegurar que nunca tinha visto essa fotografia. E não é algo que se possa esquecer facilmente. Além disso, fotografar uma cena assim é extremamente macabro.

Héctor esperou alguns segundos, e estava quase tornando a formular a pergunta quando ela se adiantou:

– Eu não tinha visto a fotografia, mas nós vimos essa árvore, sim. E esses pobres animais pendurados. Alguns caçadores fazem isso, sabe? Quando os animais já são velhos, perdem o olfato ou simplesmente estão doentes, eles os enforcam assim. Coisa de bárbaros.

– Com certeza. Deve tê-los impressionado.

Sílvia concordou com um estremecimento, dessa vez autêntico.

– Uma das provas consistia em um jogo de pistas. Formamos duas equipes e começamos a busca. O objetivo era chegar a uma cabana relativamente afastada da casa onde estávamos hospedados. Ao lado da cabana estava essa árvore.

– Compreendo.

– Na verdade, chegamos quase juntos. As duas equipes, quero dizer. Houve até uma corrida final entre César e Brais para ver quem chegava primeiro ao objetivo. – Disse isso com displicência, como se estivesse falando de dois garotinhos atrás de uma bola. – Quando vimos isso de perto, perdemos completamente a motivação.

– Consegue lembrar se alguém tirou uma foto?

Sílvia negou com a cabeça, como se a mera ideia lhe parecesse uma aberração.

– Por que alguém faria uma coisa dessas? É horrível.

– Não sei, mas alguém o fez. E enviou a Sara por alguma razão.

A atuação de Sílvia era tão convincente que Héctor começou a duvidar de sua leitura da situação e a atribuir sua desconfiança ao ressentimento de sua conversa anterior na delegacia.

– Não posso ajudá-lo nisso, inspetor. Mas acredite quando digo que todos nós ficamos muito afetados ao ver aquilo. Talvez pense que seja uma bobagem, mas ao vivo era realmente impressionante. – Tomou fôlego e acrescentou: – Tanto que resolvemos enterrá-los.

– Enterrá-los?

Ela sorriu.

– Pensando nisso depois, parece ridículo, eu sei. Mas naquele momento sentimos que não podíamos deixá-los ali. À mercê do mau tempo, pendurados pelo pescoço. A casa onde estávamos hospedados ficava longe do povoado, e não tenho muita certeza se alguém teria acudido rapidamente só por causa de alguns cachorros.

– A violência contra os animais é crime – esclareceu Héctor. – Alguém teria ido, pode ter certeza.

– Acho que tem razão. Não pensamos nisso. Estávamos no meio da manhã, e à tarde, quando as atividades já haviam terminado, decidimos voltar e enterrá-los. Acho que fomos contagiados pela teoria do espírito de grupo e das tarefas compartilhadas. – Disse isso com um toque de ironia que Héctor não deixou de notar.

– Então voltaram lá, soltaram os cães do galho e os enterraram ali.

– Sim. – Ela encolheu os ombros. – É difícil acreditar que, com tantos aborrecimentos, algum dos presentes tivesse o mau gosto de tirar uma foto daquilo e depois mandar pra Sara.

– Os senhores são pressionados de algum modo por grupos ecologistas? – perguntou Héctor. – Pela utilização de animais e...

– Nossos produtos são cem por cento ecológicos, inspetor. Não fazemos experiências com animais. Sempre há algum grupo radical que nos coloca no mesmo saco que outros laboratórios, mas, para dizer a verdade, já faz tempo que isso não acontece.

Héctor ficou pensativo por alguns instantes. A explicação de Sílvia Alemany era razoável, mas continuava sem dar resposta à pergunta principal. Quem tinha tirado a foto? E, principalmente, por que a tinham mandado justo para Sara Mahler, exatamente antes de ela acabar nos trilhos do metrô?

– Vamos entrar no terreno das hipóteses, senhora Alemany. Se tivesse que apostar em algum deles, quem acha que poderia ter tirado essa foto?

Sílvia encolheu os ombros.

– Isso não é justo, inspetor. – Ao ver que ele a observava com um olhar inquisitivo, continuou: – O que vou dizer pode parecer que estou tentando desviar o assunto, mas, para ser sincera, acho que o único de nós capaz de fazer uma coisa assim era Gaspar Ródenas. Não, não no sentido que o senhor pensa. Gaspar pertencia a várias associações de defesa dos animais, e poderia querer uma foto da árvore para denunciar aquilo.

Héctor assentiu. Era provável, mas no relatório de Ródenas não se fazia menção alguma ao ambientalismo ou aos direitos dos animais.

– O senhor vai estranhar que eu saiba desse detalhe sobre Gaspar Ródenas, mas quando aconteceu a tragédia eu examinei o arquivo dele. Compreenda, foi um choque que alguém que víamos todos os dias se transformasse de repente em um assassino suicida. Por isso examinei os testes psicotécnicos e as anotações feitas sobre ele durante os anos em que trabalhou aqui. Uma delas mencionava essa informação, por isso me lembrei.

– Havia alguma coisa nesses testes que pudesse indicar o que ele fez?

Sílvia Alemany negou com a cabeça.

– Se conseguíssemos ver isso com uma prova tão simples, os senhores não teriam trabalho, não acha?

Não havia muito o que acrescentar, e Héctor aceitou o oferecimento de Sílvia Alemany de visitar a empresa acompanhado por Saúl Duque.

– Eu mesma a mostraria, inspetor, mas tenho uma reunião dentro de dez minutos.

– Seu irmão ainda não voltou? Ele comentou comigo que ia viajar.

– Que horas são? – Ao ver que eram onze e quinze, ela continuou: – Ele deve estar quase chegando, mas talvez passe antes em casa para deixar a bagagem. Queria vê-lo?

– Não, não é necessário. Muito obrigado por tudo.

– Se precisar de mais alguma coisa, já sabe onde nos encontrar. – Ela tinha se levantado, sinal inequívoco de que o encontro havia chegado ao fim. – Inspetor, confio que o senhor será discreto com os funcionários. Houve muitos comentários desagradáveis depois da morte de Gaspar e de Sara...

– Pode ficar tranquila – disse Héctor –, tentarei não espalhar o pânico.

– Tenho certeza disso.

Era um falso elogio, e a satisfação que a voz de Sílvia revelava era evidente demais para que Héctor não a percebesse. E, sem saber muito bem por quê, isso o irritou ainda mais. O que nem ele nem a própria Sílvia sabiam era que esse ar de superioridade confiante desapareceria cerca de duas horas mais tarde, quando Víctor chegasse à empresa e, a portas fechadas, mantivesse com a irmã uma conversa confidencial que apagaria de sua mente qualquer resquício de bom humor.

22

À medida que corria pela calçada à beira da praia escura e solitária, Héctor tinha esperança de que a tensão se evaporasse em forma de suor e de cansaço, mas o ar fresco da noite estava tornando isso bastante difícil. O mar invisível, presente apenas em forma de rumor agitado, quase furioso, também não ajudava muito. Por isso acelerou o ritmo, procurando um alívio que só obtinha com o esgotamento dos músculos, quando o cérebro diluía as preocupações para se concentrar unicamente em resistir à corrida. Entretanto, por enquanto não havia conseguido nada, e as imagens do dia, a maior parte das quais desagradáveis, continuavam lhe assaltando a memória, desordenadas e rebeldes como piranhas famintas.

A bronca de Savall, que ele tentara contornar com hábil ironia, não constituíra nenhuma surpresa no conteúdo, mas na forma. O delegado o havia escutado, é claro, e concordara que Bellver podia ser, falando sem rodeios, um imbecil de marca maior, mas ao mesmo tempo se negara a acreditar que Héctor não soubesse nada a respeito do sumiço do expediente de Ruth dos arquivos de pessoas desparecidas. E havia adotado um tom entre solene e ofendido para deixar claro que "se sentia profundamente decepcionado". Depois de tudo o que havia feito por ele, depois de tê-lo apoiado quando ele metera os pés pelas mãos e abusara da força, Savall havia deixado claro que esperava, se não agradecimento, pelo menos um pouco de lealdade. E de sinceridade.

Não há nada pior que uma verdade que parece uma mentira, pensou Héctor. Por mais argumentos que desse, o delegado se mostrara impossível de comover, e, além de tudo, o havia acusado de utilizar a subinspetora Andreu para levar a cabo "o que você não teve colhões para fazer sozinho". Héctor, que tinha ligado para Martina Andreu duas vezes desde a noite anterior sem obter resposta, reiterou seu desconhecimento, mas lhe doeu ver que Savall não acreditava nele. Pelo menos isso logo seria esclarecido, pensou, enquanto começava a notar o calor do esforço: Martina voltaria segunda-feira de Madri, e todos teriam ocasião de conversar. Na verdade, ele também estranhara que a subinspetora tivesse feito algo que, em outras circunstâncias, não teria nenhuma importância. Nessas, entretanto, tratando-se de Ruth de um lado e de Bellver do outro, deveria ter pensado que o resultado podia ser catastrófico. A última frase do delegado, expressa naquele tom de aborrecimento paternal que Héctor detestava mais do que tudo, não deixava lugar para dúvidas: "Você está criando inimigos demais, Héctor. E você não pode se permitir esse luxo. Não agora. E vai chegar um momento em que nem eu poderei te defender".

Se o aviso indicava a possibilidade de ele quebrar a cara de Dídac Bellver, o delegado tinha motivos para se inquietar. Fazia muito tempo que ele não sentia essa fúria surda, a necessidade física de descarregá-la em golpes contra alguém, e só a entrada do agente Fort havia impedido que isso voltasse a acontecer. A cara de Bellver ao conjecturar sobre a instabilidade emocional de Ruth e a humilhação de Héctor ao ser abandonado por outra mulher estava implorando por um desses murros de deslocar a mandíbula com um ruído seco e dolorido. Enquanto corria, Héctor intuiu que era exatamente isso o que Bellver estava procurando; fazê-lo perder as estribeiras, demonstrar mais uma vez que ele era um argentino lunático e violento, capaz de agredir não apenas um suspeito, mas também um colega.

Consegui me controlar, pensou Héctor, mas sabia que não era apenas mérito seu. Segunda-feira algumas dúvidas serão resolvidas, disse novamente a si mesmo, e isso lhe deu forças para acelerar ainda mais na calçada já quase deserta e junto às ondas que pareciam se enfurecer à medida que ele se acalmava. Ia chover, o céu estava carregado de nuvens sujas, e ao longe se intuía algum relâmpago isolado. O mais inteligente teria sido dar meia-volta, mas Héctor estava decidido a alcançar a meta que se havia proposto ao sair de casa, as chaminés da antiga central térmica de Sant Adrià, e não tinha a menor intenção de renunciar ao pouco que era capaz de conseguir por sua conta, apenas com o seu esforço. O único objetivo do dia que não dependia da vontade alheia ou de que pessoas como Sílvia Alemany lhe dissessem a verdade.

Em resumo, pensou, a visita aos laboratórios havia sido tão infrutífera quanto imaginara, e as averiguações do agente Fort, comentadas durante o trajeto de volta, tampouco apontavam para alguma revelação excepcional. Os funcionários pareciam adequadamente comovidos com a notícia de duas mortes tão seguidas, mas não as relacionavam de modo algum. Os comentários, segundo Fort, indicavam que Sara Mahler era uma mulher estranha, "sem um homem ao seu lado" – algo que Héctor julgou do machismo mais rançoso –, e que o Natal era triste para os que estavam sozinhos. Nisso estou de acordo, disse ele a si mesmo enquanto notava as primeiras gotas de chuva, tão isoladas que a princípio achou que vinham do mar. O que acontecera com Gaspar Ródenas já era um fato distante para a maioria dos funcionários; haviam falado daquilo até enjoar quando acontecera, e não tinham muito a acrescentar.

O único dado significativo fora a confirmação de suas suspeitas a respeito da promoção de Ródenas. Segundo haviam comentado com o agente Fort, que tinha ficado um bom tempo conversando com os que iam passando pela máquina de café, Martí Clavé, o outro candidato, tinha se ressentido mais do que Sílvia Alemany admitira. "Parece que eles estiveram a ponto de se pegar", relatara Fort sem olhar para ele, provavelmente incomodado diante de uma situação parecida com a que havia presenciado no escritório de seu chefe na tarde anterior. "Esse tal Clavé enfrentou Ródenas em seus primeiros dias no cargo, e não escondeu que considerava a promoção injusta."

Diziam que Gaspar não reagira à provocação, que ficara quieto. Diziam também que, quando se soubera da notícia de sua morte, do assassinato de toda a família, Martí Clavé, taciturno e arrependido, tinha passado vários dias sem falar com ninguém.

Tudo isso estava dentro da lógica: promoções, merecidas ou não, pessoas que se sentiam desvalorizadas – isso acontecia em toda parte, constantemente, e não era digno de maiores comentários. Mesmo em tempos de crise, era impensável que alguém matasse uma família inteira para conseguir uma promoção. Ao contrário, talvez em outra época Martí Clavé tivesse largado a empresa ofendido, mas, do jeito que as coisas andavam, seu protesto havia sido apenas por meio de palavras, não de atos. E, de qualquer modo, nada disso tinha a menor relação com Sara Mahler, com os cães enforcados nem com a sensação de que Sílvia Alemany e os outros participantes daquele treinamento lhe haviam mentido com um descaramento insultante.

A chuva já era uma realidade, e Héctor percebeu que acabaria ficando ensopado, mas apesar disso continuou em frente. Havia acumulado frustração demais para renunciar àquela altura – um descontentamento que só fizera crescer durante o passeio pela empresa com Saúl Duque. Ele acabara por se mostrar um sujeito simpático e suficientemente tagarela para que pudesse extrair dele algumas informações, apesar de o que revelara não ter servido para grande coisa: estava contente de trabalhar ali, sob as ordens de Sílvia Alemany, uma chefe dura mas justa; a crise não os estava afetando excessivamente, mas receavam que a situação piorasse, já que as medidas anunciadas pelo governo não pareciam estar dando resultado; o ambiente da empresa era bom, apesar daquelas mortes repentinas e trágicas. Nisso ao menos Saúl se mostrara categórico: "Gaspar estava nervoso, mas nunca pensei que pudesse chegar a perder a cabeça daquele modo.

Tenho certeza de que há mais alguma coisa, algum problema no casamento que nós não sabemos". Quanto a Sara, Saúl não conseguira disfarçar uma certa antipatia, uma reação que a pobre moça parecia provocar na maioria das pessoas. "Mas isso não significa nada, inspetor. E nunca me pareceu que ela estivesse deprimida, só que não conseguia se adaptar."

A visita guiada foi tão pouco interessante como era de esperar. Com Saúl Duque ao lado, conheceu Brais Arjona e Amanda Bonet, que confirmaram a versão dada por Sílvia Alemany. Héctor nem sequer se deu ao trabalho de falar com os outros; tinha certeza de que Manel Caballero e César Calvo teriam dito a mesma coisa com outras palavras. Talvez a única coisa digna de nota tenha sido o fato de Amanda ter enrubescido quando lhe perguntara, em tom casual, se era muito amiga de Sara Mahler. Talvez isso tivesse acontecido por timidez diante da polícia, mas Héctor achara a reação exagerada. Ela dissera apenas que tinha ido uma tarde à casa de Sara tomar café. Tudo parecia muito razoável, tudo era infernalmente normal. Ele e Fort tinham voltado para a delegacia mais desanimados do que quando haviam saído. Restava apenas um fio solto para examinar: o suposto namorado de Sara, se é que existia, algo de que o próprio Héctor estava começando a duvidar...

Ele deu meia-volta a tempo de ver um relâmpago anunciar que tinha alcançado a meta prevista. Faltava o mais difícil: a volta, refazer o caminho. E pensar em regresso o levou diretamente à imagem de Lola, para quem afinal não tinha tornado a ligar. Faria isso mais tarde, mas nesse instante limitou-se a correr mais, a tirar da fraqueza forças para fugir da chuva, para fugir das recordações. Para fugir da expressão ferida de Ruth quando lhe confessara o que estava acontecendo. E principalmente para fugir do momento amargo em que decidira abandonar Lola para sempre.

23

Eram mais de cinco da manhã de domingo quando César voltou para os lençóis frios, para um espaço vazio acusador, para a cama onde Sílvia dormia sozinha sem nem sequer se dar conta disso.

O sábado havia sido nublado, chuvoso, cinzento como o inverno berlinense, e casava bem com o estado de ânimo de Sílvia, que não pronunciara mais de quatro palavras em todo o dia. César nunca conseguira lidar bem com doentes, e era dos que preferiam que o deixassem em paz quando não se sentia bem. Por isso, quando Sílvia rejeitou suas tentativas de conversar alegando que estava ficando gripada, ele lhe deu um beijo na testa, singularmente gelada, e lhe aconselhou que se deitasse. Não era de estranhar que ela tivesse ficado doente, levando em conta a tensão dos últimos dias. Fiel ao seu papel e sem nada melhor para fazer, permanecera na casa de Sílvia a tarde toda, dormitando diante da televisão, tentando se apropriar pouco a pouco desse espaço que em alguns meses também seria seu. Estavam os dois sozinhos; Pol tinha ido à casa de um colega de classe, e, ao que parecia, Emma também estava estudando com uma amiga. César nunca perguntava por eles, e se alegrou por ter a sala só para si. No meio da tarde Sílvia se levantou, apesar de ser evidente que não se sentia melhor. Ao contrário, a longa soneca a deixara tonta, com uma tremenda enxaqueca. Em nenhum momento César suspeitou que a origem desses sintomas fosse o aborrecimento provocado pela conversa com Víctor.

Sílvia decidira se deitar porque tinha a sensação de que estava perdendo o controle do seu mundo, e precisava se refugiar nesse espaço íntimo e pessoal que era o seu quarto, a sua cama. Abraçar o travesseiro e fechar os olhos para esquecer, mesmo que por algumas horas, que sua vida ia mudar, apesar de tudo. Sentia-se traída, vendida por Víctor, e mais ainda por Octavi Pujades, que havia colaborado com os planos de seu irmão e os havia ocultado com a deliberação de um judas de terno e gravata. Poderia ter-se aberto com César, e se não o fizera fora principalmente por vergonha; não queria ser essa mulher enganada, essa perdedora a quem os autênticos poderosos ignoravam sem o menor pudor. Claro que conservaria seu trabalho, se assim o quisesse. Víctor tinha se esforçado por lhe demonstrar que de algum modo se importava com ela, mas ambos sabiam a verdade: as funções que Sílvia desempenhava na empresa excediam as que correspondiam a seu cargo, e seu poder vinha tanto de sua eficiência quanto de seu sobrenome. Não havia dinheiro no mundo que pudesse ressarci-la.

Em outra ocasião teria brigado com o irmão, teria lutado para defender seus interesses, teria lhe jogado na cara afrontas reais e imaginárias. Mas sexta-feira, depois da visita do inspetor, sentia-se tão satisfeita consigo mesma que a notícia de Víctor a deixara sem palavras. Muda e vazia como uma estátua. E vinte e quatro horas depois, jogada na cama, a única coisa que sentia era um sabor amargo na boca. Até mesmo a ameaça recebida por telefone dois dias antes havia perdido a força. Era absurdo, sabia, mas nessa tarde nada parecia ter importância. Nada valia a pena.

Jantaram juntos, ela e César, sem fome e sem vontade de conversar, e só a chegada de Emma animou um pouco o ambiente. Daquela vez Sílvia se deixou mimar e concordou em tomar o chá quente que a filha havia preparado especialmente para ela. Bebeu-o na cama, com Emma ao lado, feliz de que ao menos uma vez os papéis se invertessem e sua filha apoiasse a mão na sua testa, lhe dissesse que tinha febre e lhe desse um beijo de boa-noite. Tinha passado metade do dia na cama e receou não adormecer, mas na verdade logo depois que Emma saíra de seu quarto e apagara a luz, Sílvia caíra num sono calmo e reparador, exatamente o que sua mente esgotada necessitava.

César ficou um pouco mais diante da televisão, sem ver nada. Teria ido para sua casa se não tivesse começado a chover outra vez, se não tivesse ficado inerte no sofá. Ou se Emma tivesse descido para lhe fazer companhia, o que não aconteceu. Quando não era nem meia-noite, decidiu se deitar. Já fazia pelo menos duas horas que Sílvia adormecera, e ele se deitou ao seu lado, colado ao seu corpo, sem que ela percebesse. Deu-lhe um sugestivo beijo na nuca, e, ao ver que ela estava profundamente adormecida, optou por se virar e separar-se alguns centímetros dela, apesar de saber que o gesto não serviria de grande coisa. Estava excitado demais para dormir, e com preguiça de se masturbar, portanto fechou os olhos, à espera de que o sono se encarregasse de resolver ambas as coisas. Mas o sono não veio, e a forte chuva que caía sobre a cidade deixou-o cada vez mais desperto. César não se distinguia por ser imaginativo nem suscetível às forças naturais; apesar disso, sua cabeça estava cheia demais de preocupações que impediam que descansasse; ele sim tinha medo de ameaças, ele sim estava começando a acreditar que por trás da morte de Gaspar e de Sara havia algo mais, uma intenção maligna.

Eles mereciam morrer? Talvez. Mas não mais do que ele, ou que Sílvia, ou que qualquer um dos outros. Talvez os termos fossem ridículos, mas daquela vez expressavam uma realidade: naquela noite de primavera todos haviam colaborado, em maior ou menor medida. Não importava muito quem havia dado o primeiro golpe, quem havia sugerido o plano posterior, quem estava mais assustado ou mais seguro de si. Se o que tinha acontecido com Gaspar e Sara era obra do destino, eles também podiam ser atacados com a mesma justiça. Um trovão rubricou essa conclusão.

Apesar de ter ficado apenas quarenta e cinco minutos na cama, tinha a sensação de estar ali havia horas. Precisava de um cigarro, e dessa vez tinha um maço no casaco, comprado às escondidas, como um colegial. Tinha que fumar perto da janela da cozinha, se quisesse disfarçar o cheiro. Então desceu, de pijama e descalço, porque nunca se lembrava de comprar chinelos para sua segunda casa. Com cuidado para não despertar ninguém, localizou o casaco no cabide e pegou o maço e o isqueiro. Depois foi para a cozinha e abriu um pouco a janela. Lá fora a chuva continuava. Gotas que, à luz de uma luminária próxima, pareciam um véu denso, um telão líquido. Acendeu o cigarro e deu uma primeira tragada curta, para se acostumar com o sabor.

Não a escutou chegar. Ouviu apenas a porta da geladeira se abrir e se voltou. Estava escuro, mas a lâmpada do refrigerador dava luz suficiente para reconhecer Emma. Continuou fumando em silêncio, desejando que ela fosse embora e ao mesmo tempo que ficasse ali. Ela não disse nada; limitou-se a se aproximar. Tirou-lhe o cigarro dos dedos e deu uma tragada profunda antes de jogá-lo pela janela. Exalou a fumaça devagar e depois o abraçou como o faria uma criança assustada com a tempestade.

– Não gosto de crianças – disse César, notando que sua voz estava rouca. – Se você quiser que eu te trate como mulher, aja como uma.

César não via o rosto dela, mas não era preciso. O beijo que ela lhe deu em seguida foi suficiente para que soubesse o que ela queria. O que ambos queriam. Depois desse beijo jovem e inexperiente, soube que nada poderia deter o inevitável. Emma só lhe disse uma frase ao ouvido:

– Não me faça mal, por favor.

E então foi ele que a beijou com uma mescla de paixão e ternura, antes de tomá-la pela mão e levá-la para a cama. Ansiava com todas as forças possuir aquele corpo que se oferecia. E não apenas isso: desejava fazê-lo bem. Ser, mesmo que fosse por uma única noite, o melhor amante do mundo.

Quando voltou para seu quarto, depois das cinco, Sílvia continuava dormindo. A tempestade havia amainado, e a porta da geladeira continuava aberta.

César se deitou, exausto, e fechou os olhos, mas a apreensão com o que acabava de fazer e a lembrança da ameaça que Sílvia havia ignorado o mantiveram irremediavelmente acordado.

24

O domingo amanhece com um céu de ressaca e apagado, mais carregado ainda que o do dia anterior. Amanda se vira na cama, tomada por essa felicidade absurda que se sente em um dia de folga, quando nada ou quase nada nos obriga a levantar. Ao contrário da maioria das pessoas, desde criança gosta das tempestades. Essa espécie de batalha que se desenvolve no céu lhe parece estimulante, e a sensação de estar protegida, a salvo de trovões e relâmpagos, a enche de uma alegria quase infantil. Além disso, a chuva foi a desculpa perfeita para não ter de sair com seus amigos no roteiro que transformou os sábados numa rotina monótona: jantar em La Flauta, primeiro drinque perto dali e depois mais um no Universal, antes de se enfiarem no Luz de Gas.

As variações são tão pequenas e acabam em lugares tão parecidos que ela às vezes não consegue lembrar exatamente a que bar tinha ido no sábado anterior. Além de tudo, Amanda não bebe – o sabor do álcool lhe desagrada –, e os chatos que a ficam rodeando para convidá-la para um drinque em troca de lhe passarem a mão lhe parecem repulsivos. Continua saindo com seus amigos de sempre, mas cada vez isso lhe custa mais. Durante grande parte da noite de sábado sua mente está ausente, pensando no domingo, no que ele lhe fará, nas sensações que explodirão em seu corpo. Seus amigos estranham que ela não tenha um namorado nem casinhos esporádicos, apesar de ela ter confessado a uma amiga íntima a existência desse rapaz com quem transa, alguém do trabalho, de quem não quer dar mais detalhes. Isso dava a impressão de tranquilizar a todos, já que parece impensável que uma moça tão bonita não tenha relações sexuais regularmente.

São quase onze horas quando Amanda decide afinal levantar e ligar o computador, num gesto automático. Enquanto espera que a máquina comece a funcionar, sempre sente um vago receio de que ele a decepcione. De que em algum domingo a mensagem com as instruções a seguir não chegue. De fato, isso aconteceu algumas vezes, um castigo inesperado que se tornou mais insuportável que qualquer outro dos muitos que ele é capaz de imaginar e executar. Mas nesse domingo ela sabe que não vai ser assim, ele lhe disse sexta-feira por telefone, às nove da noite, como costuma fazer. Ele liga para ela todas as sextas-feiras, não importando onde ela esteja. Ela precisa responder, faz parte do trato. Por isso aquela noite, durante aquele fim de semana horrível com Brais e os outros, ela teve que se afastar da casa para atender à chamada.

"Quero que você se toque, que acaricie os seios por baixo da roupa. Que você se excite pensando que estou aqui te observando, com vontade de te bater se você não me satisfizer. Quero ouvir você gemer."

Ela não quer pensar nisso. Não nesse domingo; já se preocupou bastante com isso. Não pode contar nada para ninguém. Já teve muita sorte com Sara...

Fora um descuido, um erro imperdoável. Depois daquele fim de semana, os oito haviam trocado seus endereços de *e-mail* pessoais, para o caso de ser preciso se comunicarem. Não os haviam usado muito, verdade seja dita, e ela sempre respeitara o combinado: eliminar qualquer rastro assim que tivesse lido a mensagem. Mas a morte de Gaspar havia afetado a todos eles, principalmente a Sara, que começara a lhe escrever de vez em quando. Sara estava muito sozinha, precisava de alguém com quem falar, mesmo que fosse um desabafo tão frio como o proporcionado por uma mensagem eletrônica. Por isso, no dia em que ela escrevera uma mensagem para Saúl Duque, seu amo, um daqueles textos arrebatadores e cheios de detalhes íntimos, o nome do destinatário se preencheu automaticamente quando escreveu as primeiras letras sem que Amanda percebesse. E a maldita mensagem aterrissara na entrada de *e-mail* de Sara, e não na de Saúl.

Amanda odiou a si mesma quando se deu conta do erro, mas já era tarde demais. Só esperava poder contar com a discrição de Sara. E ela se mostrou discreta, apesar de especialmente interessada, com uma curiosidade que jamais teria suspeitado em se tratando dela. Marcaram na casa de Sara, e Amanda tentou lhe explicar o que sentia. Mas como poderia fazer isso? Só podia lhe contar os detalhes, os jogos que, ditos em voz alta, pareciam ridículos ou perturbadores, a julgar pela reação de Sara.

Como lhe explicar que afinal, depois de anos de busca inconsciente, tinha encontrado em Saúl o homem que tornava reais suas fantasias mais íntimas? Alguém que lhe parecia atraente e com quem, disso tinha certeza, podia fantasiar sem medo. Apesar de Saúl poder ser duro, e realmente é, ele jamais ultrapassa os limites, sempre parece saber quando é o momento de fazer cessar a dor e consolar à base de carícias. Além disso, não se trata apenas de sexo: Amanda se sente vigiada, protegida. Não poderia explicar a ninguém por que a sensação de pertencer a alguém, de lhe obedecer, a preenche de tal modo. Às vezes tem medo de perdê-lo, não porque o ame, mas porque sabe que será difícil voltar a desfrutar estímulos parecidos. Sem dúvida isso vai acabar acontecendo, e ambos têm consciência disso. Mas no momento é melhor não pensar nessa possibilidade.

Enquando prepara o café, Amanda lê os *e-mails* e franze o cenho. Algumas fantasias lhe agradam mais do que outras, e o que Saúl ordena para essa tarde não é nem de longe uma das suas preferidas. No entanto, não protesta; limita-se a responder no tom de submissão requerido e a organizar tudo para depois.

* * *

Brais sai de casa às cinco da tarde porque acha que, se continuar lá por mais um minuto, vai arrebentar as paredes com socos. Está fechado há um dia e meio. Tempo demais de inatividade para alguém como ele. Precisa se desafogar, e a academia é uma opção tão boa quanto qualquer outra. Também precisa escapar do olhar inquieto de David, que ao meio-dia lhe perguntou a sério que diabo está acontecendo com ele. Por sorte, Brais pôde culpar o trabalho por seu mal-estar sem mentir muito, mas David não é bobo, e apesar de fingir aceitar a desculpa não acreditou muito nela. Brais tentou se mostrar sociável durante o almoço, tentou ver alguns capítulos de *Mad Men* que seu marido havia baixado pela internet, um passatempo habitual dos domingos de inverno à tarde, mas estava muito nervoso e não conseguia ficar quieto no sofá. Por fim foi David quem lhe sugeriu que fosse à academia "pra ver se você se acalma".

É quase noite, apesar de em um dia tão cinzento isso mal se notar. Brais deixa para trás as luzes dos teatros da Paral-lel, que começam a se acender, e caminha em direção ao centro. Caminha rapidamente, com a mochila no ombro, mas quando já está perto do Mercat de Sant Antoni muda de ideia. Não é para lá que deseja ir. Há uma coisa que ele precisa fazer para ficar tranquilo de uma vez por todas, e não é exatamente correr em uma esteira até perder o fôlego. Os problemas não se resolvem fugindo deles, mas enfrentando-os. E nesse momento seu problema tem um nome: Manel Caballero.

Anoitece quando Octavi Pujades acompanha com o olhar o carro de seu filho, que se afasta pelo caminho. Todos vão embora, pensa sem ressentimento. A combinação de noite e doença dá medo. Um cão ladra não muito longe de sua casa, como se pudesse afugentar os maus espíritos com seus latidos. Octavi entra em casa e fecha a porta. O silêncio do interior volta a golpeá-lo, e ele liga a televisão só para ouvir alguma voz. Eugènia dorme no andar de cima, se é que se pode chamar aquilo de sono. Na verdade ela está morrendo lentamente, consumindo-se até não conseguir mais abrir os olhos. Nos últimos dias ela piorou, sua degeneração é evidente, e ele mal suporta vê-la. A dor e o cansaço são outra combinação perigosa: em alguns momentos um supera o outro e consegue dar forças para continuar lutando, mas há ocasiões, como esta, em que a fadiga se impõe, e a única coisa que ele deseja, de todo o coração, é que tudo termine de uma vez.

Desejar a morte de um ser que amamos é terrível, e Octavi tem consciência disso. Mas não pode negar a realidade. A casa que os acolhera quando se amavam está se transformando pouco a pouco em um túmulo. No seu túmulo.

Sentado no sofá, diante da lareira, tenta afastar da mente essas ideias sombrias. Ficou esperando o dia todo que Sílvia ligasse, mas ela não o fez. A hora chegará, não há dúvida. Falou com Víctor na véspera. Víctor... tão iludido, tão pueril em seus projetos... Ou talvez não, talvez as pessoas como ele e Eugènia é que tenham vivido equivocadas, acorrentadas a trabalhos, rotinas e obrigações. E afinal, para quê? Para acabar morrendo quando estão a ponto de desfrutar um pouco da liberdade paga com anos de esforço. Não, não pode jogar na cara de Víctor Alemany o fato de ele querer comprar a sua se tem os meios de fazê-lo.

Os latidos do cão soam mais próximos, mais urgentes, e Octavi vai até a janela e afasta as cortinas. Como é de esperar, não vê nada. Fica ali, atento a esses uivos cada vez mais histéricos. Alguém deve estar rondando os arredores, pensa, inquieto, antes de subir ao quarto de Eugènia para ver como ela está. Para ver se continua viva ou se a morte ganhou, afinal.

* * *

"Quero que você me espere dormindo. Que você seja a minha Bela Adormecida. Esse vai ser o teu castigo, só eu vou desfrutar teu corpo esta noite."

E Amanda obedece, sabendo o que se espera dela. Trocou os lençóis, como sempre faz, e colocou uns novos, brancos. Branca é também a camisola que ele exige para essa fantasia. Brancos são os comprimidos que ela deve tomar para, quando ele chegar, encontrá-la profundamente adormecida e desfrutar seu corpo inconsciente a seu bel-prazer.

Ela os toma sentada na cama, com um copo de água. Já sabe de cor a quantidade necessária. Ele ficaria irritado se ela acordasse na metade da fantasia. Isso aconteceu na primeira vez, e ele ficou tão aborrecido que Amanda decidiu não tornar a falhar. Ela deita e se deixa acariciar pelo sono; imagina o que ele lhe fará enquanto ela estiver adormecida... Ela o vê nu, algemando seus braços inertes, tratando seu corpo como o lindo pedaço de carne que é. Está a ponto de perder os sentidos quando ouve a porta do quarto se abrir. Não é culpa sua se os comprimidos ainda não fizeram efeito completamente; seus olhos se fecham, todo o seu corpo pesa, e, apesar de ter a sensação de estar sonhando, percebe que mãos a agarram pelos ombros e levantam seu tronco bruscamente.

Amanda sabe que deveria estar adormecida. Por isso não resiste quando percebe que lhe abrem a boca e começam a lhe dar comprimidos, e depois água, e mais comprimidos. Com as poucas forças que lhe restam, consegue engolir, e a última coisa que pensa é que Saúl vai ficar contente e passará a noite com ela. Assim poderá vê-lo quando a fantasia acabar, quando recuperar a consciência. Quando acordar...

Leire

25

"Você estava dormindo, e não quis te acordar. Tenho que ir embora. Nos vemos logo. Um beijo. T. Ah, e cuida do gremlin."

O bilhete estava na mesinha de cabeceira quando Leire voltou ao mundo depois de uma soneca domingueira mais longa que de costume. Tinha se deitado às três e meia da tarde, convencida de que não dormiria mais de trinta minutos, mas ao ler o bilhete e olhar o relógio percebeu que eram quase seis; considerando que essa era a hora de partida do trem-bala, já fazia algum tempo que Tomás saíra. Aturdida demais para reagir com rapidez, ficou sentada na cama, com os pés apoiados no chão, hesitando entre se deitar de novo e recomeçar o dia. Optou pela última alternativa, principalmente porque, apesar de parecer estranho, estava novamente com fome. O gremlin, como Tomás o chamava, lhe provocava um apetite voraz em momentos insuspeitados. Ou melhor, quase a qualquer momento, apesar de ela, seguindo os conselhos do pai da criatura, não o alimentar nunca depois da meia-noite, só por precaução.

Um instante depois, após engolir dois sanduíches de queijo e comer uma fruta, sentiu-se ativa, como se em vez de lanchar houvesse tomado café da manhã e tivesse o dia todo pela frente. O fato de só faltarem cinco horas para acabar o dia não a preocupou muito; começava a se acostumar com a anarquia de não ter horário para nada e fazer o que lhe desse vontade. "Aproveita agora, porque quando o menino nascer, ele é que vai ditar as regras", tinha lhe dito sua mãe. Leire achava estranho que ninguém se referisse a ele como Abel, um nome que estava decidido havia meses: para sua mãe era "o menino"; para Tomás, o gremlin, e para sua amiga María, "o bebê". Já ela só pensava nele pelo nome, talvez para se acostumar à ideia de que logo alguém chamado assim ocuparia um espaço fora de seu corpo, alguém que seria dorminhoco ou chorão, ou as duas coisas, alguém com corpo e personalidade próprios.

Nesse fim de semana Leire e Tomás tinham conversado sobre como seriam as coisas a partir do instante em que Abel abandonasse seu refúgio e se lançasse no mundo. Na verdade, fora Tomás quem levantara a questão, de repente e em tom casual, como se tudo aquilo fosse de uma obviedade esmagadora.

– Tenho que começar a procurar um apartamento por aqui – dissera ele logo antes de se deitar na noite anterior. – Não posso continuar sendo um pai *okupa* pra sempre.

– Você vai se mudar para Barcelona? – perguntou ela, sem ter certeza de haver entendido bem.

– É mais prático, você não acha? Vou ter que continuar viajando muito, você sabe como é o meu trabalho, mas já que é pra ter um lar alugado, o mais lógico é que seja na mesma cidade que meu filho.

Era a primeira vez que ele se expressava nesses termos, e Leire se sentiu tomada por uma absurda sensação de agradecimento contra a qual tratou de lutar, parecida com a que tinha sentido na sexta-feira à noite com a chegada dele. Apesar de não ter certeza alguma a respeito de seus sentimentos em relação a Tomás, Leire se olhara no espelho do *hall* pouco antes de ele chegar, e se achara enorme, como uma modelo de Botero. A ideia de que todas as mulheres grávidas são lindas nunca a convencera, por isso quase começou a chorar quando, assim que acabara de entrar, ele largara a mala e praticamente se atirara sobre ela, e, apoiando as mãos em seus seios, tinha murmurado algo como:

– Você deixa eu fazer isto, não deixa? Passei a viagem toda com vontade de fazer isto. Estão lindos.

E começou a acariciá-los e a lambê-los, como se ela fosse uma rainha do pornô e ele, seu mais fanático e excitado admirador.

– Bom, o que você acha? Vai conseguir resistir a viver a menos de dez quilômetros de mim? – perguntou ele, sorrindo com os olhos. – Prometo não atacar a geladeira.

Leire concordou, relativamente consciente de que sem dúvida tinha mais sentido que Tomás se instalasse com ela e com Abel em vez de procurar um apartamento para si. Mas se ele esperava que ela propusesse isso, teve a prudência de não o mencionar. E é claro que ela não o fizera. O oferecimento, ou melhor, a ausência dele, pairou sobre ambos durante toda a manhã do domingo como um óvni, e depois do almoço adquiriu tal solidez no ar que Leire se deitara um pouco para ignorá-lo.

Ela se vestiu como se fosse sair, mas ao chegar ao terraço foi assaltada pela dúvida. O tempo tinha sido horrível durante todo o fim de semana, e apesar de nesse momento não estar chovendo sentiu o ar frio no rosto. Mal-humorada por causa dessa indecisão que parecia englobar até os aspectos mais insignificantes da sua vida, provocando uma insegurança nova para ela, ocorreu-lhe de repente que Ruth Valldaura teria sabido o que fazer. Era uma ideia absurda, improcedente, mas da qual estava absolutamente convencida. Ruth, que decidira viver com Héctor Salgado quando tinha pouco mais de vinte anos, que tivera um filho aos vinte e cinco, que aos trinta e oito se separara para começar uma vida sentimental diferente levando esse filho consigo, não dava a impressão de ser uma pessoa indecisa. Talvez nisso consistisse o seu encanto, pensou, olhando novamente as fotos: a aparente placidez escondia uma vontade de ferro, a capacidade de trocar um caminho traçado por outro mais incerto sem desprezar aqueles que deixava para trás. Pelo que sabia, Ruth havia conseguido manter uma boa relação com seus pais, com o ex-marido, com o filho. Pessoas pouco dadas ao elogio, como Martina Andreu e o próprio delegado Savall, tinham ficado comovidas quando se divulgara a notícia de seu desaparecimento, seis meses antes. E não apenas pelo apreço que sentiam por Héctor, mas por ela mesma. Por Ruth. E mesmo quando Carol havia mencionado que imaginava que Ruth acabaria por abandoná-la, fizera-o com tristeza, não com ódio. "O amor gera dívidas eternas."

Você dava valor à vida, Ruth Valldaura, lhe dizia a foto. O que mais você fez por sua conta? Por que você tinha anotado o endereço do doutor Omar? Pelo menos isso talvez ela ficasse sabendo logo. O bom de sua posição atual, policial de licença, era que continuava conservando amigos em vários lugares, e além disso dispunha de muito tempo livre. Por isso, depois de encontrar o pedaço de papel com o endereço de Omar, começara a mexer os seus pauzinhos. Não fora muito difícil conseguir que um conhecido da prisão de Brians 2 lhe concedesse uma permissão especial para interrogar em particular Damián Fernández, o advogado que assassinara Omar e que estava já havia alguns meses no xadrez à espera de julgamento. No dia seguinte, segunda-feira, às quatro da tarde, poderia falar com ele.

Entretanto, não tinha averiguado praticamente nada sobre a garota da foto que, de acordo com a mãe de Ruth, tinha sido mais que uma amiga para sua filha. Patricia Alzina tinha morrido em um acidente de automóvel em agosto de 1991, aos dezenove anos. Como dissera Montserrat Martorell, o carro que Patricia dirigia havia despencado do maciço do Garraf, e o acidente fora atribuído à inexperiência da motorista e à relativa dificuldade da estrada, cheia de curvas. O que Leire não conseguia compreender era por que Patricia, motorista novata, tinha escolhido esse caminho em vez de usar a autopista que cruzava a montanha por dentro em linha reta. Qualquer motorista novato teria feito isso, apesar do preço do pedágio. Mas a mãe de Ruth se havia negado a dar mais explicações, e Leire também não tivera ânimo de localizar a família da jovem morta.

Afinal de contas, o acidente havia acontecido vinte anos atrás... E Leire não acreditava em moças fantasmagóricas que espreitavam suas amigas de infância nas curvas das estradas. Nem mesmo em noites como esta, pensou ela olhando para a rua, em que o vento parece capaz de insuflar vida nos mortos. Você está ficando macabra, Leire. E Abel, que de dentro dela parecia ler a sua mente, lhe indicou com dois chutes que gostaria de um pouco de movimento. Sem saber muito bem para onde ia, ela vestiu o casaco de compositora russa e saiu para a rua.

Era o primeiro fim de semana de liquidação, e isso havia animado as pessoas, apesar do frio que tinha invadido a cidade com raiva acumulada, como se a estivesse rondando durante meses e agora afinal conseguisse atacar alguns pedestres que voltavam para casa encolhidos diante de sua crueldade. Um vento sonoro, desses que evocam galhos nervosos e redemoinhos de folhas secas, assaltava as ruas e flagelava sem piedade aqueles que se atreviam a ocupar as calçadas por onde ele pretendia avançar a seu bel-prazer, sem obstáculos que pudessem freá-lo. Leire não havia dado nem quatro passos quando pensou em dar meia-volta, mas ao ver a luz verde de um táxi que parava no semáforo mudou de opinião. Tivera uma ideia, e apesar de a noite não convidar a aventuras, a vontade de concretizar seu plano contra toda a lógica venceu as forças naturais quase sem que ela se desse conta disso.

Depois de dizer em voz alta o endereço de Ruth, ela se perguntou por que diabo tivera a ideia de se dirigir a uma casa tão destituída de calor quanto os dias que se aproximavam. Uma casa fechada. Talvez fosse isso, o zumbido do vento combinado com o ambiente glacial, o que a empurrava para aquele lugar temporariamente abandonado. Ou talvez fosse porque, sem explicação razoável, precisava ver de novo um dos cenários daquele caso que estava parado havia dois dias. Como quem visita um túmulo secreto onde não se podem deixar flores. "Você tem uma mamãe louca", disse a Abel em voz baixa. "Mas prometo que voltaremos logo para casa. Não vai levar mais que um minuto."

O táxi a deixou diante do edifício. A rua estava tão deserta essa noite quanto poderia ter estado no verão anterior, no fim de semana em que Ruth desaparecera. Leire andou até a esquina e viu apenas um casal passeando com um cachorro. Durante o mês de julho, com a cidade mais vazia, uma pessoa forte poderia ter matado Ruth e enfiado seu cadáver em um carro de madrugada com um risco bem pequeno de ser vista. Mas disso você já sabia, repreendeu-se ela. Então que diabo você está fazendo aí, além de gastar dinheiro com táxi? Ergueu os olhos para a janela do apartamento de Ruth, que se podia ver da rua. E, surpresa, percebeu que dentro havia luz.

Tocou a campainha sem pensar muito, acreditando que devia se tratar de Carol, e só um segundo depois de tê-lo feito lhe ocorreu a horrível possibilidade de que fosse Héctor que estivesse ali. Se ele me responder, saio correndo, disse a si mesma, mas sabia que por enquanto correr estava fora de suas possibilidades. Supreendeu-se ao ouvir uma voz masculina e jovem. Não a reconheceu, mas só podia se tratar de Guillermo.

– Oi – disse Leire. – Sou... sou uma amiga de...

Não precisou terminar a frase. Um zumbido metálico lhe permitiu entrar na escada.

O rapaz a esperava em cima, com a porta entreaberta.

– Você está procurando minha mãe? – perguntou ele sem se mover da soleira. Olhava-a com uma mescla de curiosidade e suspeita que não diminuiu ao ver que ela estava grávida.

– Você deve ser Guillermo. Eu sou Leire, Leire Castro. Talvez você tenha ouvido seu pai mencionar meu nome.

Ele concordou, mas permaneceu junto da porta, impedindo-lhe a passagem.

– Você se importa que eu entre?

Apesar de não saber muito bem o que ia lhe dizer, ela tinha certeza de que ali estava uma oportunidade de ouro para falar de Ruth com a única pessoa de seu círculo à qual não teria tido acesso facilmente. E não tinha intenção de desperdiçá-la.

O rapaz ficou alguns segundos em dúvida; depois, encolhendo os ombros, deu meia-volta, dexando-lhe o caminho livre. Leire o seguiu e entrou pela segunda vez naquela semana nesse espaço de grandes dimensões e teto altíssimo. O túmulo de Ruth, pensou com um estremecimento.

A televisão estava ligada, e pelo canto do olho ela viu na tela uma jovem loira na cama, mas logo se deu conta de que não era o que parecia. Não se lembrava de ter visto algum pornô em preto e branco.

Guillermo se deixou cair no sofá, e ela procurou uma cadeira com os olhos; preferia um assento menos macio.

–Você trabalha com meu pai, não é? – perguntou ele.

Leire sorriu.

– Bom, na verdade ele é meu chefe... Mas agora estou de licença. Por causa da... – Apontou a barriga. Como receava a pergunta seguinte, "E você, o que faz aqui?", difícil de responder sem parecer uma lunática, decidiu fazê-la ela mesma, no tom mais amável que conseguiu usar: – E você, o que faz aqui?

Por um momento achou que ele ia lhe responder com um: "E você?" No entanto, ele não fez isso.

– Eu morava aqui. Agora venho de vez em quando.

– Claro. – Guillermo não demonstrava nem curiosidade nem hostilidade, e Leire decidiu ser franca. Os adolescentes não suportam que mintam para eles, pensou. – Olha, já sei que você deve achar estranho eu ter aparecido assim. Você sabe... Nós continuamos procurando a sua mãe.

Guillermo ficou tenso e parou de olhar Leire para concentrar sua atenção na tela.

–Você estava vendo um filme? – Ela teve que se voltar para a televisão para poder vê-la.

– É. *Acossado.*

– É bom? Não assisti...

Ele tornou a encolher os ombros. Quando falou, foi sem emoção:

– Era o filme favorito de mamãe.

E então, talvez porque Abel estivesse se mexendo, talvez porque o fim de semana tinha sido estranho e a tarde de domingo estava se revelando ainda mais inesperada, Leire sentiu algo parecido com compaixão por aquele garoto que procurava refúgio no que havia sido a casa de sua mãe. Um espaço enorme e silencioso, onde o eco de Ruth estava em toda parte.

Guillermo devia ter catorze anos, mas não era muito alto, e continuava sendo mais menino que adolescente. Observou-o sem pudor, procurando semelhanças, e chegou à conclusão de que ele era muito mais parecido com Ruth que com Héctor, pelo menos fisicamente. Seu olhar, no entanto, era sério. Sim, essa era a palavra. Nem triste nem emocionado, apenas sério. Como se pertencesse ao semblante de uma pessoa mais velha. A escassa luz da sala, que procedia de um abajur de pé, desenhava na parede uma sombra estática.

– Olha, eu sei que apareci aqui de surpresa, e compreendo que você não tenha vontade de falar comigo. Você nem me conhece. – Tentou dar um tom relativamente tranquilo à conversa. – Mas quero que você saiba que estamos fazendo o possível para descobrir o que aconteceu com a sua mãe.

– Eu sei que o caso foi tirado do meu pai – disse Guillermo. Ele era sucinto, conciso. E, novamente, sério.

– Contra a vontade dele, posso garantir – replicou Leire. – Por isso estou aproveitando a licença para investigar um pouco por minha conta. Ele não sabe; então, se você não se importar, não conte pra ele... Senão ele me mata.

Foi a primeira vez que Guillermo sorriu, apesar de não ter feito nenhum comentário.

– E de que se trata? Estou falando do filme. É bom?

Ele negou com a cabeça, como se lhe doesse ter que reconhecê-lo.

– É bem chato. Ele é um ladrão procurado pela polícia, e propõe à namorada que fujam juntos. Ela o ama, mas no fim o trai. Ela o delata, e ele é morto.

Disse isso como se fosse algo incompreensível, e provavelmente devia ser, para um garoto da sua idade.

– Não sei por que ela faz isso – continuou ele. – Mamãe me disse que era porque ela o amava demais, e isso às vezes dá medo. Mas também não entendi essa explicação.

Não, pensou Leire com certa ternura, você não a entendeu. Sentiu um calafrio e percebeu que a casa estava gelada. Teve uma vontade enorme de tirar aquele menino dali o quanto antes.

– Você não está com frio? – perguntou.

– Um pouco.

– Você... quer ir comer alguma coisa comigo?

Ele olhou para ela, vagamente surpreendido.

– Eu convido – disse Leire. – Tenho certeza de que você conhece alguma pizzaria perto daqui. Se você quiser, claro...

Guillermo concordou. Desligou o DVD com o controle remoto e se levantou do sofá.

– Não posso voltar muito tarde – disse ele sorrindo. – Senão papai me mata.

Foram a uma pizzaria próxima e tão vazia como o *loft* que acabavam de deixar. Leire entrou convencida de que não ia comer quase nada, e acabou pedindo dois pedaços de pizza, como Guillermo. Falaram um pouco de tudo, de Carol, do colégio e até de Héctor em seu papel de pai, mas no fim, enquanto esperavam a conta, a conversa voltou ao ponto de origem.

– Vamos descobrir o que aconteceu, Guillermo.

Ele baixou a cabeça e murmurou:

– No começo todos diziam: "Vamos encontrar a sua mãe". Todos... papai, a dona Carmen, até o tutor do colégio. Agora não dizem mais isso.

– Bom, se descobrirmos o que aconteceu, talvez...

– Você acha que ela está morta. – Ele disse isso em voz baixa, e se não fosse por seu olhar Leire teria acreditado que ele não compreendia o alcance da frase. – Todos acham isso. Principalmente papai.

Ela engoliu em seco. Procurou algo para dizer, mas tudo parecia ridículo.

– Por isso vou às vezes à casa dela. Para pensar nela sem que papai perceba. Algum dia vão fechá-la, e nós levaremos seus desenhos, suas coisas... mas enquanto não fizerem isso posso pensar que talvez algum dia ela volte. – Olhou para Leire com uma expressão que ela nunca tinha visto em um rapaz tão jovem. – Não, eu não sou bobo. Também acho que ela está morta, mas às vezes não tem problema a gente se enganar um pouco, não é?

– É claro que não. Todo mundo faz isso – murmurou Leire.

– O pior é depois, quando volto pra casa e vejo que papai não consegue dormir e quase não come. Só fuma sem parar. E tenho medo que também aconteça alguma coisa com ele.

– Seu pai é muito mais forte do que você pensa. Não vai acontecer nada com ele.

Ele negou com a cabeça.

– Mamãe sempre dizia que papai só é duro por fora. E ela o conhecia bem.

O garçom trouxe a conta, e quando se afastou Leire quase pegou a mão de Guillermo nas suas. Foi um gesto espontâneo, que ela teria estranhado mais que o próprio garoto, e que conteve a tempo. O instinto maternal parecia estar crescendo dentro do seu corpo por conta própria.

– Escuta, não posso prometer que vou encontrar a sua mãe viva. Mas vou fazer todo o possível para descobrir o que aconteceu. E quando soubermos a verdade seu pai vai poder descansar. Prometo. – Teve a impressão de que Guillermo a olhava com ceticismo, então continuou: – Outra coisa: vou dar o número do meu celular e o meu endereço, e se algum dia você quiser falar de Ruth, da sua mãe, me liga ou me procura. Está bem?

Ele gravou o número no celular, e ambos saíram para a rua. Apesar de ainda não serem dez da noite, estava fazendo muito frio.

Leire parou um táxi e se ofereceu para deixar Guillermo perto de sua casa.

– Mas não esquece de não comentar nada com seu pai, por favor – insistiu ela.

Ele sorriu e aceitou o trato.

Nenhum dos dois prestou atenção no carro que os seguia.

26

As prisões, como os hospitais, tinham um cheiro característico e inconfundível. Por mais que se tentasse despojá-las de qualquer conotação carcerária exterior dando-lhes um aspecto mais parecido com o de uma república, quando se transpunha a entrada, os pátios, as grades e até os escritórios em que os internos raramente pisavam falavam em voz baixa de marginalização, de enclausuramento. De castigo.

E isso porque Brians 2 era bem nova, e a filosofia que apoiava a reinserção havia sido aplicada ali com ênfase em todos os detalhes. Pensado para aliviar a carga humana de prisões centenárias como a Modelo de Barcelona, esse edifício novo, situado na estrada de Martorell, tinha sido inaugurado com orgulho na primeira década do século XXI. Em janeiro de 2011, apenas alguns anos depois, nem a Modelo estava significativamente mais vazia nem Brians 2 conseguia ocultar sua verdadeira condição, apesar de que um olhar superficial teria escandalizado os funcionários de prisões de outras épocas. A verdadeira essência se impunha à arquitetura, como se a estivesse contagiando desde o núcleo. É absurdo a gente se enganar, pensava Leire, cujas opiniões a respeito não eram politicamente corretas; os internos tinham cometido delitos, e por isso haviam sido condenados a viver alguns meses ou alguns anos afastados da sociedade. Se aproveitavam ou não esse tempo para se reeducar, acabava sendo, como tudo, o resultado de combinar a personalidade de cada um com suas circunstâncias. Alguns conseguiam fazê-lo, outros saíam ainda piores do que haviam entrado. Assim era a vida.

Enquanto esperava que o contato que tinha entre os funcionários aparecesse na sala de visitas com o interno, Leire sentiu a comichão clássica do investigador que acredita estar a ponto de descobrir alguma coisa importante. Era uma sensação conhecida, e nunca totalmente infundada. Apesar de o inspetor Salgado ter interrogado a fundo Damián Fernández, que tinha sido testemunha do suposto "feitiço" que o doutor Omar tinha realizado contra Ruth, sempre restava a possibilidade de descobrir alguma coisa nova. E isso, para ela, era uma descarga de adrenalina. Ouviu a porta se abrir e voltou a cabeça.

Os meses de reclusão já haviam deixado marcas na fisionomia de Damián Fernández, e, ao vê-lo, Leire se perguntou como esse homem havia sido capaz de acabar com o doutor Omar, aquela velha raposa que, com toda a probabilidade, havia enfrentado na vida adversários mais ameaçadores. Talvez nisso consistisse o seu segredo: nesse rosto insignificante, no aspecto de homem comum. Aparentemente, Fernández tinha uma única qualidade, se é que passar despercebido era algo de que alguém pudesse se vangloriar. A única coisa que chamava a atenção nele era uma mancha roxa no lado direito do rosto.

– Imagino que não se lembre de mim, Damián – começou Leire, achando que era bem provável que ele não recordasse. – Meu nome é Leire Castro.

– Sim. Me lembro da senhora; é a colega do inspetor Salgado, não é?

Tinham se visto apenas duas vezes, na delegacia. Leire suspeitou novamente que aquele sujeito devia ter um cérebro muito bem dotado, por isso decidiu agir com cautela.

– Imagino que tenha vindo me ver por causa do desaparecimento da ex-mulher do seu chefe.

–Você é muito esperto.

– Por que outra razão a senhora viria? – perguntou ele encolhendo os ombros. – Todas as visitas que recebo têm a ver com isso. O próprio inspetor, em várias ocasiões, e até o superior dele... A princípio eram mais frequentes. Fazia tempo que ninguém vinha me ver. Acho que pouco a pouco foram se convencendo de que não tenho nada pra dizer. Só o que Omar me contou.

– E o que ele lhe contou exatamente?

Damián parecia aborrecido, cansado de ter que contar a mesma história mais uma vez.

– Já não me lembro das palavras exatas. O sentido geral era que ele planejava dar um golpe forte em Héctor. "Ele vai sofrer o pior dos castigos", ou algo assim. Omar nunca falava claro; gostava da ambiguidade.

– E você não sentiu curiosidade? Não se interessou pelos planos de vingança dele?

– Omar não era um sujeito a quem a gente pudesse encher de perguntas, agente Castro. E ele gostava de parecer enigmático. Só acrescentou que o havia investigado a fundo, e depois começou a dizer aquelas frases costumeiras sobre a origem do mal, o destino, o acaso... A lenga-lenga de sempre.

– Ele não comentou se Ruth, a ex-mulher de Salgado, tinha ido vê-lo?

Isso realmente pareceu surpreendê-lo.

– Não. Ele tinha uma foto dela, mas nunca me disse nada parecido. E não acredito nisso. Pra que ela iria lá?

Essa era a questão. Para quê?, pensou Leire. A única resposta era que Ruth se sentisse responsável pelo que Héctor tinha feito e quisesse ajudá-lo, apesar de isso significar meter-se na boca do lobo.

– Talvez pra pedir que desistisse desse empenho em arrasar o inspetor.

Damián riu.

– Se ela fez isso, era muito ingênua. Omar estava decidido a acabar com Salgado. No fundo, o inspetor deveria agradecer que o velho já não esteja neste mundo.

– Duvido que o inspetor Salgado esteja de acordo – replicou Leire enquanto pensava em como dar o passo seguinte. Se Damián Fernández não podia lhe confirmar que Ruth tinha ido ver Omar, teria que descobrir isso de outro jeito. E só existia um. – Damián, o que aconteceu com as fitas? Você sabe do que estou falando: daquelas que Omar gravava de todos os que visitavam seu consultório.

– Não tenho nada a declarar sobre essas fitas – disse Damián.

– Nem mesmo em troca de... da minha ajuda?

– Da sua ajuda?

– Não vamos nos enganar, Damián – respondeu Leire apontando o hematoma –, a prisão não está sendo muito boa pra você. E eu tenho amigos entre os funcionários daqui. Bons amigos, como você deve imaginar. Tem certeza de que não gostaria de um tratamento... especial? Você ainda vai passar bastante tempo atrás das grades.

– Já conheço bem essas promessas, agente. Logo se esquecem delas...

Leire decidiu jogar sua cartada final.

– Olha, Damián, para ser sincera, não acho que tirar Omar deste mundo seja um ato muito grave. Mas obstruir a investigação do desaparecimento de Ruth Valldaura acho que é. Por isso, vou propor um trato.

– A senhora é mais inteligente que os outros. Pelo menos não me ameaça.

– Eu não estou investigando a morte do doutor Omar. A única coisa que me interessa é descobrir se Ruth foi vê-lo ou não. Se me disser onde guardou essas fitas, e nós dois sabemos que você as escondeu em algum lugar, prometo que vou cuidar de que a sua vida na prisão seja diferente. Melhor. Se eu conseguir encontrar Ruth graças à sua ajuda, tenho certeza de que Salgado, e até o delegado, se mostrarão mais do que dispostos a interceder por você. Não vai se livar da condenação, é claro, mas ela pode ser mais leve e... mais cômoda. Senão, você vai continuar passando mal aqui dentro. – Esteve a ponto de lhe dizer que também podia conseguir que a estada ali fosse pior do que já era, mas não o fez.

– E o que eu teria que fazer?

– Me diga onde estão as fitas.

Ele baixou a voz.

– Só tenho algumas, as dos últimos meses. Desde o dia em que o inspetor Salgado atacou Omar.

– Onde estão?

– Num depósito na cidade, junto com outras coisas. Não queria guardá-las em casa.

Leire ficou surpresa. Como podiam ter deixado passar aquilo?

– Está alugado no seu nome?

Ele sorriu.

– Não sou tão idiota, agente. Eu aluguei no nome de Héctor Salgado.

–Você me dá o endereço e a chave?

– Promete que não vai se esquecer de mim?

Leire era sincera em seus tratos, e isso era evidente.

–Vou fazer o possível pra melhorar sua vida aqui, Damián. Juro.

E ele acreditou.

27

Em condições normais, Leire teria ido ao depósito nessa mesma segunda-feira à tarde, mas a perspectiva de cruzar toda a cidade para chegar lá a dissuadiu. Além disso, quando desceu do trem, na Plaza Espanya, estava cansada. Estava muito perto da delegacia, e por um momento sentiu a tentação de entrar e falar com a subinspetora Andreu. Decidiu esperar: era mais sensato fazê-lo quando tivesse aberto o tal depósito do que gerar vãs esperanças antes do tempo.

Diante dela, na Plaza de Toros de las Arenas, cuja inauguração como centro comercial estava prevista para dali a poucos meses, a iluminação estava sendo testada. Depois de anos de obras, aquelas luzes lhe recordaram o jogo de montar castelinhos de seu irmão mais velho. Apesar de Leire detestar profundamente a chamada "festa nacional", transformar aquela praça em outro monte de lojas lhe parecia quase uma falta de respeito aos pobres animais que tinham morrido na arena. Mas a palavra "loja" lhe deu uma ideia: passaria por uma videolocadora que tinha visto perto de sua casa e alugaria ou compraria o filme que Guillermo estava vendo na casa da mãe.

Afinal chegou em casa depois das sete, completamente esgotada, decidida a não sair de novo até o dia seguinte. Tinha consulta com o médico às dez da manhã, e queria que ele a encontrasse bem e descansada. Abel também parecia cansado, e ela ficou um bom tempo esperando que ele se mexesse. Sorriu quando ele o fez. "Você está aí, hein, rapaz? Hoje mamãe exagerou um pouco, mas prometo que agora vamos ficar tranquilos em casa vendo tevê." Ligou para María, que costumava acompanhá-la em suas consultas médicas sempre que podia, e marcou de se encontrar com ela na manhã seguinte. Faz dias que não nos vemos, pensou, o que devia significar que havia outro namorado em sua vida. Depois das aventuras africanas, María tinha voltado sem seu amigo da ONG e falara poucas e boas dele, apesar de estar satisfeita por ter passado um verão diferente. É estranho, pensou Leire. A gravidez tinha mudado sua perspectiva de vida, e as viagens de sua amiga, que antes a divertiam, começavam a aborrecê-la. Você está ficando velha, repreendeu-se. E você vai ser mãe, não avó.

Teve que dar razão a Guillermo em relação a *Acossado*. Exceto por mostrar um Jean-Paul Belmondo com quem ela sem dúvida daria uma escapadinha, a ação era tão lenta que Leire dormiu no sofá meia hora depois de o filme ter começado, e acordou no fim, quando uma atormentada Jean Seberg, odiosamente magra, denunciava o amante e o via morrer baleado. "Ela o amava demais", havia dito Ruth. "Isso às vezes dá medo." Estava tão cansada que até pensar doía, e se deitou com a sensação de que, se estivesse mais alerta, teria entendido melhor Ruth e sua preferência por aquele filme de amores trágicos.

Na manhã seguinte, fiel a sua palavra, María a pegou e a acompanhou a Sant Joan de Déu, o hospital onde daria à luz em algumas semanas, se tudo desse certo. E, segundo o médico, tudo ia maravilhosamente bem, apesar de ele ter insistido com certa severidade que ela devia repousar. O risco de o parto adiantar, de Abel nascer antes do previsto, continuava existindo, advertiu ele. Em compensação, cumprimentou-a por seu peso – algo em que ela mal podia acreditar e que atribuiu a seus passeios e ao fato de ter moderado as refeições – e marcou nova consulta para a semana seguinte. "Agora falta pouco", animou-a. "E descanse. Já sei que é chato, mas está quase acabando."

Saíram para a rua e se dirigiram ao estacionamento onde tinham deixado o carro.

– Bom – disse María –, te levo em casa, né?

Leire hesitou; sabia que a amiga lhe daria uma bronca se, em vez de obedecer ao médico, lhe pedisse que a acompanhasse até o depósito que Fernández tinha alugado perto de Poblenou, o bairro de Héctor. Mas, por outro lado, era difícil resistir à tentação de alguém lhe dar uma carona até lá e depois até a sua casa.

– Você se importa de ir comigo a um lugar?

– Não vai me dizer que você quer fazer compras...

– Não. Preciso pegar uma coisa. – Não queria parecer misteriosa, mas também não tinha nenhuma vontade de ficar se explicando. – Por favor... É um capricho.

Maria concordou, meio a contragosto, animada tanto pela vontade de agradar à amiga como pela curiosidade. Em troca, Leire a pôs a par do que Tomás lhe havia dito antes de ir embora.

– Que legal! Então ele quer vir morar aqui? – disse María ao ouvir aquilo. – No fim das contas, ele vai dar um papai modelo. E você, o que acha?

– Bom, acho que vai ser bom ele estar mais perto quando Abel nascer. Principalmente por causa do menino.

A amiga sorriu.

– Por que é tão difícil de admitir que isso te deixa na expectativa? – Mas ao ver a cara séria de Leire, acrescentou: – Tá bom, eu calo a boca, Miss Daisy. Vou continuar dirigindo sem fazer perguntas.

Apesar disso, não conseguiu ficar quieta quando chegaram ao endereço que Leire lhe havia dado e se viram diante de um novo tipo de edifício – uma invenção para justificar que os apartamentos da cidade, pelo menos os acessíveis, fossem muito menores do que as pessoas precisavam.

–Vir aqui é um capricho? Capricho é comer morangos! – disparou María.

– Me espera. É só um minuto.

E, por uma dessas eventualidades da vida, o certo é que assim foi. Leire abriu a porta do quartinho número 12, que na verdade estava praticamente vazio. Levou muito pouco tempo para encontrar uma sacola esportiva cheia de fitas de vídeo e voltar para o carro.

–Viu só, sua resmungona? Olha aqui! – disse ela.

– O que é isso?

Leire abriu o zíper e puxou uma das fitas meio para fora.

– Pornô – disse ela. – Tenho que fazer alguma coisa em casa, não é mesmo?

– Pois deve ser pornô *vintage*, meu bem – retrucou María. – Não vai me dizer que você ainda conserva um aparelho de vídeo em casa!

Não, ela não tinha um aparelho de vídeo em casa, mas teve a ideia de perguntar na mesma loja onde tinha alugado o filme do dia anterior, e saiu de lá com um por um preço bem modesto. Levou alguns minutos para instalá-lo e depois começou a examinar as fitas. Apesar de não serem muitas, Leire pensou que ia ficar um bom tempo vendo umas imagens escuras de cinema mudo com câmera fixa. Antes de pôr uma ao acaso no vídeo, examinou-as cuidadosamente: as fitas só tinham um número de identificação, e Leire disse a si mesma que se Ruth tinha ido procurar Omar, ele teria assinalado a fita onde gravara a visita dela de um modo especial. Isso parecia lógico, apesar de não ter como prová-lo, e quando viu que em uma das fitas havia um asterisco junto ao número, resolveu começar por ela. Se não tivesse sorte, também não perderia nada.

A câmera devia estar colocada em um canto do quarto, porque Leire via a mesa do doutor Omar, com a imagem dele de perfil, e a pessoa que entrava e se sentava do outro lado. Durante vinte minutos ficou vendo a imagem fixa daquela mesa e das pessoas que iam se sentando diante do doutor, e não conseguiu deixar de se perguntar como podiam confiar em uma pessoa tão sinistra. Como havia imaginado, as fitas não tinham som, de modo que, deixando de lado a sensação desagradável de ver aquele velho, o conteúdo era muito enfadonho. Mas de repente, quando começava a pensar que o asterisco não significava nada, pulou da cadeira, boquiaberta. Pela primeira vez na vida Leire via Ruth Valldaura em movimento.

Seu coração se acelerou. Então ela tinha ido lá... "O amor cria dívidas eternas." E Ruth havia amado Héctor Salgado, portanto era bem provável que ela tivesse ido ver Omar com a intenção de ajudar o ex-marido, acusado de ter dado uma tremenda surra no curandeiro negro. Amaldiçoou com toda a sua alma a ausência de som, aproximou-se da tevê e se concentrou nas expressões do rosto deles. Ruth, entre preocupada e surpreendida, e em alguns momentos desdenhosa; ele, indiferente, quase sarcástico, e por fim tremendamente sério. Depois Ruth se levantava e ia embora depressa, como se quisesse fugir daquela sala onde tinha entrado por vontade própria.

Viu a gravação várias vezes, sem esclarecer grande coisa, até que seus olhos começaram a doer de tanto olhar fixamente a tela. Frustrada por não conseguir entender o que eles diziam, resolveu desligar quando ouviu o interfone. Leire apertou a pausa no controle remoto e foi até a porta.

– Quem é?

– Leire Castro?

– Sim. Quem é?

Leire percebeu que o espelho do *hall* refletia a tela da televisão, onde tinha deixado congelada a imagem do doutor Omar. Rugas de maldade, não apenas de velhice, disse a si mesma. Perfil de abutre negro.

– A senhora não me conhece, mas acho que deveríamos conversar.
Era a voz de um homem de meia-idade.

– Quem é? – insistiu ela.

– Meu nome é Andrés Moreno, mas isso não significa nada para a senhora. Tenho motivos para acreditar que estamos interessados na mesma pessoa.

– Escute, não sei o que...

– Posso lhe dar informações sobre Ruth Valldaura.

– O quê?

O velho da imagem parecia sorrir; tinha uma mão erguida, uma mão de dedos finos como arame, que davam a impressão de poder cortar com uma carícia.

– É isso que a senhora ouviu. Acho que há uma coisa sobre ela que a senhora deveria saber. Abra a porta, por favor.

Leire sentiu um medo súbito, e negou. Não ia deixar entrar um desconhecido em sua casa, e disse isso a ele.

– Como quiser – replicou o homem. – Vamos fazer outra coisa. Vou lhe dar o meu telefone; ligue para mim amanhã, e poderemos marcar um encontro em um lugar público. Acha melhor assim?

Apesar do absurdo, de algum modo a voz lhe parecia o reflexo do homem na tela. Nem tinha o sotaque de um velho nigeriano, nem tampouco um tom de além-túmulo. Leire percebeu que seus joelhos tremiam e fez um esforço para se acalmar.

– Está bem – disse, anotando o número.

– Ligue para mim, por favor.

No espelho, o doutor Omar continuava estático. Imortalizado. Ameaçador como uma serpente a ponto de cuspir o seu veneno.

Amanda

28

Sentado em um dos bancos do Terminal 1 do aeroporto, Héctor contemplava uma pequena tela onde se anunciava que o voo procedente de Madri tinha um atraso de quarenta minutos. Sete anos e quarenta minutos, corrigiu ele de si para consigo. Era a primeira vez em sua vida que ele se alegrava com um atraso desse tipo, e enquanto acompanhava as lojas do terminal fechando, pensou que precisava de um momento de silêncio, mesmo que fosse em um lugar público de lajotas pretas que tinham um brilho quase insultante. Estava há mais de quarenta horas sem dormir, e fechou os olhos só por um instante, para que descansassem da luz. Não se afastou do terminal porque não queria fumar mais; tinha lutado contra o sono à base de nicotina, e sentia aquele peso do excesso de fumo combinado com pouca comida e cansaço acumulado. Olhou o relógio: dez e trinta e cinco da noite.

Na noite anterior, a essa mesma hora, estava quase concluindo um domingo frio, de céu preguiçoso e cinzento. Guillermo acabara de chegar e logo se fechara em seu quarto, dizendo que já tinha jantado e sem dar mais explicações. E ele, que estava vendo como Marilyn parecia abatida em *Os desajustados*, aquele faroeste protagonizado por atores que morreriam pouco depois, optou por não insistir. O filme ainda não havia terminado quando recebeu uma ligação do agente Fort, que, da delegacia, lhe informou – com uma voz que não conseguia ocultar a excitação de um novato – que Saúl Duque, o assistente de Sílvia Alemany, acabava de entrar em contato com os *mossos* para confessar que havia matado Amanda Bonet.

Morte branca. Esse foi o seu primeiro pensamento ao entrar no quarto onde Amanda jazia e ao qual Fort e o pessoal da polícia e da perícia já haviam chegado. Paredes pintadas de branco-marfim, um leito de lençóis imaculados e uma jovem loira cujas feições pálidas nunca mais recobrariam a cor dos vivos. A presença de um cadáver sempre o impressionava; afetava a todos, dissessem o que dissessem. No entanto, o corpo de Amanda lhe transmitia uma placidez que poucas vezes tinha sentido na cena de uma morte inesperada. Seus lábios pareciam sorrir, como se antes de deixar este mundo ela tivesse experimentado uma visão doce e tivesse deslizado para o além, ou para o nada, com a consciência tranquila e cheia de esperança. Assim deviam morrer os mártires, disse Héctor a si mesmo, apesar de duvidar que Amanda Bonet pudesse ser qualificada como tal.

– Ela tomou uma caixa inteira de soníferos – disse Fort.

– Foi? – perguntou Héctor. A voz de Roger Fort o havia devolvido à realidade, afastando-o de fantasias trágicas. – Pelo telefone julguei entender que Saúl Duque tinha se declarado culpado.

Ao entrar no apartamento, Héctor tinha visto Saúl sentado no sofá, tão tenso que parecia estar a ponto de se partir em dois, vigiado por um agente da polícia.

Fort tomou fôlego e expirou devagar antes de responder:

– É bem complicado, senhor – disse ele por fim. – Acho que é melhor que ele explique isso diretamente ao senhor.

Héctor concordou. Observou o quarto tentando notar algum detalhe dissonante, qualquer coisa que afastasse de sua cabeça a ideia de que se encontravam diante de um terceiro suicídio, a continuação da série macabra que se iniciara com Gaspar Ródenas em setembro do ano anterior. Tudo parecia estar em ordem: a cama era de ferro, de estilo antigo, com as barras pintadas de branco, fazendo conjunto com as mesinhas de cabeceira. Um par de cordas pretas, enroladas como cobras sobre a mesinha mais próxima de Héctor, rompia a harmonia.

– E isto? – perguntou a Fort.

– Cordas – disse ele meio incomodado. – Eles as usavam para fantasiar. Saúl Duque e ela...

– Isso explica as marcas dos pulsos – disse o perito, que até então havia permanecido em silêncio, ocupado em examinar o cadáver. – Vejam.

Héctor se aproximou. Era verdade, em ambos os pulsos havia marcas arroxeadas.

– Ela morreu há poucas horas, não é? – perguntou-lhe Héctor.

– Sim. Não faz mais de quatro horas. – Eram onze e quinze da noite. – Já estou quase acabando. Nós a levaremos quando o juiz autorizar. – Olhou para o cadáver com um leve desassossego, nada próprio de alguém que há anos lidava com eles. – Ela parece feliz, como se estivesse desfrutando um sonho maravilhoso.

– E os soníferos?

– Aqui estão. – Tinha guardado a caixa em uma sacola etiquetada. – Amobarbital. Um dos mais comuns. Teve que tomar uma boa quantidade para morrer assim. Nem sequer tentou expeli-los. Às vezes os suicidas fazem isso, e, como ficam sem forças, se afogam no próprio vômito. Ela simplesmente dormiu; seu cérebro ficou sem oxigênio e entrou em falência. Por isso ela parece tão... tranquila.

– Vamos falar com Duque – decidiu Héctor. – Acho que ele deve ter algumas coisas pra nos contar, e assim podemos deixar o perito trabalhar.

Saúl Duque continuava sentado. Estava imóvel, levemente inclinado para a frente, com as mãos agarradas na beirada do sofá, como se estivesse diante de um precipício e tivesse medo de despencar. Estava vestido de preto dos pés à cabeça, e Héctor teve a sensação de que tinha escolhido esses trajes sabendo que um funeral o aguardava. Ou talvez para contrastar com o branco que imperava em todo o apartamento.

– Se importa de nos deixar a sós? – perguntou Héctor ao guarda que o vigiava. E, dirigindo-se a Duque, acrescentou: – Saúl... Saúl, você está bem?

Apoiou a mão em seu ombro com suavidade, e então, ao notar o contato e ouvir aquela voz amável, o homem desmoronou. A tensão que o mantinha erguido se evaporou, e seu corpo se encolheu, desfeito. Ele cobriu o rosto com as mãos, e Héctor não saberia dizer se ele soluçava de dor, de medo ou de arrependimento. Talvez das três coisas juntas.

Ele levou alguns minutos para se acalmar o suficiente para poder falar.

– Desculpe... – murmurou. – Já estou melhor. Eu... achava que não tornaria a ver o senhor, inspetor – disse ele tentando recuperar a normalidade naquelas circunstâncias tão anormais.

– Eu também, Saúl. Acho que você já conversou com o agente Fort, mas preciso que me diga o que aconteceu aqui esta noite.

Duque interrogou Roger Fort com o olhar, mas este não se deu por achado.

– Alguém falou sobre a relação que Amanda e eu mantínhamos?

Héctor acreditou vislumbrar uma certa vergonha no tom daquele jovem. Ia tranquilizá-lo, assegurar-lhe que ninguém exceto os interessados devia se envolver nos jogos eróticos entre adultos, quando Fort interferiu:

– É melhor que o senhor explique isso para o inspetor.

– Sim, imagino que sim... – Respirou fundo e olhou Héctor nos olhos. Qualquer rastro de vergonha tinha desaparecido. – Amanda e eu tínhamos uma relação de disciplina e submissão.

– Quer dizer uma relação sadomasoquista?

– Bom, sim... chame como quiser. Não vou me prender a tecnicismos.

– Me explique em que consistia.

Saúl fez um gesto de indiferença acompanhado de uma careta que em outro momento poderia ter sido um sorriso irônico. Nesse, pensou Héctor, expressava mais nervosismo que outra coisa.

– Era apenas uma fantasia... É... é muito difícil explicar isso para quem não conhece o assunto. Se lhe disser que eu era o seu amo, que a controlava, que ordenava como ela devia se vestir, o que devia jantar, vai pensar que éramos dois pirados.

– De modo algum. – Héctor disse isso em um tom que deve ter parecido convincente, porque Duque prosseguiu:

– Não sei por que gosto disso, e Amanda também não sabia. Simplesmente desfrutávamos isso. Junto com as ligações e os *e-mails*. Com as cordas, os chicotes. Com os jogos, as fantasias.

– Quando começou?

– Pouco depois de Amanda começar a trabalhar nos Laboratórios Alemany. O senhor vai perguntar como foi que descobrimos a que ponto nos complementávamos. – Sorriu. – Acho que ambos estávamos procurando por isso, e começamos a abordar o assunto, em tom informal, em algumas ocasiões. Na segunda vez que nos encontramos eu me arrisquei a insinuar a ideia, meio de brincadeira, e vi que ela a atraía tanto quanto a mim.

– Vocês se viam com frequência?

– Todos os domingos, e algum dia mais, de surpresa. Mas poucos; não se deve abusar muito, para não quebrar o encanto.

Héctor assentiu.

– Ela lhe deu as chaves de casa?

– Não, só a da porta da escada. Deixava a outra debaixo do tapete da porta pouco antes de eu chegar. Fazia parte do cenário. Assim eu entrava como se a casa fosse minha, e ela já me esperava... Bom, me esperava desempenhando o papel determinado.

– Compreendo. E hoje?

Duque suspirou novamente. Nesse momento, seu aspecto mostrava mais fraqueza que capacidade de dominar.

– A de hoje era uma fantasia especial – confessou por fim, ruborizado. – Ela devia me esperar adormecida. Completamente adormecida – frisou.

– E você manteria relações sexuais com ela sem que ela percebesse? Essa era a fantasia? – perguntou Héctor com certo sarcasmo.

– Eu sabia que o senhor não ia entender. Dito assim, pareço um doente, e ela... – Apertou as mãos e fixou os olhos no inspetor, tentando desesperadamente apelar para sua empatia. – A nossa relação tinha mais a ver com a entrega que com o sexo propriamente dito. Ela me oferecia o seu corpo em troca de nada para que eu o desfrutasse. A prova máxima de submissão, de obediência...

Héctor levou alguns instantes para reagir.

– Está bem – disse em voz neutra. – Então, ela devia esperá-lo adormecida, razão por que tomou os soníferos bem antes de você chegar. Estou errado?

– É isso mesmo. Acho que... que ela tomou mais do que devia...

– Espere um momento, já chegaremos à dose. – A testa enrugada do inspetor indicava uma grande concentração. – O que eu quis dizer antes é que ela teve que deixar a chave fora um bom tempo antes da sua chegada.

– Sim... Eu não tinha pensado nisso. Claro. Antes de os comprimidos fazerem efeito.

– E a que horas você chegou?

– Mais tarde que o previsto. Uns amigos apareceram em casa, e não consegui me livrar deles até as oito e meia, por isso quando cheguei já passava de nove e meia. Não olhei as horas. A chave estava no lugar de sempre, então entrei e fui diretamente para o quarto.

Por um instante Héctor, e também Fort, recearam que aquela confissão fosse além do que poderiam suportar sem perder o profissionalismo.

– Não aconteceu o que estão pensando – disse Saúl Duque. – Ela estava linda, exatamente como eu tinha pedido. Lençóis brancos e camisola branca. Adormecida para mim. Eu a admirei durante alguns minutos e comecei a me excitar. Ela era tão bonita! Parecia tão indefesa, deitada ali na cama... Tirei as cordas da gaveta da mesinha de cabeceira, e quando a peguei pelos pulsos percebi que suas mãos estavam frias. Eu a sacudi, tentei fazê-la voltar a si, a beijei... Parecia um louco. Não sei quanto tempo se passou até que por fim chamei a polícia.

– O senhor ligou para a delegacia às dez e trinta e quatro – interveio Fort.

Héctor refletiu durante alguns segundos.

– Saúl... Você vai estranhar o que vou perguntar, mas você percebe que três pessoas da empresa morreram em poucos meses em circunstâncias estranhas? Três pessoas – continuou em voz baixa, mas firme – das oito que fizeram parte de um mesmo grupo.

Saúl o fitou sem compreender. Depois, pouco a pouco, seu semblante reagiu àquela revelação.

– Gaspar. Sara. E agora... Amanda. O que o senhor quer dizer com isso?

– Não sei. É o que estamos tentando averiguar. Saúl, Amanda contou alguma coisa do que aconteceu naquele fim de semana? Algo incomum, estranho? Algo relacionado com os cachorros que encontraram enforcados, talvez?

Ele balançou a cabeça, e Héctor sentiu que a exasperação o dominava. Por um momento tinha acreditado que talvez esse homem saberia, teria a resposta, mesmo que fosse de maneira inconsciente.

– Bom, a única coisa que aconteceu, que aconteceu com Amanda, foi o susto que ela levou aquela sexta-feira à noite, quando liguei pra ela. Mas isso não tem nada a ver com os cachorros... – Parecia confuso.

– Me conte isso.

– Eu ligava pra ela todas as sextas à noite, às nove horas. Ela devia estar livre pra responder. Obviamente, eu sabia que ela estava com todos os outros na casa, mas liguei pra ela ainda assim, e ordenei que saísse. Ela me obedeceu, como sempre.

– E daí?

– Começamos a fantasiar. Eu mandei que ela se afastasse da casa, a repreendi, pedi que... – Ele se interrompeu, subitamente envergonhado.

– Continue – ordenou Héctor.

– O senhor não sabe como é a casa, não é? Trata-se de uma antiga *masía* de Empordà, agora transformada em centro de atividades. Também tinha funcionado como pousada rural de luxo. Fica afastada do povoado e rodeada de bosques, mas é possível chegar lá sem problemas pela estrada... Amanda tinha pegado a lanterna, e, pra não ser surpreendida por nenhum deles, percorreu o caminho de acesso até entrar um pouco entre as árvores do bosque. Ela me disse que não estava gostando, que estava escuro; eu insisti, então ela me obedeceu e começou a se acariciar. Eu queria que ela se excitasse, que tocasse os seios ao ar livre... Queria ouvi-la gemer, e ela começou a fazer isso. E então ouvi um grito, e a linha caiu.

– Um grito de Amanda?

– Sim. Ela me ligou alguns minutos depois, muito alterada. Ao que parece, ela achava que tinha visto um homem vigiando-a na escuridão. Vendo como ela... se tocava. O homem não fez nada, não a seguiu nem nada disso; de qualquer modo, Amanda se assustou, e voltou correndo para o caminho.

– Foi só isso?

– Foi. Mas isso foi na sexta-feira. Encontraram aqueles pobres animais no dia seguinte.

– Sei. E os enterraram, isso todos eles já nos contaram – afirmou Héctor, contrariado. – Tem certeza de que não aconteceu mais nada?

– Não foi naqueles dias, mas mais tarde, mas isso também tem a ver com eles. Depois do verão, Amanda me disse que devíamos ter mais cuidado, porque suspeitava que Sara Mahler sabia do nosso caso. Sara era estranha, sabe? Nunca se podia saber o que estava pensando.

Héctor concordou. A colega de apartamento holandesa também tinha feito algum comentário desse tipo. A imagem de Sara, aquela mulher sem graça e solitária, ouvindo os segredos de quem desfrutava uma vida sexual mais intensa, lhe provocou um mal-estar momentâneo.

– Sabe se Amanda chegou a confirmar suas suspeitas, ou eram apenas suposições?

Saúl Duque balançou a cabeça em sentido negativo, mas antes que pudesse acrescentar mais alguma coisa o secretário judicial, que havia aparecido no meio da conversa e se havia dirigido para o quarto onde Amanda tinha morrido, ordenou o levantamento do cadáver. Saúl se pôs de pé, como se quisesse apresentar seus respeitos ao corpo coberto por um lençol branco que estava sendo transportado em uma maca até a porta por um séquito de desconhecidos.

Héctor Salgado observou o rosto do rapaz e surpreendeu-se com a expressão de dor que surgiu nele. Inconfundível e difícil de fingir. E pensou que Saúl Duque talvez tivesse um gosto sexual pouco comum, talvez desfrutasse o fato de exercer poder sobre uma vítima que se prestava ao jogo com a mesma vontade, talvez se excitasse flagelando-a ou humilhando-a... No entanto, tinha certeza de que ao mesmo tempo esse homem havia sentido por Amanda algo que muitos não chamariam de amor, mas que ia além do mero prazer.

– Desculpe, Saúl, terá que me acompanhar à delegacia – disse Héctor, em parte porque não podia descartá-lo como suspeito e em parte porque, por um instante, receou que Saúl Duque fizesse algo terrível essa noite se o deixassem sozinho. Já chega de suicidas, pensou. Falsos ou autênticos. Já chega de mortos. – Fort, examine a casa minuciosamente. Principalmente o quarto. Impressões digitais, já sabe, qualquer coisa... – E sem que Duque o ouvisse, acrescentou: – Trate este caso como se fosse um homicídio. Três suicídios já é demais. Chame isso de instinto ou teimosia, mas eu não engulo essa.

* * *

Desprovido das lojas e dos bares que dissimulavam sua condição de lugar de passagem, o terminal se convertia em um espaço tranquilo, silencioso. Se o assento fosse mais cômodo, quase poderia ser qualificado de acolhedor. Alguns viajantes avançavam pelas esteiras, afastando-se dele sem esforço em direção aos portões de embarque, como autômatos de um filme mudo. A visão o acalmou depois de um dia longo, cheio de tensão. Uma segunda-feira que parecia não acabar nunca.

– Três suicídios é demais. – Héctor repetiu a frase diante de Sílvia Alemany, que, de pé em seu escritório, teve a decência de se mostrar comovida.

Às oito da manhã, depois de passar a noite na delegacia vigiando Saúl Duque, tinha conseguido localizar um amigo dele, advogado, que cuidara dos trâmites necessários para levá-lo para casa. Héctor tomou um café rápido, sem fome para se alimentar, e apaziguou a sensação de enjoo com dois cigarros. Uma breve conversa com Fort, que já voltara do apartamento da presumida suicida, havia colaborado com sua parte de luz e de sombra para esclarecer o caso. Se ainda restasse alguma dúvida sobre a relação que unia Amanda e Saúl, os apetrechos encontrados no apartamento dela a tinham esclarecido completamente. Um dos armários poderia ter feito parte de uma *sex shop*, a julgar pela profusão de "brinquedos": um chicote, diversas varas, uma vara fina de bambu e várias espátulas de couro de diversos tamanhos e espessuras; cordas, algemas, consolos de vários tamanhos, bolas chinesas; peças de *lingerie* e outras fantasias... Gosto não se discute, mas o certo era que Amanda e Saúl não se aborreciam. Por outro lado, havia as perguntas. A morte de Amanda podia ser o suicídio de uma jovem cuja vida sexual parecia indicar certo conflito interno. Podia se tratar também de um homicídio, porque era difícil acreditar que alguém como Amanda ignorasse que uma caixa inteira de comprimidos a faria dormir para sempre. Essa hipótese era a que levava, no momento, a Saúl Duque.

Héctor decidiu levar pessoalmente a notícia da morte de Amanda Bonet à empresa onde ela trabalhava. Queria ver a cara de Sílvia Alemany ao ficar sabendo, e pretendia aproveitar o impacto para pegá-la desprevenida e extrair algumas informações de uma vez por todas. Entretanto, Sílvia era um osso duro de roer, e estava demonstrando isso sem dúvida alguma.

– Não posso acreditar, inspetor. – Ela levou a mão ao rosto e deu a impressão de cambalear um pouco. – Preciso sentar. Amanda... Mas quando foi isso? Onde?

– Ontem à noite, em sua própria casa. O perito calcula que ela tenha morrido entre as oito e as nove. Ao seu lado foi encontrada uma caixa de soníferos vazia.

Héctor falava com a maior frieza possível. Se queria dobrar a vontade da mulher que tinha à sua frente, não podia estar com panos quentes. E na verdade também não tinha vontade de ser cortês.

– Pode me dizer onde a senhora estava a essa hora?

– Em casa. Fiquei doente o fim de semana todo. Mas, inspetor... o senhor não está pensando que eu...? Por favor, isso é ridículo.

Ela se ruborizou, mais por medo do que por se sentir ofendida, Héctor tinha certeza.

– Neste momento eu não penso nada, senhora Alemany. Estou apenas tentando atar as pontas soltas. E elas me levam para Gaspar Ródenas, Sara Mahler e Amanda Bonet. Três pessoas sadias, jovens, sem problemas aparentes, cujos únicos laços em comum são o seu trabalho aqui e esta foto. A senhora pode dizer o que quiser, mas não vai me convencer de que não está escondendo alguma coisa. Não desta vez.

Cartas na mesa, uma declaração de guerra expressa com todas as letras.

– O senhor acha que estamos escondendo alguma coisa?

– Eu estava falando apenas da senhora, mas vejo que rapidamente passou para a primeira pessoa do plural. – Héctor teve a satisfação de vê-la empalidecer. – Esse "nós" se refere aos outros? A César Calvo, Brais Arjona, Octavi Pujades e Manel Caballero, além da senhora? Ou apenas a alguns entre eles todos?

– Inspetor, o senhor está no meu escritório, portanto peço que não levante a voz para mim.

– E a senhora está diante de um inspetor de polícia, e peço que pare de mentir para mim.

– Para demonstrar uma mentira é preciso descobrir a verdade, inspetor Salgado. Até esse momento, as mentiras não existem.

Ele sorriu. Em parte, gostava de ter adversários à altura.

– Há alguma sala de reuniões por aqui? Chame os outros e diga-lhes que venham. Imediatamente.

– Repito que não vou aceitar ordens suas. Sou advogada, inspetor, e apesar de não exercer a profissão, não estou disposta a permitir que me trate, a mim e meus funcionários, como simples delinquentes.

– Pode tirar o "simples". Isso certamente não são. Delinquentes, ainda estamos por ver. – Fez uma breve pausa e afrouxou um pouco o tom. – Escute, seria muito mais inteligente de sua parte se colaborassem. Assim como estão agindo, é fácil chegar à conclusão de que têm algo a ver com a morte de seus colegas.

Sílvia continuava lívida. Talvez fosse verdade que passara o fim de semana doente. De qualquer modo, ela não parecia estar muito bem.

– Repito: quer fazer o favor de convocar os outros para essa sala? Acho que será melhor reuni-los ali que interrogá-los por toda a empresa, não concorda?

Ela não respondeu. Tirou o telefone do gancho para avisá-los.

A sala ficava entre os escritórios dos irmãos Alemany, e Héctor percebeu que o de Víctor continuava vazio. Os chefes nunca aparecem antes das dez, disse a si mesmo, pensando em Savall.

Pediu-lhes que sentassem, mas Sílvia Alemany permaneceu de pé, ao seu lado, enquanto ele expunha ponto por ponto todos os seus argumentos. Octavi Pujades não estava, é claro, e Héctor teria que enviar Fort para interrogá-lo em sua residência, caso ele mesmo não pudesse ir. Os três homens expressavam emoções diversas, mas uma sobressaía entre as demais: a surpresa, principalmente no semblante de Brais Arjona e de Manel Caballero, este último quase à beira do pânico. Em compensação, César Calvo, o noivo de Sílvia, parecia ter absorvido a notícia da morte de Amanda de modo mais controlado.

– As coisas estão assim, senhores. Das oito pessoas que passaram juntas aquele fim de semana de *team building* – disse ele olhando Sílvia pelo canto do olho –, três morreram em circunstâncias estranhas. No dia 5 de setembro, Gaspar Ródenas se matou com um tiro depois de assassinar a mulher e a filha; exatamente quatro meses mais tarde, no dia 6 de janeiro, de madrugada, Sara Mahler pulou nos trilhos do metrô. E ontem à noite, apenas dez dias depois, presume-se que Amanda Bonet tenha tomado uma caixa inteira de soníferos. Três suicídios. Sem motivo aparente. Sem bilhetes que expliquem suas razões. Sem avisos nem tentativas anteriores. Agora pergunto aos senhores: têm certeza de que não têm nada pra me contar?

As mãos de Manel Caballero tremiam. Ele era o único que dava mostras de algo além de preocupação. No entanto, não foi ele quem falou, mas Brais Arjona.

– Compreendo que o senhor estranhe tudo isso, inspetor. Devo admitir que também começo a me inquietar. Mas a questão é que não sei em que podemos ajudá-lo. Pelo menos eu.

– Onde o senhor esteve ontem à noite, entre as oito e as nove e meia?

– Em casa, com David. Bom, não sei a que horas cheguei. – Ele se dirigiu a Manel Caballero, que o fitou com o mesmo receio com que observava o inspetor. – A que horas nos despedimos? Deviam ser oito, não?

Héctor quase sorriu. Então, agora era disso que se tratava: álibis compartilhados. Não esperou que Caballero respondesse e se dirigiu em tom sarcástico a César Calvo:

– Imagino que o senhor estivesse com a sua noiva, não é? Tudo muito oportuno.

– Pois ainda que pareça mentira, é isso mesmo.

– Eu estava de cama – interveio Sílvia. – Já disse que não estava bem. Não sei a que horas César foi pra casa, mas minha filha poderá lhe dizer. E pode poupar o sarcasmo, inspetor. Estamos fazendo todo o possível pra colaborar.

Héctor a odiou nesse momento; respirou fundo e manteve a calma. A única coisa que havia esclarecido de toda a conversa com Saúl Duque havia sido aquele encontro de Amanda com alguém no bosque. Melhor não mencionar isso, pensou. Ainda não. Guarde essa carta até que você saiba onde colocá-la, Salgado.

– Se quiser falar com Octavi Pujades, meu assistente lhe dará o telefone dele. Já sabe que o senhor Pujades tirou um período de licença por causa da doença da esposa.

Héctor sorriu. Pelo menos nisso podia se sair bem.

– Quando fala do seu assistente a senhora se refere a Saúl Duque?

– Sim.

– Achei que o termo não lhe agradasse. – Abandonou o sorriso e fez uma cara preocupada. – Receio que o senhor Duque não venha trabalhar por alguns dias. Ele está muito impressionado, realmente abalado, depois de ter encontrado sua amante ocasional morta na cama.

O teto da sala poderia ter caído e ninguém teria dado nem um grito. Héctor se deliciou ao ver a mescla de assombro e temor expressa no rosto de todos os presentes. Será que o sadismo contagia?, perguntou a si mesmo.

– Por acaso não sabiam que Saúl e Amanda mantinham um caso? – Não queria dar mais detalhes, não era necessário. – Vejam só, a vida está cheia de surpresas pra todos, não acham? Surpresas e segredos. Mas é só uma questão de tempo: pouco a pouco a verdade vai emergindo... Nisso é que consiste o meu trabalho. Em trazer a verdade à luz, expondo-a pra que todos a vejam. E podem ter certeza de que isso me dá um grande prazer.

* * *

Os quarenta minutos já eram sessenta, e pesavam como se fossem duzentos. Héctor não conseguia mais pensar, seu cérebro começava a reduzir a marcha, procurando se desconectar. E então, quando o sono estava a ponto de mandar a consciência para o inferno, as portas começaram a vomitar gente. Viajantes abatidos e apressados, olhando o relógio, loucos para terminar um dia que se tornara mais longo do que o previsto.

Ali estava ela. Viu-a caminhar até ele e sorriu, apesar de quase não conseguir manter os olhos abertos.

Lola.

Sete anos e muitos minutos depois.

29

Sem dúvida alguma, a melhor receita para os insones não eram os comprimidos que o terapeuta havia recomendado, mas varar uma noite, esgotar o corpo até que ele caísse vencido e se apagasse como um celular sem bateria. Apesar de Héctor não ter dormido nem seis horas, acordou com uma sensação de descanso que não sentia havia muito tempo. Suficientemente desperto para enfrentar o caso que tinha nas mãos: aquele mistério de suicidas e cães enforcados.

De modo que nessa terça-feira de manhã, enquanto tomava o café da manhã com Guillermo – uma dessas horas em que o silêncio do filho era uma bênção –, Héctor contemplava com satisfação uma das páginas do jornal que tinha descido para comprar antes mesmo de encher o bule de café. Ali estava o artigo combinado com Lola por telefone e que ela havia escrito com os poucos dados que ele lhe enviara por *e-mail* na tarde anterior. Héctor sorriu ao ler a manchete: "Jovens, livres e... mortos. Estranha onda de suicídios entre os funcionários de uma empresa". Lola fora cuidadosa: em nenhum momento havia citado os Laboratórios Alemany, mas o *slogan* era inconfundível. As fotos de Gaspar, Sara e Amanda completavam um texto que mais sugeria que explicava.

Aquele havia sido o trato, ou talvez, sendo sincero consigo mesmo, o anzol lançado para atraí-la à cidade: ele lhe passaria informações sobre um caso que tinha condições de se transformar em notícia; ela escreveria os artigos para um jornal de tiragem nacional. E nós dois, pensou Héctor, colocaremos os Laboratórios Alemany no olho do furacão, para ver se a corrente de ar lhes esclarece as ideias e eles se tornam mais loquazes. Tinha certeza de que os conceitos da nova campanha da empresa não combinariam muito com um texto que falava de três funcionários mortos.

Devia ter sorrido ao pensar isso, porque seu filho o fitou com curiosidade. Héctor não era um exemplo muito edificante para um adolescente, de modo que, para não dar explicações, optou por dizer:

– Guille, nestes dias tenho andado meio louco com um caso. Você viu o que aconteceu domingo, me ligaram à meia-noite e não voltei até ontem, já bem tarde. – A pergunta saiu de repente: – Você está bem, não é? É que... eu sei que não é a mesma coisa viver aqui em vez de com a mamãe...

O filho encolheu os ombros.

– Não sei o que quer dizer isso. – Héctor serviu mais uma xícara de café e sentiu a tentação de parar a conversa por ali, mas alguma coisa o impediu. – Sim, sim, eu sei. Imagino que isto não é o ideal pra um garoto da tua idade, e sei que deveria prestar mais atenção em você, mas, sinceramente, você também não ajuda muito. Não, não estou te recriminando, absolutamente. É só que nós dois somos muito parecidos, e isso complica as coisas. Antes...

– Antes mamãe estava aqui. Mas agora não está mais.

– Isso. Não está mais. Mas eu estou... apesar de pouco, e talvez mal. Estou aqui, e você pode contar comigo. Sempre.

Era uma dessas frases que, ditas em voz alta, pareciam tiradas de um filme de sessão da tarde, uma dessas em que os pais e os filhos diziam uns aos outros que se amavam, mas Héctor não conseguiu pensar em coisa melhor. Talvez pelo fato de alguns de nós terem aprendido a ser pais no cinema, pensou com certa amargura.

Guillermo concordou e pôs mais um pouco de cereal na tigela de leite. Héctor tomou um gole de café. As colherinhas se chocavam contra a louça. A torneira da cozinha gotejava. Se tivéssemos um relógio de parede, os malditos ponteiros soariam como tiros, pensou o inspetor.

Pigarreou e se levantou para pegar um cigarro. O filho pôs a tigela na pia e depois foi buscar a mochila. Antes de sair, enfiou a cabeça de novo pela porta da cozinha.

– Papai – disse ele olhando para o chão.

– Que é?

– Só queria que você soubesse que eu também estou aqui. E que você pode contar comigo. – Sorriu. – Quase sempre. Mas na hora de correr, você vai sozinho.

Héctor sorriu e lhe lançou um pano de prato que Guillermo devolveu com mais força ainda.

– Vai embora, senão você vai se atrasar. Guille! – gritou quando ele já estava saindo. – Se nos próximos dias eu não estiver aqui na hora do jantar, passa na casa da Carmen, está bem? Depois eu falo com ela. Não quero que você jante sanduíche todos os dias.

– Tá. Assim eu vejo o Charly.

Tinha esquecido. Por isso não a tinham visto em todo o fim de semana: o filho pródigo estava em casa. Héctor ia dizer mais alguma coisa, mas Guillermo já tinha saído. Tomou o segundo café com o segundo cigarro sem conseguir tirar da cabeça uma sensação desagradável que não sabia muito bem a que atribuir, mas logo depois a imagem de Lola e o breve trajeto até seu hotel se empenharam em abrir caminho e lhe confundir a consciência.

Enquanto dirigia, Héctor havia compreendido que os anos lhes tinham roubado algo que sempre havia sido importante para eles: a cumplicidade. Também era verdade que ambos estavam cansados, além de levemente inseguros sobre como tratar um ao outro. No caminho para o hotel, trocaram comentários vagos sobre voos e atrasos, mas afinal, quando chegaram a seu destino, ele lhe perguntou: "Como vai a vida?" Lola o fitou, sorriu com aquele jeito tão seu e disse: "Pra resumir sete anos eu precisaria de um pouco mais que sete minutos, Héctor. Estou muito cansada. Depois conversamos".

* * *

Os escritórios do Centro de Formação Empresarial Continuada (CFEC) ficavam na Avenida Diagonal, não muito longe da Plaza Francesc Macià, e tinham um ar ainda mais americanizado que as conversas de família na cozinha. Em um dia claro de verão a vista de suas janelas devia ser fantástica, mas naquela terça-feira de meados de janeiro as gotas de chuva suja embaçavam os vidros e apagavam o fundo. Depois de conseguir a informação graças a Saúl Duque, Héctor tinha ligado no dia anterior, no meio da tarde, para marcar uma entrevista com os instrutores que haviam se encarregado do grupo dos Laboratórios Alemany. E agora os tinha diante de si; um sujeito entrado em anos, em quilos e em cabelos brancos, que respondia pelo nome de senhor Ricart, e outro mais jovem, mas totalmente calvo. Quando marcaram a entrevista, o artigo ainda não havia sido publicado, mas ambos pareciam estar a par da situação. E com toda a probabilidade Sílvia Alemany devia ter ligado para eles de manhã, pensou Héctor. Para preveni-los.

– Por telefone não entendi muito bem em que poderíamos ajudá-lo, inspetor – começou o mais novo. O outro, sem dúvida o chefe, limitou-se a observar e a ficar quieto.

– Pra ser sincero, também não sei – admitiu Héctor. – De acordo com as minhas anotações, os senhores se encarregam há tempos dos treinamentos dos Laboratórios Alemany. Em março do ano passado organizaram um fim de semana para um grupo de oito pessoas. Sílvia Alemany, César Calvo, Brais Arjona, Octavi Pujades, Manel Caballero, Gaspar Ródenas, Sara Mahler e Amanda Bonet. Como os senhores já devem saber – esperou que concordassem, mas nenhum deles o fez –, três dessas pessoas morreram nos últimos meses em circunstâncias, digamos... estranhas. É muita coincidência, não acham? Dessa forma, eu ficarei muito agradecido se compartilharem todas as informações que tiverem sobre aqueles dias.

Seus dois interlocutores trocaram um olhar rápido e pela primeira vez o mais velho dos dois tomou a palavra.

– Acho que não há inconveniente, inspetor. Mas, francamente, acredito que não há muito o que comentar.

Pôs os óculos de ler e revisou alguns papéis que tinha na mesa.

– Isso, eu me lembro. – Tirou os óculos e continuou falando: – Do nosso ponto de vista, era um grupo interessante, inspetor.

– Ah, é?

– Sim. – Ele se calou um instante, inseguro de como abordar o assunto. – O senhor já ouviu falar da teoria dos grupos?

– Alguma coisa, mas tenho certeza de que o senhor pode ampliar meus conhecimentos com um resumo esclarecedor – disse Héctor, sorrindo.

– Tentarei, inspetor. Joan – disse o senhor Ricart dirigindo-se ao seu assistente –, acho que não precisamos ficar os dois aqui. Se o inspetor Salgado quiser falar com você, pode fazer isso depois.

O tal Joan pareceu ficar surpreso, mas captou a indireta mais direta que Héctor já tinha ouvido e saiu.

– Assim ficaremos mais tranquilos. Falar diante dos meus empregados me obriga a respeitar uma correção política muito cansativa. – Sorriu. – Inspetor, antes de mais nada devo dizer que não acredito que o que vou contar possa trazer informações relevantes...

– Deixe que eu julgue isso.

– Pelo menos tentarei ser claro. Vamos ver, eu disse antes que era um grupo interessante do nosso ponto de vista, e explicarei por quê: em um grupo de oito costuma-se identificar um líder, dois, no máximo. No entanto, nesse contabilizamos três, e isso não é habitual. O líder oficial, Sílvia Alemany, estava presente, e o que nós chamamos de líder por experiência, Octavi Pujades. Mas em seguida surgiu outro, muito forte, que relegou os dois primeiros a um segundo plano.

– Brais Arjona? – sugeriu Héctor.

– Dez pontos para o senhor, inspetor. Sim: o líder natural, o que se impõe por sua capacidade, não pelo cargo, pela idade ou pela experiência. O senhor Arjona cumpria todos os requisitos para esse posto: jovem, forte, inteligente. Muito envolvido e resoluto.

– O que quer dizer com isso?

– Quero dizer que ele inspirava confiança na hora de trabalhar, mas não tentava se sobrepor aos outros socialmente.

– Os outros?

– Amanda, Gaspar, César... Meros seguidores, de um ou de outro. Notei certa tensão entre o líder natural, Brais Arjona, e um dos seguidores incondicionais de Sílvia Alemany: César Calvo.

Héctor assentiu, interessado.

– Houve alguma discussão?

– Não, não no sentido em que o senhor está pensando. Simples desacordos entre eles na hora de enfrentar tarefas em comum. Pense que quando falo de tensão refiro-me a momentos concretos, pontuais; tendência a competir, a alinhar-se em equipes diferentes, a defender enfoques opostos para resolver uma questão. Isso nos dois primeiros dias. No terceiro, domingo, a situação havia mudado.

– Em que sentido?

O senhor Ricart sorriu.

–Vejo que gosta do que estou lhe contando. Normalmente as pessoas costumam escutar nossas exposições com ceticismo, mas posso dizer que a teoria dos grupos é uma matéria fascinante... A maioria das vezes nossos treinamentos seguem um padrão muito parecido: propomos provas, tarefas... Chame como quiser. No entanto, em alguma ocasião um elemento externo, a eles ou a nós, afeta a dinâmica do grupo muito mais do que pensamos.

– E nesse caso esse elemento se produziu? – Héctor intuía a resposta, mas preferiu não se antecipar.

– Sim! – O semblante do instrutor demonstrava uma satisfação semelhante à de um torcedor de um time de futebol que tivesse ganho o campeonato. – Durante uma de nossas provas, o grupo topou com um elemento externo... perturbador.

– Os cães enforcados? – disse Héctor.

– Muito bem! Sim. Foi uma experiência desagradável, é claro, e suficientemente chocante para que o grupo realizasse uma atividade por sua conta, segundo soube mais tarde. Eles os encontraram no meio da manhã de sábado, e, apesar de terem voltado à casa para terminar a prova prevista, depois decidiram enterrá-los. Nessa ocasião nem eu nem Joan estávamos lá; por norma, deixamos o sábado à tarde livre para que eles interagissem sem intermediários: isso também faz parte do programa. Um grande êxito, se considerarmos que apenas um dia antes eles não entravam em acordo nem para dividir os quartos.

– Eles tinham discutido por causa disso?

– Sempre há desacordos, inspetor. Nesse caso, me lembro bem, um dos membros se sentia incomodado por ter que dividir o quarto. Espere... – Examinou suas anotações. – Sim, Manel Caballero. Ele perguntou se era possível dormir sozinho, o que não tem muito sentido em trabalhos de grupo. De qualquer modo, e apesar de as observações se referirem apenas a um fim de semana, posso lhe dizer que Manel era o clássico elemento desequilibrador: não protestava nunca abertamente, mas aproveitava qualquer circunstância para pôr em risco o trabalho de todo o grupo. Um jovem dos mais antipáticos, falando claro; um participante inconveniente nada propenso a cooperar. Daqueles que se sentem vítimas do mundo inteiro.

– E com quem ele acabou dormindo?

– Não consigo me lembrar – respondeu ele. – Mas o mais provável é que tenha dividido o quarto com os dois mais jovens. A casa é grande e havia quartos vazios, mas, como disse antes, pedir um quarto individual demonstra um espírito pouco disposto a cooperar. São treinamentos de trabalho em equipe, não um fim de semana de férias.

Héctor ia processando as informações com a sensação constante de que nesse quebra-cabeça que tinha diante de si faltava uma peça essencial.

– Eu lhe disse que achava que isso não lhe serviria de grande coisa – frisou o homem, sagaz leitor de expressões alheias.

– Em uma investigação tudo acaba sendo útil – replicou Héctor.

– O senhor é que é o especialista nisso, não eu. E só posso dizer que o grupo foi embora muito mais coeso do que quando chegou. Mas note que isso não tem por que se manter depois no trabalho deles.

– Não?

– Absolutamente. Mas pode ser que reste algo, é claro. Em alguns grupos se gera uma energia positiva, de êxito comum, que, no entanto, não é uma sensação permanente. Quando os conflitos a põem à prova, essa sensação se abala.

– E nesse caso, pra que servem? Quero dizer, os treinamentos.

– Negarei ter dito isso, inspetor – disse o homem. – Servem para pouca coisa e para muita coisa. Vou explicar rapidamente: os empresários aprenderam que o conflito é custoso, em muitos níveis. E que uma maneira de evitá-lo é fazer com que seus empregados se sintam bem tratados, à vontade, valorizados. Antes as categorias eram claras, e os membros das diversas classes lutavam entre si. Agora paira uma espécie de harmonia entre todos, uma harmonia que interessa a alguns e que deixa outros felizes. Uma harmonia que só dura enquanto há benefícios... Já estamos vendo isso.

Héctor estava começando a se perder, e não queria esquecer o objetivo de sua visita.

– Mais uma coisa: o senhor se lembra se Amanda Bonet se queixou de ter visto alguém na noite de sexta-feira? Alguém rondando a casa, quero dizer.

– Não... Pelo menos não me lembro de ela ter comentado nada parecido, mas isso também não é estranho. A casa fica um pouco isolada, e as pessoas da cidade tendem a sentir um certo receio, principalmente à noite.

– Onde fica exatamente a casa?

O homem tirou uma fotografia da caixa. Tratava-se, como Duque havia dito, da típica *masía* de Ampurdán.

– Pertence ao município de Les Garrigues, mas fica afastada do povoado.

– E os instrutores vão e vêm todos os dias?

– Não, seria muito cansativo. Fica a uns dez quilômetros de Figueres, e nós nos hospedamos ali nos fins de semana em que temos de trabalhar na casa.

– Ah... E alguém cuida dos mantimentos, da comida...?

– Sim e não. Os participantes se encarregam da casa durante o tempo em que estão nela; quer dizer, cozinham ou saem para comer fora, exceto quando a atividade requer um *catering*. Contratamos um casal que vive relativamente perto, a um quilômetro e meio, para as tarefas de limpeza e manutenção, depois que a casa fica vazia.

Héctor assentiu. Não tinha muito mais o que perguntar, mas não conseguiu evitar a tentação de formular uma última questão:

– O senhor notou alguma coisa de especial nos membros desse grupo? Nada que tivesse que jurar perante um tribunal, apenas uma impressão subjetiva. Não sairá daqui – assegurou.

– Não. Estou lhe dizendo a verdade, venho pensando nisso desde que o senhor ligou ontem, e é claro, mais ainda desde que li a notícia no jornal. – Balançou a cabeça com um certo pesar. – No último dia, domingo, eles estavam cansados, mas isso é normal. Estavam interagindo muito melhor, já lhe disse isso, mas isso também não é de estranhar. Às vezes acontece o contrário, os grupos vão embora mais antagônicos. Os grupos são imprevisíveis, inspetor. Principalmente porque são compostos de pessoas, ou seja, indivíduos. Indivíduos distintos que são obrigados a colaborar uns com os outros. Não se escolheriam como amigos nem são unidos por laços familiares; apenas compartilham um espaço, responsabilidades, objetivos.

– Como em um emprego.

– Exatamente. Permita-me fazer uma comparação com o mundo animal. Sabe qual é a virtude mais apreciada pelos caçadores em uma matilha de cães?

– O olfato?

– Mais que o olfato. – Ele fez uma pausa um tanto teatral antes de anunciar em tom didático: – A coesão. Enquanto durar a caçada, os cães devem ser capazes de trabalhar juntos para alcançar um objetivo em comum. No entanto...

– O quê?

– Quando a caçada acaba, dê a eles alguma coisa de comer e vai ver como lutam entre si pelo melhor pedaço.

30

Apesar de nessa ocasião estar acompanhado, o caminho até a casa de Octavi Pujades não parecia nem um segundo mais curto. Com a vista fixa nas curvas da estrada, molhadas da chuva da manhã, César conduzia o carro em silêncio, sem dirigir a palavra a seu companheiro de viagem. Brais, por seu lado, também não parecia ter muita vontade de conversar. No carro pairava um ambiente de dúvida, perguntas suspensas em um espaço reduzido devorando o oxigênio. Brais deve tê-lo notado, porque instintivamente abriu um pouco a janela.

– Te incomoda?

César negou sem falar. Havia acelerado, e teve de dar uma freada brusca antes de fazer a curva seguinte.

– Desculpa – disse a Brais em um tom que na verdade expressava certa indiferença.

Seu acompanhante encolheu os ombros.

– Não seria ruim se sofrêssemos um acidente – replicou ele. – Alguém poderia qualificar isso como justiça poética.

Na opinião de César, um comentário desse calibre não merecia resposta.

– Não concorda? – insistiu Brais. – Não acha que seria um boa maneira de acabar com tudo isso?

– Que merda, Brais! – Não estava com humor para discussões filosóficas sobre a vida, a morte ou a justiça. – Não me venha com essas histórias, está bem?

Arjona sorriu.

– Gostaria de saber se você me detesta tanto porque sou *gay* ou simplesmente porque ganhei de você na corrida de canoa.

César bufou.

– Não vou com a tua cara porque você faz esse tipo de comentário.

– Nisso te dou toda a razão.

Brais riu, e a gargalhada, apesar de breve e levemente amarga, dissipou de certo modo a tensão.

– Falando sério, César, você nunca sente remorsos? Pelo que nós fizemos. É pura curiosidade, e aqui não tem ninguém nos escutando.

– E que diferença faz? De que serve se arrepender do passado? – Sacudiu a cabeça. – Aprendi que é melhor engolir os remorsos. Ou cuspi-los. Qualquer coisa, menos deixá-los vivos.

– Quem faz tem que aguentar as consequências, não é?

– Isso mesmo. – Já estavam chegando, e César não quis deixar de aproveitar a ocasião para lhe fazer a mesma pergunta. – E você?

Brais demorou um pouco mais para responder. E quando o fez não foi exatamente o que o outro esperava.

– Tenho mais medo de que David fique sabendo. Tenho medo de perdê-lo se ele souber. – Olhou para César com uma franqueza que teria derrubado qualquer barreira. – Você ainda tem alguém com quem falar disso. Os outros não, ou pelo menos eu não consigo. Não sei se tenho mais remorsos pelo que fizemos ou por estar escondendo isso de David. – Esboçou um sorriso irônico. – E ao mesmo tempo sei que não tenho outro remédio a não ser continuar mentindo pra ele, porque eu o conheço bem, e tenho certeza de que dizer a verdade significaria o rompimento definitivo, e isso eu não aguentaria. Não agora.

A casa surgiu depois da encosta. Dessa vez César a encontrou sem problemas. Estacionou o carro, e pela primeira vez em todo o trajeto dirigiu-se a Brais com o semblante preocupado e a voz sincera:

– Não sei muito bem o que estamos fazendo aqui...

– Sílvia insistiu para que viéssemos.

– Está bem.

Assim tinha sido, e o que César não conseguia explicar era a mudança de opinião de Sílvia em relação a Octavi Pujades. Alguns dias antes ela havia reagido como uma fera quando Amanda insinuara que suspeitava dele. Era verdade que eles não sabiam onde Octavi estava no domingo à tarde. Entretanto, pensou César, do mesmo jeito que ele também tinha mentido a respeito da hora em que fora embora da casa de Sílvia, porque no meio da tarde não aguentava mais e tivera que sair dali, Brais também podia ter forjado seu álibi.

– Por falar nisso, pra que você foi se encontrar com Manel?

–Você quer saber a verdade? – Brais baixou a voz. – Fui me encontrar com ele pela mesma razão por que estamos aqui. Pra saber se ele tinha nos traído, se era ele quem estava mandando aquela maldita foto. – Continuou sem que o outro insistisse: – E, se fosse verdade, pra me assegurar de que ele havia parado de fazer isso.

Desceram do carro em silêncio, e César caminhou até a casa depressa por causa do frio, quando Brais Arjona acrescentou:

– Eu estava te falando dos remorsos. Sabe o que eu descobri? Que eles são limitados e vão perdendo a força. E mais uma coisa: se eles lutarem contra o medo, é melhor que percam. Isso se chama sobrevivência.

Pela cabeça de Sílvia rondavam ideias parecidas, medo e sobrevivência, enquanto contemplava a página do jornal que, em linhas gerais, destruía a imagem da empresa. O artigo não dava nomes, mas o título "Jovens, livres e... mortos" era por si só um dardo envenenado dirigido ao coração dos Laboratórios Alemany.

Tinha passado a manhã respondendo a alguns *e-mails* e ignorando outros, na intenção de minimizar os efeitos da catástrofe. Uma empresa que provocava, apesar de não diretamente, o suicídio de seus funcionários – mais exatamente de três deles em apenas quatro meses – passava a ser uma espécie de ativo tóxico. Se além disso o nome da tal empresa estivesse ligado a conceitos como beleza, bem-estar e saúde, a ironia alcançava proporções surrealistas.

Às cinco da tarde, pouco antes de César e Arjona terem saído para a casa de Octavi, Sílvia decidiu fechar a caixa de *e-mails*, desligar o computador e se concentrar. Algo que, pelo jeito, ia ser impossível, porque apenas dez minutos depois seu irmão entrou no escritório de forma muito diferente de como havia feito pela manhã, quando irrompera na sala brandindo esse mesmo jornal, como se ela e todo o pessoal da empresa fossem um bando de cachorros desobedientes, e ele um dono furioso com toda a razão.

– Como vai? – perguntou ele.

– Imagino que poderia ser pior... Pelo menos ninguém fala do produto em si, só da empresa de modo abstrato.

Ele concordou.

– Sim. As pessoas pedem nossos cremes pelo nome deles, não pelo do laboratório.

– Você disse isso aos compradores? – Ela não conseguiu evitar o sarcasmo.

Víctor suspirou.

– Algo assim. Sílvia... isso tem que acabar o quanto antes.

– E o que você quer que eu faça? Que ofereça um bônus aos que prometerem não se atirar pelo terraço de casa?

Ele se sentou diante da mesa.

– Não mude de assunto, Sílvia. Existe alguma coisa que eu deva saber sobre aquele fim de semana?

– Que você deva saber...? – Ela meneou a cabeça, talvez pelo cansaço, talvez de puro desdém. – A única coisa que há pra saber, e da qual você deveria ter certeza sem necessidade de me perguntar, é que eu nunca faria nada que pusesse a nossa empresa em perigo. Nunca. É você que parece não ter o menor apreço por ela e que está disposto a vendê-la a quem oferecer o melhor preço.

–Você é igual a papai – replicou ele, e em seu tom se percebia a melancolia deixada pelas verdades tristes. – A empresa é como um objeto, Sílvia. Você pode gostar dela, mas ela nunca vai devolver esse carinho. Conformar-se com isso é patético.

– Sei. Tenho certeza de que Paula te devolve o carinho com juros.

– Deixa a Paula fora disso, uma coisa não tem nada a ver com a outra.

– Ah, não? – Sílvia ia fazer um comentário desagradável, mas mordeu a língua. – Vou te dizer uma coisa, Víctor: a empresa não é um objeto. É algo vivo, com gente, projetos, ilusões, ideias... e claro que devolve o que você investe nela. Muito mais do que as pessoas.

Víctor a olhou como se quisesse entendê-la, como se por um instante pudesse se introduzir no seu corpo e na sua mente, sentir e pensar o que ela sentia. Desde pequenos era mais ou menos assim: existia entre ambos um poderoso vínculo, algo que na época parecia inquebrantável. Nesse momento, a distância que os separava era tão grande que ele não tinha ânimo para percorrê-la.

– Não sei quando você começou a confundir o trabalho com a vida... Isto é um negócio, nada mais. Daqui pra frente vamos ter tempos difíceis, nós dois sabemos disso. É muito mais sensato vender agora a bom preço do que resistir até que o furacão chegue. E vai chegar, posso te assegurar.

– Vai chegar. Sim. Mas não tente me enganar, Víctor. Você não vai vender por prudência ou por medo do futuro; você vai vender por tédio, por um ataque de imaturidade tardio... Pela vontade de fazer agora o que você não teve colhões pra fazer aos dezoito. Posso te assegurar que a juventude não é contagiosa, Víctor. Por mais que você se deite com ela. Ela não pega, e não se pode viver duas vezes.

A conversa havia chegado à beira do precipício, a esse lugar em que as atitudes eram tão irreconciliáveis que continuar falando só provocaria feridas. Víctor sabia disso, e então se levantou e andou em direção à porta. Antes de sair, voltou-se para a irmã.

– Pelo menos eu me preocupei com você, com o fato de você conservar o posto e as funções. Quando você foi embora, não olhou pra trás. Não pensou nem por um segundo como seriam as coisas para mim...

Ela esteve a ponto de responder, de argumentar em sua defesa que tinha só dezessete anos, que ele poderia ter feito a mesma coisa, que não era culpa sua se ele havia optado pela obediência, e que lamentava – sim, sempre lamentara – tê-lo deixado em uma casa hostil, à mercê de um pai frio e exigente, mas, uma vez mais, o orgulho ganhou a batalha.

– Bem, e você ganhou o prêmio, não foi? Papai te deixou praticamente tudo.

– Exatamente. E é por isso que hoje sou eu quem decide, e não você.

A porta do escritório se fechou atrás dele, e Sílvia ficou sozinha, com o jornal aberto, e por um instante pensou que talvez já nada valesse a pena. Se as palavras que diziam em voz alta se empenhavam em trair os verdadeiros sentimentos, talvez fosse melhor calar-se para sempre. Abandonar a partida. Dormir.

– Ora, mais visitas! – O tom de Octavi Pujades era inconfundivelmente mordaz. – A pobre Eugènia vai achar que já morreu, com tanta gente perambulando pela casa.

Não os convidou a passar para a sala, nem a sentar, nem para uma cerveja sem álcool. Foi ele quem saiu para a varanda, apesar do frio vespertino. E também foi ele quem tomou a palavra.

– Esta manhã esteve aqui um tal agente Fort. Um jovem muito amável, que ficou me fazendo perguntas sobre Amanda. Com certeza eu sabia do ocorrido, porque Víctor me ligou ontem à tarde, mas achei curioso que nenhum de vocês tenha tido o trabalho de me contar.

Tanto César como Brais se sentiram de repente como colegiais repreendidos por um tutor severo. Um preceptor que não lhes dava a opção de se defender.

– Não tem importância. Achei que vocês tinham se esquecido de mim. Mas estou vendo que não.

– Sinto muito, Octavi – disse César. – Eu tinha certeza de que Sílvia tinha explicado.

Octavi sorriu, e ao fazê-lo suas feições se tornaram ainda mais afiladas, mais tensas, como se a pele das maçãs do rosto fosse se rasgar.

– César, César... Receio já não ser o santo da devoção de Sílvia. Agora que estou pensando nisso, imagino que ela é que os tenha enviado. Ela já não confia mais em mim, não é?

Brais deu um passo para a frente; não avançou muito, mas o suficiente para diminuir a distância que separa a conversa da ameaça.

– Chega de sarcasmos, Octavi. Não vim até aqui pra perder tempo.

– E pra que você veio? Pra me dar uma surra? Pra me matar, talvez?

Os dois estavam tão perto, e a divergência entre ambos os contendores era tão evidente, que César se interpôs entre ambos.

– Ei, chega, Octavi, ninguém está desconfiando de você...

– Diga isso pra esse valentão. Você gosta de amedrontar as pessoas, não é, Brais? Isso faz você se sentir mais homem?

– Octavi, por favor!

A única luz do exterior da casa, uma lanterna de ferro forjado pendurada em um canto, iluminava o rosto dos três. Três rostos cobertos por máscaras que iam do desconcerto à ira contida, do temor à indiferença.

Dois cachorros latiram ao longe, nervosos, como se todas aquelas emoções chegassem até eles através do ar da noite.

– Vão embora – ordenou Octavi. – Digam a Sílvia que pode ficar tranquila, que de momento não tenho nenhuma intenção de falar com os *mossos* e contar a verdade. Se quisesse, teria aproveitado esta manhã para fazer isso. – Olhou de novo para Brais, desafiador, e César deu um passo para trás ao ver que ele tinha sacado um revólver pequeno do bolso da jaqueta. – Calma, não vou atirar. É só pra que saibam que estou protegido.

Brais não se moveu nem um milímetro. Sustentou o olhar de Octavi até que, com um gesto brusco, lhe dobrou o pulso com força. O revólver caiu no chão, e César o afastou com um pontapé.

– Não basta um revólver pra se proteger, Octavi. Também é preciso ter colhões pra usá-lo – advertiu Brais.

Os cães pararam de latir.

31

Héctor saiu de um dos banheiros da delegacia exatamente ao mesmo tempo que o inspetor Bellver entrava. O acaso cruza nossos caminhos como em um filme de faroeste ruim, pensou Salgado, mas nesse caso já nos teríamos enfrentado em duelo há muito tempo, em pleno sol e na praça do povoado. Mas Barcelona não era o Oeste selvagem, e os duelos eram resolvidos a portas fechadas, com armas mais sofisticadas. De todo modo, pensou Héctor, uma parte dessa filosofia continua valendo: é melhor nunca dar as costas para tipos como Bellver.

Já ia para sua mesa quando cruzou com outra pessoa, muito mais agradável.

– Martina...

Não via a subinspetora Andreu desde a semana anterior. Queria ter falado com ela na segunda-feira, mas com a morte de Amanda Bonet todos os seus planos tinham ido para o vinagre.

Ela esboçou um sorriso à guisa de cumprimento e depois mudou de expressão. Seu semblante ficou sério.

–Venha comigo. Precisamos esclarecer essa confusão.

Héctor não teve tempo de lhe perguntar como ela tinha ficado sabendo de tudo, mas também não era difícil de deduzir: em algum momento da segunda-feira à tarde ou da manhã dessa terça-feira alguém, mais provavelmente Fort, devia ter lhe dito. De qualquer forma, sem saber muito bem o que ela pretendia, Héctor a seguiu.

Martina Andreu bateu decidida na porta do escritorio do delegado e, sem esperar resposta, abriu-a e entrou, escoltada por Héctor.

– Andreu... Você já está por aqui? – Savall nunca se incomodara em disfarçar sua simpatia pela subinspetora Andreu. – Tudo bem com Calderón e o pessoal dele?

Ela bufou, como se Calderón, a gente dele e toda a máfia russa não lhe importassem a mínima naquele momento.

– Por enquanto, tudo bem. – Martina Andreu adotou um tom formal, diferente daquele que os três costumavam usar a portas fechadas, depois de tantos anos trabalhando juntos. – Delegado, quero lhe dizer agora e diante do inspetor Salgado que por minha conta tirei o relatório de Ruth Valldaura dos arquivos de Bellver. Sem que Héctor nem ninguém soubesse.

Savall a olhou fixamente. Ninguém saberia dizer se ele estava duvidando da palavra dela, mas a veemência da subinspetora não admitia réplica.

– E pode-se saber por que você fez isso?

Martina hesitou por um instante, tempo suficiente para que tanto Héctor como Savall intuíssem que o que ela diria em seguida não seria exatamente a verdade e nada mais que a verdade. Ela percebeu, e antes de dar a desculpa que tinha acabado de imaginar limitou-se a dizer:

– Não.

Na boca de qualquer outro de seus subordinados, essa negativa teria feito o delegado soltar toda a sua fúria, que era muita. Dita por Martina Andreu, na verdade o deixou sem palavras.

– Pedirei desculpas para Bellver, se o senhor achar necessário.

Savall fez um gesto de indiferença com a mão, como se unir as palavras "desculpa" e "Bellver" na mesma frase fosse um absurdo.

– Pode deixar. Isso ainda iria piorar as coisas. Depois eu mesmo falo com ele. – Então ele se voltou para Héctor, que tinha observado a cena em silêncio. – De qualquer modo, é melhor que vocês não tenham muito contato com Bellver e o pessoal dele nos próximos dias. Evitem atritos, está bem?

Falava no plural, mas sem dúvida se dirigia a Héctor.

– Isso não depende apenas de um, delegado.

– Eu sei. – Savall suspirou. – Bom, vamos deixar assim por enquanto. Héctor, como vai o caso dos laboratórios?

– Se vocês vão falar disso, vou deixá-los sozinhos – disse a subinspetora.

– Diga a Fort que venha aqui, por favor – ordenou Héctor. – Hoje de manhã ele foi interrogar Pujades, e ainda não pude falar com ele, mas tenho quase certeza de que ele não deve ter conseguido nada.

– Vou mandá-lo vir já. Mas tratem bem dele, hein? Não o amedrontem na minha ausência, ou eu me vingo.

Ela sorriu, e o companheirismo que sempre havia reinado entre eles voltou por algum tempo.

– Depois conversamos, Andreu – disse Savall. – Você precisa me contar como foi por lá.

Algum tempo depois, Savall e Héctor continuavam discutindo o caso dos suicidas diante do olhar atento do agente Fort, tímido demais para intervir a menos que lhe fizessem uma pergunta direta.

– Vejamos – disse o delegado tentando recapitular –, até o dia de hoje, e se esses mortos não compartilhassem o mesmo lugar de trabalho, teríamos três casos de suicídio, incluindo um, o de Amanda Bonet, que poderia ser qualificado de morte acidental.

Héctor negou com a cabeça.

– Ela tomou muitos soníferos, delegado. E, segundo o seu amante, não era a primeira vez que se divertiam com essas "fantasias", como ele as chama.

– Certo, então são três suicídios.

– Três suicídios, mas cinco vítimas – apontou Héctor. – A esposa de Ródenas e filha, não se esqueça disso.

– Como se pode esquecer isso? – Savall se calou uns instantes a fim de organizar as ideias. – Vamos começar pelo princípio. Gaspar

Ródenas. Recém-promovido, preocupado como essa promoção, mas sem outros problemas conhecidos.

– Certo. Seu caso foi incluído nos crimes de violência doméstica, mas jamais houve denúncias por parte de sua mulher, nem a menor insinuação de maus-tratos no ambiente familiar.

– Apesar disso, Ródenas tinha comprado um revólver, não é?

– Sim. Mas essa arma poderia servir para matar a família e depois se suicidar... ou para se proteger e proteger aos seus – assinalou Héctor.

Savall concordou.

– É uma possibilidade. Entretanto, nesse caso estaríamos diante de um assassino sem piedade. Um assassino que não hesitou em matar uma criança de meses para que a cena do crime remetesse a um caso de violência doméstica levada ao extremo. Você acredita mesmo que entre os suspeitos exista alguém assim?

Héctor relembrou o rosto dos funcionários dos Laboratórios Alemany; Sílvia, César Calvo, Brais Arjona, Manel Caballero...

– Não sei. Honestamente, não saberia dizer – concluiu ele. – O que você achou de Octavi Pujades, Fort? Já sei que a declaração dele se limitou a confirmar a versão dos outros, mas, pessoalmente, qual a tua impressão a respeito dele?

Fort se ruborizou um pouco e pensou bem na resposta antes de falar.

– Eu diria que ele está muito mais afetado pela situação que tem em casa do que ele mesmo pensa. – Estremeceu. – Praticamente sozinho, cuidando da esposa em estado terminal... Tive a impressão de que ele estava submetido a um enorme estresse, mas não posso afirmar mais nada com certeza.

– Bom – interveio Savall –, vamos deixar o caso de Ródenas por enquanto. Sara Mahler se jogou nos trilhos do metrô na noite de Reis.

Héctor fez um gesto de contrariedade.

– Continuamos sem saber de onde ela vinha ou pra onde ia àquela hora. Ela não costumava sair à noite.

Fort se sentiu obrigado a acrescentar:

– Nós rastreamos a movimentação da sua conta bancária. Sara Mahler sacou dinheiro de um caixa às nove e trinta e cinco, mas fez isso sozinha, perto de casa. As imagens da câmera do caixa demonstram isso.

Pobre Sara, pensou Héctor. Suas últimas horas tinham sido gravadas em diferentes câmeras: as do banco, as da plataforma do metrô...

– A morte de Sara Mahler aconteceu quatro meses depois da de Ródenas e sua família – assinalou Héctor. – Portanto, se Ródenas foi assassinado, quem o fez se sentia seguro até então.

– Certo. Em compensação, Amanda Bonet...

– Morreu poucos dias depois de Sara Mahler.

O semblante do delegado Savall já expressava uma mescla de irritação e cansaço.

– E os outros não dizem nada?

– Isso é o pior de tudo. Parecem estar afetados – disse Héctor, raciocinando ao mesmo tempo que falava –, assustados até. Seja o que for que estejam escondendo, o medo de que isso seja descoberto é maior do que o que sentem por causa da morte dos colegas.

– E você tem certeza de que eles estão escondendo alguma coisa? – perguntou o delegado.

– Tenho. – A resposta de Héctor foi taxativa. – É uma intuição: alguma coisa aconteceu naquele fim de semana, algo suficientemente grave pra que eles escondam de nós, pra que se calem... E pra que alguns estejam morrendo por causa disso.

– Uma coisa mais em relação a Amanda Bonet – disse Savall. – Alguém sabia que podia encontrar uma chave debaixo do tapete da porta? Alguém fora esse seu amante, esse tal Saúl...

– Saúl Duque. De acordo com ele, Amanda suspeitava que Sara Mahler sabia alguma coisa a respeito da relação deles. Se isso é verdade, Sara pode ter contado a alguém.

– A quem?

– A Víctor Alemany, por exemplo. Ela era secretária dele, e na empresa corre o boato de que Sara era muito leal ao chefe.

– Eram amantes? – perguntou Savall, meio que sorrindo.

– Acredito que não – respondeu Héctor com firmeza. – Além disso, Víctor não estava com eles naquele fim de semana...

– Certo – interveio Fort, atrevendo-se a fazê-lo espontaneamente pela primeira vez –, mas, se Sara lhe contava tudo, talvez também tivesse explicado o que havia acontecido naquela casa.

– Bem pensado – disse Héctor. – Ainda assim, continuamos na mesma, e assim vamos continuar até podermos verificar a origem de tudo isso.

– Exato. – Savall começava a dar sinais de impaciência, gestos que Héctor reconhecia sem dificuldade. – Quais são os teus planos, Héctor?

– Amanhã vou a Garrigues, à casa onde se realizaram esses benditos treinamentos, pra ver se descubro alguma coisa. – Voltou-se para Fort e acrescentou: – Por outro lado, mesmo descartando a possibilidade de identificar o responsável pela mensagem, é preciso continuar investigando o que Sara Mahler fez na noite em que morreu.

– Senhor, continua me parecendo estranho que no celular dela não houvesse nenhuma informação. Estava com a configuração original, mas ela não o tinha comprado naquele dia.

– Trate agora mesmo desses dois assuntos. Há fios soltos demais em relação à morte de Sara.

Roger Fort concordou, e, intuindo que essa ordem implicava abandonar a sala, saiu rapidamente.

– Héctor – disse Savall quando os dois ficaram sozinhos –, estou de acordo em relação a usar a imprensa nessa ocasião. Mas toma cuidado. Isso pode nos trazer problemas.

– Eu sei, mas acho que desta vez não precisamos nos preocupar.

– Bom, confio em você. – Savall pareceu dar por terminada a reunião, mas, quando o inspetor se dispunha a sair, acrescentou: – Estou contente de te ver novamente em plena forma, Héctor.

O inspetor, que estava na porta, se deteve. O delegado continuou, em um tom sério, mas matizado de algo parecido com afeto:

– Eu sei que você ficou muito mal por ter sido afastado do caso de Ruth. E acredite que sinto muito, mas eu não tinha outra opção. Não podia permitir que um dos meus melhores homens ficasse obcecado daquele jeito. – Esperou que Héctor respondesse alguma coisa, e, ao ver que ele não o fazia, continuou: – Às vezes a gente tem de virar a página, por mais difícil que seja. Para mim foi muito complicado fazer isso. Você sabe que eu sempre te apoiei, inclusive nos piores momentos, e que tanto minha mulher como eu gostávamos muito de vocês... De você e de Ruth.

Então, ao ouvir o nome dela, Héctor se deu conta de que fazia horas, talvez dias, que não pensava nela. Sabia que era um absurdo, mas não pôde evitar uma sensação estranha: tinha prometido não esquecê-la. Ficou sem saber que resposta dar ao delegado, então saiu sem dizer nada e se dirigiu à mesa de Fort. De costas para ele e falando com o agente, distinguiu uma figura feminina que, de longe, confundiu com Lola. A mulher logo se voltou, e ele viu que não se tratava dela. Era Mar Ródenas.

32

Mar se sentia tão pouco à vontade em uma delegacia que Héctor decidiu falar com ela fora dali e convidou-a para tomar um café em um bar próximo. Além disso, precisava fumar, e podia dar umas tragadas a caminho da cafeteria.

Uma vez lá, com os dois cafés diante de si, o dela descafeinado, Mar Ródenas tirou do bolso o jornal onde aparecia a notícia sobre seu irmão. Eu devia ter previsto isso, pensou Héctor. Apesar de o artigo falar em suicídios, a coincidência de três em poucos meses teria que despertar inquietude nos entes queridos, e o semblante de Mar Ródenas era um fiel reflexo dessa emoção.

– O que significa isto, inspetor? – perguntou ela sem rodeios, mas com voz fraca.

– Gostaria de poder lhe dizer – respondeu ele –, mas neste momento sabemos pouco mais do que consta nesse artigo.

– Mas... Mas o texto parece insinuar que...

Esperança, pensou Héctor. Isso era o que havia naquele olhar. Esperança de que o que até esse dia ela havia aceitado como um fato fosse na verdade uma miragem. Esperança de que seu irmão não fosse afinal um parricida, mas uma vítima. Héctor não queria iludi-la, e no entanto também não podia lhe negar a verdade.

– O caso foi reaberto. Essa é a única coisa que posso dizer.

Considerou que, para Mar, isso era suficiente. Pelo menos era uma porta aberta, um caminho para uma realidade diferente daquela tão dolorosa com a qual fora obrigada a conviver.

– O senhor tem irmãos, inspetor?

– Sim. – Não estendeu a resposta: tinha certeza de que um irmão mais velho que escolhia olhar para o outro lado quando o pai te moía de pancada não era o exemplo a que Mar se referia.

– Gaspar era alguns anos mais velho que eu. – Sorriu. – Às vezes ele era pior que meus pais, não me perdia de vista.

Héctor se dispôs a ouvi-la. Era evidente que aquela moça precisava falar do irmão, daquele rapaz que a protegia no colégio e brigava com ela em casa; daquele rapaz que, em sua cabeça, pouco tinha a ver com o que tinha morrido de um disparo naquela tragédia familiar. Mar continuou falando por algum tempo, cada vez mais animada, como se pela primeira vez em meses pudesse se confortar com aquelas lembranças, obscurecidas pelo triste fim de Gaspar. E, sem querer, Héctor também acabou lhe contando histórias de sua infância em Buenos Aires.

– Desculpe – disse Mar. – Com certeza o senhor deve ter coisas melhores pra fazer do que ficar trocando histórias de família.

– Não tem problema. – Olhou o relógio. – Mas agora eu precisaria voltar.

– Claro.

Ela protestou debilmente quando ele pagou os dois cafés, mas o inspetor não cedeu. Caminharam na mesma direção, ele para a delegacia e ela para a estação do metrô.

– Inspetor – disse Mar –, já sei que a minha opinião não é muito objetiva, mas acredite quando digo que Gaspar era em essência uma boa pessoa. Teria sido incapaz de fazer algo tão terrível.

– Quando se trata de pessoas, nenhuma opinião pode ser objetiva – disse ele afetuosamente. – Mar, permita que faça uma pergunta. – Acabava de se lembrar de uma coisa; não era um detalhe primordial, mas não seria demais esclarecê-lo. – Gaspar pertencia a alguma associação de defesa dos animais ou algo parecido? Sabe, grupos ecologistas...

Mar pareceu ficar desconcertada.

– Não que eu saiba. Mas poderia ser... Está me perguntando isso por alguma razão especial?

Héctor balançou a cabeça.

– Alguém comentou isso, mas não tem importância. Não se preocupe.

Quando Héctor voltou a sua sala, Fort já tinha saído, e ele também não viu Martina Andreu em sua mesa, o que o fez pensar em ligar para Lola e lhe propor acompanhá-la à casa de Garrigues no dia seguinte. Apesar de não ser muito ortodoxo, tinha certeza de que ela gostaria, e ele confiava em sua discrição. Teve que deixar a mensagem gravada, porque Lola não atendeu à chamada. No entanto, pouco depois recebeu uma mensagem de texto com um recado: "Ok. Até amanhã".

A brevidade da resposta causou-lhe uma sensação momentânea de tristeza, e ele permaneceu por alguns segundos com o olhar fixo na tela do celular, mal-humorado consigo mesmo e com esse fundo de melancolia que parecia procurar qualquer motivo para transbordar. Não, corrigiu ele, não era um motivo qualquer.

Ia deixar o telefone na mesa, como quem desterra o mensageiro que traz notícias indesejadas, quando se lembrou de que no dia seguinte tinha sua consulta quinzenal com o terapeuta. Anulou o desterro e procurou o número na agenda para cancelar a consulta, mas de repente lhe ocorreu que talvez o rapaz pudesse ajudá-lo, não a ele, mas ao caso. Ligou, com a esperança de que ele ainda estivesse no consultório e pudesse lhe dedicar alguns minutos. E nessa ocasião – injusta lei da compensação – conseguiu o que procurava.

Não o ter diante de si lhe parecia estranho, o que era lógico: era a primeira vez que falava com ele por telefone. Não sabia se se realizavam terapias telefônicas, ou, ainda melhor, por Skype, neste século em que o virtual ganhava pontos perante uma realidade cada vez menos tangível. Entretanto, Héctor não estava para prolegômenos, portanto entabulou rapidamente a conversa.

– Quer me falar de suicídio, inspetor?

– Sim, mas não do meu, não se assuste. Não é um subterfúgio para descarregar meus desejos ocultos.

Do outro lado do telefone ouviu-se uma gargalhada contida.

– Nunca me ocorreria que o senhor pertenceria ao perfil dos suicidas, inspetor.

– Não, imagino que minha agressividade tende a se voltar pra fora, não pra dentro. Agora, falando sério, existe algo assim como um perfil suicida?

– Chamar de perfil seria exagero. Há traços de personalidade que, combinados com as circunstâncias adequadas, podem aumentar o risco de uma pessoa dar esse passo.

– Vou ser franco. – Assim que disse isso, Héctor se arrependeu, já que a expressão deixava entrever que em outras ocasiões não o havia sido. – Estou investigando três possíveis suicídios de pessoas que têm em comum o fato de trabalharem na mesma empresa.

O psicólogo não deu sinal de ter ouvido falar do caso.

– E o senhor quer me perguntar se existe a possibilidade de que seja o ambiente do trabalho que provoca os suicídios?

Não era exatamente isso que ele queria perguntar, mas Héctor resolveu deixá-lo falar. Logo especificaria o que queria saber.

– Esse tema é muito complexo, inspetor. E é difícil falar dele sem citar teorias ou explicar experimentos que empregam termos ininteligíveis para a maioria das pessoas.

– Tente. Virei um especialista depois de seis meses de terapia.

Houve alguns instantes de silêncio.

– Bom, antes de mais nada, deixe que lhe diga que aqui o suicídio é considerado um pecado, ou um ato antinatural, apesar de essa ideia não ser comum em todo o mundo. Em outras culturas, é uma saída digna: lembre-se dos antigos filósofos gregos, ou, mais para a frente, dos japoneses com seus haraquiris. É a cristandade que acredita que a vida não nos pertence, mas é de Deus, e que Ele é o único capaz de dá-la ou de tirá-la.

"Respondendo à sua pergunta, essa organização, seja um empresa ou um grupo, que favoreceria ou provocaria indiretamente o sucídio, teria que enfrentar a resistência individual de seus membros, devido ao instinto de sobrevivência e a algumas regras socioculturais que condenam o suicídio. Têm acontecido casos de suicídios maciços em seitas nas quais o líder tinha uma grande ascendência sobre os membros. Mas em uma empresa moderna isso seria impensável: os trabalhadores têm vida social, família..."

– No entanto, tem havido casos...

– Sim, é claro. Em contextos de muito estresse, de condições inconstantes, de insegurança trabalhista extrema, a ansiedade dos funcionários cresce. Os empregados suicidas sobre os quais tenho lido expressaram claramente que a causa do ato que iam cometer estava na empresa.

– Uma espécie de acusação póstuma?

– Exatamente. Vou simplificar, para não me estender muito. Pense que o suicida comete esse ato seja porque acredita honestamente que não quer viver mais, seja porque pretende que sua morte recaia sobre a consciência de alguém. No primeiro caso, é uma decisão tomada friamente, razoável do ponto de vista do sujeito: um doente terminal que não deseja ser uma carga para seus entes queridos. No segundo, a intenção é um pouco mais perversa: imagine um adolescente abandonado pela namorada; ele se mata e quer que o mundo inteiro saiba que ela é a culpada, então deixa um bilhete acusando-a de forma mais ou menos clara. Entende?

– Claro. E se não há bilhete? Nenhum?

– Isso parece mais estranho. As pessoas tendem a se explicar, a justificar o que vão fazer... A eximir alguns de culpa e a culpar outros. A menos que se trate de um momento de desespero: uma decisão tomada no calor do momento, tão apaixonada que, se a tentativa falha, o suicida jamais volta a repetir o ato.

– A falta de bilhete indicaria uma decisão repentina?

– Em linhas gerais, sim, inspetor, mas no nosso mundo generalizar significa mentir.

Héctor concordou em silêncio. Nem Gaspar, nem Sara, nem Amanda tinham deixado bilhete algum. Talvez porque quisessem ocultar o motivo do mundo; ou talvez porque alguém havia decidido por eles.

– Está bem. Doutor – às vezes o chamava assim, apesar de saber que ele não era médico –, mais uma coisa: talvez os sujeitos não quisessem acusar ninguém especificamente.

– Se o suicida não deixa nada escrito, a culpa é ainda mais difusa: todo o seu círculo se dá por implicado, seja por não o ter previsto, seja pelo receio de tê-lo causado de forma indireta.

– Ou seja, é pior ainda. Mais... destituído de consideração.

O psicólogo riu.

– Diferentemente do seu mundo, aqui não há bons e maus, inspetor. – Seu tom se revestiu de certa seriedade ao acrescentar: – Os que o senhor chama de suicidas imbuídos de consideração seriam os que minimizam a culpa dos que os rodeiam e a atribuem a si mesmos de forma patente. Um doente que decide dar fim à própria vida e deixa isso por escrito, por exemplo. Ou...

– Ou?

– Aquele que camufla seu suicídio com um acidente. Morre por sua própria vontade, mas não deseja que as pessoas que o amam se sintam culpadas, então espatifa o carro. Seu suicídio não pode ser demonstrado, e seus entes queridos podem chorá-lo sem sentir remorsos. Esse seria um bom suicida, para usar a sua terminologia.

A conversa o estava deprimindo ainda mais, e Héctor teve a urgente tentação de desligar, de ir para casa, ou correr, ou ir para qualquer lugar onde se respirasse vida e não morte.

– Mais uma coisa. – Héctor se lembrou de repente da associação de mulheres que aparecia nas movimentações bancárias de Sara Mahler. – Por acaso ouviu falar da associação Hera?

– Sim, várias colegas fizeram conferências lá. Por que pergunta?

– Essa associação surgiu durante uma investigação. Pode me dizer mais alguma coisa sobre esse centro?

– Trata-se de uma associação dirigida por mulheres e para mulheres, especializada em vítimas de abusos e agressões sexuais.

De repente todos aqueles dados desconexos sobre a vida sentimental de Sara começaram a fazer sentido.

– Muito obrigado. Não vou mais tomar seu tempo.

– Não se preocupe. E espero vê-lo na próxima semana, inspetor. Precisa me contar se fez os deveres que recomendei.

Héctor lhe assegurou que jamais lhe passaria pela cabeça desobedecer, e despediu-se. E um bom tempo depois, talvez para afastar da cabeça vozes mais sombrias, continuava pensando se podia incluir Lola na avaliação do que tinha na vida.

33

A estrada se estendia diante deles. Um espaço firme, reto e bem-delimitado, capaz de proporcionar uma base segura para uma viagem turbulenta, agitada por uma maré de incertezas. Até mesmo o céu contribuía para enfatizar essa insegurança com algumas nuvens densas, lentas como um cortejo fúnebre, mas que de vez em quando se distraíam e permitiam que um tênue raio de sol as enganasse. Dentro do carro, Héctor e Lola haviam comentado o artigo e suas consequências, tinham expressado suas dúvidas sobre o que iam encontrar e por fim se acomodaram em um silêncio de elevador, educado e levemente desafiador. Uma dessas pausas que se suportam durante um tempo limitado e em um ambiente estável, sem altos e baixos que abalem a consciência.

Héctor fez um gesto como se fosse pegar um cigarro, mas conteve-se.

– Pode fumar, se quiser – disse ela. – Ainda estou nessa fase de achar o cheiro do cigarro agradável.

– Tem certeza? – Ele acendeu o cigarro com o acendedor do carro e baixou a janela até a metade. Expeliu a fumaça para fora. – Quando você parou?

– Faz vinte dias. – Ela sorriu. – Sim, eu sei. A típica promessa de ano-novo.

– Eu também devia parar. – A frase, dita logo depois de ele dar uma generosa tragada, parecia bem ridícula.

– A verdade é que eu tinha tentado outras vezes sem êxito, mas agora resolvi parar a sério. Primeiro mudei para o fumo de corda, algo que em teoria relaxa, mas que acabava me deixando nervosa. E no fim das contas achei que, em vez de me conformar com imitações, seria melhor parar logo.

Um quarto de hora depois eles desviaram para o caminho de terra que levava à casa. A pista suave pela qual haviam rodado se transformou de repente numa trilha estreita e traiçoeira, cheia de pedras e buracos. Lola se agarrou à maçaneta da porta enquanto o carro avançava aos tropeções, nervoso, com mais pressa do que o terreno permitia.

À porta da casa, menor do que se podia imaginar pelas fotografias, esperava-os uma mulher de uns quarenta anos. Estava claro que alguém da equipe de instrutores a havia avisado com antecedência.

Héctor tinha deixado o carro na entrada, a um lado do caminho, mas estava quase convencido de que poderia tê-lo estacionado no meio da estrada sem atrapalhar ninguém por um bom tempo. Apesar de a trilha não morrer na casa, a partir daquele ponto ela se tornava ainda mais agreste. Lola e ele avançaram em direção à mulher, que os cumprimentou com a mão. Fazia frio: o sol já havia desistido daquela luta desigual. Pela enésima vez no dia, Héctor se perguntou o que poderiam descobrir naquela casa, dez meses depois de o grupo dos Laboratórios Alemany ter estado ali. Apesar disso, Lola parecia animada, mas talvez fosse apenas por ter enfim saído do carro e poder andar.

A mulher os recebeu com um sorriso não isento de desconfiança.

– Bom dia. – Ela tinha um forte sotaque catalão, como a maioria dos habitantes daqueles municípios. – Entrem, entrem. Me disseram que os senhores viriam, mas eu os esperava mais tarde. Meu nome é Dolors Vinyals. Meu marido Joan e eu temos uma casinha perto daqui, e cuidamos desta casa quando nos pedem, como já devem saber.

Héctor se apresentou e também a Lola, sem especificar que ela não pertencia às forças da ordem. A senhora Vinyals também não perguntou, e os fez entrar na casa.

O lugar era tal qual mostravam as fotos: uma *masía* clássica, com móveis desiguais que, apesar disso, conseguiam formar um conjunto harmonioso. A lareira, apagada, dava o toque campestre, imprescindível e decorativo, a um espaço habitualmente aquecido com radiadores. Nesse dia não estavam ligados, o que devia significar que não estavam esperando a chegada de nenhum grupo para esse fim de semana. Fazia frio, e nenhum dos três tirou o casaco.

– Se quiserem ver os quartos... – disse a mulher, hesitante.

– Por enquanto não – respondeu Héctor. – Na verdade, queríamos falar com a senhora.

Dolors Vinyals não os convidou a sentar, mas isso com toda a probabilidade devia ser devido ao fato de não estar em sua própria casa. Héctor e Lola também não queriam; haviam passado muito tempo no carro, e esticar um pouco as pernas seria bom, portanto permaneceram de pé no meio da sala de jantar comprida e estreita.

– Não sei o que o senhor Ricart lhe contou... – começou Héctor.

– Ele me disse que lhes desse todas as informações de que precisarem – respondeu ela, desempenhando bem o seu papel.

– A senhora se lembra deste grupo? Eles vieram em março do ano passado, e ficaram aqui por três dias – disse ele mostrando-lhe a foto.

A mulher olhou a fotografia com interesse, e por um momento deu a impressão de não os ter reconhecido.

– Talvez consiga se lembrar deles se eu lhe disser que durante a estada eles sofreram um transtorno desagradável; encontraram uns cães enforcados.

A informação foi decisiva para que a senhora Vinyals concordasse com a cabeça.

– Ah, sim! Não me lembrava do rosto deles, na verdade. Mas disso sim. Não entendo como alguém possa ter feito algo assim com aqueles pobres animais. Gente de fora, com certeza.

Héctor sorriu consigo mesmo. Os maus sempre vinham de fora: de outro país, de outra região, até do povoado vizinho.

– Não é algo habitual, imagino.

– É claro que não! – A boa mulher estava indignada. – Pra ser sincera, eu nunca tinha visto nada parecido. Bom, e na verdade não vi, mas eles me contaram no sábado à tarde.

Héctor tinha ouvido muitas vezes a história de como os cães haviam sido encontrados.

– E lhe disseram que tinham a intenção de enterrá-los? – perguntou ele em seguida, para mudar de assunto.

– Não. Eu disse que avisaria os *mossos*, e eles concordaram. Imagino que tenham decidido fazer isso depois, porque no meio da tarde me ligaram pra contar. Nós não estávamos, tínhamos ido à tarde a Figueres, com os meninos. Isto aqui é muito solitário, e de vez em quando vamos à cidade.

Sílvia Alemany já tinha lhe contado a história dos cães. O grupo tinha a tarde livre, e assumira a tarefa de enterrar os pobres animais.

Respondendo a uma pergunta ainda não formulada, a mulher se dirigiu à janela e lhes mostrou uma espécie de alpendre anexo.

– Pegaram as enxadas e as pás ali... Com certeza decidiram levar uma pá de lembrança. Ou a perderam.

– Tem certeza de que faltava uma?

– Foi o que Joan disse. Ele ficou se queixando porque teve que trabalhar no jardim com uma das outras menores. Eu disse que eles deviam tê-la esquecido quando tinham ido enterrar os cães... De qualquer modo, agora que me lembro, era um grupo bem esquisitinho.

Dolors se voltou para eles.

– Não me interprete mal. Cada um tem o seu jeito, e no fim das contas eles vêm pra cá durante seu tempo livre, e acham que isto é um hotel.

– Vocês não cuidam da comida nem da limpeza?

– Enquanto eles estão aqui, não. Joan e eu passamos de vez em quando para ver se precisam de alguma coisa. Só isso. E quando eles vão embora, nós limpamos a casa.

– E por que a senhora disse que eles eram esquisitinhos? – perguntou Lola.

A mulher suspirou.

– Bom, um deles me pediu um quarto individual. É como estou lhe dizendo, alguns deles acham que estão em um hotel...

– Foi só isso? – insistiu Lola.

– Bom... acho que não tem importância se eu lhe contar. Parece que uma das mulheres se assustou de noite. Ela saiu pra dar um passeio sozinha, e, segundo disse, viu alguém. Um... imigrante.

Dolors quase disse outra palavra, mas afinal decidiu-se pelo termo oficial.

– Árabe? De cor?

– Sim, filha, um mouro. Antes havia mais, eles trabalhavam nos campos. Agora há muito menos.

– Mas ele não a atacou...

A senhora Vinyals fez um gesto depreciativo com a mão.

– Bah! Deve ter visto uma sombra ou qualquer coisa assim! O senhor me diga o que é que ela fazia dando uma volta pela trilha em plena noite. No dia seguinte ela me perguntou se tínhamos sofrido roubos por aqui. – Ela riu. – Como se em Barcelona ninguém fosse roubado!

Héctor sorriu.

– Ela estava assustada?

– Um pouco... mas me deu a impressão de achar que era culpa nossa. Estava meio irritada.

Héctor ia organizando os fatos. A ligação de Saúl Duque para Amanda tinha sido na sexta-feira. No sábado ao meio-dia eles tinham encontrado os cães. À tarde os haviam enterrado, e no domingo voltaram para casa. Se havia acontecido algo mais, algo que não tinham contado, devia ter sido no sábado à noite.

– Quanto tempo a senhora acha que eles demoraram pra enterrar os cães?

A mulher não respondeu em seguida.

– Bom, eram vários homens, mas não acho que eles estivessem muito acostumados a cavar. Devem ter levado a tarde inteira fazendo isso.

Héctor concordou.

– E onde enterraram?

Dolors tornou a se aproximar da janela.

–Vejam, o caminho por onde vieram continua até dar na estrada. A *alzina surera*... Como se diz isso em castelhano?

– Sobreiro – disse Héctor.

– Isso, o sobreiro onde esses pobres animais estavam pendurados fica a uns dois quilômetros, ao lado de um velho alpendre. Claro que de manhã tinham ido lá a pé; fazia parte desses jogos que eles organizam. – A mulher disse isso no mesmo tom com que teria falado de um castelo de areia na praia. – De tarde foram na *van*. Essa que se vê na foto.

Era uma *van* grande, quase um micro-ônibus, com capacidade para oito pessoas. Se eles haviam decidido que enterrar os cães era responsabilidade de todo o grupo, o mais lógico era que tivessem ido todos juntos, apesar de ele não imaginar Amanda Bonet, nem Sílvia, nem Manel com uma enxada na mão. Dolors Vinyals pareceu ler o seu pensamento, porque acrescentou:

– Todos colaboraram. Elas também. Mas eles ficaram mais cansados: no dia seguinte ainda estavam se queixando. Estavam de mau humor.

Deviam sentir-se orgulhosos, pensou Héctor: afinal de contas, tinham dedicado a tarde livre a fazer uma coisa não muito agradável só porque achavam que era o correto. Certamente tinham voltado cansados, mas contentes.

Lola tinha falado pouco, mas de repente se dirigiu à senhora Vinyals:

– Dolors, posso tratá-la por você? Na verdade, agora me dei conta de que temos o mesmo nome.

– Claro, menina. Lola, Dolors, Lolita... É um nome que já não se usa mais. Não há nenhuma garota de vinte anos que se chame assim, pelo menos por aqui.

– É verdade – concordou Lola, sorrindo. – Cada vez tem menos. Antes, quando você disse que eles eram esquisitinhos, você queria dizer só que eles se queixavam mais que os outros?

– Ah, não. Não foi só por causa disso. Eu tinha esquecido. Foi por causa das bicicletas.

– Bicicletas? – perguntou Lola.

Héctor as deixou conversar sem intervir.

– Os meninos, nossos filhos, nos acordaram no domingo de manhã dizendo que as bicicletas tinham sido roubadas. Imagina que chateação... São bicicletas boas, caras. Custaram um dinheirão, e estavam novas. Joan e eu achávamos que teríamos de comprar outras, mas quando vim no meio da manhã me despedir do grupo as bicicletas estavam aqui.

– Eles as tinham pegado? Sem pedir? – A voz de Lola denotava estranheza.

– Não exatamente sem pedir. Quando eles chegaram, nós mostramos onde moramos, para o caso de precisarem de alguma coisa, e dissemos que se quisessem usá-las para dar um passeio, estavam à disposição. Alguns usam, mas avisam quando vão pegar, claro.

– Eles deram alguma explicação?

– Um jovem moreno muito bonito me disse que ele e o outro tinham pensado em dar uma volta pela montanha no domingo bem cedinho, e que não quiseram nos acordar. Ele se desculpou, o pobre rapaz, e realmente não tinha tanta importância, afinal de contas, mas não deixei de dizer que ele tinha dado um bom susto nos meninos. Ele devia pelo menos ter deixado um bilhete. Mas é como eu digo: a gente dá a mão e já querem logo o braço. Não é assim que se diz?

– As bicicletas estavam em bom estado? – perguntou Héctor, que não queria que a conversa se perdesse em frases feitas e ditados.

– Como sempre. Pode acreditar que meus garotos não as deixam brilhando depois de usá-las.

Não havia muito o que acrescentar. Héctor e Lola visitaram a casa em cinco minutos e, depois de agradecer à senhora Vinyals, entraram de novo no carro. Antes de ir embora, Héctor queria ver o sobreiro. Mesmo que fosse sem os cães. Acima de tudo, queria organizar as ideias e encontrar uma solução lógica para toda essa questão.

34

Pela primeira vez na vida, César ficou feliz em entrar no apartamento de Sílvia na ausência dela. Não era o dia em que costumava ir, mas na noite anterior tinha chegado muito cansado da visita a Octavi, e fora diretamente para casa. Precisava pensar, analisar tudo.

César entrou e fechou a porta com firmeza. Intuía, sem saber, que Emma é que devia estar ali, então foi para o quarto dela com um objetivo concreto. Não a tinha visto desde o domingo anterior, aquele dia incômodo, recheado de silêncios e da lembrança do que havia acontecido de madrugada. César não mentira de todo quando dissera a Brais que preferia cuspir os remorsos a deixá-los vivos, como ervas daninhas; no entanto, tinha consciência de que a situação se tornara muito delicada. Não era um homem especialmente hábil na hora de lidar com as pessoas, mas tinha que encontrar um modo de se assegurar do silêncio de Emma. De sua cumplicidade.

A porta do quarto da garota estava aberta. Sentada diante do computador, Emma parecia absorta no que havia na tela, talvez um *chat* com alguma amiga. Ele bateu na porta, subitamente nervoso. Ela o viu refletido na tela e se voltou, devagar, com uma expressão de leve aborrecimento no rosto.

–Você já está aqui? Hoje não é terça-feira...

César não entendeu muito bem o que significava isso; o tom da adolescente o desconcertou. Era como se não tivesse acontecido nada.

– Emma, podemos conversar?

Ela sorriu consigo mesma, decidida a continuar demonstrando uma indiferença que nesse momento a divertia. Disposta a ser a adulta em um mundo de crianças grandes. Fechou a janela do *chat* e girou a cadeira, com as pernas ligeiramente entreabertas.

– É claro. O que você quiser. – Sorriu. – Afinal de contas, dentro de alguns meses você será como se fosse meu pai.

César detestava essa pose de garota perversa. Tinha chegado com a ideia de tratá-la como a uma mulher, e encontrava essa versão descarada de uma Lolita moderna.

– Emma, deixa de bobagem. Isto é sério.

– Ora, o que foi que eu fiz agora?

Emma fechou as pernas e cruzou os braços. Sabia que, nesse instante, ele a sacudiria pelos braços até lhe apagar o sorriso do rosto, e a ideia a excitou um pouco.

– Bom, fala... Estou ocupada, sabe? E você deveria estar trabalhando a esta hora. Mamãe vai te dar uma bronca se você continuar saindo do depósito tão cedo.

César não conseguia discernir se ela escolhia as palavras deliberadamente, para humilhá-lo, ou se simplesmente elas lhe ocorriam de maneira espontânea. De qualquer modo, ela conseguia ofendê-lo, principalmente com a ênfase que tinha colocado em palavras como "bronca" e "depósito". Ao mesmo tempo notava que ela o estava provocando, desafiando-o para um jogo no qual ele não queria entrar. Não agora. Nem hoje nem nunca.

– Não vou te incomodar muito. Não quero que você diga que não acabou os deveres por minha culpa.

Sua intenção de parecer irônico se chocou com a evidente realidade de que ela, com dezesseis anos, ainda estava na idade de ter deveres. Entretanto, Emma foi suficientemente complacente para não fazer nenhum comentário, apesar de a expressão de seu rosto superar qualquer resposta depreciativa que pudesse lhe dar.

– Quero conversar sobre o que você me disse no outro dia. Sobre Sara Mahler.

César teve então a satisfação de vê-la perplexa, surpresa. Ele não queria falar apenas disso, é claro, mas desde o dia anterior, desde a conversa com Brais no carro, tinha ficado remoendo algo que ele havia dito: "Pelo menos você pode falar disso com Sílvia".

Emma se levantou da cadeira como se o assunto a aborrecesse e se dirigiu à porta.

– Você quer mesmo falar de Sara? – perguntou ela sorrindo, enquanto fazia um gesto de lhe acariciar o rosto.

– Quero. – E, num impulso do qual se arrependeu em seguida, agarrou-a pelo pulso. Sem a machucar, só para que a carícia ficasse no ar. – Emma, você tem de me dizer que diabo você escutou. Não minta pra mim. É muito importante.

– Me solta.

Ele não lhe deu atenção. Ao contrário, apertou um pouco mais.

– Fala, Emma!

– "Fala, Emma." "Fica quieta, Emma." Você é igual a mamãe. Por que não "senta, Emma"? Você acha que eu sou sua mascote?

César a agarrou então pelos dois braços e a empurrou contra a parede.

– Fala, porra!

Disfarçando para não lhe dar o gostinho, ela respondeu:

– Sara. A fiel Sara. Podemos confiar nela. Sara é confiável...

Ele ficou gelado ao reconhecer frases que Sílvia e ele tinham usado na intimidade do quarto.

– Dá pra ouvir tudo, César. Do quarto de Pol se ouve tudo, e ele não se importa de trocar comigo por uma noite. – Ela riu. – Dá até pra ouvir as suas patéticas tentativas de transar.

Ele tornou a empurrá-la contra a parede. A cabeça dela bateu contra a parede branca.

– Estúpido!

César percebeu que a tinha machucado. O golpe havia ressoado no quarto vazio, e os olhos de Emma se encheram de lágrimas, contra a sua vontade.

– Desculpa – murmurou ele. – Emma, isto é mais grave do que você imagina... Por favor, me conta tudo o que você ouviu.

– Você me machucou.

– Foi sem querer.

– E o que você queria?

Estavam de novo perigosamente próximos, e o cheiro de Emma era um apelo ao qual era difícil resistir. Um único beijo, mais um. O último, prometeu ele a si mesmo.

Suas línguas se acariciaram, se lamberam; seus lábios se chocaram, ao mesmo tempo que as mãos de César caíam sobre os seios dela. Emma separou um pouco os lábios, só um instante, para recobrar o fôlego. Para gemer, porque já sabia que esses arquejos o excitavam.

Ele abafou o gemido com outro beijo, mais voraz, mais furioso, e ambos fecharam os olhos. As línguas se procuravam, as mãos queimavam. Ambos se esqueceram do que estavam falando antes, de onde estavam, de quem eram. Só respiravam, se beijavam, se tocavam, se cheiravam.

Sem perceber em momento algum que não estavam sozinhos.

Sílvia havia entrado poucos minutos antes, preocupada com o telefonema ameaçador que havia recebido depois do almoço. A mesma voz, as mesmas exigências financeiras. E enquanto lhe falava, Sílvia não pudera tirar da cabeça a imagem de Amanda morta em uma cama branca. Quando cortara a ligação, sofrera um enjoo, fora ao banheiro da empresa e vomitara o café da manhã junto com o almoço, e depois se sentira doente demais para continuar trabalhando. De fato, estava tão mal que por um instante, ao se deparar com aquela cena, acreditara que aquilo só podia ser produto da febre. Uma alucinação. Um pesadelo.

Mas não. Nenhum sonho era tão real. Eram César e Emma, em carne e osso. À beira de transar, beijando-se como fazia anos ninguém beijava a ela. Tão entregues a seus atos que nem sequer a tinham visto nem ouvido, até que Sílvia, incapaz de reagir de outra forma, começou a rir. E foi esse riso amargo, antinatural, o que fez com que os dois amantes se detivessem. Continuaram abraçados, mas imóveis, negando-se a abrir os olhos; mantiveram-nos fechados mais um pouco para não ter que ver. Bastava-lhes sentir essa gargalhada, essa chuva de dardos enferrujados que os cravava na parede como se fossem uma foto erótica, um pôster de mau gosto que em pouco tempo seria arrancado, rasgado em dois e atirado no lixo.

35

O trajeto de volta a Barcelona estava sendo muito mais relaxado que o da manhã. Nisso influía o fato de terem parado para almoçar, já tarde, em um restaurante à beira da estrada, e também o fato de o relato da senhora Vinyals ter aberto caminho a toda uma série de possibilidades, embora a poucas certezas. Quando entraram de novo no carro, já eram mais de cinco horas, e Héctor acelerou um pouco. Queria chegar à delegacia a tempo de ver Fort e se inteirar em primeira mão de alguma novidade que pudesse ter surgido. Curiosamente, a animada conversa que tinham mantido durante o almoço se apagou um pouco quando ele se pôs de novo ao volante. Lola olhava pela janela, e ele a observou pelo canto do olho: ela tinha cortado o cabelo, mas, afora esse detalhe, mudara muito pouco nesses sete anos. Sempre fora muito atraente, mas seu estilo era tão oposto ao de Ruth que era o caso de se perguntar como o mesmo homem pudera se apaixonar por duas mulheres tão diferentes.

– Você não mudou. – Seu pensamento havia encontrado o modo de se expressar em voz alta sem que ele se desse conta disso.

– Não acredite nisso – replicou ela sem desviar os olhos da janela. – É só aparência.

– E como está você? Agora temos mais de sete minutos para conversar... Me diz, como vão as coisas?

– Acho que poderia estar pior. E melhor também. Em resumo, não me queixo. E você?

Ele acendeu um cigarro antes de responder; dessa vez não pediu permissão para fazê-lo.

– Digamos que também tive momentos melhores e piores – respondeu afinal.

– Fiquei sabendo do que aconteceu com Ruth. Sinto muito, de verdade.

– Eu sei.

A menção desse nome instaurou de novo o silêncio, mas dessa vez foi Lola quem o rompeu.

– Eu vim a Barcelona para entrevistá-la. Pouco depois que vocês se separaram.

Héctor ficou surpreso.

– Não sabia que você fazia esse tipo de reportagem.

– Bem-vindo ao perfil da nova jornalista – disse ela em tom irônico. – Ou melhor, como consta no meu cartão: "Editora de conteúdo". Toma cuidado, qualquer dia você vai deixar de ser inspetor pra se transformar em "provedor de ordem" ou algo parecido.

Havia uma nota de amargura em sua voz que ela não se preocupou em esconder.

– As coisas mudaram muito. E receio que teremos que assistir a coisas piores. Você não percebe? – Pela primeira vez nessa conversa, Lola se voltou para ele. – Temos vivido em uma espécie de limbo, Héctor, mas esse limbo não será a antecâmara do céu...

– Você se tornou religiosa? – brincou ele.

– Não! Acho que meu DNA não permite, devo ser imune à espiritualidade. Até o incenso das lojas de velas e budas me dá enjoo. Não, estou falando de um inferno real: pobreza, extremismos, medo... Talvez seja a idade que me torna pessimista, mas neste país nada mais tem sentido: nem a esquerda, que o é só de nome, nem a direita, que se diz moderada, nem os bancos, que obtêm mais benefícios que as empresas. – Sorriu. – Nem os empresários, que levam seus funcionários para passar alguns dias no campo como se fossem seus filhos, como se se importassem realmente com eles. Tem havido bom astral demais, Héctor, mentiras demais nas quais todos nós temos acreditado porque eram bonitas. Porque diziam o que gostaríamos de ouvir.

Lola se calou durante alguns momentos e depois retomou o assunto inicial.

– Como estava dizendo, conheci Ruth. Era uma mulher encantadora. Durante toda a entrevista fiquei em dúvida se ela sabia ou não do nosso caso, e fui embora sem ter chegado a uma conclusão.

– Ela sabia – disse Héctor. – Eu lhe contei. Quando...

– Quando você me deixou. Pode dizer. Já se passaram sete anos, não vou começar a chorar.

Estavam se aproximando de Barcelona. O tráfego estava se tornando mais denso, e a sensação de intimidade começou a se evaporar.

– Nós não podíamos continuar como estávamos. Estava se tornando... intenso demais. Se serve de consolo, Ruth acabou me deixando.

– Não, não me consola. – A voz de Lola estava tão séria, tão triste, que Héctor tirou por um momento o olhar da estrada e se voltou para ela. – Sabe por quê? Não porque eu seja exatamente uma santa. Quando, ao preparar a entrevista de Ruth, fiquei sabendo que vocês tinham se separado, que ela tinha outra pessoa, entendi que você e eu nunca mais poderíamos ficar juntos sem que eu me sentisse como alguém da reserva. Uma mudança forçada pelos acontecimentos.

Héctor tirou uma das mãos do volante e procurou a dela. Não conseguiu evitar o gesto. Lola não afastou a sua.

– Héctor... Eu fui embora de Barcelona, superei o nosso caso pouco a pouco; me esforcei pra parar de invejar Ruth, pra me esquecer de você.

Ele queria beijá-la. Estacionar o carro em qualquer esquina e abraçá-la. Ir para o hotel e tirar a roupa dela devagar. Acariciá-la até apagar aqueles sete anos de separação. Ela lhe fitou os olhos e compreendeu.

– Não. – Soltou-se com suavidade, mas com firmeza. – Nada de transas nostálgicas. São asquerosamente deprimentes. Houve um tempo em que eu não conseguia te recusar. Meu corpo não teria sido capaz de se negar. Mas agora sim. E sabe por quê? Porque só há uma verdade, e eu não quero me enganar. Você pôde escolher, e o fez; eu perdi, e Ruth ganhou. A partida acabou ali.

Se se tratasse de Martina ou até de Leire, teriam notado que o chefe estava com um humor de cão só de vê-lo entrar. Mas, logicamente, Roger Fort carecia de intuição feminina e também não tinha grande dose da masculina, portanto abordou o inspetor Salgado assim que ele passou diante de sua mesa.

– Inspetor, podemos conversar?

Héctor se voltou para o agente com um olhar que teria sido frustrante para qualquer um que não estivesse tão empolgado. Fort, pensou Héctor, tinha a principal qualidade dos super-heróis e dos loucos; era imune à decepção.

– Claro – respondeu. – Pode dizer.

– Finalmente conseguimos localizar uma garçonete que viu Sara Mahler jantando com alguém na noite de Reis, em um restaurante próximo à estação de metrô onde ela morreu. Não tínhamos falado com ela antes porque estava de férias. A moça se lembra dela e de quem a acompanhava, porque lhe pareceu uma dupla curiosa: uma loira e uma morena.

– Loira? Era uma mulher?

– Sim, senhor. A garçonete não se lembra muito bem, era noite de Reis, e havia muita gente. Só lembra que era loira e jovem. – E Fort se atreveu a acrescentar: – Poderia ser Amanda Bonet.

Merda, pensou Héctor. Tinha esperança de que o misterioso acompanhante de Sara trouxesse alguma luz àquele mistério.

– Outra coisa, senhor – prosseguiu Fort. – O senhor Víctor Alemany ligou várias vezes perguntando pelo senhor. Estava muito irritado. Queria falar com o delegado...

– Ele que vá à merda! – exclamou Héctor. E Fort teve que fazer um esforço para não dar um passo para trás. – Eles todos que vão à merda! Acham que podem ficar nos enrolando e ainda por cima tentam nos acovardar com telefonemas. Chega!

– Chega?

– Minha paciência acabou, Fort. – Os olhos de Héctor emitiam um brilho que agora definitivamente era de fúria, e não de mau humor. – Vou destruir esse grupo. Amanhã você e eu vamos aos Laboratórios Alemany e faremos algumas detenções. Só pra interrogá-los. Ali mesmo, na frente dos colegas, pra que todos fiquem sabendo.

Fort se lembrou das histórias que circulavam pela delegacia sobre Héctor, mas achou que tinha o direito de perguntar:

– E quem nós vamos prender, senhor?

– O membro mais forte e o mais fraco, Fort. Essa senhora com ares de rainha e Manel Caballero. E te juro que arrancarei deles a verdade, nem que tenha de ficar vinte e quatro horas interrogando os dois sem parar.

Leire

36

Eu não devia ter marcado esse encontro, pensou Leire quando o táxi a deixou junto à entrada dos Jardines de la Maternidad, no bairro de Corts. Tinha passado uma péssima noite e dormira um sono interrompido por sonhos inquietantes nos quais apareciam Ruth e o doutor Omar, falando em voz baixa, sem que ela pudesse ouvi-los. Afinal, farta de pesadelos, levantara às sete horas, um pouco enjoada. Tomara o café da manhã sem fome pela primeira vez em muito tempo, e logo depois, apesar de ter prometido não o fazer, pegou o celular e teclou o número que aquele desconhecido lhe havia dado na noite anterior.

E ali estava, naqueles jardins que no verão talvez fossem lindos, mas que no mês de janeiro tinham um ar lúgubre de mansão decadente. Eram onze da manhã, mas, a julgar pelo céu, poderiam ser seis da tarde. Um frio insidioso, sem vento nem chuva, assolava uma cidade pouco habituada às temperaturas extremas. Nervosa sem saber por quê, era de supor que o homem a quem devia encontrar a reconheceria, porque ela não tinha a menor ideia da aparência dele.

De pé junto à grade, perguntou-se por que aquele indivíduo tinha escolhido exatamente aquele lugar. "Melhor que seja ao ar livre", tinha dito ele. "Assim poderemos conversar com mais tranquilidade." Ela concordou: em regra, não se atacavam as pessoas em espaços abertos, mas nesse momento, arrepiada apesar do casaco grosso, desejou ter proposto uma cafeteria qualquer, onde pelo menos estaria sentada.

Não teve que esperar muito tempo. Cinco minutos depois das onze, um homem de trinta e poucos anos dobrou a esquina e se encaminhou diretamente para ela, sem hesitar.

– Agente Castro – disse ele estendendo-lhe a mão. – Sou Andrés Moreno.

Ela a apertou, e ao fazê-lo sentiu-se aliviada. Aquele tipo não tinha nada de sinistro; ao contrário, sua estatura mediana e seu rosto amável, quase amável demais para ser considerado atraente, tendiam a afastar qualquer resquício de desconfiança. Ele tinha uma mochila pendurada no ombro, que teimava em escorregar pela manga da jaqueta de couro marrom.

– Desculpe aparecer ontem à noite na sua casa – disse ele –, mas vou embora hoje, e não queria ir sem vê-la. Você quer caminhar um pouco?

Ela concordou, mas quando cruzaram a entrada do parque procurou um banco com os olhos. Encontrou-o e caminhou em direção a ele. Havia pouca gente nos jardins, e os edifícios antigos, banhados por aquela luz de inverno, tinham um ar quase fantasmagórico.

– Você se importa se nos sentarmos? – perguntou ela, tratando-o também por você. – Estou muito pesada pra me movimentar muito.

Ele concordou, sorridente. Diante do banco havia uma estátua de pedra branca: uma jovem mãe com uma criança nos braços. Apesar de os edifícios serem usados para outras atividades, aquele conjunto de pavilhões havia sido anos antes uma maternidade. Leire acariciou a barriga ao sentar. Abel parecia estar dormindo; preguiçoso como o dia, pensou ela. Nisso com certeza parecia o pai.

– Bom – disse Leire –, estou muito intrigada.

Andrés Moreno sorriu.

– Imagino que sim. E, agora que você está diante de mim, a verdade é que não sei muito bem por onde começar.

– Você me disse que tinha alguma coisa pra me contar sobre Ruth Valldaura. Acho que isso seria um bom começo.

Ele apoiou a mochila no banco, entre os dois, abriu-a e ia tirar alguma coisa de dentro dela, mas pensou melhor e desistiu. Em vez disso, fez uma pergunta que deixou Leire completamente desconcertada:

– Você já ouviu falar dos bebês roubados?

– O quê? – Ela logo se recobrou da surpresa. – Claro, quem não ouviu?

Era verdade. Já fazia tempo que a notícia, o escândalo, circulava pelos jornais e pelos programas de televisão. Bebês separados das mães ao nascer, dados como mortos pelos verdadeiros progenitores e entregues em adoções obscuras a outras famílias que acreditavam estar acolhendo crianças indesejadas. O que havia começado como consequência do pós-guerra, ligado às mães do lado perdedor, que, de acordo com a hierarquia do momento, eram indignas desse nome, tinha evoluído para uma rede, um negócio que se mantivera durante muitos anos ainda: casos de crianças nascidas nos anos 1960 e 1970 que agora procuravam desesperadamente os pais biológicos; pais biológicos que até havia pouco estavam convencidos de ter perdido um filho e de repente descobriam que o túmulo estava vazio; pais adotivos que assistiam horrorizados à constatação de que, sem que eles soubessem, tinham feito parte de uma trama imoral e criminosa. O assunto era assustador, e suas ramificações envolviam parteiras, freiras e médicos, se bem que na maioria dos casos a lei podia fazer muito pouco. A dificuldade de demonstrar eficazmente os crimes cometidos se juntava à sua prescrição legal.

Enquanto Leire pensava em tudo isso, nos fragmentos de informações ouvidos e comentados, Andrés Moreno tirou alguns papéis e fotos da mochila.

– Sou jornalista, e estou há meses mergulhado nesse assunto. Como você já está a par disso, não vou entrar em detalhes. Vou dizer apenas que há muitos casos por descobrir, por esclarecer.

Mas os nomes de alguns médicos implicados se repetem, assim como os de algumas religiosas pouco caridosas, pra não dizer outra coisa.

Leire assentiu, ainda sem saber o que tudo isso tinha a ver com ela e com Ruth Valldaura.

– Como você vai ver, existem poucos rastros dessas adoções ilegais. O método variava. Algumas mães biológicas davam à luz em hospitais propriamente ditos, e depois do parto lhes comunicavam que o bebê havia morrido. Tinham inclusive o cadáver de um... Desculpe. – Ele se interrompeu ao ver que Leire começava a perder a cor.

– Não, está tudo bem – mentiu ela.

– Que droga, agora é que vi que não é muito adequado te falar disso. Sinto muito.

– Tudo bem. Não sei se é adequado ou não, mas agora você já começou. Continue.

Ele inspirou profundamente.

– Havia todo tipo de caso. Mães solteiras que procuravam refúgio em instituições religiosas e com as quais se seguia o mesmo método ou outro pior. Simplesmente lhes diziam que elas não mereciam ser mães, que seus filhos estariam melhor nos braços de uma família como Deus manda. Se elas fizessem muitas objeções, eram ameaçadas: às vezes diziam que lhes tomariam outros filhos que já tivessem... De qualquer modo, os bebês eram levados praticamente na hora do nascimento, e os pais adotivos os registravam como seus. O que está bem evidente é que havia dinheiro envolvido.

– Claro – disse Leire. – Pelo que sei, em forma de doações, não é?

– No caso das instituições religiosas, é claro. E é aí que eu quero chegar.

Andrés Moreno abriu a mochila e tirou uma pasta tão velha que parecia a ponto de se rasgar em pedaços.

– Um desses abrigos de mães solteiras da época era este.

Mostrou-lhe uma foto em preto e branco. Umas freirinhas posavam diante de uma casa com um amplo jardim. Todas sorriam para a câmera.

– Era o Hogar de la Concepción, em Tarragona, dirigido por uma freira cujo nome consta em mais de um relatório. Irmã Amparo. Esta.

Pouca coisa a diferenciava das outras: os uniformes cumpriam sua função, dando a todas o mesmo aspecto de dóceis pombas cinzentas.

– Digo *era* porque esse abrigo já não existe. Nem tampouco a irmã Amparo, pelo menos neste mundo. Morreu há quatro anos. O Hogar de la Concepción foi fechado no fim dos anos 1980, e seus arquivos devem ter passado para outra instituição, ou foram destruídos. Ao que parece, haviam ficado poucas irmãs, mas uma delas conseguiu levar alguns documentos consigo.

– Para quê?

– Bom, digamos que ela tenha visto certas coisas ali e queria preservar algumas provas.

Moreno baixou a cabeça e acrescentou:

– Não posso dizer mais nada a respeito dela. Foi a condição que ela me impôs pra me dar a informação. Esta informação.

Tirou outros papéis da pasta; sem dúvida eram fotocópias de outros mais antigos, que também não se viam muito bem. Leire os pegou e os observou com atenção.

– São doações. Você vai ver que as quantidades variam, mas todas são muito altas. Estamos falando de milhões nos anos 1970, quando as pessoas normais viviam quando muito com algumas centenas. Veja esta em especial.

Leire obedeceu. Segundo constava ali, no dia 13 de outubro de 1971 um tal Ernesto Valldaura Recasens havia doado dez milhões de pesetas ao Hogar de la Concepción.

– O que você está me dizendo? – perguntou ela, mas o cenho franzido indicava que já intuía o que era.

– Não é nenhuma prova de nada, obviamente. Cada um pode doar dinheiro a quem quiser. Mas comecei a investigar, não só este, mas todos os nomes que aparecem aqui. Não são muitos, mas são difíceis de localizar. Com Ernesto Valldaura, tive sorte. Este é o registro de nascimento de sua filha. – Ele o mostrou. – Ruth Valldaura Martorell, nascida no dia 13 de outubro de 1971.

Leire observou os dois documentos e sentiu algo parecido com uma vertigem.

– Isso significa que...?

Ele encolheu os ombros.

– Não é nenhuma prova de nada. Pelo menos não uma prova judicial. Como eu disse, o senhor Valldaura tinha todo o direito do mundo de fazer doações tão vultosas quanto quisesse, e para a instituição de que mais gostasse. Mas a coincidência é significativa, não acha?

– E o que mais a freirinha disse? A que te deu tudo isso...

– Pouca coisa. Que havia mães que voltavam ao Hogar de la Concepción reclamando seus filhos, que havia muitos partos "difíceis" e que a irmã Amparo dirigia o lugar com mão de ferro e o cofre sempre cheio.

– Quando... quando você obteve esses documentos?

– No fim do ano passado.

Nessa época Ruth já havia desaparecido, pensou Leire.

– Quando afinal localizei os Valldaura e o registro de nascimento, fiz uma busca rápida do nome da filha deles. E fiquei sabendo o que havia lhe acontecido uns meses antes.

– Você foi vê-los?

– Os Valldaura não quiseram me receber. Imagino que eles achavam que eu era mais um jornalista interessado no caso de sua filha, e na verdade também não insisti muito. O que eles iam me dizer? Falar a respeito da doação e das suspeitas que ela podia levantar me pareceu impróprio quando eles tinham que enfrentar o desaparecimento da filha. Então me concentrei em investigar Ruth Valldaura, mas a verdade é que não consegui grande coisa. Minha única pista de alguns dias pra cá foi você

– disse ele sorrindo. – Confesso que venho seguindo os teus passos pra ver se você também estava interessada nela.

– Mas...

– Já não tenho mais recursos nem tempo. Achei que poderia descobrir alguma coisa... Até imaginei a possibilidade de que o nascimento e o final de Ruth estivessem relacionados de algum modo, por improvável que pareça. Também pensei em abordar o ex-marido de Ruth Valldaura, mas, ao ficar sabendo de sua "propensão à violência", desisti.

Ela sorriu. Pobre Héctor, algumas condenações perseguem os réus a vida toda. São as piores, um rastro de boatos que demora para desaparecer e contra o qual o acusado não pode lutar.

– Não sou de Barcelona – continuou Andrés Moreno –, e não posso ficar mais tempo por aqui. Preciso pagar o aluguel, e não tenho nada pra publicar. Além disso...

– Sim?

– Pra ser sincero, não sei se quero continuar com isto. É um assunto sujo, marcado por uma crueldade que às vezes se torna insuportável. Vou me casar na primavera, quero formar uma família...

Andrés Moreno se ruborizou. A frase ficou no ar, entretanto Leire entendeu perfeitamente o que ele queria dizer.

– Me faz um favor – pediu ela.

– Você quer o documento? Eu trouxe uma cópia. Use-a como achar mais conveniente, mas... tenha cuidado. É um assunto que talvez chegue aos tribunais algum dia, mas por enquanto permanece enterrado debaixo de toneladas de burocracia. E há muita gente que deseja que continue assim. Muitos implicados morreram ou se aposentaram, muitos dos bebês hoje são adultos que ignoram a verdade. Restam muitos outros, claro, pedindo justiça, mergulhados em uma luta contra o esquecimento, mas receio que o tempo os desanimará, os fará calar-se, desaparecer...

Como Ruth, pensou Leire. O cansaço deu lugar a uma indignação capaz de vencer qualquer enjoo. Como Ruth.

* * *

Montserrat Martorell lhe abriu a porta de casa nesse mesmo dia, pouco antes das duas. Leire tinha ido vê-la obedecendo a um impulso, e nessa ocasião o semblante arrogante da mãe de Ruth a impressionou muito pouco.

– Outra vez por aqui, senhorita Castro?

– Sim. – Leire não estava com humor para ficar com rodeios, e então pôs a fotocópia do documento diante do nariz dela sem quase lhe dar tempo para vê-lo. – Acho que precisamos conversar.

A senhora Martorell a conduziu à mesma salinha onde a havia recebido na primeira vez, mas não se deu ao trabalho de fingir que ela era bem-vinda. Devia ter visto que ela estava cansada, ou alterada, porque a convidou para sentar, e Leire aceitou.

– Explique isto – disse Leire. E acrescentou: – Por favor.

A mãe de Ruth pôs uns óculos pequenos que tinha pendurados no pescoço por uma fina corrente e deu uma olhada na folha de papel. Depois tirou os óculos e focalizou a atenção naquela visitante inesperada. Leire fitou novamente os olhos cinzentos da senhora Martorell, intensos apesar da idade.

– Não sei o que quer que lhe explique. Meu marido fez uma doação para esse lugar há quase quarenta anos. Na época era mais religioso. O tempo e a vida também curam isso.

Leire a observou, incapaz de saber se aquela mulher tinha consciência do que aquele papel podia significar. Decidiu ir direto ao assunto.

– Ruth foi adotada? – perguntou.

A senhora Martorell dobrou a folha de papel e falou com uma voz lenta, que pretendia ser fria, mas não conseguia sê-lo totalmente.

– Senhorita Castro...

– Agente Castro, se não se importa...

– Não levante a voz para mim. Já tive muita paciência com a senhorita, mas agora já está passando dos limites. Quero lembrar que está investigando o desaparecimento de minha filha, não o seu nascimento. E duvido que, com trinta e nove anos de diferença, exista alguma relação entre ambos os fatos.

Leire ia contestar, mas nesse momento Abel decidiu entrar na conversa, e o fez de forma dolorosa, quase como se estivesse protestando.

– A senhorita está bem?

– Sim. – Ela respirou fundo. – Acho que sim. Desta vez ele se mexeu com mais força...

– Por que não faz um favor a si mesma? Vá para casa, tenha seu filho. Sinceramente, lhe digo isto como mãe; não há nada mais importante. Quando ele nascer, o resto das coisas que agora lhe parecem importantes simplesmente vai desaparecer. Vai pensar só em cuidar dele, em alimentá-lo. Em protegê-lo.

– Eu sei – disse Leire. Sua voz tremia. – Cuidarei dele, darei de comer, vou protegê-lo... Mas não mentirei pra ele. Não vou inventar uma história romântica sobre seu pai, nem sobre a relação que mantenho com ele. Talvez não sejamos uma família perfeita, mas não fingiremos ser. Meu filho saberá a verdade.

– A verdade! – Montserrat Martorell fez um gesto que quase podia ser de tédio. – Os jovens têm uma obsessão pela verdade que acaba sendo quase ingênua. A senhorita acredita que o mundo poderia funcionar à base de verdades? Vou lhe dizer uma coisa, agente Castro: a sinceridade é um conceito supervalorizado em nossos dias. E há outros que lamentavelmente perderam a força, como a lealdade, a obediência. O respeito a algumas normas que, bem ou mal, funcionam há anos. Não, agente Castro, não é a verdade que sustenta o mundo. Pense nisso.

– Acho que o mundo ao qual a senhora se refere já não existe mais – replicou Leire quase com tristeza.

– Não? – perguntou ela com um sorriso irônico. – Olhe ao seu redor. A senhorita acha que as pessoas que andam pela rua, as pessoas normais, sabem toda a verdade? Não. Há coisas às quais as pessoas normais, como a senhorita e eu, não podem ter acesso. É assim, sempre foi assim, por mais que agora se achem no direito de conhecê-las. Se levar isso a uma escala menor, verá que também se aplica aos lares, às famílias... Quando tiver seu filho vai perceber que a verdade não é importante quando se choca com outros valores como segurança, proteção. E, queira ou não, terá que decidir por ele. Para isso é a mãe dele: para lhe traçar um caminho seguro e evitar que sofra.

Leire estava começando a enjoar de novo, mas as últimas palavras daquela mulher a fizeram pensar em outra coisa.

– Foi isso o que fez com Patricia? Afastá-la do caminho que havia planejado para Ruth?

A senhora Martorell sustentou o olhar sem pestanejar.

– Eu apenas pedi que deixasse minha filha em paz. Ela a estava confundindo. As mães sempre percebem essas coisas. Falei com Ruth, pressionei-a um pouco, e afinal ela me contou tudo. Estava muito assustada, muito confusa... Não sabia quais eram os seus sentimentos, suas inclinações. Meu dever era protegê-la.

– Protegê-la de Patricia? – Não conseguiu evitar uma nota de sarcasmo na voz.

– Protegê-la de algo que ela ainda não estava preparada para assumir. E de que nem sequer tinha consciência completamente. – Fez uma pausa antes de acrescentar: – É preciso coragem para ser diferente nesta vida, senhorita Castro. Minha única intenção foi evitar que Ruth sofresse. Por isso, tive uma conversa a sós com Patrícia antes dela morrer.

Leire imaginava que aquela mulher, imponente na velhice, devia ter sido impressionante como mãe ofendida. E Patricia devia ter se sentido traída, até mesmo envergonhada naquela época. Quase podia vê-la depois de enfrentar a senhora Martorell, dirigindo sozinha de volta para casa...

– E não se sentiu culpada depois? – Custava-lhe acreditar, parecia-lhe impossível pensar que aquela mulher que estava na sua frente não tivera o menor remorso. – Ao saber do acidente.

Montserrat Martorell se ergueu e respondeu com voz gélida, taxativa:

– Os meus sentimentos não são absolutamente da sua conta, agente Castro.

Não, não são, pensou Leire. Quase preferia não os conhecer.

– Tem razão. Não tenho o direito de perguntar, mas vou lhe contar uma coisa. Talvez já saiba disso ou talvez não, mas pelo menos a partir de agora não poderá se escudar na ignorância dos fatos.

E Leire lhe falou dos bebês roubados, do Hogar de la Concepción e da irmã Amparo; falou-lhe da possibilidade de que a mãe de Ruth não tivesse entregado a filha voluntariamente, de que a tivessem enganado dizendo-lhe que ela estava morta ou de que a tivessem arrancado dos seus braços. De que a doação de seu marido fora um pagamento em troca de uma recém-nascida.

A senhora Martorell a ouviu com atenção, sem interrompê-la. Quando terminou sua exposição, Leire estava muito cansada e queria ir embora. Seu apartamento de azulejos suicidas e ralos entupidos lhe pareceu de repente o melhor lar do mundo.

– A senhorita está muito pálida – disse a senhora Martorell. – Acho que vou chamar um táxi para levá-la em casa. E... acredite em mim, agente Castro, porque lhe digo isso para o seu bem e para o bem de seu filho: deixe de remexer um passado que, mesmo que tenha sido assim, não vai nos ajudar de modo algum a encontrar Ruth. Concentre-se no futuro. Será melhor para a senhorita e para todos.

Leire gostaria de lhe responder que a justiça consistia nisso, mas não teve forças para fazê-lo. Limitou-se a fitá-la, a tentar lhe transmitir sua incompreensão perante essa forma de ver as coisas. A mulher pareceu não tomar conhecimento. Desiludida, Leire se levantou, pegou a folha de papel na qual constava a doação do pai de Ruth e se dirigiu à porta sem dizer mais nada. Esperaria o táxi lá fora.

Estava louca para voltar para casa, fechar-se ali e esquecer este mundo que talvez não fosse cruel de propósito, mas que de qualquer forma era profundamente desumano.

37

O relógio da mesinha indicava que eram apenas seis da manhã, e Leire se virou na cama. Não tinha por que madrugar tanto. Fechou os olhos e tentou conciliar o sono, como se isso fosse algo que se pudesse forçar por meio da vontade. Quando afinal se rendeu e desistiu de continuar na cama, só se haviam passado quinze minutos. Tempo suficiente para compreender que era melhor levantar, apesar de ainda ser muito cedo.

Foi da cama para o sofá, estranhamente sem fome para tomar café, e ficou um momento esperando algum movimento por parte de Abel. Por fim ele se mexeu, e ela respirou, tranquila. Tinha se acostumado a prestar atenção nisso, e quando não acontecia ela era tomada por um medo terrível.

Diante dela, na mesinha, estavam as fotos de Ruth, seu relatório e a fita com a gravação do consultório do doutor Omar. Não se sentia com ânimo para vê-la de novo, e de repente percebeu que estava começando a ficar sem vontade de continuar com aquele caso. Aquilo a estava afetando demais, estava mexendo com a sua cabeça, tirando a sua tranquilidade. Isso não pode continuar assim, disse a si mesma. E lentamente, assumindo que pela primeira vez desistia de um caso antes de haver esgotado todas as possibilidades, começou a guardar tudo no mesmo envelope que Martina Andreu havia lhe dado. Depois de alguns instantes de dúvida, deixou de fora apenas o documento da doação. Ela o daria para o inspetor Salgado, e ele que fizesse o que considerasse oportuno.

Já estava decidida: devolveria tudo à subinspetora Andreu, dizendo-lhe que estava cansada demais para continuar investigando. Falaria com Héctor Salgado e lhe comunicaria os detalhes que obscureciam o nascimento de sua ex-mulher. E depois ficaria esperando que Abel nascesse, sem sobressaltos nem conversas angustiantes como a que mantivera com a mãe de Ruth.

Mas a memória jogava com regras próprias, e o rosto de Ruth, tal como aparecia na foto, empenhava-se em reaparecer. Ruth, talvez adotada sem saber. Manipulada pela mãe até ter coragem de decidir por si mesma. Como Ruth teria se sentido ao ficar sabendo do acidente mortal de Patricia? Como a protagonista de *Acossado*, tivera medo dos próprios sentimentos e, a seu modo, havia delatado a amiga perante a mãe. Para a senhora Martorell, tudo havia acabado ali, mas não para sua filha.

Ruth havia guardado a foto de Patricia, tinha escrito que o amor gerava dívidas eternas. Inclusive para com aqueles a quem já não amávamos, para com aqueles que em algum momento nos haviam amado. Por esse sentimento de responsabilidade mal compreendido, Ruth tinha ido ver o doutor Omar, para interceder por seu ex-marido. Sim, tinha certeza disso. O que lhe teria dito aquele velho perverso? Nada muito sério, porque Ruth havia mudado pouco depois dessa visita, da qual não falara com ninguém. Héctor tinha conversado com Leire sobre a última vez que vira a ex-mulher, quando ela o acompanhara ao aeroporto para buscar a mala extraviada. Ela lhe parecera normal, como sempre... E depois tinha desaparecido.

Não aguento mais, disse Leire a si mesma. Tinha certeza de que, se Ruth tivesse alguma maneira de ver o que acontecia no mundo, não se sentiria traída por aquela agente grávida. Ao contrário, ela a compreenderia perfeitamente.

* * *

No meio da tarde, saiu da delegacia, já com a bolsa vazia, tomada por uma mescla de sensações que iam do alívio à culpa, passando por todo um leque de emoções diversas. O inspetor Salgado estava ocupado interrogando um grupo inteiro de testemunhas de um caso, e ela não pudera vê-lo. Isso não importava muito, o que tinha para lhe dizer podia esperar.

Martina Andreu a compreendera perfeitamente, e se encarregara de tudo. "É melhor assim", tinha acrescentado. "Você não sabe a confusão que está acontecendo aqui com o expediente." E devia ter visto que ela não estava bem, porque suas palavras tinham sido as mesmas da senhora Martorell: "Descanse, Leire". E, pelo menos uma vez na vida, achava que elas tinham razão: só queria voltar para o seu apartamento, deitar no sofá e não fazer nada no tempo que lhe restava de gravidez. Tentou afastar da mente a imagem de Ruth sem conseguir totalmente, mas estava decidida a não mudar de ideia.

Por isso, quando encontrou Guillermo na porta do prédio onde morava, teve a tentação de lhe dizer que não subisse, que não estava se sentindo bem. Mas não o fez: o garoto parecia tão nervoso, e ela estava tão cansada, que não teve outro remédio senão convidá-lo para subir.

38

— Desculpe ter aparecido assim – disse ele, já dentro do apartamento. – Eu liguei, mas você não respondeu...

Pegou o celular para lhe mostrar e deixou-o na mesinha.

– Tudo bem, não tem problema. – Ela se deixou cair no sofá; a sala estava girando.

– Você está se sentindo bem? Está muito pálida.

– Estou um pouco enjoada, só isso. Depois que eu descansar um pouco vai passar. Se você quiser beber alguma coisa, pega você mesmo na geladeira.

Guillermo recusou o convite, mas ofereceu-se para lhe trazer algo, se ela quisesse.

– Você pode me trazer um copo de água, por favor?

– Claro. – Ele obedeceu e voltou logo.

Estendeu-lhe o copo e depois se sentou ao seu lado.

– Você disse que eu podia falar com você sobre a mamãe.

Sim, eu tinha dito, pensou Leire, mas naquele momento era o que ela menos tinha vontade de fazer. Tomou um gole de água e se dispôs a ouvi-lo. Ele sentou ao seu lado. Estava preocupado, disso não havia dúvida. Mesmo enjoada, podia perceber isso.

– Acho que deveria contar primeiro ao papai – disse ele –, mas faz dias que ele anda muito ocupado, e pensei que antes podia conversar com você.

– É claro. – A água estava lhe fazendo bem. – Me conta, aconteceu alguma coisa?

Ele confirmou.

–Você conhece Carmen? A dona do prédio onde moramos?

Leire a conhecia de ouvir falar, e sabia que ela mantinha uma estreita relação com Héctor e sua família, uma relação que ia além da que as senhorias costumavam manter com seus inquilinos.

– Carmen tem um filho – prosseguiu Guillermo. – Ele se chama Charly, mas não mora com ela. Ficaram anos sem se ver.

Ela se lembrava de ter ouvido algo sobre o tal Charly pela boca do inspetor Salgado, e na verdade não eram bem elogios.

– Bom, pois Charly voltou pra a casa da mãe.

– Posso dizer que não é uma boa influência pra você... – arriscou Leire. –Você o conhece bem?

Guillermo negou com a cabeça.

– Na verdade, não me lembro de Charly antes de ele ter ido embora, mas...

– Mas o quê? – A curiosidade estava ganhando do enjoo.

Ele demorou para falar, como se estivesse traindo uma confidência.

– Mas sei que mamãe o deixou dormir em casa, no *loft*, uma ou outra vez.

Leire retesou o tronco.

– O quê?

– É. Papai não teria gostado nem um pouco, e mamãe me pediu pra não contar a ele. Segundo ela, Charly não era tão ruim assim, e, de qualquer modo, disse que fazia isso por Carmen. Coisas de mães. Foram só três ou quatro noites desde que moramos lá, ele nunca ficava muito tempo. Eu tinha esquecido, mas estes dias, ao voltar a vê-lo, pensei que talvez pudesse ser importante, não?

– Talvez sim.Você fez bem em me dizer.

–Você acha que ele pode ter feito alguma coisa contra ela? Eu não estava em casa naquela semana. Tinha ido a Calafell, estava na casa de um amigo...

Ele parecia estar tão amedrontado que Leire se esforçou para consolá-lo.

– Não sei, Guillermo, mas não acredito. – Não sabia muito bem por que, mas duvidava que aquele caso tão complexo se resolvesse de repente com a aparição de um delinquente de pouca importância. – Teriam encontrado suas impressões digitais, ele com certeza está fichado. Além disso, sua mãe não costuma se enganar, não é? Talvez Charly não seja tão ruim.

Um sorriso de agradecimento surgiu no rosto de Guillermo.

– De qualquer modo, você tem que contar para o teu pai. – Ao se lembrar de que ela também tinha coisas para contar ao inspetor Salgado, acrescentou: – Eu também tenho algumas coisas pra contar a ele.

– É?

Leire deixou o copo na mesinha de centro. Não queria falar disso com aquele garoto. E, já que não conseguia encontrar Ruth, disse a si mesma que o mínimo que podia fazer por ela era dar de comer ao seu filho.

Guillermo não só aceitou o convite como se ofereceu para preparar o jantar, algo em que, para surpresa de Leire, ele se saiu muito bem. Ela se esforçou para ficar animada e provar o macarrão que o garoto tinha fervido enquanto fazia um molho de tomate fresco com pimenta-do-reino e um pouco de carne picada que encontrou na geladeira. Não conseguiu comer muito, o enjoo voltava de vez em quando. E não exatamente sozinho.

Ele estava recolhendo os pratos da mesa quando uma pontada raivosa, repentina, a deixou sem fôlego, pálida como uma tela em branco. Foram apenas alguns segundos, e depois a sensação desapareceu, mas ela ficou suando frio e sentindo vertigens.

–Você está passando bem?

Leire ia responder quando a dor se repetiu. Não, não, você ainda não pode nascer, pensou ela.

– Acho... – Ela sentia tanta dor que quase não conseguia falar. – Acho que você precisa chamar o médico...

Héctor

39

A prisão de Manel Caballero foi feita às nove e meia da manhã de quinta-feira, 20 de janeiro. Um Manel ofendido, assustado e que protestou com veemência, foi abordado em seu trabalho por Roger Fort e outro agente, diante do olhar estupefato dos colegas: devia acompanhá-los até a delegacia para ser interrogado. Ele foi algemado sem a menor compaixão. Paralelamente, Héctor Salgado fazia o mesmo com Sílvia Alemany, que, para surpresa do inspetor, saiu de sua sala com a cabeça erguida e sem dizer uma única palavra.

Ambos foram colocados em diferentes carros de polícia e trasladados à delegacia. Viram-se então, à porta, mas não tiveram oportunidade de se falar. Ele, algemado e quase empurrado até o interior do edifício; ela, caminhando dignamente com o inspetor ao seu lado. Duas salas de interrogatório separadas os esperavam.

Assustado é pouco, pensou Héctor quando entrou em uma delas, disposto a tirar daquele jovem escorregadio tudo o que pudesse. Desde a tarde anterior, quando chegara da casa de Garrigues, ficara organizando as peças daquele quebra-cabeça: os cães, as bicicletas, a pá, a mudança de atitude dos participantes, o susto de Amanda na noite de sexta. Apesar de não saber com toda a certeza como as coisas tinham acontecido, já tinha pelo menos uma imagem difusa do que podia ter sucedido. Uma imagem da qual não gostava nem um pouco.

Sentou-se diante de Caballero, em silêncio, e deixou uma pasta sobre a mesa. Ia abri-la quando o outro o provocou com agressividade:

– Pode-se saber a que vem isto? Por que diabo me trouxeram aqui?

– Ia explicar agora mesmo, não se preocupe.

– Não podem tratar as pessoas assim! A mim o senhor não engana, conheço meus direitos...

– Você viu séries de tevê demais, Manel – replicou Héctor com um sorriso condescendente. – De qualquer modo, já que está a par de quais são os seus direitos, vou resumir os meus. Você é suspeito em um caso de assassinato múltiplo, e está aqui pra ser interrogado.

O semblante de Manel acusou o golpe, e Héctor prosseguiu:

– Não posso te obrigar a falar, mas juro que não me importaria de fazer isso. Em compensação, posso te deter por setenta e duas horas pra que você pense e decida se quer colaborar.

– Me algemar e me trazer aqui desse jeito horrível não é a melhor forma de pedir que eu coopere, inspetor! Pelo menos me diga do que está falando, porque se acha que matei Amanda e Sara, está completamente louco.

Héctor voltou a sorrir.

– Os loucos às vezes intuem a verdade. Ou assim se diz, você nunca ouviu? – Mudou de tom para acrescentar: – Não quero falar de Sara nem de Amanda. Nem mesmo de Gaspar. Quero falar do que aconteceu na casa de Garrigues.

Conseguiu desconcertá-lo, ainda que apenas por um instante. Manel reuniu as forças e respondeu:

– Não tenho nada pra contar sobre isso.

– Tem certeza? Não tem nada pra me contar sobre umas bicicletas roubadas? Nem sobre uma pá que desapareceu?

Manel enrubesceu, mas conseguiu manter a calma e fingir um tom de incredulidade bastante convincente:

– Acho que o senhor não sabe de nada, inspetor. Está apenas imaginando coisas. Então, pode me deter quanto tempo lhe dê na telha. Vou esperar o meu advogado.

– Claro. Não tem problema. – Héctor apoiou as duas mãos sobre a mesa, levantou e inclinou-se para um Manel aturdido. Quando falou o fez em voz baixa e firme: – Mas você não vai esperar aqui.

– O que quer dizer com isso? – balbuciou Manel.

O inspetor não respondeu. Saiu da sala devagar e pouco depois voltou a entrar, acompanhado de dois agentes que, sem dizer palavra, levantaram Manel da cadeira.

– Que merda é essa? Pra onde estão me levando?

– Conforme eu disse, tenho setenta e duas horas pra conseguir que você coopere. – Olhou o relógio. – Mas você não vai passar essas horas aqui, e sim em uma das celas. Preciso desta sala para falar com alguém mais importante que você. Não seria prudente da minha parte mandar a senhora Alemany pra uma cela, não acha? Eu poderia me meter em uma bela encrenca.

O olhar de raiva que Manel lhe dirigiu foi a primeira de suas vitórias. Alheios a seus gritos de protesto, os agentes o levaram para uma das pequenas celas da delegacia, já ocupada por dois drogados.

– Não! Não! Não podem fazer isso comigo!...

Héctor expeliu o ar devagar. Os gritos de Manel se afastavam. Era só uma questão de tempo, tinha certeza. Alguém que pedia para dormir sozinho não aguentaria muito aquelas celas.

– Como vai indo? – perguntou Roger da porta.

– Vai indo bem – respondeu Héctor. – Alguma novidade?

– Víctor Alemany ligou. Não pra mim, mas para o delegado Savall. Pelo que entendi, ele vem pra cá com o advogado. Ou seja, com o senhor Pujades. Inspetor, já sei que está com pressa, mas tem uma coisa que eu gostaria de mostrar. É só um instantinho. Vem comigo.

Fort seguiu na frente, e ambos se dirigiram a uma sala na qual havia uma tela. Héctor viu nela a imagem congelada daquela maldita estação de metrô.

– Estive pensando em como alguém poderia ter entrado por trás de Sara sem que as câmeras giratórias da plataforma captassem. E de repente me ocorreu que só havia uma possibilidade: que essa pessoa tivesse chegado no trem que ia em direção contrária e que tivesse cruzado de uma plataforma a outra, como quem se engana de plataforma.

Héctor o fitou e concordou.

– Claro. Simples assim.

– Essa pessoa não desceu na plataforma, é claro. Deve ter ficado na escada. Sara Mahler não se movimentou muito; portanto, supondo que alguém a tenha empurrado, pôde esperar ali, sentado em uma escada, e sair apenas quando viu que o trem já estava quase chegando.

Sim, pensou Héctor. Um ato arriscado, quase suicida, mas podia ser. A câmera não havia captado esse momento.

– Mas Sara deve tê-lo visto ao descer. Ela com certeza passou por aquelas escadas – considerou.

– Certo. Pensei a mesma coisa. Mas ela parecia inquieta. Se tivesse visto um sujeito sentado na escada, não teria olhado muito. Teria achado que era algum bêbado.

Podia ser...

– Bom trabalho, Fort. E digo isso sinceramente. Você pediu as fitas da outra plataforma?

– Já foram atrás delas, senhor. Quando chegarem, vou examiná-las.

– Vou deixar isso por tua conta – disse Héctor, sorridente. – Vou falar com Sílvia Alemany antes que suas hostes cheguem. Providencie pra que ninguém me interrompa enquanto eu estiver com ela. Nem o delegado, nem Alemany, nem o papa, certo? Outra coisa: se Manel decidir cooperar, tranque-o em uma das salas e chame os outros dois. César Calvo e Brais Arjona. Quero todos eles por perto.

* * *

Desta vez estou jogando em casa, pensou Héctor ao se encontrar diante de Sílvia Alemany, que conservava o porte e a atitude dos que possuem inteligência aliada a certa classe. Ela parecia indiferente, sentada na sala de interrogatório para onde a haviam conduzido ao chegar, mas não conseguiu evitar um olhar de soslaio ao ver o inspetor entrar.

– Quer me falar outra vez dos cães mortos, inspetor? – perguntou ela sarcasticamente. – Se eu soubesse que ia provocar tantas explicações, jamais teria concordado em fazer aquilo.

– Sabe, senhora Alemany? Acho que essa é a primeira verdade que a senhora me diz desde que nos conhecemos.

– Também estou ficando cansada de suas insinuações veladas, inspetor. Se tem algo de que me acusar, acuse. Caso contrário, deixe que eu me vá. Tenho muito trabalho.

– Para se assegurar de que os outros não falem? Receio que vai chegar tarde. Manel não tem a sua têmpera, isso é óbvio. Enquanto se sentiu a salvo, para ele tanto fazia. Mas quando se viu entre a espada e a parede...

– O senhor não me engana, inspetor Salgado. Quando se vê entre a espada e a parede, Manel escolhe a parede. Nunca a espada.

Héctor riu.

– Tem razão. O bom dos ditados é que são simbólicos, então a gente nunca sabe bem onde fica um e onde fica o outro. Posso lhe assegurar que o pobre Manel Caballero enfrentou uma espada muito, muito afiada.

Ela empalideceu.

– Por que não me conta a sua versão do que aconteceu? Está cansada, tem que estar... Acha mesmo que vale a pena uma carga tão pesada?

Sílvia hesitava. Ele pôde ver que a dúvida surgia em seus olhos e que a tentação começava a crescer nela. Mas o orgulho venceu.

– Tenho certeza de que meu irmão deve estar vindo pra cá. E bem acompanhado. Então, inspetor, acho que logo vou poder sair desta sala e descansar.

– É mesmo? Quando se deitar vai esquecer o rosto de Gaspar? O de Sara? O de Amanda? Três pessoas mortas, senhora Alemany, sem contar a pobre mulher de Gaspar e sua filha... A senhora é mãe.

– Uma coisa que me incomoda hoje em dia é a opinião generalizada de que ser mãe torna uma pessoa melhor, inspetor. Há boas mães e péssimas mães. Boas e más filhas. – Héctor não sabia a que ela se referia, mas era evidente que ele acabava de tocar um ponto sensível da mulher que tinha diante de si. – E não pense em me jogar a culpa do que Gaspar fez com a família. Já me basta ter que tentar compreender a minha.

Afinal conseguia afetar Sílvia Alemany. Aquele tom amargo não podia ser ignorado. E Héctor compreendeu que havia chegado o momento de apostar pesado, mas com cautela, para que ela não adivinhasse que ele tinha na mão cartas tão baixas.

– Foi um erro devolver as bicicletas, senhora Alemany. Um erro muito idiota. Impróprio da senhora.

Ela parecia absorta em seus pensamentos, em algo que tinha pouco a ver com isso e muito com sua família.

– As bicicletas estavam intactas. Não havia si... – Sílvia se calou, mas já era tarde demais, e Héctor terminou a frase por ela.

– Não havia sinais do acidente, não é?

– Que acidente? – perguntou ela com voz muito mais insegura.

– O acidente que aconteceu quando estavam voltando, depois de enterrar os cães. – O blefe estava funcionando, Héctor podia sentir. – Acho que estavam voltando de bom humor, satisfeitos consigo mesmos, com a tarefa realizada. Acho que não esperavam que o destino lhes passasse a perna. E, realmente, acho honestamente que o primeiro ato dessa farsa foi um puro e simples acidente. Estou enganado?

Sílvia Alemany já não tinha coragem de continuar negando. Fechou os olhos, tomou fôlego bem devagar e começou a falar.

40

Os oito contemplam a sua obra com a satisfação proporcionada pelo fato de terem feito algo real, com as mãos, à base de esforço físico e suor de verdade. Uma sensação à qual na verdade estão pouco acostumados, porque seu trabalho tem pouco a ver com isso.

– Está feito – diz Brais com um suspiro, enquanto esfrega as mãos. Foi ele quem cavou mais, e sabe que no dia seguinte suas mãos estarão cheias de bolhas do cabo da enxada, mas o esforço físico lhe parece sadio. Revigorante.

O único rastro daqueles animais sacrificados sem compaixão é a terra remexida a uns cem metros da árvore. Sem eles, os galhos do sobreiro voltam a ser inofensivos, comuns. O anoitecer banha a paisagem com uma luz plácida, reconfortante.

–Vamos voltar já, ou vocês também querem fazer uma oração? – pergunta César. Ele é o único que parece imune ao clima generalizado de bem-estar que se respira ali. Na verdade, só aceitou sujar as mãos, a contragosto, quando viu que de qualquer modo a votação estava perdida. Apenas Manel havia feito objeção à ideia, e César não gostava de se associar aos perdedores.

Octavi sorri, e Sílvia olha o noivo pelo canto do olho. César se cala.

– Por que não vamos embora agora? – intervém Manel. – Já é quase noite.

– Por que não esperamos um pouco? – propõe Sara. – Não temos muitas oportunidades de desfrutar um entardecer como este.

César está cansado e tem vontade de voltar para a casa, mas uma vez mais os outros parecem estar de acordo. E na verdade todos, inclusive ele, contemplam o pôr do sol nas montanhas, em parte porque é lindo e em parte porque estão cansados demais para se mexer ou para discutir. O sol desce atrás das montanhas devagar, sem esforço, apagando seu brilho alaranjado e deixando o mundo em penumbra.

– Bom, acabou – diz Brais em voz baixa. – Foi um longo dia.

Caminham até a *van*, cansados mas contentes. O trabalho e o crepúsculo os deixaram satisfeitos. São invadidos por uma paz eufórica e contagiosa.

– Agora eu dirijo – diz Sílvia, e César, que havia dirigido na ida, lhe joga as chaves. – Gosto de dirigir à noite.

Eles se acomodam na *van*, que tem duas fileiras de três assentos além dos do piloto e do copiloto: Sílvia ao volante e Octavi ao seu lado; os outros se distribuem nas duas fileiras de trás. Ela liga o som antes de dar a partida, e todos parecem se sentir tão jovens e tão inocentes como anuncia o *jingle*.

– Adorei! – diz Sílvia. – Agora que meu irmão não está ouvindo, posso dizer que esta é a melhor parte da campanha.

Ouve-se uma gargalhada geral; não é comum que os Alemany se critiquem entre si, mas corre o boato de que as relações entre ambos não atravessam o melhor momento.

Sílvia dá a partida e a *van* se põe em marcha, tão alegre como eles e nada cansada.

– Ei! – protesta César depois de uma curva que os jogou a todos para um lado. – Toma cuidado. A bendita pá me espetou as costelas.

– César, não seja desmancha-prazeres. Daqui a pouco chegamos. Põe outra vez aquela música, Octavi. Ela me anima.

E Sílvia acelera, porque de repente se sente como quando era jovem e rebelde, e faz anos que não experimenta uma sensação parecida. Acelera sem levar em conta que a visibilidade não é boa, nem a estrada. Acelera porque não acredita que nesse caminho solitário vá encontrar algum obstáculo que a detenha.

Estão chegando, as luzes dos faróis se destacam no que, sem elas, seria um campo negro. Os que vão sentados atrás nem sequer veem o que acontece. Só ouvem o súbito aviso de Octavi, sentem um golpe brusco do volante e um baque surdo. A *van* para a um lado do caminho, diante do portão externo da trilha que leva à casa.

– O que foi isso? – pergunta Amanda.

Ninguém responde. Octavi desce do veículo e se aproxima de um objeto que jaz no chão. Só que não é um objeto, nem um animal. A bicicleta que está virada junto dele o confirma. César tenta chegar até lá, mas a pá, que estava reclinada no assento, lhe impede a passagem, e então, com um gesto de impaciência, ele a lança para fora, para poder descer. Brais, mais ágil, chega mais uma vez antes dele. E os três homens contemplam o rapaz árabe, a ferida que lhe brota da têmpora e que tingiu de sangue a mão de Octavi quando ele tentou erguê-lo.

– Não toque nele! – exclama Brais, mas, pela cara de Octavi, percebe que já não faz diferença.

– Merda!... Porra! – César dá um chute no chão, e ao menos dessa vez seus protestos parecem justificados.

– O retrovisor bateu nele – diz Brais, indicando o espelho da *van*.

Eles se olham sem saber o que fazer, e César volta para o veículo, cabisbaixo. Caminha devagar e se dirige para o lado do motorista. Sílvia abaixa a janela e o olha, e pela expressão de seu rosto ela sabe que aconteceu alguma coisa grave. Suspira e cobre o rosto com as mãos.

Amanda e Manel também já saíram do veículo, mas não se movem, como se ali, perto da *van*, estivessem a salvo. Gaspar e Sara os imitam, ela com o celular na mão.

– Precisamos chamar uma ambulância. Ou a polícia. Não sei.

– Não chama ninguém. Espera um momento – ordena César, e continua falando em voz baixa com Sílvia.

O mundo parece ter parado nesse trecho de caminho escuro e pedregoso. Já não se sentem jovens e inocentes, mas nervosos e assustados. O silêncio do campo, invadido por sussurros desconhecidos, os deixa intranquilos.

– Não quero ver – diz Manel. – Não consigo ver sangue.

Pega o caminho para a casa apressadamente, fugindo de tudo aquilo.

– Sim – diz César. – Entrem na casa. Vamos, Gaspar, acompanhe Sara e Amanda. E não liguem pra ninguém. Nós cuidaremos disto.

Todos compreendem que ele quer ficar sozinho com Sílvia, que continua dentro do veículo, e com Octavi. Talvez até com Brais.

Gaspar recolhe do chão a pá que César tinha jogado de dentro da *van* e começa a andar. Sara e Amanda vão atrás dele: desviam-se um pouco para não passar perto do cadáver, mas Amanda não consegue evitar uma olhada rápida.

E então, uma vez mais, o imprevisto acontece. Ouvem um grito no pátio da casa, uma voz de alarme que só pode vir de Manel. Sara e Amanda se detêm, assustadas, e Gaspar, com a pá na mão, corre para aquelas sombras que se debatem no chão. Em seguida ouvem um ruído intenso e metálico.

O som de um crânio que se parte.

– O que aconteceu? – perguntou Héctor, impressionado contra sua vontade.

Sílvia Alemany havia adotado uma voz neutra durante todo o relato, uma voz que parecia não fazer parte da história, não ser a de uma de suas protagonistas.

– O que o senhor acha? – perguntou ela, e em seu tom se percebia de novo a mulher que Héctor havia conhecido naqueles dias. – Eram dois mouros, com certeza dois ladrõezinhos. Um par de imigrantes sem documentos dos quais ninguém sentiria falta.

– Convenceram todos a não denunciar o acontecido?

– Mais ou menos. Não foi muito difícil, acredite. Gaspar estava desnorteado, e Octavi o convenceu de que não valia a pena acabar na prisão, longe da filha, por causa de um ladrão sem família nem futuro. Sara se mostrou leal à empresa, a mim, assim como César. Manel aceitou porque sabia que podia ganhar algo em troca. E Amanda... sinceramente, inspetor, não sei em que Amanda Bonet pensava.

Em sua história pessoal, disse Héctor a si mesmo. Tinha certeza de que isso havia sido uma obsessão para Amanda: a intensidade de sua entrega a Saúl o demonstrava.

– E Brais?

– Ele foi o mais difícil de persuadir. Nunca soube por que concordou. Acho que fez isso por Gaspar. Brais é órfão, sabe? Não tenho certeza, ele não é um homem previsível. Mas é realmente um homem de palavra.

– Então decidiram esconder o que aconteceu – concluiu Héctor. – E se saíram bem, pelo menos tudo parecia ter sido esquecido até...

– Até que aconteceu aquilo com Gaspar. Ele estava muito estranho durante os meses anteriores ao verão, tanto que receei que ele acabasse contando tudo. Por isso, quando Octavi nos comunicou sua licença, decidimos que uma promoção seria bom pra ele. Isso o poria mais do nosso lado. Mas não foi isso o que aconteceu: ele se sentiu ainda pior... Não sei se ele também recebeu alguma foto dos cães antes de morrer.

– A foto? – Héctor se ergueu, subitamente alerta. – Todos receberam?

– Acho que sim, mas depois. Na verdade, faz pouco que a mandaram pra nós. Depois da morte de Sara.

A mente de Héctor funcionava sem parar, unindo as informações, formulando perguntas e respondendo a elas da única maneira que, na verdade, parecia possível. A crueldade para com a família de Gaspar, a cena de Sara antes de morrer, as fotos...

Faltavam-lhe algumas informações, mas tinha que ser isso. Precisava pensar. Quando tomou a palavra, o fez em voz séria e acusadora.

– Fizeram com esses homens o mesmo que tinham feito com os cães. Desfazer-se de seus corpos, fazê-los desaparecer de vista. Eliminá-los para que a paisagem voltasse ao normal. Mas os homens não são cães, senhora Alemany.

– Claro. Alguns são bem piores. Animais que mordem à traição.

Héctor esboçou um sorriso irônico.

– Essa opinião a respeito dos outros me parece de um cinismo estranho vindo da senhora. – Elevou o tom para acrescentar: – Diga, o que fizeram com os corpos?

Sílvia o olhou nos olhos. Já não lhe restavam forças para desafiá-lo, mas conservava um instinto primário: o da sobrevivência.

– Isso, inspetor, é a única coisa que não vou lhe contar.

41

Héctor deixou Sílvia na sala de interrogatório e saiu para o corredor. Depois daquela confissão em voz baixa, o barulho da delegacia lhe pareceu quase estrondoso, como se estivesse saindo à superfície depois de mergulhar em águas escuras e traiçoeiras. Uma superfície nítida apenas em aparência, pensou. Continuava sem saber como Gaspar havia morrido. Sara. Amanda. Uma voz o sobressaltou.

– Inspetor, fiz o que me disse. Estão todos na sala 2.

– E Manel?

Roger Fort abriu as mãos em um gesto que podia ser de desculpa ou de brincadeira.

– Ele desmaiou na cela, inspetor. Tivemos que tirá-lo de lá pra reanimá-lo, mas ele estava totalmente inconsciente. Levaram pro hospital.

Héctor concordou. Os fracos sempre seriam fracos, e na verdade ele se sentia melhor tendo feito cair um dos adversários. É mais limpo, pensou, mas tinha absoluta certeza de que esse era um adjetivo que poucas vezes podia ser aplicado ao seu trabalho. Eram duas da tarde de um dia que prometia ser extremamente longo.

A julgar pela postura, pensou Héctor ao entrar, parecia que eles formavam três grupos: Víctor Alemany e Octavi Pujades estavam sentados muito perto um do outro; Brais e César ocupavam duas cadeiras distantes entre si e separadas das dos outros dois. Nenhum deles falava quando Héctor entrou na sala.

– Espero que tenha um bom motivo pra tudo isto, inspetor.

– O senhor deve ser Octavi Pujades – disse Héctor.

– De fato, e não sei se o senhor está ciente de que minha mulher talvez esteja morrendo neste momento, enquanto estou aqui acompanhando Víctor.

Apesar do aspecto envelhecido, aquele homem conservava o ar de autoridade típico dos que a exerceram durante muito tempo.

– Eu o teria feito vir de qualquer modo.

– Do que está falando? – Víctor Alemany se levantou da cadeira. – Isto é... uma perseguição à minha empresa. Falei com seus superiores e asseguro que eles tomarão medidas a respeito.

Héctor sorriu.

– Senhor Alemany, antes que continue falando, sugiro que escute. Vai se poupar de fazer um papel ridículo.

– Não admito que...

– Fique quieto, Víctor – ordenou Octavi.

– Ouça o seu amigo, senhor Alemany. Me deixe falar.

E Héctor falou. Contou, de forma resumida mas sem omitir nenhum detalhe importante, quase tudo o que Sílvia havia dito. Teve a satisfação de ver que ninguém se atrevia a interrompê-lo, e quando terminou, o silêncio era tão profundo quanto desagradáveis as verdades. Víctor Alemany o havia escutado boquiaberto, e se Héctor tinha alguma dúvida de que ele estava à margem daquele segredo, nesse momento compreendeu que ele não sabia de nada.

– Agora que já sabemos o que aconteceu naquele dia, têm algo a acrescentar, cavalheiros?

Não obteve resposta. Héctor tinha certeza de que, em alguma conversa prévia, haviam decidido qual seria o plano se aquilo viesse à luz.

– Não há nada que queiram me contar? – insistiu ele.

Foi César que respondeu:

– Eu não sei do que o senhor está falando.

Negar. Esse era o plano. Negar, porque no fundo seria a palavra deles contra a de quem os havia traído só pela metade. Negar, porque se ninguém revelasse onde estavam os cadáveres seria muito difícil acusá-los formalmente, por mais que Héctor quisesse vê-los todos atrás das grades.

– Muito bem. Continuem em silêncio, mas posso lhes assegurar que acabarei descobrindo o que fizeram com os corpos. E então serão acusados de assassinato. Todos. – Olhou para Brais Arjona. – Inclusive aqueles que não estavam dirigindo nem golpearam ninguém.

Não havia modo de adivinhar o que Brais estava pensando: seu rosto era a imagem perfeita da concentração. Ele bufou, desanimado.

– É melhor se calar, Brais. – Octavi Pujades se dirigiu a Arjona com voz rouca. – Porque nós também temos coisas pra contar. – Continuou, sem conseguir se controlar: – Você ameaçou Gaspar, ele me disse. Ele tinha medo de você!

– A velhice está te deixando caduco, Pujades. – Brais fez um gesto de tédio. – Passamos meses desconfiando uns dos outros. Ou por acaso você não se lembra de que César e eu fomos te procurar por ordem de Sílvia? Gaspar estava histérico, todos vimos. Não me culpe pelo que ele fez. Eu não tentei convencê-lo mais do que você ou Sílvia... Naquela época ainda valia a pena. Agora já não me importa.

– É claro que interessava a todos que Gaspar não desse com a língua nos dentes. – Héctor pousou os olhos em cada um deles. – Fizeram outro pacto entre vocês? Eliminar quem desse sinal de arrependimento?

– E o senhor acha que matamos Gaspar e toda a família dele? – perguntou Octavi em tom evidentemente sarcástico. – Não somos membros de um bando de delinquentes, inspetor.

– Não. Não são. Mas naquela noite cruzaram uma linha perigosa, senhor Pujades. Já não podiam voltar atrás. Não sei como convenceram uns aos outros de que ocultar duas mortes violentas poderia ficar impune, mas tenho certeza de que desfrutaram poucos momentos de tranquilidade desde então.

Brais Arjona levantou da cadeira e pôs o casaco. Parecia estranhamente tranquilo quando tomou a palavra.

– Tem razão, inspetor. E agora, se não deseja mais nada, eu vou embora. Tenho muita coisa pra fazer.

Héctor queria retê-los, mas não podia; tinha acreditado que o fato de averiguar o que acontecera meses antes naquela casa afastada da cidade solucionaria quase instantaneamente o mistério dos supostos suicidas. Talvez algum dos homens que tinha diante de si tivesse assumido o papel de braço executor para proteger os demais, da mesma maneira que todos podiam ser vítimas de uma vingança; nesse momento não havia meio de saber.

Viu-os sair um a um, vestindo seus *blazers* e seus casacos bem-cortados. Reis e esbirros de um exército cinzento. Súditos sem rainha, que continuava presa depois de traí-los. Deixe de bobagem, Salgado, disse ele a si mesmo. Aqui não há príncipes nem reis, só tipos comuns. E, isso sim, alguns com muito mais dinheiro que a maioria...

E então, de repente, como se todos eles já não fossem pessoas, mas peças de dominó, capazes de cair em série ao toque mais leve, Héctor se pôs em pé, afastou o senhor Alemany e saiu pelo corredor, quase correndo, até a sala onde Sílvia ainda estava. A rainha prestes a ser derrubada.

Irrompeu na sala com tanto ímpeto que ela se sobressaltou.

– Responda a uma pergunta. Quando tem de entregar o dinheiro que lhe pediram em troca de silenciar a verdade?

Sílvia moveu a cabeça e apertou os lábios. Muita coisa dependia dessa resposta, e ela sabia disso. Mas também compreendeu que aquele inimigo que tinha diante de si não deixaria de persegui-la.

– Vamos, responda. Posso mandar segui-la vinte e quatro horas. A senhora perdeu. Todos perderam.

– Amanhã, sexta-feira – respondeu ela por fim. – Antes das cinco da tarde.

– Não diga nada a ninguém. E faça exatamente o que eu mandar.

Fort não estava em sua mesa, e Héctor decidiu sair para fumar um cigarro. Seus pulmões pediam nicotina, e seu cérebro, ar frio. Já é noite, disse a si mesmo. A jornada de trabalho havia terminado e ele nem sequer vira a luz do dia.

Quando tornou a entrar, Fort o esperava na porta da sua sala.

– Inspetor – disse o agente, subitamente animado ao vê-lo –, pensei que tinha ido embora, e tem uma coisa que eu queria comentar com o senhor.

– Algo a ver com o caso?

– Não, senhor...

– Então pode esperar até amanhã – cortou Héctor.

– A questão é que não pode, senhor.

– Venha, diga o que é. – No cérebro de Héctor ainda havia ruído demais para que ele se concentrasse em algo que não tivesse uma estreita relação com o que o havia ocupado nas últimas horas. Por isso não conseguiu prestar atenção até que, entre o murmúrio, distinguiu duas palavras que, juntas, dispararam todos os alarmas: o nome de batismo de seu filho e a palavra "hospital".

– O que você está dizendo? – perguntou.

– Seu filho Guillermo ligou, inspetor – repetiu Fort. – Ele está em Sant Joan de Déu, no hospital. Mas não se assuste, não é por causa dele. Ele foi pra lá com a agente Leire Castro. Ela está dando à luz.

Roger Fort poderia se vangloriar a partir de então de ser um dos poucos que tinham visto o inspetor Salgado completamente desconcertado diante de uma notícia.

42

Os bebês recém-nascidos têm a virtude de despertar ternura nos adultos, pensou Héctor, e medo nos jovens. Ou pelo menos era o que intuía vendo a cara de Guillermo, que contemplava aquela criatura diminuta, metida em uma espécie de aquário sem água, com uma expressão que reunia temor e apreensão.

Mas talvez o medo não seja pelo recém-nascido, disse Héctor a si mesmo, mas por tudo o que Guillermo lhe contara quando ele havia chegado e que ele ainda não pudera processar completamente. Pouco a pouco, enquanto esperavam notícias do médico que atendia Leire, Héctor ficou sabendo como e por que Leire e seu filho haviam se conhecido na casa de Ruth, e também a história de Charly. Maldito Charly... Héctor não sabia se ficava ou não irritado, nem com quem, mas pouco a pouco as peças soltas também começaram a se encaixar: o sumiço do relatório de Ruth, o fato de a subinspetora Andreu se negar a dar mais explicações...

–Você está chateado? – perguntou Guillermo.

Héctor pensou que estava. Ou que pelo menos estaria se não se sentisse na verdade contente por esse menino que havia nascido fraco mas sadio. E porque estava preocupado com Leire, que jazia na cama, com sua amiga María ao lado. A família chegaria no dia seguinte, e Héctor não quis perguntar pelo pai do menino. Conformava-se em saber que nem Leire nem o bebê corriam perigo.

– Em outro momento conversaremos sobre isso, você não acha melhor? – respondeu, ao mesmo tempo que lhe passava um braço ao redor dos ombros. – Agora é melhor a gente ir pra casa. Não temos mais nada pra fazer aqui.

Ficaram mais alguns minutos contemplando Abel, o recém--nascido, que ia passar sua primeira noite em um mundo que, já de início, o estava maltratando um pouco. Só se podia esperar que este mundo tratasse essa criança com mais doçura a partir de então.

A mulher olha o mundo com olhos desorientados, de um azul esmaecido. Olhos que já não parecem capazes de ver o presente tal como é, que se perdem nas brumas de um passado que se empenha em invadir aquele quarto mobiliado com peças pesadas, de madeira envelhecida pelos anos. As persianas semicerradas impedem a entrada da luz externa. Héctor não se atreve a levantá-las: é claro que a anciã prefere a penumbra ao brilho resplandecente do sol. Talvez envolta nessa obscuridade suave ela se sinta melhor. A claridade se tranformou em um inimigo: à luz do sol, tudo adquire contornos definidos demais, e ao mesmo tempo remotos, desconhecidos.

Héctor se aproxima da poltrona onde a mulher está sentada, voltada para o terraço, e ela por fim parece notar a sua presença. Por um momento a nuvem que lhe turva a mente clareia um pouco, o suficiente para que ela saiba quem está ali: alguém cujos traços lhe parecem familiares, apesar de fazer muito tempo que ela não os tem diante de si.

"Olá", sussurra ele, aproximando-se um pouco mais. E levanta a mão para acariciar aquele rosto que, apesar dos anos e da doença, se mantém surpreendentemente liso, mas a carícia fica no ar, interrompida pelo súbito ataque de pânico que assalta a anciã. Num instante seus olhos se enchem de lágrimas,

mas Héctor mal tem tempo de ver, porque a mulher cobre o rosto com o braço, como se quisesse se defender de um possível agressor. "Não me bata. Por favor. Não me bata mais."

Héctor dá um passo para trás e se olha no espelho da parede, um espelho de moldura dourada, tão antigo quanto os móveis. E então compreende o que assusta sua mãe. Ela não vê seu filho Héctor, e no entanto reconhece o rosto. O rosto do marido covarde que lhe bateu durante tantos anos às escondidas, naquele mesmo quarto.

O pior é que ele também o vê nesse mesmo espelho: em seu próprio reflexo, em seu rosto, idêntico ao que recorda de seu pai quando ele tinha a idade que Héctor tem agora.

O pior, pensou Héctor, ainda acordado no terraço, de madrugada, é que isto não é nenhum pesadelo atual, mas uma lembrança real e dolorosa. A última viagem a Buenos Aires enquanto sua mãe ainda vivia, sete anos antes. Fora a viagem que havia marcado o fim da sua relação com Lola e o início de uma nova etapa de seu casamento com Ruth. Havia muitas maneiras de maltratar uma mulher, de atingi-la com golpes invisíveis. De fazê-la sofrer.

E isso era algo que ele não podia se permitir.

43

— Tem certeza de que essa pessoa vai atrás do dinheiro hoje mesmo? – perguntou Lola. Ela tinha ido à delegacia porque não queria perder o desenlace do caso antes de ir embora. Héctor sabia que ela precisava voltar a Madri esta mesma noite para cobrir um evento que se realizaria sábado na capital. Isso se o tempo permitisse: não paravam de anunciar a possibilidade de que, por estranho que parecesse, uma nevasca cairia sobre Barcelona nas próximas horas.

Eram cinco horas da tarde de sexta-feira.

– Acho que o chantagista não vai conseguir resistir à tentação de ir. Ele fez muitas coisas por esse dinheiro, além de mandar fotos, e deve ter muita vontade de se apoderar dele. Não vai esperar.

Lola fez um gesto de dúvida; ainda não estava completamente convencida.

– De qualquer modo, logo vamos ficar sabendo. Sílvia Alemany cumpriu as instruções e deixou a sacola no guarda-volumes do supermercado. Fort está lá vigiando. Se alguém for buscá-lo, ele vai ver.

E sem querer seu olhar tornou a pousar no telefone, que continuava irritantemente mudo.

– Ainda não entendo como você deduziu que estavam chantageando Sílvia.

Ele sorriu.

– Digamos que foi uma inspiração repentina. Eu tinha encaixado quase todas as peças, mas alguma coisa não estava certa. Alguém tivera a oportunidade e o motivo. Motivo pra denunciar tudo, pra pelo menos expor tudo publicamente. Mas não tinha feito isso, então devia estar querendo outra coisa. E por fim me ocorreu que o dinheiro costuma ser um estímulo para que se façam coisas terríveis.

– Acho que não estou conseguindo acompanhar o raciocínio – disse ela.

– Teve uma coisa que me preocupou durante a investigação. Eu podia entender que um dos outros tivesse matado Gaspar, Sara e Amanda, mas por que ser tão cruel com a mulher de Ródenas? E com a menina? Octavi Pujades também disse isso.

– Bom, alguém foi cruel com elas.

– Sim. – E Héctor tentou não pensar na cena terrível que devia ter acontecido naquela noite. – E outra coisa: das três vítimas, Gaspar Ródenas era o que cumpria claramente os requisitos do possível suicida.

– Não conseguiu aguentar o peso da culpa...

– Isso por um lado; por outro, havia a aquisição da arma. Não sei se quando ele adquiriu a arma estava pensando no que ia fazer ou se ele teve a ideia depois, mas o certo é que ele a usou. Contra si e contra sua família. Seu caso foi arquivado como o que era, e durante quatro meses não aconteceu mais nada.

Lola concordou.

– E assim chegamos a Sara. Outra das chaves de toda essa questão. Tão sozinha, por um lado, e por outro tão leal. No fundo, tão vulnerável a qualquer um que a abordasse e demonstrasse certo carinho. Quando, depois da sua morte, fiquei sabendo que a foto tinha chegado, intuí que isso devia significar alguma coisa. Gaspar tinha se suicidado quatro meses antes, e para eles tudo havia continuado igual. A única explicação possível era que durante esses quatro meses alguém tivesse se aproximado de Sara para obter informações...

Nesse momento o telefone soou, e Héctor respondeu ao primeiro toque. Foi uma conversa breve, de frases curtas e tensas; quando desligou, ele se jogou para trás na cadeira e exalou um longo suspiro.

– Eles estão vindo pra cá – disse. – Fort acaba de prender Mar Ródenas quando ela estava retirando o dinheiro do guarda-volumes do supermercado onde Sílvia Alemany o havia deixado. O noivo estava esperando por ela no carro e tentou fugir, mas foi interceptado logo depois.

–Você estava certo – cumprimentou ela.

Mas Héctor não parecia satisfeito quando disse:

– Eu não acreditava que Gaspar tivesse se suicidado sem dizer por quê. E Mar era a única pessoa que podia ter encontrado um bilhete que, mesmo que fosse apenas parcialmente, a pusera a par do que havia acontecido em Garrigues. Isso lhe deu a oportunidade. A vontade de se vingar dos outros era um bom motivo. E a necessidade econômica, ou a cobiça, a fizeram modificar seus planos. Como às vezes acontece, ela e o noivo tiveram a sorte dos novatos. Uma sorte de consequências perversas.

Mar Ródenas estava muito mais séria nessa tarde do que nas outras duas vezes em que Héctor a vira. Apesar de tudo, ele não conseguiu evitar uma sensação estranha ao vê-la algemada, sentada na mesma sala de interrogatório onde havia estado Manel Caballero. Não era exatamente compaixão, mas uma espécie de tristeza. No fundo, estava certo de que aquela jovem que tinha diante de si nunca teria dado aquele passo, mas quando a cobiça se aliava com a vingança os resultados podiam ser terríveis.

– Oi, Mar – disse ele.

Ela não respondeu.

– A verdade é que até ontem eu não esperava vê-la nestas circunstâncias.

– Não? – Seu tom era duro, amargo. – Todos nós cometemos erros, inspetor.

– Você tem razão. O meu foi confiar nas aparências. O seu foi pensar que você podia fazer justiça por sua conta e ainda por cima tirar proveito disso. – Héctor a olhou fixamente e continuou: – Mas em sua defesa acho que existe uma coisa que posso compreender. A cena que você encontrou na casa do seu irmão deve tê-la deixado arrasada. Ver que Gaspar tinha matado a mulher, a filha e depois tinha atirado em si mesmo seria suficiente para que qualquer um perdesse a razão. E ler o bilhete que ele escreveu deve ter sido uma experiência traumática. Depois, você encontrou no computador, entre outras coisas, a foto dos cães enforcados.

Ela se manteve em silêncio, esperando, mas ele não lhe concedeu uma trégua muito longa.

– Quero acreditar que no começo você tenha guardado esse bilhete com boa intenção. Sem ele, seus pais sempre poderiam pensar que o filho não havia cometido aquele crime atroz. Você o guardou e começou a ficar obcecada. Especialmente porque ele não contava tudo, não é? Ainda não sei o que dizia, mas deduzi que devia se referir a um assassinato cometido na casa de Garrigues, depois de enterrar os cães da foto, e com a cumplicidade dos outros, sem dar mais detalhes além do nome deles. Se ele tivesse explicado isso com todos os detalhes, você não precisaria abordar Sara Mahler. Você a conheceu no enterro de Gaspar, não foi?

Ela desviou os olhos, mas não pôde evitar um rápido gesto de concordância.

– Pobre Sara... – disse Héctor. – Era reservada, discreta, e ao mesmo tempo tinha muita necessidade de afeto. E você se apresentou a ela como o que era então: uma moça cujo irmão tinha morrido de forma trágica; uma jovem sem emprego, e, do jeito que estavam as coisas, sem um futuro muito promissor. Você lhe disse que tinha encontrado o bilhete de Gaspar e que o havia escondido para não piorar ainda mais as coisas para a família. Sara, cujo pai não gostava dela, se comoveu e confiou em você.

Mar continuava fechada em um mutismo rude, e Héctor continuou:

– Sara lhe deu presentes e gastou dinheiro em jantares e outras coisas porque começou a gostar de você e porque, como todos, precisava de alguém com quem falar. Não só daquilo, mas também de si mesma e da empresa, inclusive de Amanda e seus hábitos sexuais. Além disso, quando falavam do que acontecera em Garrigues, ela não achava que estivesse traindo ninguém: você a tinha convencido de que ia guardar um segredo do qual já sabia uma parte, não por eles, mas pelo bem dos seus pais, e pouco a pouco foi conseguindo tirar dela o resto das informações. Afinal de contas, ela deve ter pensado que você tinha certo direito de saber. Houve apenas uma coisa, um detalhe que ela resistia a revelar apesar das suas insinuações: o que haviam feito com os corpos.

O inspetor fez uma pausa. Havia muitas coisas que ele não sabia, que devia intuir, informações que precisaria obter daquela moça que nesse momento parecia disposta a permanecer em silêncio para sempre.

– O que aconteceu, Mar? Você tentou convencê-la a ajudar na chantagem? – Héctor tinha conversado com Víctor Alemany nessa mesma manhã, e o diretor dos Laboratórios Alemany lhe contara seu estranho encontro com Sara no escritório de Sílvia, na noite do jantar de Natal. – Disse a ela que vocês duas mereciam algo melhor? Um prêmio em troca do silêncio?

Mar Ródenas encolheu os ombros.

– Por que não? – disse ela afinal. – Isso era a única coisa que podiam me dar.

– Mas Sara não conseguiu fazer isso. Não acredito que ela fosse capaz de trair os seus; ela não teve coragem de deixar a fotografia dos cães no escritório de Sílvia.

– Sara não tinha a menor ambição! – disparou Mar.

– Não – disse Héctor. – Sara era leal, mas imediatamente percebeu que a lealdade dela estava dividida. De um lado estava o pacto que fizera com os colegas; de outro, a simpatia que sentia por você. De qualquer modo, a fidelidade ao pacto acabou ganhando. E você se irritou, não é? De aliada, ela havia passado a ser um obstáculo: ela sabia demais.

Héctor organizava os fatos seguindo um raciocínio que acabou por levá-lo à única conclusão possível.

– Então, na véspera da noite de Reis, você decidiu se encontrar com ela para, uma vez mais, pressioná-la e descobrir o que faltava saber. E ela se recusou definitivamente a contar. Vocês discutiram. É claro que na ocasião você estava loira, não é? Ou vocês duas tingiram o cabelo, você de loiro e ela de preto.

Mar se voltou para ele. Um leve rastro de fúria ainda brilhava em seus olhos.

– Ela tentou me fazer mudar de ideia, e eu compreendi que ela era como os outros. E eu disse isso. – A fúria de seu olhar se transformou em raiva. – Eu despejei tudo e a insultei. Lembrei a ela que em qualquer momento aquilo que ela tanto receava podia voltar a acontecer.

– Sara Mahler tinha sido vítima de uma agressão sexual, não é? – Era uma possibilidade muito razoável, levando em conta o que sabia de Sara.

– Há muitos anos – disse ela com desprezo. – Sara era frígida, e os homens a aterrorizavam. Ela não conseguia nem pegar um táxi; tudo para não ficar sozinha com um homem.

– O que você fez com ela? – perguntou Héctor em voz baixa.

– Não fiz nada. Só lhe disse que meu namorado e seus amigos cuidariam dela. Eu já tinha decidido: se Sara não respondesse por bem, eu a calaria por mal.

Héctor meneou a cabeça, tentando reconstituir a situação.

– Não sei como você conseguiu fazer isso, imagino que enquanto ela estava no trabalho, mas pegou o celular dela e apagou todas as informações, pra evitar que, pelo menos naquela noite, enquanto você a pressionasse, ela não pudesse ligar pra ninguém. E depois isso acabou sendo muito conveniente pra que nós não encontrássemos nenhum rastro da amizade entre vocês. – Héctor mudou de tom. – Você ligou pra Iván, o seu namorado. Pra que ele esperasse Sara na estação. Sara saiu do encontro alterada e foi para o metrô. Estava se sentindo muito mal: tinha traído os colegas, e você a havia decepcionado. Além disso, ela estava apavorada por causa das suas ameaças.

Héctor havia deixado a projeção pronta.

– Nenhum de vocês dois tinha previsto que Sara morreria. Bastava assustá-la. Mas os acontecimentos fugiram do controle – disse ele, pensando na explicação de Fort, que até certo ponto estava correta. – Esta manhã recebemos as imagens gravadas da plataforma oposta. Acho que nelas vamos descobrir o seu Iván. A grande esperança de vocês era o anonimato, que ninguém os relacionasse com isso. Que eles suspeitassem uns dos outros. Que não soubessem a quem procurar.

Mar cravou os olhos no inspetor.

– Não – disse Héctor. – Quero que você veja como Sara morreu. Você merece ver.

Ligou a gravação: a plataforma cinzenta surgiu diante de ambos. E Sara, nervosa, olhando para trás, com o celular na mão.

– Ao ver o telefone vazio, ela deve ter percebido que você estava maquinando alguma coisa – continuou Héctor. – Que as suas ameaças não eram de brincadeira. Olhe pra ela! – ordenou ele. – Tenha a decência de ver o que você fez.

Mar Ródenas obedeceu. E a verdade é que seu semblante foi se alterando.

– Então você lhe mandou a foto, de um *locutorio* próximo ao restaurante. Podia ter chegado mais tarde, mas ainda a pegou na plataforma. Ela ficou ainda mais amedrontada. E Iván, que a tinha visto descer, só teve que sair um instante, chamá-la ou lhe mostrar uma faca. E Sara estava tão desesperada que fez a única coisa que lhe ocorreu para fugir.

O trem estava chegando à estação. Os rapazes dominicanos ocupavam o primeiro plano, mas Héctor quase podia ver o que as imagens não mostravam: a pobre Sara pulando nos trilhos para evitar algo que, em sua mente, era ainda pior do que a morte.

– O senhor não tem nenhuma prova disso, inspetor – desafiou Mar.

– Bom, tenho certeza de que o seu namorado vai confessar quando a gente sugerir a outra possiblidade: que ele a empurrou de propósito. Não acho que ele tenha feito isso, realmente. Seria muito arriscado, e, além disso, para matar alguém a sangue-frio é preciso um motivo maior... Não, Iván queria só assustá-la.

Mar Ródenas abaixou a cabeça. Nesse momento o medo já era visível em seu semblante.

– Então foi isso: depois que o infortúnio passou, você decidiu continuar com o plano, e enviou a foto pra todos. Eles começaram a ficar nervosos. Sara sempre ficava com o computador ligado, e então, em uma das visitas à casa dela você conseguiu pegar o *e-mail* de todos.Você não fez questão de ficar sabendo de todos os detalhes da história: você já não tinha como averiguar isso, e não pretendia renunciar ao que já considerava seu. Além disso, ficou sabendo que a morte de Sara também havia deixado os outros preocupados. Mas Sílvia não facilitou as coisas; ela recusou.Você ficou furiosa... tenho certeza. As suas ameaças não estavam sendo levadas a sério.

Héctor viu as lágrimas brotarem nos olhos de Mar. De pena de si mesma, de raiva ou simplesmente de medo. Tanto fazia: ele continuou sem trégua, levantando a voz, acusando a moça do crime que ela com certeza havia cometido.

– A essa altura você já não se importava com nada: a morte de Sara tinha transformado vocês dois em assassinos involuntários, de modo que já não era tão difícil partir para o crime. E Amanda era a vítima perfeita. Escandalizada com aqueles jogos, Sara tinha lhe contado as fantasias dela, e disse onde Amanda deixava a chave todos os domingos à tarde. O fato de encontrá-la meio adormecida facilitou as coisas pra você; não sei se você teria coragem de matá-la de se não fosse isso.

– Isso são apenas suposições, inspetor.

– Por favor, Mar! Não tente me enganar: você fez chantagem, ameaçou Sívia com a morte de alguém se ela não entregasse o dinheiro. Amanda morreu pra que as suas ameaças fossem verossímeis. Você com certeza não acha que alguém vai acreditar que foi uma casualidade. – Héctor sorriu. – Agora mesmo um dos meus homens está acusando o seu Iván disso, e por mais que ele te ame não vai aguentar. Você sabe muito bem.

Héctor baixou a voz e olhou Mar Ródenas fixamente.

– Me responde só uma pergunta: por que você os odiava tanto?

Mar sustentou o olhar sem pestanejar.

– O senhor me pinta como um monstro, inspetor – disse ela então. – E fala da pobre Sara como se ela fosse uma santa. Mas os monstros eram eles. Tinham matado duas pessoas, e seguiam em frente com a vida deles, com o dinheiro deles, com o trabalho deles, com a vida amorosa deles. Mesmo depois do que aconteceu com meu irmão. Eu só queria a mesma coisa: um trabalho, uma casa, um futuro. Não me diga que eu não tenho direito a isso. Sabe como tudo isto vai acabar? Eu vou pra cadeia e eles continuarão livres. Porque ninguém vai se incomodar em procurar o corpo dos desgraçados que eles assassinaram. Ninguém se importa com os pobres.

"Leia o bilhete que Gaspar deixou, inspetor. Eu o carrego sempre comigo. Leia, e não me diga que esses filhos da puta não merecem morrer. Leia na minha frente, e eu confessarei tudo por escrito."

E Héctor o leu.

> Alba está chorando. Não consigo fazê-la parar. Eu tinha escrito uma confissão completa, mas agora não tenho mais tempo nem forças para repeti-la... Tanto faz. Este mundo não deixa a gente fazer as coisas direito. Primeiro os outros, e esta noite Susana. Eu lhe

contei tudo, disse que a única coisa decente que eu podia fazer era confessar, contar a verdade. Não consigo viver com aqueles mortos na cabeça. Com a imagem daqueles cães mortos, com o ruído daquela pá. Com uma promoção que é o pagamento pelo crime. Um crime que nós todos escondemos: Sílvia, Brais, Octavi, Sara, César, Manel e Amanda. Eu disse isso para Susana, expliquei a ela, mas ela não entendeu.

Que merda, ela não para de chorar... Eu disse a Susana, e ela não entendeu, me disse que estava tudo bem, que eu não era mais culpado que os outros, que ela não permitiria que eu jogasse tudo para o espaço. Era a mesma coisa que falar com Sílvia ou com Octavi...

De qualquer modo, escrevi a confissão. Esta noite. Enquanto elas dormiam. Contei tudo, sem omitir nenhum detalhe. E quando afinal terminei, me senti outro. Tranquilo pela primeira vez em meses. Entrei no quarto de Alba... O quarto dela cheira muito bem, tem cheiro de sonhos limpos, de bebê adormecido. Dei um beijo nela e saí.

Susana estava no banheiro. Tinha rasgado minha confissão em pedaços e estava jogando tudo na privada. Ouvi a água levar toda a minha verdade, como se fosse merda.

Alba não para. Quando ela fica assim, Susana é a única pessoa capaz de consolá-la. Não posso... Não posso deixá-la chorando agora que sua mãe já não está mais aqui.

44

Eram quase nove horas da noite de sexta-feira, e Héctor continuava no escritório, sozinho. A confissão, que Mar finalmente assinara, estava em sua mesa. Ele a colocou no arquivo, à espera do relatório definitivo que o agente Fort deveria redigir, sem poder se livrar da sensação incômoda, inquietante, que costumava assaltá-lo no fim de casos tão complicados como aquele, apesar de não com tanta força como dessa vez.

Você está ficando velho, Salgado, disse a si mesmo. Não tinha certeza de que fosse apenas a idade. Tinha certeza de ter feito um bom trabalho, de que Mar Ródenas havia matado Amanda Bonet e induzira Sara Mahler ao suicídio. Mas em uma coisa ela tinha razão: os dois rapazes mortos em Garrigues mereciam justiça. E ele não descansaria até conseguir obtê-la.

Juntou a confissão ao resto dos papéis sem saber se o que lhe nublava a vista era raiva, impotência ou pura e simples angústia. A dor que se desprendia daquela carta desesperada era mais do que qualquer um podia suportar, e ele sabia que, em suas horas de insônia, as palavras de Gaspar Ródenas lhe voltariam à mente. Precisava de algo que lhe devolvesse a pouca fé que ainda tinha no ser humano, ou nada mais valeria a pena.

Perguntou-se como aquelas cinco pessoas aparentemente normais tinham podido viver com aquilo. Tentou pensar em como estariam se sentindo neste exato momento, mas não conseguiu se pôr no lugar delas.

Sílvia estava recostada no sofá de sua casa, às escuras, vendo sem interesse a previsão meteorológica que anunciava a possibilidade de uma forte nevasca em Barcelona naquela noite. Tinha deixado o celular mudo para não ouvir as ligações de César nem suas mensagens pedindo desculpas. Mesmo que isso realmente lhe importasse, teria sido incapaz de perdoá-lo. Não, não havia perdão para César Calvo, porque simplesmente não valia a pena perdoá-lo. Da mesma forma que também não haveria perdão para nenhum deles se um dia se descobrisse toda a verdade. Estava disposta a aceitar isso. A viver com esse peso. No fim da tarde seu irmão lhe havia dito que, agora que o caso parecia estar resolvido, a venda da empresa continuaria, mas havia aproveitado para avisá-la que não podia lhe assegurar que os novos donos quisessem continuar contando com ela. Sílvia não se incomodara em responder; estava ocupada demais procurando um internato para Emma, não no estrangeiro, como haviam combinado uma vez, mas em Ávila – um colégio religioso para meninas de boa família, que sua filha detestaria com todas as forças. Tinha até ligado para a secretaria para perguntar se, como um favor especial, poderiam admiti-la no meio do curso. Felizmente, o dinheiro continuava abrindo portas, e Emma começaria uma nova vida, longe dela, no início do mês de fevereiro. Ela lhe havia comunicado isso pouco antes, em um tom que não admitia discussão.

Pelo menos esse problema está resolvido, pensou, incapaz de abordar todos os outros. Apoiou a cabeça no braço do sofá e deitou, com os olhos fixos na tela em que apareciam imagens de nevascas passadas, e fechou os olhos, entediada. Em seguida sentiu uma mão que a agarrava pelo cabelo e uma voz rouca, diferente da voz costumeira da filha, que lhe murmurou ao ouvido: "Se você acha que vou pra esse convento, é porque está louca, sua filha da puta". Sílvia abafou um gemido de dor e viu Emma sorridente, saindo tão silenciosamente como havia chegado.

Ela ficou quieta, encolhida no sofá, tomada por um tremor provocado mais pelo medo que pela raiva. Se não fosse pela dor, teria pensado que aquilo havia sido um pesadelo. Mas não, era real. Tão óbvio como a música que saía do quarto de Emma em um volume ensurdecedor. Sem saber o que fazer, Sílvia procurou o número de César na agenda do celular e ligou para ele; não lhe ocorria outra pessoa a quem pedir ajuda. César era forte, poderia protegê-la... Depois de um bom momento de espera, teve que se render à evidência de que ninguém acudiria, e, ainda trêmula, desligou a televisão e se trancou em seu quarto.

A música continuava soando como uma declaração de guerra. Nessa noite Sílvia decidiu entregar os pontos sem lutar e fingir que não a ouvia.

César teria respondido com prazer se tivesse recebido a ligação uma hora antes, enquanto ainda estava em casa, contemplando a merda do tapete manchado que parecia resumir todo o seu presente e grande parte do seu futuro. Parecia tão difícil que Sílvia o perdoasse como esquecer o sabor de Emma. Por isso, depois de fumar um maço inteiro de cigarros esperando uma resposta que não chegava, decidiu sair para fazer uma coisa que tinha deixado de lado durante muito tempo. E não levou o telefone.

O bar de garotas de programa da Calle Muntaner o acolheu com o tipo de afeto servil que ele estava procurando. Tinha certeza de que, pelo preço de um drinque, apesar de absurdamente caro, aquele lugar de cantos escuros lhe ofereceria o que ele precisava para se acalmar. Lembrou que nem mesmo tinha tomado banho desde cedo, mas não se importou com isso. Ali ninguém jogaria isso na sua cara. No balcão, com o copo na mão, examinou o rosto das moças que trabalhavam no local, procurando alguma que despertasse nele desejo suficiente para fazê-lo abrir a carteira. Depois de algum tempo todas lhe pareceram mais velhas, murchas, tão diferentes do que tinha em mente que não se sentia capaz de transar com elas. Então, depois de virar o uísque de um trago, pediu outro e aproveitou para perguntar ao garçom, em voz baixa:

– Escuta, você sabe onde posso encontrar uma garota? Você sabe, jovem... jovem de verdade.

A esposa de Octavi Pujades morreu ao anoitecer, quando a tempestade de neve era apenas uma ameaça. Simplesmente dormiu no meio da tarde e não acordou mais. Ao entrar para vê-la antes de jantar, ele percebeu que seu coração já não batia.

Fechou-lhe os olhos e sentou na cama ao lado dela. Sabia que precisava ligar para os filhos para lhes dar a notícia e começar a preparar tudo, mas precisava ficar algum tempo a sós com ela. Acariciou-lhe a testa e rezou uma oração em voz baixa, porque era a única coisa que lhe parecia apropriada. Já se havia despedido dela muitas noites em que achava que tudo acabaria, e por isso, agora que chegara o momento, já não tinha muitas coisas para lhe dizer. Eugènia tinha morrido vezes demais para que a definitiva realmente o impressionasse.

Saiu à porta de casa, com a intenção de encher os pulmões de um ar que não cheirasse a morte, e, sem conseguir evitar, pensou não mais na esposa, mas em Gaspar, em Sara, em Amanda e nos dois rapazes mortos. Disse a si mesmo que, de todos, ele era o mais velho, aquele que por lógica natural deveria ter partido antes. E, no entanto, estava ali. Vivo, fumando um cigarro que demorava para matá-lo, e com um futuro relativamente assegurado dali em diante. Se todos ficassem calados, é claro. Tinha que confiar nisso.

Essa noite nem sequer se ouviam os latidos dos cães vizinhos. O silêncio era absoluto. Qualquer outra pessoa ficaria incomodada, mas para ele aquilo já era normal. Logo a casa se encheria de gente, de filhos, parentes, políticos, amigos, conhecidos, e essa paz acabaria. Suspirou: teria que passar por isso. Era o penúltimo capítulo antes de começar uma nova história. Viúvo, quase aposentado e com dinheiro suficiente para encarar essa idade crepuscular com dignidade. Era irônico que, se nada mudasse, ele não poderia se queixar de como as coisas tinham terminado.

Teve que se esforçar para não sorrir quando pegou o telefone para ligar para o filho e lhe dizer que a mãe tinha morrido.

Manel não gostava de tempestades nem de chuva. E menos ainda da neve, que, segundo as notícias, se aproximava da cidade. Uma nevasca que ia rematar aqueles dias horríveis, vergonhosos, nos quais se sentira como um criminoso. Ele, que mal tinha feito outra coisa além de olhar e concordar. Haviam-no encerrado em um lugar imundo, com dois presos empesteados, e depois o tinham levado a um hospital público onde tivera que esperar para ser atendido entre uma porção de gente velha e doente. Covardes. Não era justo. Por acaso não fora Sílvia que havia dirigido o carro? E Gaspar que tinha acertado aquele mouro sujo com a pá? E afinal, parecia que quem tinha matado Amanda e empurrado Sara para o suicídio era aquela tal Mar Ródenas. Mas só ele, Manel, é que tivera que sofrer aquele inferno. Ele, que se limitara a seguir as diretrizes da maioria sem fazer mal a ninguém.

Definitivamente, a vida é injusta, disse a si mesmo com amargura enquanto ia até a cozinha tomar o copo de água de costume. Água fresca para se limpar por dentro antes de tomar um banho. Sua rotina de todas as noites, que nessa lhe parecia mais necessária do que nunca, depois das experiências sofridas. Só por um instante pensou em como seria horrível se algum dos outros desse para trás e confessasse o que haviam feito com os cadáveres; não sabia se isso o levaria para a cadeia, mas a simples ideia de que aquilo pudesse acontecer lhe encheu a testa de um suor frio e fez o copo lhe escapar da mão e se despedaçar no chão.

Interpretou o incidente como um mau agouro. Recolheu os cacos, acabrunhado pela terrível sensação de que sua vida, sua segurança, estavam nas mãos de pessoas que pouco se importariam em deixá-lo cair. Em vê-lo em pedaços.

Héctor estava tão absorto em seus pensamentos que não ouviu que alguém batia na porta, e se sobressaltou quando ela se abriu de repente.

– Inspetor Salgado.

– Sim?

Era Brais Arjona.

– Sei que é tarde, inspetor, mas me disseram que o senhor ainda estava aqui. E não quero esperar até amanhã pra fazer isto.

Brais ocupou uma cadeira diante do inspetor.

– Contei tudo ao meu marido. Desde que aceitei esse maldito pacto, meu único objetivo era ocultar dele. Agora David foi embora, e o medo de perdê-lo se foi com ele. Sabe? Sempre pensei que se isso acontecesse eu ficaria cheio de remorsos: pelo que fizemos naquele lugar, por Gaspar, por Amanda, por Sara. Por tudo... Mas não senti nada. Nada. Nem pesar, nem arrependimento, nem sequer tristeza. É como se as emoções tivessem se congelado com esse maldito inverno. É por isso que estou aqui. Porque ou eu vinha e confessava, ou me jogava pela janela. E não quero fazer isso. Sempre achei que o suicídio não era uma boa solução.

Duas horas depois, a rua recebeu Héctor com a animação entorpecida de uma noite de sexta-feira de inverno. Parecia mentira que ali fora houvesse gente normal, pessoas que não cometiam crimes terríveis. Respirou fundo, e o frio lhe perfurou os pulmões, mas, apesar de tudo, pegou um cigarro e o acendeu. Maldito tabaco.

Héctor fumou alguns minutos em silêncio, sob um céu estranhamente escuro. Não podia voltar para casa assim. Apesar de entender os que bebiam para esquecer, o álcool nunca havia sido um refúgio para ele. O que precisava era de ar, de gente. Esvaziar a mente do bem e do mal. Fazia frio demais para ficar parado, então decidiu caminhar até em casa.

Pegou a Gran Vía, e estava caminhando fazia apenas alguns minutos quando se lembrou do sonho que tivera na véspera do Dia de Reis. Não havia bancas de brinquedos, nem luzes coloridas, nem *villancicos* barulhentos. Mas ele continuava do mesmo modo, caminhando sozinho. Quase chegava a esperar que uma maldita bola de cristal caísse do céu em cima dele. E de repente, como no sonho, os transeuntes pararam, surpreendidos: não desapareceram, mas limitaram-se a olhar para o céu. Héctor também ergueu a vista ao notar que começava a chover. Não era chuva, era neve, tal como haviam anunciado.

Héctor quase sorriu. Havia algo nas nevascas que estimulava a criança que todos temos dentro de nós. Seguiu em frente, devagar, enquanto contemplava como, pouco a pouco, a rua ia se cobrindo de um insólito manto branco. E estava perto da Universidad Central quando, animado por esse evento incomum que não cessava, pegou o celular e ligou para Lola, dizendo a si mesmo que aquela noite tudo era possível.

Ruth

45

No escritório do delegado, Martina Andreu estava terminando o seu relato, no qual punha o chefe a par de tudo o que acontecera depois que subtraíra o relatório de Ruth. De sua parte, Savall a ouvia com o semblante concentrado e o cenho franzido.

– Leire não descobriu grande coisa, é verdade, mas também não teve muito tempo – concluiu a subinspetora.

Lá fora nevava. Dentro do escritório o ambiente também não estava quente.

– Martina – disse ele depois de alguns instantes de silêncio –, você sabe que, se não fosse você que estivesse me contando isso, eu teria que tomar uma série de medidas.

– Mesmo sendo eu, Lluís. Não tem problema, estou disposta a aceitar isso.

– Me deixa pensar. No fim da semana a gente está cansado. Faz tempo que aprendi que não é um bom momento pra decidir nada.

– De qualquer modo, tudo está guardado, classificado e anexado ao relatório de Ruth Valldaura. Também não é muita coisa; o conteúdo da pasta que Leire pegou da casa de Ruth, algumas anotações à mão e as fitas que ela conseguiu com Fernández. Nesta, a do asterisco, aparece Ruth.

Savall assentiu.

– Pobre Ruth. Ver esse sujeitinho de perto não deve ter sido uma experiência agradável. Te digo em primeira mão. – Ele baixou a voz para dizer: – Imagino que Ruth tenha ido interceder por Héctor. Meu Deus, que ingenuidade... como se alguém pudesse convencer aquele homem de alguma coisa.

– Pois é. Mas estamos na mesma. Omar morreu, e, aqui entre nós, deviam pagar uns banhos medicinais para aquele advogado que o matou, em vez de colocá-lo na prisão.

– A verdade é que ninguém vai sentir falta de Omar – concordou Savall. – Juro que poucas vezes tive de tratar com alguém tão vil.

– É, eu me lembro. Bom, está tudo aqui. – Martina pensou durante alguns segundos antes de dizer: – Lluís, eu sei que não estou em posição de fazer isso, mas quero pedir uma coisa. Leire fez tudo isso em sua licença, então deixe-a em paz. Se você tiver que abrir um processo contra mim, faça isso.

Ele ignorou essa possibilidade com um gesto muito seu.

– Você sabe que não vou fazer isso. Estamos há muitos anos juntos, Martina.

– Obrigada – disse ela. No fundo esperava por isso, mas nunca se podia ter certeza. – Exatamente pela confiança que temos um no outro, quero que você saiba que nem eu nem Leire teríamos nos metido nisto se a investigação estivesse em outras mãos.

Martina dizia isso com sinceridade, mas, ao mesmo tempo, também sabia que o desaparecimento de Ruth Valldaura parecia condenado a nunca ser esclarecido. Não era a primeira vez que acontecia algo assim, nem seria a última.

Savall lhe dirigiu um olhar de censura.

– Não acho que você possa se dar ao luxo de criticar Bellver. Não agora, não na minha frente. E – acrescentou –, se você se refere a Salgado, não quero que ele volte a se meter nisto. Desde o começo foi um erro permitir que isso acontecesse. Era contra toda a lógica, e você sabe. Além de contrariar todas as regras.

– As regras... Os bons têm regras demais e os maus, quase nenhuma. Você também sabe disso. – Martina ia se levantar, mas não o fez. Em vez disso, olhou para o chefe e acrescentou em voz baixa: – Pelo menos dê o caso para outra pessoa, Lluís. Se eu fosse Héctor, e Bellver estivesse cuidando de alguma coisa que me dissesse respeito pessoalmente... Bom, é isso. Melhor eu ficar quieta.

– É. – Ele inspirou profundamente, e seu corpanzil pareceu inchar. – Não vamos mais falar disso, hoje é sexta-feira, e já é tarde. Os delegados não deveriam trabalhar a esta hora.

– As mães de família também não – completou ela, dirigindo-se para a porta.

– Falando de mães, como está Castro? – perguntou Savall.

– Bem. O parto adiantou algumas semanas, mas não houve muito problema.

– Não é difícil acreditar que o filho da agente Castro tivesse pressa para nascer – brincou ele. – Poucas vezes tive sob minhas ordens alguém mais impaciente.

Martina sorriu. Esse era o comentário geral de todos os que conheciam Leire Castro.

Da janela do seu quarto no hospital, Leire também contemplava aquela nevasca densa, incomum em Barcelona, dizendo a si mesma que tudo parecia estar mudando. A começar por si mesma. Acabava de estar com Abel, só um instante, porque o bebê pesava pouco e precisava permanecer na incubadora como uma cobaia indefesa cheia de tubinhos de plástico. Quando a enfermeira lhe anunciou que precisava devolvê-lo àquela urna, Leire obedeceu, mas não conseguiu evitar uma sensação estranha. Havia permanecido horas a observá-lo, certificando-se de que ele estava bem. Inteiro, sadio, perfeito. A enfermeira deve ter lido seus pensamentos, porque a tranquilizou com a eficiência de quem passara anos lidando com bebês prematuros e mães neuróticas. E, com essa mesma autoridade, mandou-a para seu quarto, para que descansasse.

– Calma – disse ela –, vou ficar a noite toda aqui com essas crianças. Não vai acontecer nada com Abel.

E Leire acreditou nela, mas depois, enquanto olhava como aqueles flocos mudavam a cidade e a transformavam no fim de janeiro em um cenário de cartão de Natal, pensou em como seria terrível se por trás daquela enfermeira de rosto amável se escondesse alguém capaz de fazer desaparecer o menino, dizendo que havia morrido e vendendo-o como se fosse um objeto. Um bebê como Abel, ou como Ruth...

Disse a si mesma que continuava tendo em seu poder algo que não provava nada e insinuava muito, algo que abria a porta para um novo enigma em torno de Ruth Valldaura. Se as suspeitas se confirmassem, a vida de Ruth havia desenhado um círculo tristemente perfeito: havia desaparecido de um berço ao nascer, e de sua casa, daquele *loft* que compartilhava com o filho, trinta e nove anos depois. Os que a haviam desfrutado como filha, como mãe, com amante ou como esposa agora se viam obrigados a procurá-la como talvez o tivesse feito uma outra mulher muitos anos antes. Uma mulher sozinha, que talvez tenha tido que enfrentar todo mundo. Uma hierarquia de bata branca e hábito negro, peças aliadas naquele xadrez perverso, que além de tudo contava com cúmplices em outros estamentos para poder agir com impunidade.

Não hesitou em usar a palavra "perverso". Leire achava que neste mundo, nesta cidade que agora se disfarçava de pureza, existia gente má. E não pensava em delinquentes, nem mesmo em assassinos, mas em monstros sem consciência, como o doutor Omar. As imagens de Ruth no consultório daquele velho continuavam vivas na sua memória, e, estava convencida disso, continuavam fazendo parte daquele quebra-cabeça impossível. Ela só fizera acrescentar novas peças a um jogo incompleto. Terei que me conformar com isso, pensou. Alguém lhe dissera uma vez que amadurecer é se render um pouco. Pois bem, ela se rendia, pelo menos durante alguns meses. E sem se sentir mal com isso.

Leire ficou um instante mais à janela, desfrutando aquela noite branca, pensando em Abel. Em seus próprios pais, que chegariam no dia seguinte, pegos de surpresa primeiro por um parto prematuro, e depois por um clima adverso. Em Tomás, que, sem ouvir os conselhos de todos, havia empreendido a viagem e estava agora enfiado num trem. E lembrou o que sua mãe havia dito aquele dia na cozinha, a premonição que de fato parecia se cumprir: "Quando o menino nascer, você vai estar sozinha".

Mas, enquanto via a neve cair, Leire descobriu que de modo nenhum se sentia assim. E com um sorriso disse a si mesma que, na verdade, era exatamente o contrário. Desde o dia anterior nunca mais voltaria a ficar realmente sozinha.

Seis meses antes

Ruth havia demorado pouco para preparar o que queria levar. Seriam dois dias, portanto só precisava de quatro coisas, que enfiou na pequena sacola de viagem. O sol que invadia o interior de sua casa lhe dava ainda mais vontade de partir. Em uma hora poderia estar deitada na praia, lendo um livro. Sem nenhuma outra obrigação além de usar filtro solar e decidir onde iria almoçar. Era uma boa ideia. Precisava de alguns dias só para si. Apenas isso, um fim de semana na areia, serenidade e tédio. Merecia esse pequeno prêmio depois de algumas semanas complicadas e, em alguns momentos, muito desagradáveis. Ainda não havia tirado da cabeça aquele homem sinistro, e o fato de ele ter desaparecido também não a tranquilizava muito. Basta, disse a si mesma. Havia cometido um erro indo vê-lo, mas flagelar-se por isso não lhe fazia nenhum bem. Não havia contado nada a ninguém... Às vezes nem ela mesma compreendia por que se metia nessas confusões que, de fato, não lhe competiam.

Já estava saindo, mas antes, por pura mania, reexaminou as válvulas de gás do banheiro e da cozinha, e, já que estava ali, guardou os pratos do café da manhã que havia lavado antes. Isso é coisa de velha, resmungou enquanto fazia isso. Depois pegou a pequena bagagem e se assegurou de que tinha colocado na bolsa tudo o que era imprescindível: as chaves da casa de Sitges, o celular, o carregador... Pegou os óculos escuros – com um dia como aquele não poderia dirigir sem eles.

Estava indo para a porta quando a campainha tocou, e seu rosto refletiu um traço de irritação. Não tinha intenção de demorar por causa de ninguém, mas surpreendeu-se ao ver quem era.

– Oi, Ruth. Desculpe ter vindo sem avisar. Você tem um momento?

– Claro... – Ela tentou disfarçar o melhor que pôde e o deixou entrar, intuindo que aquele contratempo que atrapalhava temporariamente seus planos devia obedecer a alguma razão importante.

Lluís Savall não costumava fazer visitas de cortesia.

Agradecimentos

O verão das bonecas mortas foi publicado em 2011, e seria impossível agradecer a todos os que contribuíram para lançar o romance. Desde a equipe comercial e de comunicação de Random House Mondadori até os livreiros, que continuam recomendando títulos a uma clientela fiel; desde a imprensa até os blogueiros; todos contribuíram com um importante grãozinho de areia. Também não posso esquecer os editores estrangeiros que se atreveram a apostar em um nome desconhecido e que agora estão publicando o primeiro caso do inspetor Salgado em seus respectivos países, nem Justyna Rzewuska, que tornou isso possível.

Agora, ao terminar meu segundo romance, tenho absoluta consciência de que ele não teria sido o mesmo sem a contribuição de muitas pessoas que a ele dedicaram carinho, inteligência e boa vontade. Quero começar destacando meu editor, Jaume Bonfill: sua paciência e sua dedicação foram vitais para que *Os bons suicidas* seja o que é. Não posso esquecer também María Casas e Gabriela Ellena, e elas sabem perfeitamente por quê; nem Juan Díaz, diretor editorial da Debolsillo, que continua confiando em mim e no inspetor Salgado.

Além deles, e apesar de com certeza estar esquecendo alguém, quero agradecer a: minha família, que sempre está ao meu lado; Pedro e Jorge, Carlos, Yolanda e Guillermo, Sara, Carmen (e Leo),

Jose, Hiro, Edu, Carmen Moreno (excelente poeta), Anna, Xavi, Rebecca e suas caveiras, Sílvia e seus espaguetes. E a Ana Liarás, por sua compreensão ao longo de todo esse processo.

A todos e a muitos mais, obrigado novamente.